Mach die Nacht zum Morgen

Klara Thoma

Roman

Impressum

Deutsche Erstausgabe 2021
Kontakt zur Autorin:
KlaraAnna99@web.de oder
https://www.instagram.com/klaraanna99/
ISBN: 9798586843555

Adresse:
Klara Thoma
c/o AutorenServices.de
Birkenallee 24
36037 Fulda

Korrektur: Bianca Weirauch

Druck:
Amazon Media EU S.à r.l., 5 Rue Plaetis, L-2338, Luxembourg

Für meinen Mann.
Meine große Liebe, meinen besten Freund.

Und für meine Kinder, das Wertvollste in meinem Leben.

Kapitel 1

Jenna arbeitete sich systematisch durch die Profile von FML.

Find my Love hieß die Seite, auf der Menschen Liebe suchten. Sie war erstaunt, so viele Blondinen in dem Ordner zu finden. Sie selbst hatte braunes Haar und war ein ganz anderer Typ.

»Harriet, 30, sucht die Liebe fürs Leben. Zuschriften nur von athletischen Männern erwünscht.« Jenna lächelte ironisch. Dic sportliche Seite hatte sie an Greg bisher noch gar nicht entdeckt.

Und hier: *Madeleine: »Ich suche einen Mann für heiße Stunden. Falls sich mehr daraus ergibt, will ich mal nicht kleinlich sein.«*

Jenna zog die Augenbrauen hoch. Ganz schön frech, die Kleine.

Dann Mona, eine richtig heiße Nummer. Blondes Haar bis zu den Hüften. Ihr Teint haselnussbraun. Die Augen hellblau, fast farblos. Sie suchte eine unverbindliche Affäre und machte klar, dass Begegnungen mit ihr zu nichts weiter führen würden als *»zum besten Sex, den du je gehabt hast oder haben wirst.«*

Wem konnte man verübeln, hier nicht zuzugreifen? Jenna klickte noch mal in den Chat.

Stanley: »Hey, ist dein Name wirklich Mona?«

Mona: »Hey, ist das wirklich wichtig für dich?«

Stanley: »Wäre nicht schlecht, den richtigen Namen zu brüllen, wimmern, hauchen LOL.«

Mona: »LOL. So gefällst du mir schon besser. Und du? Wirklich Stanley? Oder darf ich auch Stan stöhnen, wenn ich dazu noch in der Lage bin? Kannst du mich in diese Lage bringen?«

Stanley: »Dein Pitch könnte von mir sein …«

Mona: »Echt? Der Beste von allen … Du machst mich neugierig. Was hast du denn so drauf? Irgendeine Spezialität?«

Stanley: »Das würde den Chat sprengen. Soll ich es dir zeigen? Ich fürchte nur, eine Nacht wird dafür nicht ausreichen …«

Mona: »Meine Erwartungen sind jetzt riesig. Hoffentlich bist du auch so bestückt?«

Stanley: »Ich hatte noch keine Beschwerden …«

Mona: »Okay, dann hoffe ich, du hast nicht nur die Größe, sondern auch die Ausdauer. LOL«

Stanley: »Wann und wo darf ich den Beweis erbringen?«

Mona: »Morgen Abend. Im Clark´s? Bin für vier Nächte geschäftlich in der Stadt. 18.00 Uhr. Zimmer 301.«

Stanley: »Ich werde da sein.«

Jenna atmete tief durch. Der Chat hatte gestern stattgefunden. Es war jetzt fast 22.00 Uhr. Greg hatte heute noch eine Besprechung, die gestern spontan anberaumt worden war. Er konnte nicht absagen, auch wenn heute die Essensprobe für ihre Hochzeitsfeier angestanden hatte. Sein Chef, dieses Arschloch, habe nur die Geschäfte im Kopf, hatte er Jenna erklärt und sie dabei geknickt angesehen. Jenna hatte verständnisvoll genickt. Es würde dann eben ohne ihn gehen müssen.

Als ihre beste Freundin Rose sie heute nach Dienstschluss vor dem Krankenhaus erwartet hatte, aufgewühlt und den Tränen nahe, ahnte sie nicht im Entferntesten etwas davon, dass sich ihr Leben in den nächsten Stunden in Luft auflösen würde. Rose war seit ein paar Wochen wieder Single und seit einigen Tagen Mitglied bei FML. Sie war es, die Greg dort entdeckt hatte.

Als Jenna die Haustürschlüssel hörte, saß sie noch immer wie versteinert vor seinem Laptop und hatte den Ordner mit seinen

Passwörtern auf dem Schoß. Er war immer so ordentlich, dieser Idiot.

»Jenna?« Er trat ins Zimmer. »Hey Schatz. Wie war das Essen?«

»Hey Stanley«, antwortete sie.

Erschrocken wich er einen halben Schritt zurück und sah Jenna entsetzt an. Als er seinen geöffneten Laptop auf dem Schreibtisch entdeckte und seinen Ordner mit den Passwörtern auf ihrem Schoß erkannte, wich alle Farbe aus seinem Gesicht.

»Jenna …«, stammelte er und lief auf sie zu. »Bitte, glaube das nicht. Es ist nur ein Dummejungenstreich. Ich hätte nie … Ich würde so etwas nicht tun.« Er sah ihr fest in die Augen, in denen Tränen schimmerten. Die Goldohrringe mit den wertvollen Diamanten, die er ihr zur Verlobung geschenkt hatte, zitterten sanft an ihren Ohrläppchen. Der Rest von Jenna saß wie eine Eisskulptur vor ihm. So schön und völlig erstarrt.

Er packte sie sanft an den Oberarmen und versuchte zu ihr durchzudringen. »Es ist nichts passiert. Ich schwöre es dir. So kurz vor der Hochzeit habe ich einfach noch mal ein bisschen …«, er stockte, »… herumgespielt.«

Langsam nickte sie. Ihr Blick wurde klar. »Und hat es Spaß gemacht, das Spielen?«

Greg erschrak über ihre eisige Stimme. »Nein, es hat überhaupt keinen Spaß gemacht. Jetzt weiß ich nur umso mehr, wie sehr ich dich will. Nur dich.«

Jenna nickte abermals. »Und die Besprechung heute? Lief sie gut?«

Er sah verstohlen zum Laptop. Versuchte fieberhaft herauszufinden, was sie gelesen hatte. Aber er entdeckte nur die Startseite von FML. »Ja, sie war okay.«

»Das ist gut.« Jenna lächelte. »War Mona auch dabei?«

Sie hatte es also gelesen. Genau diesen Chat. Er fluchte innerlich, rang sich aber ein Lachen ab. »Du glaubst doch nicht, dass ich mich wirklich mit diesem Flittchen getroffen habe?«

Jenna zuckte die Schultern und griff nach ihrem Handy. Sie öffnete ihre Fotogalerie und tippte auf die Fotos, die ihn und Mona vor der Rezeption im Clark´s zeigten. Mit dem heutigen Datum und der Uhrzeit versehen, die 18.03 Uhr anzeigte. Rose hatte sich sofort dazu bereit erklärt, für Jenna herauszufinden, was hinter dieser Sache steckte. Als die Bilder dann bei ihr eingegangen waren, war nichts mehr weiter nötig gewesen. Die Hochzeit würde nicht stattfinden. Ihr Leben würde ganz anders verlaufen, als sie es sich ausgemalt hatte.

»Es ist aus«, erklärte sie mit fester Stimme. »Nimm bitte sofort mit, was du für die nächsten Tage brauchst, und hol' den Rest, wenn ich Dienst habe.«

Jenna stand auf, nahm ihre Jacke und Handtasche an sich und verließ die Wohnung, ohne sich noch einmal nach Greg umzudrehen, in der Hoffnung, ihn nicht mehr hier anzutreffen, wenn sie morgen früh wieder nach Hause kam.

Rose drückte Jenna eine heiße Tasse Tee in die Hand, sobald diese ihre Wohnung betreten hatte, verfrachtete sie mit einer Decke auf die Couch und trocknete zwei Stunden lang den nicht versiegen wollenden Strom aus Tränen, der immer wieder aus Jenna herausbrach, bis sie endlich vor Erschöpfung in einen unruhigen Schlaf fiel.

Als sie erwachte, war Rose bereits unterwegs ins Krankenhaus. Jenna hatte heute die Schicht ab 15:00 Uhr. Es blieb also genug Zeit, um sofort das Wichtigste in die Wege zu leiten.

Sie sah auf ihr Handy, das sie gestern nach dem Gespräch mit Greg auf lautlos gestellt hatte. Es zeigte 16 Anrufe in Abwesenheit. Acht von Greg. Fünf von ihrer Mutter und drei von Keira, ihrer Schwester. Sie seufzte erschöpft. Greg hatte also schon alle in Aufruhr versetzt.

Sie machte sich eine Tasse Kaffee, während sie versuchte, ihre Gedanken, die chaotisch in alle Richtungen schossen, zu sortieren. Dann rief sie ihre Mutter an und verabredete sich in 30 Minuten mit ihr zum Frühstück im Candy´s. Sie bat sie darum, Keira mitzubringen. Schließlich betraf die Sache ihre Schwester ebenfalls.

Als sie das Candy´s betrat, sah sie ihre Mom und Keira schon an dem Ecktisch am Fenster sitzen und aufgeregt miteinander tuscheln. Sie bemerkten Jenna erst, als sie direkt vor ihnen stand.

»Jenna!« Ihre Mutter erhob sich hektisch und drückte sie an sich. »Oh, mein armes Mädchen. Was für einen Schrecken musst du gestern bekommen haben.« Sie hielt Jenna jetzt ein paar Zentimeter von sich entfernt und musterte ihr Gesicht. »Oh je, du hast heute Nacht wohl kein Auge zugetan.« Mitfühlend schüttelte sie den Kopf. »Willst du einen Kaffee, Schätzchen?«

Jenna nickte und sah zu Keira hinab, die gerade damit beschäftigt war, in ihrem Handy herumzutippen. Als sie Jennas Blick auf sich bemerkte, erhob sie sich schnell und umarmte sie ebenfalls. »Wie geht es dir?« Jenna nickte ein weiteres Mal und setzte sich.

In diesem Moment kam bereits ihre Tasse Kaffee. Sie legte die Hände darum, um sich an ihr festzuhalten. Das hier würde nicht einfach werden. Gerade als sie beginnen wollte, alles aus ihrer Sicht zu erzählen - Gregs Version schienen Mom und Keira den verpassten Anrufen zufolge bereits zu kennen -, kam ihre Mutter ihr zuvor.

»Jenna, du wirst doch nicht ernsthaft diesen Unfug glauben, den du da in Gregs Computer gelesen hast? Jeder weiß doch, dass man Computer manipulieren kann. Letzte Woche erst habe ich einen Bericht dazu im Fernsehen gesehen. Ein 16-jähriger Junge hat von zu Hause aus verschiedene Firmenseiten geflext.«

»Gehackt, Mom.« Keira sah Jenna kichernd an.

»Jenna weiß, was ich meine«, gab sie böse zurück. »Von seinem Kinderzimmer aus. Das musst du dir nur einmal vorstellen. Wenn ein 16-Jähriger das kann, meinst du nicht, dass diese Pornoseiten das dann erst recht draufhaben?« Triumphierend sah ihre Mutter sie an. Ihr Argument schien ihr unschlagbar.

Jenna seufzte ergeben. Das Gespräch hatte, noch bevor es überhaupt begann, bereits völlig das Fundament verloren. Jetzt würde sie mit ihrer Mutter eine fruchtlose Diskussion über Internet-Hacking führen müssen. Sie sah Hilfe suchend zu ihrer Schwester, die gerade schmunzelnd etwas in ihr Handy tippte. Jenna stand hier, mit ihrem zerfetzten Leben, und Keira flirtete ohne Unterlass mit ihrem Telefon. Wut machte sich in ihr breit. Interessiert beobachtete sie Keira, als sie sagte: »Jetzt, wo aus unserer Doppelhochzeit eine einzelne geworden ist, wird der Raum dir womöglich für die Feierlichkeiten im Plaza nicht mehr zur Verfügung stehen.« Keiras Kopf schnellte hoch und sie sah Jenna zum ersten Mal, seit sie hier war, richtig an. Mit einem besorgt aufgesetzten Blick berührte Jenna ihre Schwester an der Schulter. »Alles in Ordnung?«

»Nein, es ist nicht alles in Ordnung«, kreischte Keira. »Bist du verrückt geworden, die Hochzeit acht Wochen vorher abzublasen? Das kannst du nicht machen! Ich erlaube es nicht!« Sie sah Jenna herausfordernd an.

»Oh doch, liebe Keira. Sobald ich zu Hause bin, werde ich mein Telefon in die Hand nehmen und im Plaza meine Hochzeitsfeier stornieren. Du kennst die Warteliste für die Räumlichkeiten. Es wird sich bestimmt auf die Schnelle ein Brautpaar finden, das gerne meine Reservierung übernimmt.« Sie hob bedauernd ihre Schultern. Keira klappte der Mund auf. Ihr Handy lag vergessen auf dem Tisch. Sie wollte ansetzen zu sprechen, als sich ihre Mom anschickte, ihr zuvorzukommen. Jenna hob ihrer Mutter Einhalt gebietend die Hand entgegen. »Lass doch Keira auch etwas dazu sagen.« Sie hatte jetzt wirklich keine Lust, auf das Hacking-Thema einzugehen.

»Jenna ...« Keira räusperte sich. »Vorausgesetzt, es war also kein Hacking …«

»Wovon wir jetzt einfach einmal ausgehen«, warf Jenna knapp ein. Keira nickte »… also es ist doch so, selbst wenn ein kleines Fünkchen an dieser Dating-Website wahr sein sollte ...«

»Keira!« Ihre Mom fiel ihr aufgebracht ins Wort.

»Keira ...«, forderte Jenna ihre Schwester zum Weitersprechen auf und sah ihre Mutter dabei so streng an, dass diese sofort wieder verstummte.

»Naja, also es ist doch offensichtlich, dass das für Greg nur ein Spaß war. So etwas wie ein Junggesellenabschied.« Keira kicherte unsicher. »Deshalb muss man doch nicht gleich alles hinwerfen. Wegen eines Kleinejungenstreichs. Er liebt nur dich und es ist doch besser, jetzt noch etwas zu flirten als nach der Hochzeit.«

Das Gesicht ihrer Schwester strahlte jetzt. Sie sah aus, als hätte sie das Rätsel gelöst. Ihre Mutter nickte zustimmend und sah

Jenna ebenfalls glücklich an. »Na siehst du. So oder so. Das ist doch noch lange kein Grund, gleich so dramatisch zu werden.« Sie klatschte in die Hände. »So, wo das geregelt ist, lasst uns endlich etwas bestellen und danach gleich Greg anrufen. Der Ärmste war völlig außer sich gestern.«

Jenna überkam plötzlich eine tiefe Traurigkeit. Sie sah die beiden Frauen an und konnte nur zwei Gründe ausmachen, warum dieses Gespräch dermaßen verletzend verlaufen war. Entweder hatten sie den Verstand verloren oder es war ihnen egal, ob sie unglücklich wurde. Langsam nahm sie ihre Handtasche vom Boden und stand auf. »Ich werde Greg nicht heiraten. Es ist aus. Und es gibt nichts mehr dazu zu sagen.« Keira und ihre Mom starrten ihr hinterher, als Jenna mit festen Schritten das Café verließ. Sie verstanden jetzt gar nichts mehr. Sie hatten ihr doch alles völlig schlüssig erklärt.

In ihrer Wohnung fand Jenna einen Zettel auf dem Küchentisch. Greg hatte ein paar verzweifelte Zeilen hinterlassen. *Ruf mich an, Jenna. Ich bin total fertig. Lass es nicht so enden. Ich habe einen Fehler gemacht. Es wird nie wieder passieren. Ich weiß nicht, was ich mache, wenn du mir nicht verzeihst.*

In Jenna sträubte sich alles. Sie wollte ihn nicht anrufen und sie wollte nicht mehr mit ihrer Mom oder Keira über ihn sprechen. Sie wollte auch nicht zu Keiras Hochzeit gehen. Nur daran zu denken, verursachte ihr schon Übelkeit.

Mom, Keira und Greg hatten ihr den Tag in den schönsten Farben ausgemalt. Eine Doppelhochzeit im Plaza, dem begehrtesten Haus Manhattans. Es würde märchenhaft werden. Dabei war Jenna überhaupt nicht der Märchen-Typ. Greg wollte das Plaza. Unbedingt. Wenn man eine Hochzeitsfeier im Plaza vorweisen konnte, gehörte man wirklich zur Oberschicht Manhattans. Keira und Mom sahen schon alle Freunde und Verwandten vor Neid erblassen. Die drei waren sich so einig. Jenna hätte lieber eine kleine Hochzeitsfeier gehabt, aber das kam für Greg nicht infrage. Oliver, Keiras zukünftigem Gatten, war wie üblich alles egal.

Sie wählte die Nummer ihrer Wedding-Planerin. Margo ging sofort ans Telefon und bekam fast einen Nervenzusammenbruch, als Jenna ihr alles erzählte. Die Planerin würde einiges umorganisieren müssen, während Jenna in den nächsten Tagen damit zu tun haben würde, ihre Hochzeitsgäste auszuladen. Im Plaza rief sie selbst an und stornierte ihre Reservierung. Auch hier fiel man aus allen Wolken. Die gute Nachricht war, dass Keira den Raum für ihre Feier behalten konnte. Jenna würde lediglich eine hohe Stornogebühr bezahlen müssen.

Sie erledigte alles systematisch und mit kühlem Kopf. Dann rief sie Greg an. Er würde nicht an sein Telefon gehen, weil er um diese Uhrzeit immer wichtige Besprechungen hatte. Jenna informierte ihn auf seiner Mailbox, dass sie sich morgen Abend im Diners treffen würden, um einige praktische Dinge zu klären. Sie beendete ihre Nachricht mit den Worten »Bring bitte die Wohnungsschlüssel mit.«

Als es an der Tür klingelte, war Jenna gerade dabei, ihre OP-Unterlagen durchzugehen. Für heute Nachmittag standen zwei Operationen an.

»Dad.« Sie seufzte geknickt. »Komm rein.« Er setzte sich an die hohe Küchentheke.

»Willst du was trinken?«

Er nickte. »Kaffee wäre toll.«

Sie schwiegen, während Jenna den Kaffee zubereitete. Als sie die heiße Tasse vor ihm abstellte, sah er sie bekümmert an. »Und wann wolltest du es mir sagen?«

Sie seufzte schuldbewusst. »Wenn ich ehrlich bin … na ja, ich dachte, Mom würde es dir erzählen und …« Sie stockte.

»Oh, das hat sie. Und wie.« Er lachte.

»Es tut mir leid, Dad. Natürlich hätte ich dich schon längst anrufen müssen. Nur hattest du nicht besonders viel Interesse an den Hochzeitsvorbereitungen. Eigentlich warst du ganz schön mürrisch, wenn ich dir irgendetwas davon erzählt habe oder deinen Rat wollte.«

Ihr Vater nickte. »Ich war nicht mürrisch, Jenna.«

Sie sah ihn skeptisch an.

Er schüttelte langsam den Kopf. »Es war nur so, dass ich es nicht verkraften konnte, dass meine Tochter, meine wunderschöne, kluge Tochter, die für jeden Mann auf der Welt eine Freude wäre und alles sein kann, was sie will, einen Idioten heiratet.«

»Wow!« Sie sah ihn verblüfft an. »Danke für die rechtzeitige Warnung.«

»Ach komm schon, Jenna. Sag mir nicht, dass du nicht gemerkt hast, was ich von Greg halte. Du wolltest es doch gar nicht so genau wissen. Wenn ich mich dagegengestellt hätte … Ich hätte ausschließlich erreicht, dass du mir nichts mehr anvertraust. Du und deine Mom und Keira, ihr hättet es abgetan als diese >Kein Mann ist gut genug für meine Tochter Sache.«

»Mir war nicht klar, dass du das so gesehen hast. Natürlich weiß ich, dass du Greg nicht besonders magst. Aber ich dachte tatsächlich … naja … diese Sache … dass in deinen Augen sowieso niemand gut genug für mich sein könnte.« Sie sah ihn traurig an.

»Jenna, der Kerl ist ein Langweiler. Wahrscheinlich ist das einzig Interessante, das er je getan hat, diese Dating-Seiten für seine Sexgeschichten zu benutzen.« Er hob entschuldigend die Hände.

Jenna musste lachen. Ihr Dad konnte ein richtiger Mistkerl sein. Aber er brachte die Dinge auf den Punkt.

»Und dann diese Schuhspanner und sein Nasenhaartrimmer.«

Jenna lachte jetzt schallend. »Du hast selbst beides, Dad.«

»Mit 60 habe ich mir diese Sachen angeschafft. Das ist ein würdiges Alter für solche Dinge. Aber mit 35? Ich bitte dich.«

Er erhob sich und ging zu Jenna um die Theke. Griff nach ihren Oberarmen und sah ihr fest ins Gesicht. »Und die Sache mit dem Plaza. Was sollte das? Eine Doppelhochzeit mit Keira?« Er lachte künstlich auf. »Jenna! Wo warst DU bei all diesen Entscheidungen? Du bist total verschwunden. Ich konnte dich nicht mehr sehen. Konnte das Mädchen, das so ein klares Bild von seinem Leben hatte, nicht mehr erkennen.«

Jenna sah ihren Vater nachdenklich an und fühlte bei seinen Worten einen kleinen, ganz zarten Funken, der einen bittersüßen Schmerz in ihr auslöste. Der Weg stand wieder frei, für die Dinge, die sie wirklich wollte.

»Und außerdem«, fuhr ihr Vater fort und nahm sie dabei in die Arme, … »brauchst du einen Draufgänger, wie deinen alten Dad.«

Jenna kicherte, als sie sich in die Arme ihres Vaters schmiegte. Dieser Moment fühlte sich an, als hätte sie wieder ein Leben.

Kapitel 2

Als sich Nicks Schultern von einem Moment auf den anderen verspannten, noch ehe er die Augen geöffnet hatte, wusste er sofort, was geschehen würde. Obwohl er noch im morgendlichen Halbschlaf war, spulte sein Geist die bekannte To-do-Liste ab. Tief atmen. Aufwachen. Tief atmen. Nicht panisch werden. Aufwachen. Tief atmen. Genug Luft in die Lungen pumpen. An etwas Harmloses denken. Die Augenlider bewegen und dabei immer weiter ruhig atmen.

Es war alles gut. Er war im Bett. Erwachsen. Kräftig genug, um sich zu verteidigen. Und immer wieder tief weiteratmen, bis sich der Steinklumpen in seiner Brust aufgelöst hatte. Dann, nach zwei oder drei Minuten, war es meistens vorbei und er konnte sich aus diesem zähen Zustand aus Halbschlaf und Panik befreien. Manchmal musste er danach schnell in sein Badezimmer stürzen, um sich zu übergeben. Heute allerdings musste er über das Bild, das sich ihm bot, beinahe lächeln.

Dass an diesem Morgen etwas anders war als sonst, hatte er gespürt. Sein Körper hatte dieses Mal beinahe richtig reagiert. *»Die Gefahr«*, die jedoch direkt neben ihm lag, hatte ein schlankes Bein um die Decke geschlungen und atmete tief und regelmäßig weiter, während Nick sie betrachtete. Diese Kleine im Bett, Nancy, war niedlich gewesen gestern. Er hatte sie im Break, einer After-Work-Bar, kennengelernt, als er mit Steve nach dem Büro noch etwas trinken war.

Der Gedanke an Steve ließ ihn erschrocken auf die Uhr blicken. Sie hatten sich für 11 Uhr zum Surfen verabredet. Wenn er die Fahrtzeit bis zum Strand mit einrechnete, musste er sich in einer

Stunde auf den Weg machen. Er entschloss sich, Nancy noch ein paar Minuten schlafen zu lassen und griff nach seinem Tablet.

Mit einem Doppelklick öffnete er die Akte.

Sein Mandant, Bruno Tschukovski, wurde der Vergewaltigung an dessen Studienkollegin Andrea Svitter angeklagt. Das Mädchen hatte zunächst keinen Strafantrag gestellt, sondern Tschukovski mit der Anschuldigung konfrontiert und versucht, ihn zu erpressen. Sie wollte sich ihr Schweigen zu dieser Angelegenheit bezahlen lassen. Doch Tschukovski stritt die Tat vehement ab. Behauptete, das Mädchen und er hätten einvernehmlichen Geschlechtsverkehr gehabt. Doch Andrea Svitter behauptete etwas anderes.

Nick glaubte seinem Mandanten. In diesem Fall. Was nicht heißen sollte, dass er nur Fälle übernahm, bei denen seine Mandanten zu Unrecht angeklagt wurden. Würde er Tschukovski für schuldig halten, hätte er diesen Fall ebenso übernommen. Hätte denselben Kampfgeist an den Tag gelegt. Es war sein Job und letztlich wusste er nie mit absoluter Sicherheit, wer schuldig oder unschuldig war.

Die Auswahl seiner Fälle traf er nach einem bewährten System: Geld. Die Tschukovskis hatten viel davon. Und etwas davon würde bald ihm gehören.

Dabei ging es Nick nicht um Luxus. Geld war wichtig für ihn, weil es Macht nach sich zog. Und Macht versprach Sicherheit.

Seine Mandanten konnte er sich aussuchen. Er hatte mit seinen 38 Jahren noch nicht viele Fälle verloren. Weniger als alle seine Kollegen in der Stadt.

Er überflog die Zeilen. Alles war perfekt vorbereitet. Seine beiden Zeugen würden die ganze Sache in sich zusammenfallen lassen. Dem Mädchen würde Hören und Sehen vergehen. Es würde kein Mitleid für sie geben.

Zu Anfang hatte er nur ein bisschen herumgestochert. Freunde und Bekannte der Svitter befragt. Er machte sich gerne einen Eindruck von der Gegenseite. Und es gab immer ein paar sogenannte Freunde, die sich letztlich als nicht ganz so loyal entpuppten. Die Menschen machten sich einfach zu gerne interessant, wollten etwas erzählen, was sonst niemand wusste. Es funktionierte fast immer. Das und das Auftreten seiner Person.

Nick war sich dessen bewusst, dass er gut aussehend war. Er war ein sportlicher Typ, wusste sich zu kleiden, hatte einen modischen Haarschnitt und ein Gesicht, das den Frauen schon immer gefallen hatte. Eine seiner Ex-Affären hatte ihn einmal als Allrounder bezeichnet. Für jeden was dabei. Seine markanten Gesichtszüge gefielen einem Typ Frau, die strahlend blauen Augen einem anderen. Der trainierte Body zog den dritten Typ an. Sein Geld den nächsten. Und so ging es immer weiter. *»Bis keine Frau auf der Welt mehr übrig bleibt, die sich nicht von dir bezirzen lassen würde«*, erklärte sie lachend.

So hatte er auch in Tschukovskis Fall gearbeitet. Die *»beste Freundin«* von Andrea Svitter verriet ihm, nach ein paar nicht besonders originellen Komplimenten, dass ihre Freundin bereits zwei weitere Male junge Männer völlig unschuldig der Vergewaltigung beschuldigt hatte. Beide Männer waren extrem betrunken gewesen. Sie konnten sich nur noch verschwommen an den Sexualakt erinnern. Und natürlich waren die Beschuldigten reich. Die Familien der Männer zahlten dem Mädchen, was es verlangte, bevor es eine Anzeige einreichte. Sie wollten nicht den kleinsten Schandfleck in der Vita ihrer Söhne riskieren.

Doch Tschukovski war nicht so betrunken gewesen, wie die Svitter angenommen hatte. Er war sich sicher, was den einvernehmlichen Geschlechtsverkehr anging. Und er wollte nicht bezahlen. Keinen Cent. Nick würde wetten, die Eltern des Jungen hätten lieber gezahlt, was das Mädchen verlangte. Aber sein Mandant blieb eisern. Er wollte seine Rehabilitation und beauftragte ihn, noch ehe die Svitter die Anklage offiziell gemacht hatte. Nick war sich sicher, dass es dem Mädchen um eine hohe Schadenersatzsumme ging. Oder sollte man in diesem Fall eher von einer Erpressungssumme sprechen? Dieses Mal hatte es sich jedoch den falschen Gegner ausgesucht.

Also suchte er die beiden Männer auf, welche die Svitter zuvor beschuldigt hatte. Erst wollten sie nicht mehr über diese peinliche Angelegenheit sprechen, doch Nick setzte darauf, dass da noch Wut in den Männern war, falls sie damals zu Unrecht beschuldigt wurden. Bei ihm wäre es jedenfalls so gewesen. Er umgarnte, kitzelte, erklärte, erzählte. Er hätte auch Psychologe werden können. Das war ein guter Anwalt seiner Meinung nach sowieso. Und natürlich knackte er sie. Sie hatten sich bereit erklärt, wenn nötig, zu der Verhandlung zu kommen.

Als er sie verließ, hatten sie nicht nur geredet und ihre Aussage zugesichert. Sie waren jetzt ganz wild darauf.

Kapitel 3

Das Mädchen lag in seinem Krankenbett und sah Jenna mit großen Augen ängstlich an.

»Also, Mandy, ich werde später das aus deinem Bauch holen, was dir diese Schmerzen bereitet. Es ist gar keine große Sache für mich. Ich habe das schon ganz oft gemacht und kann das richtig gut. Kannst du auch irgendwas richtig gut?«

Mandy nickte eifrig. »Schlittschuhlaufen und Fahrradfahren und lesen, dann noch Kuchen backen und mit meinem kleinen Bruder spielen. Mit meinem Hund auch und ...« Jenna lachte. »Wow, du hast es aber wirklich drauf, hm?«

Mandy nickte stolz.

»Siehst du, du musst wirklich keine Angst haben, denn so gut, wie du deine Dinge kannst, kann ich meine.« Mandy strahlte Jenna an. »Damit ich meine Arbeit aber richtig gut hinbekomme, musst du ganz tief schlafen. Das funktioniert ja leider nicht immer, wenn man sich das vornimmt. Das kennst du sicher auch, oder?«

Mandy nickte eifrig.

»Deshalb werden wir dir ein wenig dabei helfen. Du bekommst eine Salbe auf deinen Arm und wirst diese Stelle dann nicht mehr spüren. Das fühlt sich komisch an, geht aber wieder vorbei. Und in die Stelle, die du nicht mehr spürst, piksen wir etwas hinein. Dann kannst du ganz tief schlafen und merkst gar nichts von der Operation. Okay?«

Mandy nickte lächelnd.

»Und nicht erschrecken. Kurz bevor es losgeht kommen furchtbar viele Leute mit komischen Anzügen und Masken im

Gesicht. Die sind alle wahnsinnig nett.« Jenna zwinkerte dem Mädchen verschwörerisch zu. »Kann´s losgehen?«

Die Kleine nickte wieder eifrig und lächelte Jenna an.

Das Mädchen hatte große Angst vor der OP gehabt und seine Eltern hatten darum gebeten, dass die operierende Ärztin oder eine der Schwestern vorher mit dem Kind sprechen könnte, um es zu beruhigen. Jenna wollte das gerne tun und konnte vor der OP ein paar Minuten erübrigen.

Ihre Schicht verlief heute ruhig. Vor der Blinddarmoperation hatte sie noch einen Notfall zu versorgen gehabt: einen Autounfall mit zwei leicht verletzten Personen, die gleich untersucht werden mussten, um innere Verletzungen auszuschließen. Später hatte sie noch die Visite vor sich und einige Berichte zu schreiben. Ihre Zwölf-Stunden-Schicht würde wie im Flug vergehen.

»Hey Jenna.« Rose steckte den Kopf zur Tür herein. »Passt es gerade?«

Jenna nickte und trat zu ihr in den Flur hinaus.

»Wie geht es dir? Ich wollte heute schon den ganzen Tag bei dir vorbeischauen, aber auf der Intensiv ist die Hölle los.«

Jenna seufzte. »Eigentlich ganz gut. Die Arbeit hilft mir dabei, nicht nachzudenken.«

Rose nickte. »Du kannst gerne eine Zeit lang bei mir wohnen, falls du Greg erst mal nicht begegnen willst.«

»Danke Rose. Für alles. Ohne dich hätte ich wohl den größten Fehler meines Lebens begangen. Und danke auch für dein Angebot, aber ich werde mich morgen mit Greg treffen und meine Schlüssel zurückverlangen.«

»Bist du dir denn sicher, alles hinschmeißen zu wollen? Du wärst nicht die erste Frau, die verzeiht.«

Jenna nickte fest entschlossen. »Wenn es ein Betrug gewesen wäre, der passiert ist … ich meine diese Verkettung aus zufälligem Kennenlernen. Man fängt Feuer, es ergibt sich die Möglichkeit. Man hat vielleicht etwas getrunken … Na ja, du weißt, was ich meine. Aber diese Jagd nach Abenteuer. So geplant und berechnend. Wie könnte ich Greg jemals wieder vertrauen. Ich kann es einfach nicht mehr.«

Rose nickte ernst. »Ich verstehe. Es wäre mir auch schwergefallen, dich zu ihm zurückgehen zu lassen. Aber du weißt, dass ich alles mit dir trage? Egal wie du dich entscheiden wirst?«

»Sicher, meine liebe Rose.« Jenna umarmte ihre Freundin. »Aber ich habe mich bereits entschieden.«

Der Notfallton aus Jennas Diensthandy löste die Umarmung der Freundinnen und Jenna machte sich sofort auf den Weg in U3.

»Was gibt es?«, fragte sie die anwesende Schwester, während sie ins Zimmer trat und die Tür hinter sich schloss.

»Tom Sedrick, 68 Jahre alt, hohes Fieber nach einer Bypass-OP.«

»Was ist mit der Kardio?« Jenna legte ihr Stethoskop an.

»Die Herztätigkeit ist in Ordnung, Frequenz und Puls sind unauffällig. Das Brustbein ist geschwollen und schmerzempfindlich. Dr. Kirk meinte, wir sollen die Allgemeine mal draufschauen lassen.«

»Hallo, Mr. Sedrick.« Jenna lächelte den Mann an. »Dann will ich mir das mal ansehen.«

Sie hörte seine Herztöne ab und nickte zufrieden. »Wie hoch ist die Temperatur?«

»Die Messung vor zehn Minuten ergab 39,5 Grad«, erklärte die Schwester.

»Oh, das ist hoch. Die Schwellung ist hühnereigroß und schmerzempfindlich. Verdacht auf Sternum-Infektion. Haben Sie schon ein Blutbild veranlasst?« Die Schwester nickte.

»Dann machen wir jetzt ein MRT und sehen uns gleich danach wieder, um die Bilder zu besprechen.« Jenna nickte dem Mann lächelnd zu und wandte sich zum Gehen.

»Doktor ... entschuldigen Sie, aber was kann es denn sein? Ist es mein Herz oder …?« Er sah sie ängstlich an.

»Ich vermute, wie die Kardiologie auch, dass das Herz in Ordnung ist. Alle Symptome weisen auf eine Infektion des Brustbeins hin. Das lässt sich in den meisten Fällen mit einem Antibiotikum in den Griff bekommen.«

Der Mann nickte. Aber er hatte immer noch Angst. »Und wenn nicht?«

»Im schlimmsten Fall müssten wir das Brustbein entfernen. Aber das ist wirklich eine extrem seltene Komplikation nach einer Bypass-Operation«, erklärte Jenna.

»Das Brustbein entfernen?« Er sah sie erschrocken an.

»Mr. Sedrick, wir haben noch gar keine sichere Diagnose. In den allermeisten Fällen hilft wirklich ein Antibiotikum«, versuchte sie ihn zu beruhigen.

Er nickte verhalten.

»Wir sehen uns gleich wieder.« Beim Hinausgehen bat sie eine der Schwestern, dem Mann ein leichtes Beruhigungsmittel zu verabreichen und sie gleich zu informieren, wenn die Ergebnisse des MRT da wären.

Sie arbeitete weiter an ihren Berichten und begab sich nach dem Eintreffen der MRT-Bilder zu Mr. Sedrick, um ihm mitzuteilen, dass sich ihr Verdacht bestätigt hatte und sie die Infektion mit einem Antibiotikum behandeln würden. Danach entfernte sie den Blinddarm des kleinen Mädchens, machte ihre Visite und hoffte, dass keine weiteren Notfälle ihren Einsatz benötigen würden. Sie konnte sich vor Müdigkeit kaum noch auf den Beinen halten.

Um 03.30 Uhr schloss sie endlich ihre Wohnungstür auf und lehnte sich mit einem erschöpften Seufzen dagegen, um sie zu schließen. Sie ließ sich auf den Boden sinken. Öffnete mit langsamen Bewegungen ihre Turnschuhe. Am liebsten wäre sie mit ungeputzten Zähnen und noch vollständig bekleidet in ihr Bett gefallen. Doch wie immer schlurfte sie ins Bad, um ihr Schlafshirt überzuziehen und ihre Abendtoilette zu erledigen. Auf dem Weg dorthin sah sie das Flimmern durch den Türspalt zum Wohnzimmer. Sie ahnte, was sie dahinter vorfinden würde.

Greg lag auf der Couch und schlief. Vor ihm lief der tonlose Fernseher. Dieses Bild war Jenna so vertraut, dass ein scharfer Schmerz durch ihre Brust fuhr, der ihr die Tränen in die Augen trieb. Sie betrachtete den Mann, mit dem sie den Rest ihres Lebens hatte verbringen wollen, und der ihr jetzt vorkam wie ein Fremder. Und doch erinnerte sie sich in diesem Moment an Dinge, die ihr den Sinn zu vernebeln drohten. Gregs Lachen. Seine Pläne, viel zu riesig für ein einziges Leben. Seine Familie, die sie so sehr mochte. Warme Sommerabende, kalte Wintertage. Innige Küsse. Vertrauter Sex.

Zwiespältige Gefühle rangen miteinander. Wühlten sie auf. Sie atmete ein paarmal tief durch. Versuchte, in der harten Realität anzukommen. Als sie endlich wieder ganz bei sich war, ging sie zu Greg und rüttelte sanft an seiner Schulter.

»Hey ...« Er blinzelte sie verschlafen an, war aber sofort hellwach, als er sich bewusst wurde, wo er sich befand.

»Bitte wirf mich nicht sofort wieder raus«, bettelte er flüsternd.

»Was willst du hier, Greg?« Jenna sah ihn traurig an.

»Ich will, dass du mir wieder vertraust. Ich kann nicht glauben, dass es vorbei sein soll.« Sie sah Tränen in seinen Augen schimmern.

»Vertrauen kann man sich nicht wünschen, Greg.«

»Gib mir die Chance, es wiederaufzubauen. Du wirst es nicht bereuen, Jenna. Ich schwöre es dir.«

Sie atmete einige Male tief durch. Dachte an Rose und ihren Dad. Aber sie hatte Greg so viele Jahre geliebt. Wie sollte sie alles von einem Tag auf den anderen einfach in sich auslöschen?

Er streichelte sanft ihr Gesicht. Als er erkannte, dass sie ihn gewähren ließ, rückte er ein Stück näher an sie heran. Er begann ihre Wange zu küssen. Jenna schloss die Augen. Alles fühlte sich so vertraut an. Gregs Lippen berührten jetzt ihren Mund. Zuerst zärtlich. Dann immer fordernder. Jenna ging darauf ein. Kam ihm entgegen. Die Küsse wurden intensiv und weckten eine traurige Begierde in Jenna. Sie ließ es zu, dass er ihr das T-Shirt über den Kopf zog und ihre Brüste streichelte. Er entledigte sich seiner Kleidung, während er Jenna weiter streichelte. Er war nackt und zog Jenna langsam aus. Dann drang er in sie ein. Jenna spürte den Körper, den sie so gut kannte, und fühlte gleichzeitig nichts.

Als es vorbei war, lagen sie einander zugeneigt auf dem Bett und Greg streichelte sie zärtlich.

»Ich liebe dich«, flüsterte er immer wieder.

»Holst du uns etwas zu trinken?«, bat sie. Er nickte.

Jenna legte sich auf den Rücken und starrte nachdenklich zur Decke. Ihre Gefühle waren in Aufruhr. Sie hatte beim Sex nichts gefühlt. Es war so vertraut wie immer gewesen und doch hatte es sich so anders angefühlt.

Ihr war klar, dass sie sich beiden Zeit geben musste. Er hatte ihr eine tiefe Verletzung zugefügt, doch auch er war nur ein Mensch. Und er hatte, wie jeder andere auch, eine zweite Chance verdient.

Der Ton seines Handys ließ sie reflexartig auf sein Display blicken. Eine Nachricht von Morty. Jenna kannte keinen Morty. Die Nachricht kam mitten in der Nacht. Sie war sofort alarmiert, griff nach dem Telefon und öffnete mit seinem Code die App-Zugänge. Dann klickte sie auf den Chat mit Morty.

»Du kannst zu mir kommen. Dann haben wir Zeit und Ruhe für alles, was dir sonst noch einfällt.«

Jennas Herz begann gegen ihren Brustkorb zu hämmern. Sie scrollte im Chat weiter nach oben und las fieberhaft die Nachrichten des heutigen Nachmittags.

»Das Clark´s ist ab jetzt mein Lieblingshotel. Mit so vielen heißen Erinnerungen verbunden …«, schrieb Morty.

»Ich hab dir also nicht zu viel versprochen?«, lautete Gregs Antwort.

»Ganz und gar nicht. Nur leider hattest du recht, als du sagtest, dein Können würde den Chat sprengen. Es hat auf jeden Fall den Abend gesprengt. Wir brauchen mehr Zeit«, schrieb Morty.

»Ganz deiner Meinung. Morgen um 15:00 Uhr. Zimmer 306?«, schlug Greg vor.

Jenna schloss die Augen. Morgen um 15.00 Uhr hatte sie Dienstbeginn. Das wusste Greg. Morty war Mona. So viel war nach dem Erwähnen des Clark Hotels klar. Er hatte heute Nachmittag noch die Verabredung für morgen getroffen und jetzt gerade mit ihr geschlafen. Sie hätte sich am liebsten geohrfeigt, so sehr verachtete sie sich selbst in diesem Moment. Jenna starrte wie gebannt auf das Handy.

»Was soll das?«, fuhr Greg sie aufgebracht an, nachdem er zurück ins Wohnzimmer gekommen war und die Situation erfasst hatte. »Wieso gehst du an mein Handy?« Er brüllte fast.

Jenna zog sich ihr Shirt über und erhob sich. Sie sah ihm fest in die Augen, als sie sagte: »Ich weiß nicht, was du suchst, Greg. Aber ich bin es nicht.« Langsam nahm sie seine Hose und sein Hemd von der Couch, drückte ihm die Kleidungsstücke in die Hand und sagte: »Leg beim Rausgehen die Wohnungsschlüssel auf den Tisch.«

Dann begab sie sich in ihr Schlafzimmer. Sie achtete darauf, aufrecht an ihm vorbeizugehen. Doch es fühlte sich an, als hätte er ihr gerade das Rückgrat gebrochen.

Nach einer entsetzlichen Nacht, in der sie kaum Ruhe gefunden hatte, begab sie sich wie gerädert in ihre Küche, um Kaffee aufzusetzen. Danach wollte sie gleich ein paar Einkäufe erledigen. Das Klingeln an der Haustür riss sie aus ihren Gedanken, die sich wie in einer Endlosschleife ständig um den gestrigen Abend drehten.

So früh sollte es eigentlich noch niemand wagen zu stören. Ihre Schichtdienste rangen Jenna viel Kraft ab und jeder wusste, dass Schlaf für Klinikärzte ein kostbares und rares Gut war.

Durch die Gegensprechanlage hörte sie Keiras viel zu fröhliches »*Guten Morgen*« zwitschern. Das war nicht unbedingt der Start in den Tag, den Jenna sich gewünscht hatte.

»Guten Morgen, Schwesterherz.« Keira lächelte Jenna strahlend an, während sie die Wohnung betrat, und schwenkte eine Tüte mit frischen Brötchen vor ihrem Gesicht.

»Hey Keira, so früh schon? Das ist ja lieb, dass du an Frühstück gedacht hast.«

»Ich muss etwas Wichtiges mit dir besprechen«, gab Keira geheimnisvoll von sich und grinste ihre Schwester breit an.

»Jetzt halte dich fest …«, sie legte eine bedeutungsvolle Pause ein. Gerade als Jenna sich fragte, ob ihre Schwester einen Trommelwirbel für ihre Ankündigung erwartete, schoss es aus Keira heraus.

»Du wirst meine Brautjungfer!« Ein Strahlen überzog Keiras komplettes Gesicht. Man erkannte kaum noch ihre Augen, weil ihr Mund fast den ganzen Platz einnahm.

Verblüfft starrte Jenna sie an. Sie wollte gerade laut loslachen, weil sie annahm, ihre Schwester hätte sich einen geschmacklosen Scherz erlaubt. Doch der Stolz und die Ernsthaftigkeit, die sie in deren Miene entdeckte, machte ihr ein weiteres Mal klar, dass Keira nicht der klügsten Eizelle ihrer Mutter entsprungen war. Was für eine Karriere würde sie auf dieser Hochzeitsfeier, die bis vorgestern auch die ihre gewesen war, zur Schau tragen? Von der Braut zur Brautjungfer.

»Wow … danke …«, stammelte Jenna.

Keiras Strahlen schwächte nicht ab. Sie nickte eifrig. »Die Farbe der Brautjungfernkleider wird dir hervorragend stehen. Lachsfarben passt so wunderbar zu deinem goldbraunen Teint und den brünetten Haaren. Deine goldfarbenen Strähnchen machen alles noch perfekter und die goldenen Sprenkel in deinen Augen…« Keira klatschte begeistert in die Hände.

Jenna fragte sich, wie oft ihre Schwester gerade die Farbe Gold im Zusammenhang mit ihr benutzt hatte, als ihr klar wurde, dass Keira sich tatsächlich Gedanken um sie machte. Diese Idee war lieb gemeint.

»Ich danke dir. Aber ich kann das nicht annehmen«, erklärte Jenna lächelnd.

Keiras Miene verfinsterte sich.

»Es wäre einfach nicht fair, einer anderen der Brautjungfern den Platz wegzunehmen«, fuhr Jenna kopfschüttelnd fort.

Das Strahlen kehrte in Keiras Gesicht zurück. »Das wird auch nicht nötig sein. Du wirst einfach der krönende Abschluss der Gruppe und allein hinter den Zweierreihen hergehen.« Keira klatschte ein weiteres Mal begeistert in die Hände.

Jenna wollte jetzt wirklich lachen. Was für eine Symbolik. Die allein gelassene, gedemütigte Braut ging isoliert und traurig hinter den festlichen Freundinnen ihrer Schwester her. Es gestaltete sich ein so stimmiges Bild in Jennas Kopf, dass sie beinahe in die Begeisterung ihrer Schwester mit eingefallen wäre. Doch gleich darauf überkam sie die Tragik der Situation und sie schüttelte langsam den Kopf. »Keira, ich kann es nicht annehmen. Es würde einfach nicht perfekt aussehen. Dein Einzug in die Kirche ist doch das erste Bild, das sich die Hochzeitsgäste von dir machen werden. Wir sollten alles so lassen wie geplant.«

Sie versuchte gar nicht erst, Keira die Gefühle, die ihr Vorschlag in ihr auslöste, zu erklären. Auch wenn diese gerade versucht hatte, Einfühlungsvermögen zu zeigen, mehr Verständnis würde Jenna von ihrer Schwester nicht erwarten können.

Nachdenklich sah Keira ihre Schwester an. Langsam machte sich ein erschrockener Ausdruck auf ihrem Gesicht breit, als sie sich der Asymmetrie der Brautjungferngruppe bewusst wurde.

»Macht es dir wirklich nichts aus?«, fragte sie besorgt.

Verständnisvoll schüttelte Jenna den Kopf. »Es ist dein großer Tag und er soll perfekt werden.«

Keira sah ihre Schwester dankbar an. »Weißt du, Mom hat darauf bestanden und ich dachte, wo du doch sonst nichts mehr hast …« Dramatisch breitete sie ihre Arme aus, in die Jenna sich geschlagen hineinsinken ließ.

»*Na ja*«, dachte sie, während ihre Schwester sie hartnäckig umklammerte, »*wenigstens habe ich noch meine Goldsträhnen und Goldsprenkel.*«

Kapitel 4

Die Wellen waren heute perfekt. Steve und Nick hatten seit Wochen versucht, sich einen Tag freizuschaufeln, um endlich mal wieder auf dem Brett zu stehen und die Wellen unter sich zu spüren. Nick hatte in letzter Zeit noch mehr Fälle in der Kanzlei übernommen und Steve war im Management seiner Firma in die Führungsetage aufgestiegen. Es waren harte Monate gewesen, aber beide hatten jetzt ihre eigenen Büroräume in den oberen Stockwerken der Business World von Manhattan.

So, wie sie es sich immer vorgestellt hatten. Seit sie vierzehn waren. Eigentlich war es ein Running Gag zwischen ihnen gewesen. Damals. Mit vierzehn waren sie noch nicht wirklich scharf darauf gewesen, zu den Krawattenträgern zu gehören. Die Anzüge nannten sie Pinguinkostüme und lachten sich jedes Mal schief, wenn sie einen von diesen armen Kerlen in solch einem Korsett schwitzen sahen.

Sie hatten damals meistens selbstgekürzte Jeans an. Knapp über den Knien schnitten sie den überflüssigen Stoff mit einem scharfen Messer weg. So war es damals cool gewesen. Schuhe brauchten sie nicht. Erst wenn der Winter in Manhattan Einzug hielt, konnten ihre Eltern sie davon überzeugen, welche zu tragen. Sie waren so frei. So frei wie jetzt, auf den Wellen.

Sie waren allein. Die Wellen wurden immer riesiger. Wunderschön. Es wurde davon abgeraten, heute ins Meer zu gehen. Aber genau dieses Wetter rang dem Wasser die größten und hitzigsten Skulpturen ab. Der Beweis ihrer Wildheit zeigte sich in dem weißen Schaum, der spritzte und quoll wie aus dem Maul eines tollwütigen Tieres.

Sie hatten sich schon nach einer halben Stunde völlig verausgabt und brauchten dringend eine Pause. Nick hatte das Brett bisher besser im Griff gehabt als sein Freund. Wäre es umgekehrt gewesen, hätte er sich jetzt keine Pause erlaubt. Natürlich war es kindisch. Aber es trieb sie immer zu den besten Leistungen an. Dieses Männerding zwischen ihnen.

Er drehte sich zu Steve um und machte das Victory-Zeichen. Dann deutete er auf den Strand und winkte seinen Freund zu sich. Doch dieser schüttelte den Kopf. Nick grinste ihn schief an. Keine Pause für Steve.

Sein Atem ging schnell und flach, als er sich auf sein großes Handtuch fallen ließ. Er wischte sich das Gesicht trocken. Fuhr mit seinem T-Shirt durch sein nasses Haar, das ihm auf die Schultern tropfte. Die Sonne kam jetzt heraus. Er streckte ihr das Gesicht entgegen und merkte, wie sein Atem langsamer wurde und ihn ein Gefühl des Glücks streifte.

Als er wieder zu Steve sah, war dieses Gefühl sofort verschwunden. Er sah seinen Freund auf der mächtigsten Welle des heutigen Vormittages. Er hatte sie perfekt erwischt. Die Welle schien sanft. Hatte es nicht eilig zu vergehen. Nick schätzte dieses Monster auf mindestens sechs Meter. Sein Kiefer verkrampfte sich. Wenn sie jetzt brechen würde … Manchmal waren die Damen unberechenbar. Hatten keine Lust auf sanfte Zärtlichkeiten. Steve sah lachend zu Nick. Hob den Daumen. Damit hatte er seinen Freund um Längen hinter sich gelassen. Nick zuckte mit den Schultern. Hob dann ebenfalls den Daumen und grinste. Dabei wurde der Krampf in seinem Kiefer noch härter. Er wollte, dass sein Freund da rauskam. Auf der Stelle.

Als es passierte, lächelte er immer noch. Die Welle brach, als Steve gerade ihren höchsten Punkt erreicht hatte, und verschlang ihn. Das allein wäre schon ein Grund zur Panik gewesen. Doch plötzlich schien es das Wasser eilig zu haben. Die Wellen kamen jetzt schnell. Die nächste schien Nick noch größer als diejenige, die gerade seinen besten Freund unter sich begraben hatte. Und sie brach genau über der Stelle, unter der Steve sich befinden musste.

Nick war sofort auf den Beinen. Rannte, so schnell er konnte, und brüllte Steves Namen. Er sah nur Schaum. Seine Augen suchten nach einem Körper. Nach einem Brett. Aber er sah nichts. Gar nichts. Nur diesen wilden, gierigen, nassen Schlund, der nicht genug zu bekommen schien.

Er war jetzt bis zur Hüfte im Wasser. Suchte panisch nach einer Stelle, an der es Sinn machen würde einzutauchen. Nach Steve zu suchen. Die Kraft seines Gegners war so stark, dass sie ihn immer wieder in die Knie zwang. Verzweiflung machte sich in ihm breit. Sein Freund würde hier ertrinken, wenn er ihn nicht sofort aus dem Meer ziehen würde.

Und dann endlich sah er etwas, das ihm sofort eine Ladung Adrenalin verpasste. Ein grelles Rot. Steves Surfbrett.

Er kannte jetzt die Stelle, in die er tauchen musste. Und er tat es. Spürte die nächste Welle über sich zusammenschlagen. Sie drückte ihn mit einer Wucht gegen den Meeresgrund, die ihn völlig die Orientierung verlieren ließ. Als er sich wieder bewegen konnte, tauchte er mit weit gespreizten Armen, suchend in alle Richtungen. Nach einigen Sekunden, die ihm wie eine Ewigkeit vorkamen, stieß er endlich an etwas Hartes und griff panisch danach. Er durfte das Brett jetzt nicht mehr verlieren. Ihm war klar, dass Steve schon zu lange keinen Sauerstoff mehr in der Lunge hatte. Schnell griff er sich am Seil entlang zu Steves Bein, an dem das Brett festgebunden war. Und endlich hielt er den bewusstlosen Körper seines Freundes in den Armen. Die Erleichterung darüber hielt nur einen Moment an, denn schon brach die nächste Welle über ihnen zusammen und schaffte es beinahe, Steve wieder aus Nicks Armen zu reißen. Doch Nick umklammerte seinen Freund so fest wie ein Schraubstock.

Dann, urplötzlich, füllten sich Nicks Lungen mit Luft. Gierig schnappte er immer wieder danach. Als er die Augen öffnete, erkannte er, dass die letzte Welle sie gnädig an den Strand geschleudert hatte. Er kämpfte sich auf die Knie, drehte Steve auf den Rücken und fühlte seinen Puls, den er nicht ausfindig machen konnte. Panik machte sich in ihm breit. Sie wurde noch größer, als er bemerkte, dass Steves Gesicht voller Blut war. Kurz wischte er mit seiner Hand über den Mund seines Freundes. Dann begann er, ihn zu beatmen.

Er konnte nicht sagen, wie viel Zeit vergangen war, bis er die Stimmen und Schreie hinter sich wahrnahm. Gleich darauf hörte er die erlösende Sirene eines herannahenden Krankenwagens. Die Sanitäter liefen mit festen Schritten auf sie zu. Trennten sie voneinander. Sie blendeten Nick in die Augen. Fühlten seinen Puls. Die Decke, die sie ihm über die Schultern legten, begann ihn sofort zu wärmen. Die ganze Zeit über konnte er nur seinen Freund anstarren. War kaum fähig, die Fragen der Sanitäter zu beantworten.

Steve wurde beatmet und bekam immer wieder starke Druckmassagen gegen den Brustkorb. Als er anfing zu husten und sich übergab, legte Nick sein Gesicht in die Hände, um nicht vor all diesen Menschen vor Erleichterung in Tränen auszubrechen.

Der Krankenwagen fuhr sie ins Station ONE, wo sie untersucht werden sollten. Nick lehnte das ab und machte sich, die Proteste der Ärzte ignorierend, auf die Suche nach seinem Telefon, das sich irgendwo in diesem Krankenhaus befinden musste. Er wollte Stella anrufen. Steve würde sie brauchen, wenn er wieder zu sich kam. Die Wellen hatten ihm zwei Rippen gebrochen. Den Rest seines Körpers sahen sich die Ärzte gerade an.

Ihm war klar, dass er im Moment allein Stellas geballte Wut abbekommen würde. Steve war ja fein raus. Aber auch er würde sein Fett noch wegbekommen, wenn er wiederhergestellt war. So einfach würde ihn dessen Verlobte nicht davonkommen lassen. Nick würde sich die Vorwürfe gefallen lassen, ohne sich zu wehren. Stella hatte jedes Recht dazu. Sie hatten sich idiotisch benommen, die Wetterwarnungen nicht ernst zu nehmen. Die Sanitäter in der Fahrerkabine hatten sie auf dem Weg ins Krankenhaus einige Male als *»diese arroganten Typen da hinten«* bezeichnet. Sie hatten geflüstert, aber er hatte es trotzdem gehört. Und ihnen recht gegeben. Ob Steve und er daraus eine Lehre gezogen hatten, würde sich beim nächsten Ritt herausstellen. Stella würde einen Schwur von ihm fordern, nie wieder ein solches Risiko einzugehen. Er würde ihn ihr verweigern und damit ein wochenlanges, unbarmherziges Schweigen seiner besten Freundin provozieren. Trotzdem würde er nicht lügen.

Als der Anruf erledigt war, setzte er sich auf einen Stuhl vor dem Zimmer, in dem Steve immer noch untersucht wurde, und wartete. Zum ersten Mal seit Wochen war er gezwungen, mehr als ein paar Minuten dazusitzen und nichts zu tun. Natürlich geschah nun das, wofür er in seinem Leben mit der größten Anstrengung keinen Raum zuließ. Er begann nachzudenken.

Es war das Seltsamste, was er in den letzten Jahren über seine Mutter gedacht hatte, aber in diesem Moment wurde ihm klar, dass es ihr Verdienst war. Dass er keine Angst hatte, sich in die Wellen zu stürzen, um das Leben seines Freundes zu retten und seines zu riskieren.

Er war so tief in seinen Gedanken gefangen, dass er die Geräusche um sich herum gar nicht wahrnahm. Dieses geschäftige Treiben, das die Schwestern und Ärzte in den Fluren und Zimmern veranstalteten. Als er aufblickte, sah er einen silbernen Wagen an sich vorbeirollen. Darauf lagen verschiedene Zangen und andere Folterwerkzeuge. Vielleicht war es auch Chirurgenbesteck. So genau wollte er es gar nicht wissen. Er schloss die Augen, um das Bild zu vertreiben.

Doch die Krankenhausgeräusche drangen ihm jetzt penetrant ins Ohr. Gönnten ihm keine Flucht mehr vor der Realität. Er war hier. Sein Atem wurde schnell und flach. Sein Nacken verspannte sich. Sein Körper schien das Adrenalin, das ihn bisher vor diesem Gefühl geschützt hatte, abzubauen. Wo war Stella? Er konnte jetzt nicht einfach gehen und Steve allein lassen. Aber er musste hier raus. Schweiß bildete sich auf seiner Stirn. Er legte sich beide Hände vor Mund und Nase und atmete ruhig hinein. Manchmal half das. Eine Schwester, die an ihm vorbeieilte, bemerkte seinen Zustand. »Ist alles in Ordnung?« Sie beugte sich zu ihm hinunter. Sah ihn besorgt an. Fühlte dann seinen Puls. Er versuchte, seine Hand aus ihrem Griff zu befreien. »Ich möchte Ihnen helfen. Sie sind einer von den Surfern, oder? Ich frage rasch den Doktor nach einem Beruhigungsmittel.« Schnell ging sie den Gang entlang und sprach einen grauhaarigen Mann an, der Nick nun musterte. Jetzt kamen die beiden mit besorgten Mienen auf ihn zu. Er wollte aufspringen, aber seine Muskeln reagierten nicht. Panik stieg in ihm auf. Nicht die weiche, klebrige Angst, die ihn so oft belagerte. Es war diese harte Panik, gegen die er keine Chance mehr haben würde.

Er bemerkte seine Hände, in die er immer noch atmete, und aus seinem Inneren kam so etwas wie ein Lachen. Es hörte sich gequält an. Er wollte es nicht von sich geben. Aber zwischen all diesen Furcht einflößenden Gefühlen hatte wohl noch ein Funke Humor überlebt. Er versuchte, die Attacke zu besiegen, indem er in seine Hände atmete. Das war irgendwie putzig. Ein weiteres Lachen drang aus seiner Brust. Der Arzt und die Schwester standen jetzt neben ihm. Sie hatte eine Spritze in der Hand. Nick sah sich Hilfe suchend um. Und bemerkte endlich, wie Stella auf ihn zulief. Er schaffte es aufzuspringen und rannte an den erstaunten Medizinern vorbei, Stella entgegen. »Ich muss raus«, keuchte er ihr zu.

Sie nickte. »Kann man dich allein lassen?«, fragte sie besorgt.

»Jaja, geh zu Steve.« Er deutete mit dem Kopf auf die Tür, hinter der sein Freund sich befand, und stürzte dann mit letzter Kraft aus der Tür hinaus ins Freie.

Kapitel 5

Der Handyton, der Jenna kurz nach Keiras Besuch aus dem Sortieren des Wäschestapels riss, machte klar, dass im Krankenhaus eine Notsituation ausgebrochen war. Jenna wurde jetzt sofort gebraucht. Sie schnappte sich ihre Jacke und die Autoschlüssel und machte sich auf den Weg.

Ihr Vorgesetzter, Daniel Pole, klärte sie in knappen Worten über die Situation auf, während sie sich wusch und in ihren Kittel schlüpfte.

Zwei Jugendliche hatten an einem College mehrere Studenten mit einer Schusswaffe verletzt. Sie hatten außerdem mit Sprengstoff zwei Explosionen verursacht.

In der Notaufnahme herrschte hektisches Treiben. Die Patienten saßen blutend auf den Liegen. Die Ärzte waren noch damit beschäftigt, sich ein erstes Bild von den Verletzungen zu machen und mussten fast augenblicklich entscheiden, wer sofort behandelt werden sollte und wer warten konnte. Vitalwerte wurden in hektischer Betriebsamkeit gemessen. Ein erster Blick auf Schusswunden und Explosionsverletzungen sortierte die Patienten in verschiedene Behandlungsräume oder sofort in die Operationssäle.

Verbrennungsopfer wurden mit Morphium und aggressiver Flüssigkeitszufuhr erstversorgt. Andere Verletzte mussten intubiert werden. Die benötigten Bluttransfusionen sprengten die hauseigene Blutbank. Nachschub wurde von anderen Kliniken angefordert. Einige Schwestern machten sich daran, erste Identifikationen durchzuführen. Hinter den Türen warteten verzweifelte Angehörige auf Entwarnung.

Neben Jenna behandelte Dr. Evans gerade einen Jungen mit einer Schusswunde im Oberschenkel. Ein glatter Durchschuss. Der Junge hatte Glück gehabt, aber er war panisch. Dr. Evans versuchte, ihm ein Beruhigungsmittel zu spritzen, doch der Patient wehrte sich. Fuchtelte mit seinen Händen wild vor Dr. Evans Gesicht herum.

»Verdammt, jetzt halten Sie doch still!«, fuhr Jennas Kollege den Jungen an und packte ihn unsanft am Oberarm.

Während Jenna gerade damit beschäftigt war, einen Patienten für seine bevorstehende Operation vorzubereiten, bemerkte sie die Situation aus dem Augenwinkel.

»Dr. Evans.« Sie berührte ihren Kollegen kräftig an der Schulter, um seine Aufmerksamkeit zu bekommen. »Bleiben Sie ruhig. Der Patient ist traumatisch.« Die Lippen des Arztes zitterten. Als sie auf seine Hände blickte, erkannte sie, dass er kaum mehr eine fließende Bewegung zustande brachte.

»Jo, komm her. Schnell«, rief sie.

»Was gibt es denn?«, fragte die Schwester.

»Du übernimmst hier, bis jemand dich ablöst. Dr. Evans macht jetzt eine Pause.« Auffordernd deutete sie mit dem Kopf auf den Pausenraum. Evans starrte sie irritiert an.

»Sie richten hier mehr Schaden an, als Sie helfen. Gehen Sie jetzt!«, forderte sie eindringlich.

Sie orderte eine Schwester zu ihrem Patienten, dem diese einen Zugang legen sollte, und lief schnell in den Flur, in der Hoffnung zwei Ärzte organisieren zu können. Zwei weitere Patienten mussten schnellstens versorgt werden. Sie wurden anfänglich nicht als Notfall eingestuft, doch Jenna hatte bemerkt, dass sie mittlerweile dringend Hilfe zu brauchen schienen.

Das Mädchen in der Ecke nickte jetzt immer wieder ein, was kein gutes Zeichen war. Sie war außerdem bleich wie die Wand geworden. Jenna vermutete eine innere Blutung, die es zu stoppen galt, bevor dem Mädchen nicht mehr zu helfen war.

Das andere Mädchen, sie sah höchstens aus wie fünfzehn, begann zu reden. Viel zu reden. Niemand schenkte ihr Beachtung. Sie blutete nur aus einer kleinen Schramme an der Stirn. Jenna wollte geklärt haben, ob hier ein Schädel-Hirn-Trauma vorlag. Die Kleine hatte, für Jennas Geschmack, in den letzten Minuten zu gute Laune bekommen. Als sie endlich jemanden für die Versorgung dieser Jugendlichen gefunden hatte, widmete sie sich wieder ihrem Patienten, der in OP 3 gerollt wurde.

Noch einmal ließ sie ihren Blick über die Flure mit den Opfern schweifen, bevor sie sich an die Arbeit machte. Ihr Chef nickte ihr zu. Sie hatten bis hierher alles gut gemeistert.

Nach der Operation, die gut verlaufen war, suchte Jenna ihren Vorgesetzten auf, um sich auf das Laufende zu bringen. Die Operation hatte über drei Stunden gedauert. In dieser Zeit war in der Notaufnahme viel passiert. Die Opfer konnten glücklicherweise alle schnell versorgt werden. Es erschien ihr wie ein Wunder, dass sie keines der Opfer verloren hatten.

Jetzt erfuhr sie von Daniel, dass zwei Jungen für die Tat verantwortlich waren. Beide Täter hatten sich in Mädchen aus dem College verliebt. Doch ihre Gefühle wurden nicht erwidert. Ganz im Gegenteil, die Mädchen verhöhnten ihre Verehrer in den sozialen Medien. Jeder wusste von ihrer Schmach. Die anderen Studenten des Colleges gossen noch Öl ins Feuer, indem sie sich besonders eifrig an den fiesen Kommentaren der Mädchen beteiligten. Die Täter selbst studierten nicht auf dem College.

Einer von ihnen verdiente sich dort als Hausmeister etwas dazu. Der andere war der Bruder eines College-Studenten. Sie lernten sich über die sozialen Medien kennen. Als Gedemütigte fanden sie schnell eine gemeinsame Basis ihrer Freundschaft. Dann schmiedeten sie den Plan.

Erschöpft ließ sich Jenna auf einen der Stühle im Flur fallen und atmete tief durch. Daniel setzte sich neben sie und tat es ihr gleich. So saßen sie eine Weile still nebeneinander.

»Solche Verletzungen ...« Er schüttelte bedrückt den Kopf »Ich hatte in meiner ganzen Laufbahn als Arzt eine einzige Schusswunde zu behandeln. Ein Streifschuss. Passiert beim Reinigen einer Waffe.« Er schüttelte wieder den Kopf und schloss die Augen. »Was das Team heute zu leisten hatte, war entsetzlich. Einige von uns hat das ganz schön umgehauen.«

Jenna nickte betroffen. Es war das erste Mal für sie gewesen, mit Verletzungen dieser Art umgehen zu müssen.

»Ich habe dich heute einige Male in diesem Chaos gesehen, wie alle meine anderen Ärzte auch. Du hast alles mit kühlem Kopf und ruhiger Hand erledigt und hast es sogar geschafft, noch einen Teil meiner organisatorischen Aufgaben zu übernehmen. Du hast vorausschauend, aber auch emphatisch reagiert. Jetzt kann ich dir mit gutem Gewissen eine Antwort auf deine gestrige Frage geben.«

Jenna horchte auf. Was jetzt kam, würde die Weichen ihres zukünftigen Lebens stellen.

»Du bekommst meine Empfehlung. Und meinen Segen mit dazu. Mit der Auflage, dass du zum Ende deines Einsatzes wieder gesund zurückkommst, und zwar in unsere Klinik.«

Sie drehte ihren Kopf zu ihm herum und sah ihn dankbar an.

»Ich glaube, du hast recht«, erklärte er. »Vielleicht ist es deine Berufung. Du wirst den Menschen, wo auch immer, eine hilfreiche Unterstützung sein.«

Jenna nickte und kickte erschöpft mit ihrer Schulter gegen seine. »Danke, Daniel.«

Kapitel 6

Nick war gespannt darauf, wie Stella ihm begegnen würde. Steve hatte ihn vorhin im Büro angerufen, um ihn auf ihre Bitte hin für heute Abend einzuladen. Sie würden sich das Baseball-Spiel ansehen. Er freute sich über Stellas Begnadigung. Natürlich verstand er, warum sie wütend war. Sie hätten den Unfall vermeiden können, wenn sie nicht so überheblich gewesen wären, die Wetterwarnungen zu ignorieren. Steve hatte zu Hause dieselbe Eiszeit überstehen müssen. Versprochen hatten sie Stella trotzdem nichts.

Natürlich nahm sich niemand vor, heute sein Leben zu riskieren. Manchmal wurde man von einem Rausch übermannt. Nick wusste, dass es mit fast allem passieren konnte, für das man brannte. Für die Arbeit, eine Sportart, sein Lieblingsteam, Freundschaft, Liebe. Und wenn man sich dann in dieser Situation wiederfand, dachte man nicht mehr an Versprechen. Man handelte nach seinem Gefühl. Deshalb wäre es falsch gewesen, Stella etwas zu versprechen, von dem sie selbst nicht wussten, ob sie es einhalten konnten.

Er saß noch an seinem Schreibtisch und erledigte die letzten Formalitäten, um die Akte Tschukovski zu schließen.

Sie hatten soeben das Gespräch mit Andrea Svitter beendet. Es war ein sehr kurzes Gespräch gewesen. Das Mädchen war, völlig überrumpelt von Tschukovskis Vorgehensweise, hier erschienen.

Dass er bereits einen Anwalt beauftragt hatte, noch bevor sie eine offizielle Anzeige erstattete, hatte ihren Plan völlig in sich zusammenbrechen lassen. Sofort, als Andrea Svitter in seinem Büro erschienen war, konnte Nick ihr ansehen, dass sie die Sache am liebsten auf der Stelle abgeblasen hätte.

Aber Tschukovski und Nick hatten sich darauf geeinigt, dem Mädchen zumindest einen Denkzettel zu verpassen. Also ließ Nick nebenbei die Namen der ersten beiden Männer fallen, die Andrea Svitter zu Unrecht beschuldigt hatte. Sie lief rot an und stammelte völlig zusammenhangloses Zeug zu ihrer Verteidigung daher. Nick beobachtete sie sehr genau und war zufrieden mit ihrer Reaktion. Jetzt würde sie gleich einknicken.

Sie hatte ihn wütend gemacht. Ihre Beschuldigungen hatten nicht nur beinahe das Leben dieser Männer zerstört, sie schwächten außerdem die Aussagen echter Missbrauchsopfer. Und dafür gab es keine Entschuldigung.

Als die Svitter dann begann, sich vollends in fadenscheinige Aussagen zu flüchten, wusste Nick, dass sie sie hatten. Sie redete sich um Kopf und Kragen. Faselte etwas von Drogen, die ihr vor der Tat vermutlich ins Getränk gekippt wurden, von Gedächtnisschwund.

»In allen drei Fällen?«, fragte Nick spitz.

Nach einigen Sekunden drückender Stille, in der das Mädchen ganz offensichtlich mit sich rang, gab es endlich zu, dass es sich womöglich getäuscht hatte. Doch das reichte Tschukovski nicht.

Er hatte Nick in den vorbereitenden Gesprächen anvertraut, dass er sich schämte. Vor allem vor seinen Eltern und seiner Schwester. So, als ob tatsächlich etwas an dieser unsäglichen Anschuldigung dran wäre. Würde seine Familie für den Rest ihres Lebens vielleicht doch manchmal an diesen Zwischenfall denken und sich fragen, ob er zu so etwas fähig wäre?

Jetzt fiel diese Scham von ihm ab. Nick forderte im Namen seines Mandanten eine Entschuldigung vor all den Menschen, die ihre falschen Anschuldigungen mitbekommen hatten. Es handelte sich dabei um einige Studienkollegen und Tschukovskis

Familie. Aber es würde die Runde machen und die Svitter wäre für immer stigmatisiert. Genauso, wie es die beschuldigten Männer vor ihren Familien und Freunden gewesen wären, wenn Tschukovski nicht Nick Pole als seinen Anwalt eingeschaltet hätte.

Nachdem Nick durchblicken ließ, dass womöglich weitere rechtliche Konsequenzen auf sie zukommen würden, falls sie die Bedingungen nicht akzeptierte, lenkte sie kleinlaut ein.

Als alle aus dem Zimmer waren, lehnte Nick sich in seinem Ledersessel zurück, schenkte sich einen Whisky ein und betrachtete die Skyline von Manhattan. Normalerweise machte sich in diesem Moment ein Gefühl des Triumphes in ihm breit. Doch in letzter Zeit wich dieses berauschende Gefühl einer abgestumpften Selbstverständlichkeit. Er hatte also mal wieder gewonnen.

»Hallo, mein Großer.« Stella öffnete die Arme und grinste Nick schief an. Ein Stein fiel ihm vom Herzen, als er ihre Umarmung erwiderte. Sie war also nicht mehr sauer.

»Wow, du siehst fantastisch aus. Hast du deine Haare irgendwie anders? Und abgenommen hast du auch, stimmt´s?« Nick betrachtete seine Freundin nachdenklich.

Steve saß währenddessen auf der Couch und verkniff sich ein Lachen.

»Meine Haare sind total verfilzt, ich brauche dringend einen Friseur und ich habe zwei Kilo zugenommen. Also übertreib es nicht gleich in den ersten Minuten wieder, ja?« Mit hochgezogenen Augenbrauen sah sie ihn an.

»Du siehst trotzdem toll aus. Auch wenn du Jack Sparrow ähnelst. Der dicken Version natürlich«, grinste er.

Mahnend hob Stella den Zeigefinger vor sein Gesicht.

»Also gut, wir sehen beide toll aus.« Er beugte sich zu Stella hinunter und flüsterte ihr so, dass Steve es hören konnte, ins Ohr: »Nicht so Scheiße wie Steve jedenfalls.«

Stella lachte jetzt laut. Einige Salzbrezeln flogen in Nicks Richtung, die Steve von der Couch aus auf seinen Freund abfeuerte.

Nick ging zu ihm, um ihn zu begrüßen. Wieder erschrak er, als er das Gesicht seines Freundes aus der Nähe sah. Die Farbpalette um Steves linkes Auge und im Bereich des Jochbeins sparte nicht an Kreativität und Vielfalt.

»Was?«, blaffte Steve, als Nick nicht aufhörte, ihn anzustarren.

»Ich suche noch grün. Dann hättest du einen ganz zauberhaften Regenbogen im Gesicht.«

»Mussten wir ihn wirklich einladen?«, brüllte Steve Stella zu, die jetzt in der Küche herumhantierte.

»Jaha«, zwitscherte sie fröhlich.

Grinsend ließ Nick sich neben Steve auf die Couch sinken. »Wie geht's dir? Im Ernst.«

Das Surfbrett hatte Steve bei dem Unfall, zusätzlich zu den gebrochenen Rippen, einen Jochbeinbruch und eine üble Platzwunde im Gesicht zugefügt, als es beim Sturz auf ihn gekracht war. Er hatte trotzdem Glück gehabt. Es hätte ihm auch den Schädel spalten können.

»Geht schon viel besser. Die Rippen schmerzen beim Lachen und Bewegen. Aber ich hatte ja in letzter Zeit hier sowieso nicht viel zu lachen.« Er flüsterte die letzten Worte und sah verstohlen zu Stella.

»Immer noch dicke Luft?« Nick flüsterte ebenfalls.

»Seit heute nicht mehr. Aber es war eisig. Ich wollte mich schon mit ein paar meiner Sachen bei dir einquartieren.«

Nick setzte ein übertrieben mitleidiges Gesicht auf.

»Na ja, für meine Genesung war die Stimmung immerhin förderlich. Außer Fröhlichkeit gab es natürlich auch keinerlei Bewegung.« Sie grinsten beide und sahen verstohlen zu Stella, die gerade mit einem Tablett aus der Küche kam.

»Und, wie läuft es mit Nancy?«, fragte sie.

Kopfschüttelnd sah Nick zu Steve. »Du altes Waschweib.«

Entschuldigend hob dieser die Hände. »Ich dachte, sie würde schneller Gnade walten lassen, wenn ich ihr etwas Interessantes erzähle.«

»Ja, benutze ruhig mein Leben für die Lösung deiner Probleme«, grinste Nick.

»Ich warte immer noch auf eine Antwort.« Neugierig sah Stella ihn an.

»Nancy ist wirklich nett«, erklärte er.

»Meine Güte.« Ungeduldig hob sie die Hände. »Jetzt lass dir doch nicht jedes Wort aus der Nase ziehen.«

Nick seufzte. »Sie ist Immobilienmaklerin und sie ist eher sehr nett als nur nett. Aber wie ihr wisst, bin ich nicht auf der Suche nach einer Beziehung.«

Jetzt war es Stella, die seufzte. »Es würde dir guttun. Warum versuchst du es nicht mal?«

»Stella.« Steve verdrehte genervt die Augen, während Nick grinsend in die Fernsehzeitung sah, als würde ihn dieses Gespräch überhaupt nichts angehen.

»Warum kann ich nicht haben, was alle Frauen haben?«, fuhr sie schmollend fort. »Ich möchte auch einen besten Freund meines Freundes, den ich hasse oder auf den ich wenigstens rasend eifersüchtig bin. Oder zumindest eine Freundin an dessen Seite, die ein oberflächliches und gut aussehendes Miststück ist. Mit der ich meine Konkurrenzkämpfe austragen kann und die mich motiviert, immer besser auszusehen. Besser als sie jedenfalls. Stattdessen habe ich das hier: Ein harmonisches und langweiliges Trio, das sich nichts mehr zu sagen hat, außer ein: *Sie ist nett.*«

Erstaunt über Stellas dramatischen Auftritt sahen die beiden Männer sich an. Dann begannen sie zu lachen. Stella fiel kurz darauf mit ein.

Als Nick sich später verabschiedete, nagelte sie ihn jedoch auf ein Abendessen zu viert am Freitagabend fest.

Er würde Stella den Gefallen tun. Seine Freunde lernten hin und wieder eine seiner Affären kennen. Sie wussten, dass sie sich nicht freundschaftlich an die Frauen zu binden brauchten. Sie würden nicht lange in seinem Leben bleiben.

Zu Hause machte Nick es sich vor seinem Laptop auf der Couch gemütlich. Er wollte sich noch auf einen neuen Fall vorbereiten. Aber er war müde und konnte sich nicht richtig konzentrieren. Seine Gedanken schweiften immer wieder zum heutigen Abend ab.

Erneut machte sich Erleichterung ihn ihm breit. Er wusste zwar, dass Stella ihm niemals die Freundschaft kündigen würde, aber er konnte es schwer ertragen, wenn sie sauer auf ihn war. Dieser Abend war lange überfällig gewesen. Jetzt konnte er endlich wieder frei durchatmen.

Es war kein weiteres Gespräch nötig gewesen. Sie waren augenblicklich wieder auf derselben Wellenlänge. Ihre Freundschaft konnte jederzeit an jedem Ort wieder angeknüpft werden. Egal was sich vorher zugetragen hatte. Genauso lief es auch mit Steve.

Steve und er hatten sich mit sieben Jahren kennengelernt. Als Nick damals seinen Vater und dessen neue Familie besuchte, war der Nachbarsjunge mit den strohblonden Haaren und dem abgebrochenen Schneidezahn das gewesen, worauf er sich wirklich freute. Nicht sein Vater. Und schon gar nicht sein Bruder Daniel. Das war irgendwann vorbei gewesen.

Natürlich hatte er sich auch auf Elaine gefreut. Daniels Mutter. Die nach und nach auch zu seiner geworden war.

Steve war das Wilde und Abenteuerliche an seinen Dad-Urlauben gewesen. Elaine war das, was er zum Überleben brauchte. Daniel und Dad waren einfach nur Arschlöcher, die einander verdient hatten.

Daniel hatte ihn damals mit Steve bekannt gemacht, als er einen der verhassten Babysitter-Dienste von Elaine aufgebrummt bekam. Sie kickten im Garten von Dads neuem Haus lustlos ein paar Bälle ins Tor, als Daniel die rettende Idee ins Auge fiel.

»Hey Sommersprosse«, brüllte er in den anliegenden Garten, als er Steve allein mit seinem Ball kicken sah. »Willst du bei uns mitmachen?«

Steve strahlte. Der coole, ältere Nachbarsjunge hatte ihn tatsächlich eingeladen. Begeistert hatte er genickt und war schüchtern an den Zaun gekommen.

»Hüpf rüber«, wies Daniel ihn an, was Steve gleich darauf versuchte. Aber er blieb mit seinem Fuß am Zaun hängen und knallte mit dem Rücken ins Gras. Daniel war vor schadenfrohem Lachen beinahe zusammengebrochen. Doch Steve hatte es immerhin schon in ihren Garten geschafft. Auch wenn man an der Eleganz noch arbeiten konnte. Was sie im Laufe der Jahre getan hatten. Zu jeder Tages- und Nachtzeit schlichen sie sich aus ihren Zimmern, wenn sie Lust auf ein Abenteuer hatten oder nicht allein sein wollten. Der Gartenzaun war keine Hürde gewesen. Nicht an diesem Nachmittag, an dem Daniel sich so schnell wie möglich aus dem Staub gemacht hatte, um Steve und ihn ihrem >*Kindergartentreffen*< zu überlassen, noch an einem anderen Tag.

Stella war erst sehr viel später dazugekommen. Jetzt waren es schon sieben oder acht Jahre, die Steve und sie ein Paar waren. Sie hatten sie gemeinsam bei der Geburtstagsfeier einer früheren Studienkollegin kennengelernt.

Wenn Stella tanzte, konnte man schwer den Blick von ihr lassen. Sie genoss es einfach, sich zur Musik zu bewegen. Und an diesem Abend hatte sie getanzt. Nick bemerkte sofort, dass Steve Feuer gefangen hatte. Doch damals, das erste Mal, seit sie sich für Frauen interessierten, hatte Steve nicht den Mut gefunden, einen lockeren Spruch abzulassen und das Objekt seines Interesses in ein Gespräch zu verwickeln. Nick musste übernehmen und tat es gerne für seinen Freund.

Seit diesem Abend glaubte er an die Liebe auf den ersten Blick. Weil sie seinen Freund getroffen hatte.

Er sprach Stella während einer Tanzpause an und lenkte das Gespräch mit ein paar geschickten Fragen und Geschichten auf Steve, der in einer anderen Ecke stand und sich gelangweilt mit einem Bekannten unterhielt. Als Nick Steve endlich zu ihnen winkte, hatte er bereits einige von Stellas charakterlichen Vorlieben herausgefunden, um sie, ganz nebenbei, im Laufe der Unterhaltung mit der Person seines besten Freundes zu verknüpfen. Er konnte damals schon geschickt Fäden ziehen und Fährten legen. Stella war viel später, als Nick und Steve ihr von diesem Plan erzählt hatten, beeindruckt von Nicks Geschick gewesen. Es war etwas Schönes daraus entstanden. Seitdem sagte sie oft, dass er zum Anwalt geboren war, bei seinem Talent, die Menschen in Richtungen zu lenken. Obwohl ihre Worte als Kompliment gemeint waren, hörte er sie nicht gerne. Er dachte dabei an das Wort, das ihn schon zu oft als Vorwurf getroffen hatte: Manipulator.

Kapitel 7

Es war seltsam, sich hübsch zu machen. Gleichgültig wie sie heute aussah, es würde nichts daran ändern, wie sie sich fühlte.

Alles an diesem Morgen empfand sie als demütigend. Jenna blickte in den Spiegel, um die Wimperntusche aufzutragen. Sie musste lächeln, weil ihr die Goldsprenkel in ihren Augen auffielen, die sie sonst nie wahrnahm. Heute, an dem Tag an dem sie eigentlich ein lachsfarbenes Kleid hätte tragen sollen. Eigentlich sollte es zuerst ein Weißes sein. Aber ihr Leben hatte diese andere Richtung eingeschlagen.

Fast schon empfand sie es als Schicksalsfügung. Sie würde bald dort sein, wo sie eigentlich hingehörte. Davon war sie überzeugt. Und auch Daniel hatte sie nun darin bestätigt. Wäre das heute auch ihr Hochzeitstag gewesen, hätte sie nichts dergleichen in die Wege geleitet. Sie hätte weiterhin im Holy Station gearbeitet. Wäre womöglich bald eine Mom geworden. Jetzt würde sie bald eine Einsatzkraft für die Organisation sein, die sie bewunderte, seit sie denken konnte.

Sie hatte das grüne Kleid gewählt. Mit den zarten Pailletten um Ärmel und Kragen. Lange Smaragd-Ohrringe zierten ihr Gesicht, berührten fast ihre schlanken Schultern. Schnell stieg sie in ihre Pumps und griff nach der Tasche und dem Autoschlüssel.

Ein abschließender Blick in den Spiegel, dann atmete sie tief durch und machte sich auf den Weg zur Hochzeit ihrer Schwester.

Ihre Mom drückte ihre Hand, als Jenna sich neben sie in die erste Bank der Kirche setzte. Dad würde Keira ihrem Bräutigam übergeben und gleich mit ihr den Gang hereinschreiten.

Jenna drehte ihren Kopf, um nach Rose zu suchen, und lächelte ihr zu, als sie ihre Freundin entdeckte, die zur seelischen Unterstützung als ihre Begleitung mitgekommen war.

Das Klavierspiel begann und das Getuschel der Gäste verstummte augenblicklich. Eine Gänsehaut machte sich auf Jennas Armen breit. Gespannt sah sie zur Kirchentür.

Keira betrat, wunderschön und strahlend, am Arm ihres Vaters den Raum. Tränen der Rührung traten in Jennas Augen. Ihre kleine Schwester heiratete heute. Mit dem Taschentuch, das sie in weiser Voraussicht schon aus ihrer Tasche geholt hatte, tupfte sie sich die Augen trocken.

»Reiß dich zusammen, Schätzchen«, flüsterte ihre Mom ihr pikiert zu. Erstaunt sah Jenna sie an. Auch ihre Mutter hatte gerade ein paar Tränen aus ihrem Gesicht entfernt.

»Es muss nicht jeder hier denken, dass du noch nicht über die Sache mit Greg hinweg bist«, klärte ihre Mom sie mit einem missbilligenden Zug um ihren Mund herum auf.

Jetzt verstand Jenna. So würde der heutige Tag also für sie aussehen. Sie würde von allen durch die Brille der verlassenen, vielleicht sogar neidischen Schwester gesehen werden. Traurig seufzte sie in sich hinein. Doch sie versuchte, dieses Gefühl sofort wieder abzuschütteln. Es war der große Tag ihrer Schwester und sie würde ihn mit ihr feiern. Sollten die anderen ihre Freudentränen doch falsch deuten. Sollten sie doch das Glas Alkohol zu viel als Rausch der Verzweiflung sehen. Sollten sie ihr echtes Lächeln und ihre wirkliche Freude doch als Schauspiel aburteilen.

Ihre kleine Schwester wurde gerade zur Ehefrau und auch wenn die Chemie zwischen ihnen nicht immer stimmte, war sie doch ihre Schwester, die sie ihr ganzes Leben lang begleitet hatte.

Sie sah zu Oliver, der seitlich neben dem Altar auf seine Braut wartete. Aufgeregt zwinkerte er immer wieder mit den Augenlidern. Keira hatte eine gute Wahl mit ihm getroffen. Er würde ihr alles durchgehen lassen, alles für sie tun. Es war genau das, was Keira glücklich machte. Jenna lächelte ihrem Schwager beruhigend zu, als sich ihre Blicke trafen.

Jetzt legte Dad Keiras Hand in Olivers. Es war magisch.

Jenna war nicht die romantischste aller Frauen, aber sie liebte diesen Moment: Wenn der bisher wichtigste Mann im Leben eines Mädchens würdevoll einen Schritt zurücktrat und sie in ihr eigenes Glück entließ.

Ihr Vater strahlte. Jenna erkannte an der Art, wie er Keira ansah, wie gerührt er war.

Ein leiser Schmerz machte sich in ihrer Brust breit. Sie hätte ihren Vater auch gerne stolz gemacht. Aber das wäre mit Greg an ihrer Seite sowieso nicht möglich gewesen.

Nach der Trauung begab sich Jenna zu ihrer Schwester und schloss sie in die Arme. »Du bist die schönste Braut, die ich je gesehen habe«, flüsterte sie ihr ins Ohr. »Herzlichen Glückwunsch, Schwesterherz.«

Keira strahlte. »Ich danke dir, Jenna.«

Der Raum für die Feierlichkeiten und das Essen im Plaza war an Luxus und Geschmack nicht zu überbieten. Keira und ihre Mutter hatten recht gehabt: Der Neid ihrer Verwandtschaft war ihnen sicher.

»Jenna, mein Kind.« Sie drehte sich um und erkannte Tante Ruth neben sich.

»Tante Ruth. Hallo, wie geht es dir?«, lächelte Jenna.

»Mir geht es gut. Wie geht es dir?« Ihre Tante beugte sich näher zu ihr und sah sie besorgt an. »Ist das nicht ein schrecklicher Tag für dich?«

Jenna hatte sich vor dieser Frage, die ihr im Laufe des Tages wahrscheinlich in noch vielen verschiedenen Versionen begegnen würde, so gefürchtet. Doch jetzt tat es nicht so weh, wie sie angenommen hatte. Ganz im Gegenteil. Sie war überrascht über die Gleichgültigkeit, die sie in ihr auslöste, und schüttelte den Kopf.

»Es ist okay, Tante Ruth. Zuerst war es ein Schock. Doch heute bin ich in fröhlicher Stimmung und möchte die Hochzeit meiner Schwester feiern. Es soll heute nur um sie gehen«, erklärte sie lächelnd. Ihre Tante nickte zufrieden. Später schlossen sich diesem Nicken noch viele weitere an. Und irgendwann war dieses Thema erledigt. Aus dem demütigenden Gefühl von heute Morgen war auch für Jenna ein gelungenes Fest geworden.

»Hey, meine Große.« Ihr Vater stand neben ihr. »Ich habe dich heute noch nicht gefragt, wie es dir geht, weil ich es sehe. Und ich freue mich sehr darüber. Wie hast du es nur geschafft, alles so würdevoll zu tragen?«

Sie zuckte mit den Schultern. »Das weiß ich nicht, Dad. Heute früh hatte ich selbst noch große Angst vor diesem Tag. Und jetzt kann ich mich wirklich für Keira freuen. Es ist eine Gnade. Ich habe nichts dafür getan.«

»Ich weiß nicht, Jenna. Womöglich hast du ein paar richtige Entscheidungen getroffen.« Er nickte ihr zu. »Ich bin heute stolz auf meine beiden Mädchen«, erklärte er und drückte sie sanft an sich. »Darf ich um den nächsten Tanz bitten?«

Jenna lächelte und machte einen übertriebenen Knicks.

»Was wirst du jetzt tun?«, fragte er, während sie dem Rhythmus der Musik folgten.

Erstaunt sah sie ihn an. »Wie meinst du das?«

»Weiter wie bisher? Nach all dem?«

Jenna schüttelte den Kopf. »Frag doch nicht jetzt danach. An Keiras Hochzeit.«

»So schlimm?« Er zog die Augenbrauen hoch.

»Nein, Dad. Es ist etwas Gutes. Das, was ich schon immer machen wollte. Vor der Sache mit Greg.«

»Du hast dich für eine humanitäre Hilfsorganisation beworben?«

Jenna nickte. »Ja. Und ich habe eine Zusage bekommen.«

»Wann geht es los?«

»In sechs Wochen.«

»Wohin?«, fragte er

»Afghanistan.«

Er schloss die Augen, biss die Zähne aufeinander. »Musste es unbedingt ein Kriegsgebiet sein?«

»Sie brauchen dort Ärzte.« Schuldbewusst sah sie ihn an. »Du weißt, dass es eine völlig unpolitische Organisation ist. Mir wird nichts passieren.«

»Du wirst schlimme Dinge sehen«, erklärte er besorgt.

»Gerade heute wollte ich es dir nicht erzählen. Es ist Keiras Hochzeit.«

»Ich habe es schon irgendwie geahnt. Nicht, dass es ausgerechnet Afghanistan sein würde. Aber dass du einen radikalen Schritt machen wirst.«

»Du weißt, dass es nicht wegen Greg ist? Der Wunsch war da, seit ich zum ersten Mal davon gehört hatte. Jetzt ebnet sich der Weg dafür.«

Er nickte. »Ich weiß. Es ist eine Art Berufung für dich.«

»Es tut mir leid, dass du dir Sorgen machst. Du weißt, dass ich auf mich aufpassen werde. Ich komme heil wieder«, versprach sie.

Er nickte verhalten. Schweigend tanzten sie, bis das Lied zu Ende ging.

Erleichterung machte sich in Jenna breit. Jetzt wusste ihr Vater Bescheid. Die letzte Hürde war genommen.

Kapitel 8

Nancy kam aus dem Haus und ging mit schwingenden Hüften auf Nicks Wagen zu. Sie hatte sich heute sehr sexy zurechtgemacht, um Nick ein wenig aus der Reserve zu locken. Sie konnte ihn einfach nicht durchschauen. Es hatten bereits einige Treffen zwischen ihnen stattgefunden. Er war ein vollendeter Gentleman und hatte gleichzeitig etwas Jungenhaftes an sich. Genau die Mischung, die Nancy völlig verrückt und gierig machte. Außerdem sah er so aus wie eines dieser Parfümmodels. An Verstand und Geld mangelte es ihm ebenfalls nicht. Oh mein Gott, sie hatte wirklich das große Los gezogen. Sie durfte ihn sich jetzt nur nicht mehr aus dem Netz gehen lassen.

Zwar hatte er ihr erklärt, dass er nicht auf der Suche nach einer festen Bindung war, aber wer konnte schon planen, wenn es um die Liebe ging.

Sie belächelte diese Einstellung und wusste, dass es klüger war, sich dem Flow zu überlassen. Und sie spürte einen Flow. Einen großartigen und mächtigen Flow. Nick würde es auch bald erkennen. Dessen war sie sich sicher.

»Hallo«, sagte sie lächelnd, als sie elegant in seinen Wagen stieg und ihm einen Kuss auf den Mund hauchte.

»Hallo, Nancy. Du siehst ja wirklich unglaublich aus. Wow.« Er nickte anerkennend mit dem Kopf.

Sie hatte es doch gewusst. Alle Männer standen auf den Sexy-Look. »Danke. Ich bin vor einer halben Stunde erst von einer Immobilienbesichtigung gekommen. Es musste schnell gehen mit dem Zurechtmachen.« Entschuldigend zuckte sie mit den Schultern. In Wahrheit hatte sie fast drei Stunden für Outfit,

Make-up und Frisur benötigt. Was Männer natürlich nie begreifen würden.

Sie fragte sich gerade, ob er beim letzten Date nicht einen anderen Wagen gefahren hatte, als ihr klar wurde, dass diese Art Mann wohl kaum nur ein Auto besaß.

Nancy schloss die Augen und atmete tief ein. Sie roch das Wagenleder, das angenehme Parfüm um sie herum und Nick selbst. Vor ein paar Tagen, als sie bei ihm übernachtet hatte, war ihr bereits klar gewesen, dass ihr dieser Mann gefährlich werden würde. Sie hatte, als er eingeschlafen war, noch lange ihre Nase in seinen Nacken gedrückt, um seinen Geruch einzuatmen. Hieß es nicht, wenn man sich gut riechen konnte, stimme die Chemie? Sie hoffte, dass es ihm genauso erging.

»Wie war denn die Besichtigung? Hattest du Erfolg?«

Nancy sah ihn verwirrt an. »Welche meinst du?«

»Na, die von eben.«

»Oh. Die ist gut gelaufen. Die Interessenten haben sich aber noch nicht entschieden.« Sie lief rot an. Beinahe wäre sie über ihre Lüge gestolpert.

»Und wie war dein Tag?«

»Zufriedenstellend. Ich bin mit der Vorbereitung einiger Fälle sehr gut vorangekommen«, erklärte er und fragte sich, warum er so geschäftsmäßig sprach. Er fühlte sich nicht wohl mit all dem hier. Dieses Abendessen war eine dumme Idee gewesen. Nancy war zwar ein liebes Ding, aber er spürte sein Interesse an ihr schon wieder schwinden.

Stella und Steve studierten bereits die Speisekarte, als Nancy und Nick von einem Angestellten an ihren Tisch gebracht wurden.

»Hallo, Leute.« Nick und Nancy lächelten in die Runde. Seine Freunde erhoben sich, um sie zu begrüßen.

»Nancy, das ist Stella. Du und Steve kennt euch ja schon.« Sie schüttelten sich die Hand und setzten sich.

Nachdem sie bestellt hatten, fragte Nancy Steve, wie es ihm ging. Der Anblick seines Gesichts hatte sie an den Unfall erinnert, von dem Nick kurz erzählt hatte, ohne jedoch zu erwähnen, dass er es war, der Steve aus dem Wasser bergen konnte.

»Ich wäre bestimmt ertrunken, wenn Nick mich nicht rausgeholt hätte. Er hat sein Leben für mich riskiert.«

»So dramatisch war es nicht. Der Krankenwagen war schon unterwegs. Die Jungs hätten dir geholfen«, wiegelte Nick ab.

»Klar, die Sanis hätten sich in die Wellen gestürzt und mich rausgeholt.« Steve zog eine Augenbraue nach oben und sah Nancy skeptisch an. Dann sprach er weiter: »Sie hätten versucht, mich zu reanimieren, aber bis jemand mich im Wasser gefunden und rausgeholt hätte, wäre ich schon tot gewesen. Ich war bewusstlos. Das Brett hat mich k. o. geschlagen. Ich hätte ohne Nick nicht die geringste Chance gehabt.«

Mit großen Augen sah Nancy Steve an. Dann blickte sie beeindruckt zu Nick. Ein Held war er also auch noch. Nancy hätte ihm am liebsten an Ort und Stelle die Kleider vom Leib gerissen, um ihn zu vernaschen, so sehr machte sie diese Story an.

Als sich der Ober näherte, um ihre Bestellung zu servieren, atmete Nick erleichtert auf. Das war übel gewesen. Er hasste diese Beweihräucherung. Es gab nichts, wofür Steve sich bei ihm bedanken müsste. Sein Freund hätte für ihn dasselbe getan.

Nick musste so handeln. Denn ihm war sofort klar gewesen, dass auch sein Leben vorbei wäre, wenn er seinem Freund beim Sterben zusehen würde, ohne zu versuchen, ihn aus dem Wasser zu holen. So hatte er es auch Stella und Steve erklärt, doch sie wollten nichts davon hören. Er seufzte lautlos in sich hinein. Dann also auch noch ein verdammter Held.

Nancy bewunderte ihn jetzt noch mehr. Wie sie ihn angesehen hatte. Was dachten seine Freunde, was sie hier taten? Er brauchte keine Pluspunkte mehr bei der Kleinen zu sammeln. Sie war ihm doch schon verfallen. Er überlegte, ob es nicht besser wäre die Sache mit Nancy sofort zu beenden. Nick wollte ihr nicht wehtun. Vielleicht bildete er sich auch nur ein, dass sie dabei war, sich in ihn zu verlieben. Eigentlich hatte er ihr vor dem ersten Sex erklärt, dass er kein Beziehungsmensch war und sich nicht binden würde. Sie hatte es verstanden. Oder zumindest so getan. Nick würde seinen Radar scharf einstellen. Sobald die Frauen anfingen, sich zu verlieben, wurde es immer kompliziert.

»Und was machst du beruflich?« Nancy sah Stella interessiert an. »Ich zeichne. Bilder. Impressionismus vorzugsweise. Manchmal auch Porträts oder Barock, wenn mir danach ist.«

»Ach, du bist Künstlerin?« Nancy kicherte leise.

Stella nickte.

»Sie ist super. Alle Bilder in meiner Wohnung sind von ihr«, erklärte Nick.

Nancy nickte. »Das ist ja witzig. Ich habe schon gerätselt, wo du diese Bilder her hast.« Sie sah Stella an. »Als Immobilienmaklerin komme ich natürlich viel in Häusern und Wohnungen herum und habe diese Bilder noch nirgends sonst entdeckt.«

Stella lächelte angestrengt.

»Steve als Investmentbanker ist sicher ein beruhigender Rückhalt für dich. Dann kannst du dich entspannt selbst verwirklichen und musst keine Angst haben, die Rechnungen nicht bezahlen zu können.«

Nick zog die Augenbrauen hoch und sah verstohlen zu Stella, die immer noch lächelte. Es sah ziemlich verkrampft aus.

Steve hatte sich gerade einen Bissen von seinem Steak in den Mund geschoben, schüttelte aber einig Male rasch den Kopf, um Stellas Ehre zu verteidigen. Ihre Bilder verkauften sich gut.

Lachend kam Nick ihm zuvor. »Wenn die Börse zusammenbricht, wird Steve sich glücklich schätzen, eine so begabte und geschäftstüchtige Freundin zu haben. Sie wird ihn dann ohne Mühe durchfüttern können.«

»Das ist ja toll. Hattest du schon Ausstellungen?«, fragte Nancy, die gar nicht bemerkt hatte, dass sie gerade in ein riesiges Fettnäpfchen gestiegen war.

»Ja, schon einige.« Stella nickte.

»Sag doch Bescheid, wann und wo du demnächst ausstellst. Dann kommen wir auch. Nicht wahr, Nick?«

»Klar«, sagte er und grinste Stella über den Tisch hinweg an.

Die Runde löste sich bald nach dem Essen auf und sie machten sich zusammen auf den Weg zu ihren Autos.

Als er Stella zum Abschied drückte, flüsterte er ihr leise ins Ohr: »Und, würdest du Nancy denn hassen können?«

Sie nickte schmunzelnd. »Ja, ich denke, das könnte mir gelingen.«

»Das freut mich für dich«, sagte er grinsend.

»Willst du noch mit reinkommen?«, fragte Nancy, als Nick vor ihrem Haus hielt.

»Klar. Gerne.« Er parkte seinen Wagen am Straßenrand.

Nancy wohnte in einem kleinen Reihenhaus, das sich in einer gepflegten Umgebung befand. Als Nick das Haus zum ersten Mal betreten hatte, war ihm aufgefallen, wie ordentlich es war. Alles war geradlinig und etwas kühl eingerichtet. Genauso wie bei ihm zu Hause.

»Möchtest du noch etwas trinken, oder …?« Sie sah ihn verheißungsvoll an.

Er kam auf sie zu, umfasste ihre Hüften und begann sie zu küssen. Nancy hatte bereits einige Male durchblicken lassen, dass sie kein zärtliches Schmusekätzchen war. Sie war eher eine Wildkatze. Er hatte kein Problem damit, sich auf ihre Bedürfnisse einzustellen. Sie liebten sich wild, schnell und ohne jede Zärtlichkeit.

Danach stellten sie sich erschöpft unter die Dusche.

Nancy gab das Wasser offensichtlich neuen Auftrieb. Die zweite Runde fand in der Duschkabine statt. Sie schien voll darauf abzufahren, denn es dauerte nicht lange, als sie sich an Nick krallte und ihren Höhepunkt laut herausschrie. Nick stand nicht besonders auf Sex in Duschkabinen oder Autos. Es war okay für ihn, aber er wusste ein gemütliches Bett und ein wenig Spielraum mehr zu schätzen.

Später, als Nancy sich satt und müde an Nicks Brust schmiegte, hatte sie nur noch einen Wunsch: »Bleibst du über Nacht?« Erwartungsvoll sah sie ihn an.

Diese Frage war das, was er am wenigstens an solchen Verabredungen mochte. Er fühlte sich in die Enge getrieben. Eigentlich wäre er lieber nach Hause gefahren. Auch wegen der Attacken. Aber er wollte Nancy nicht kränken. Es würde zu sehr nach einer billigen Nummer aussehen, wenn er jetzt aufbrach.

»Ja klar. Wenn du willst«, antwortete er, während er sich die kühle Bierflasche an die Stirn hielt.

Erleichtert lächelte sie ihn an und schmiegte sich wieder in seine Arme. Nick erwiderte ihre Nähe, aber es fühlte sich an wie immer. Wie in einer Falle. Er sah sehnsüchtig zur Haustür. Dann legte er sich hinter Nancy und umarmte sie, während sie langsam zur Ruhe kam und in seinem Arm einschlief. Nach einer Weile fiel auch er in den Schlaf.

Als er drei Stunden später schweißgebadet wieder erwachte, war jemand mit einem scharfen Skalpell hinter ihm her. Er irrte durch kalte, einsame Krankenhausgänge. Jeder Weg führte zu Räumen, in denen ihm gruselig aussehende Schwestern und Ärzte lächelnd zuwinkten. Er lief schnell weiter. Dann spürte er, wie einer dieser Horrorärzte ihn grob packte. Er zerrte ihn auf eine Behandlungsliege und versuchte ihn zu fixieren. Nick wehrte sich. Aber plötzlich waren aus diesem einen Arzt mindestens zehn geworden. Sie schnallten ihn mit Gurten an der Liege fest. Er sah, wie einer von ihnen eine giftgrüne Flüssigkeit in eine riesige Spritze zog und den Kopf zu ihm drehte. Es war Nancy. Sie lächelte ihn grausam an und kam mit lasziven Bewegungen auf ihn zu.

Er erwachte von einem heftigen Schütteln und einem Röcheln, das aus seiner Kehle kam.

Dann sah er in die Augen von Nancy und hob seine Hand, um sie abzuwehren und ihr diese verfluchte Spritze aus der Hand zu schlagen.

»Nick!«, schrie sie, so laut, dass er endlich ganz aus seinem Traum erwachte und mit hämmerndem Herzen gierig nach Luft schnappte. Er starrte Nancy an, die immer noch aufgebracht an ihm rüttelte. Sein Bauch verkrampfte sich. Dann stieg die

Übelkeit in einer Welle durch seine Speiseröhre nach oben. Immer noch um Luft ringend, sprang er auf und rannte ins Badezimmer, wo er sich mit einem Schwall in die Toilettenschüssel erbrach. So lange, bis er nur noch diesen vertrauten, bitteren Geschmack von Galle schmeckte.

Als es vorbei war, kämpfte er sich erschöpft auf die Beine. Er fühlte, dass sein Gesicht nass war, sah in den Spiegel und erkannte Tränen. Wie sehr er sie verabscheute. Diese Tränen, die ihm klarmachten, dass er noch immer ein Opfer war. Es immer bleiben würde. Die er perfekt im Griff hatte, außer wenn er schlief.

»Nick!« Nancy klopfte panisch gegen die Tür, die Nick noch verschlossen hatte, bevor er auf die Knie ging, um sich zu übergeben. »Gleich«, würgte er ihr angestrengt entgegen.

Wie spät war es? Die Uhr im Badezimmer zeigte 04:30 Uhr an. Er atmete erleichtert auf, weil es okay war, jetzt nach Hause zu fahren. Er würde sich nicht noch einmal hinlegen müssen, sondern erklären können, dass er für später noch einige Akten vorbereiten musste. Dann wusch er die Tränen von seinem Gesicht, spülte sich den Mund und stand, als er die Tür öffnete, wieder souverän vor Nancy.

»Mir ist wohl das Steak gestern nicht bekommen«, zuckte er mit den Schultern, als er Nancy sanft zur Seite schob, um aus dem Zimmer zu gelangen. Beim Hinausgehen küsste sie ihn. Widerwillig ließ er es geschehen. Sie konnte nichts dafür. Es war ein Fehler gewesen, über Nacht zu bleiben.

Kapitel 9

Als Jenna vor neun Monaten im Trauma-Hospital in Kunduz angekommen war, hatte sie nicht mit dieser Traurigkeit gerechnet. Im Laufe der letzten Wochen konnte sie sich kaum mehr aus diesem tiefen Tal befreien. Sie dachte, sie wäre ausreichend vorbereitet gewesen. In jeder Hinsicht, mental und körperlich, fühlte sie sich stark und sicher. Vor neun Monaten.

Alle hatten ihr erklärt, dass es sie treffen würde. Das Leid dieses Landes. Sie hatte ihnen auch geglaubt. Doch keiner sagte etwas über die Zerstörung, die diese Schicksale, die sie hier zu sehen bekam, in ihr auslösten.

Trotzdem versuchte sie es immer noch. Mit voller Kraft. Gegen Gott und seinen Plan. Manchmal gewann sie und konnte ein Kind, einen Vater, ein Baby, eine alte Frau retten. Oft genug lagen sie Tage oder Wochen später wieder in diesem Krankenhaus. Tot oder schwerer verletzt als zuvor. Als ob Gott ihr herausfordernd ins Gesicht grinsen würde. Mit der Frage: *»Und jetzt? Wer hat gewonnen?«*

Sie wollte nicht so über Gott oder Allah oder wen auch immer denken, der die Fäden so perfide und grausam zu ziehen schien. Dass es einen Gott gab, stellte sie nicht infrage. Nicht einmal hier, in Afghanistan. Es war viel trauriger, was sie jetzt über ihn dachte: Das also war seine dunkle Seite.

Jetzt kam sie sich so dumm vor. Sie hatte es als ihre Berufung angesehen. Es hatte sie befriedigt zu helfen. Gerade den Menschen, die sonst nirgends hinkonnten. Am Anfang hatte es sie noch erhoben. Hoch über die Energie, die sie sonst in sich abrufen konnte. So fühlte sich richtige Hilfe an. So also war es, wenn sie dringend gebraucht wurde und Dankbarkeit ihr entgegenkam, die so tief zu gehen schien, dass es kein noch so hoher Gehaltsscheck in Manhattan damit hätte aufnehmen können.

Das Warum war anfangs nicht wichtig gewesen. Es war, wie es war. Es herrschte Krieg in diesem Land und Jenna konnte helfen. Jetzt drehte sich in Jennas Kopf fast alles nur noch um dieses Warum.

Es starben Zivilisten. Die meisten nicht im Kampf, aber doch an den kollateralen Folgen, die dieser Krieg mit sich brachte. Minen, Sprengkörper, Verkehrsunfälle, Schmutz, Hunger, Armut, mangelnde ärztliche Versorgung.

»Jenna, schaust du bitte mal?« Dr. Roberts berührte sie an der Schulter, während sie sich gerade die Operationswunden eines Patienten ansah. Es war die achte oder neunte heute. Bisher hatte sie glücklicherweise keine Infektion entdeckt. Sie wendete sich mit fragendem Blick Dr. Roberts zu.

»Hier ist eine schwangere Afghanin mit Blutungen. Sie ist erst im siebten Monat. Kannst du das Nötigste checken? Eliza von der Gynäkologie operiert gerade und die Patientin möchte nur von einer Frau untersucht werden.« Er verzog missbilligend das Gesicht.

Jenna nickte und begab sich sofort hinter den Vorhang, wo die schwangere Afghanin auf Hilfe wartete. Sie würde ihre Visite später fortsetzen. Die Gynäkologie war nicht Jennas Fachgebiet, doch als Allgemeinchirurgin konnte sie sich in den meisten Fällen einen ersten Eindruck verschaffen und entsprechende Maßnahmen einleiten oder den Patienten an die Fachabteilungen weiterleiten.

»Salam.« Jenna nickte der Frau lächelnd zu. Diese erwiderte ihren Gruß und sah sie dabei ängstlich an.

»Haben Sie Schmerzen?« Jenna hoffte, die Frau würde sie verstehen, aber sie starrte sie nur weiterhin an. »Dard?«

Jetzt schüttelte die Afghanin schnell den Kopf. »Khun. Khun.« Die Frau deutete auf ihren Unterleib. Das Blut war nicht zu übersehen.

»Maenat«, kündigte Jenna die Untersuchung an und wartete das Nicken der Patientin ab. Ankündigungen waren in Afghanistan überaus wichtig. Bei den Patienten, bei denen es zeitlich leider nicht immer zu schaffen war, alles vorher zu erklären: vor allem aber auch, wenn sie vorhatten, sich außerhalb des Krankenhauses zu bewegen. Um nicht in die Kriegsfronten zu geraten, musste jeder ihrer Schritte vorher gewissen Behörden und Personen angekündigt werden. Zu ihrem eigenen Schutz.

Die Ärzte hier arbeiteten für eine humanitäre, medizinische Organisation, die völlig unpolitisch war. Diese hatte nur ein Ziel: Menschenleben, egal welcher Abstammung und Herkunft, zu retten.

Jenna legte den Unterleib der Frau frei und sah sich an, wie viel Blut aus der Scheide der Patientin kam. Sie vermied eine Tastuntersuchung, solange der Ursprung der Blutung nicht geklärt war. Es hatte nach viel Blut ausgesehen, aber Jenna stellte erleichtert fest, dass die Verlustmenge doch nicht so hoch war. Die Blutung hatte für den Moment aufgehört. Es konnte immer noch alles gut gehen. Vorsichtig tastete sie den Bauch der Frau ab, machte dann einen Ultraschall und erkannte, dass das Kind wohlauf im Bauch seiner Mutter schlief. Der Herzschlag des Babys war stark und klar zu erkennen. Jenna sah die Frau an und machte mit ihrer Hand eine klopfende Bewegung über ihrem eigenen Herzen. Dann deutete sie auf den Bauch der Patientin und den Monitor. Beide Frauen beobachteten für einen Augenblick den kräftigen Herzschlag. Dann lächelten sie sich an.

Jenna vermutete eine Plazenta praevia. Der Mutterkuchen und der Gebärmutterausgang saßen zu nah beieinander. Es war eine klare Anomalie der Lage zu erkennen. Die Frau würde auf jeden Fall einen Kaiserschnitt benötigen. Es galt zu entscheiden, wie lange das Kind noch im Körper seiner Mutter bleiben konnte. Jeder Tag zählte, solange das Baby dort gut versorgt wurde. Das weitere Vorgehen würde Eliza, Dr. Braun, entscheiden.

Die Afghanin nahm nach dem Ultraschall Jennas Hände in ihre.

»Taschakor. Taschakor«, flüsterte die Frau immer wieder.

Jenna neigte zweimal ihren Kopf, um den Dank der Afghanin entgegenzunehmen.

Sie drückte die Patientin sanft auf die Liege und bedeutete ihr zu warten. Dann wies sie eine Schwester an, die Blutung engmaschig zu kontrollieren und Dr. Braun sofort zu der Patientin zu schicken, wenn sie ihre OP beendet hatte.

Als Jenna gehen wollte, griff die Frau noch einmal nach ihrer Hand. »Namet tschist?«, fragte sie.

»Jenna«, antwortete sie und deutete auf die Patientin, um ebenfalls deren Namen zu erfahren. »Samira«, erklärte diese und drückte Jennas Hände gegen ihr Herz.

Es bestand die Möglichkeit, dass Eliza Samira wieder nach Hause schicken würde. Das Krankenhaus besaß 67 Betten zur stationären Behandlung von Patienten. Deshalb war eine der wichtigsten Aufgaben zu entscheiden, wer bleiben durfte und wem ambulant geholfen werden konnte. Es fiel den Ärzten oft schwer, diese Entscheidung zu treffen.

Sie wussten, dass die meisten Menschen, die hier Hilfe suchten, zu den Ärmsten in diesem Land gehörten. Was sie am allerwenigsten tun würden, wenn sie wieder zu Hause wären, mit ein paar Pillen oder sauberem Verbandszeug, wäre, sich in ihr Bett zu legen, um sich auszukurieren. Es würde auch kein Familienmitglied geben, das die Zeit hätte, sie zu pflegen.

Manchmal war ihnen klar, dass sie die Patienten bald wiedersehen würden. Wenn diese Glück hatten und es noch einmal hierher schafften. In schlechterem Zustand würde man sie vielleicht stationär aufnehmen. Es war eine absurde Vorgehensweise, doch es war nicht anders zu regeln.

»Hierher, schnell!« Dr. Nazemi, einer der afghanischen Ärzte, beugte sich hektisch über eine Liege, auf dem ein neuer Patient lag. Jenna, Dr. Ghubar und Dr. Petit eilten ihm sofort zu Hilfe. »Draußen sind noch mehr Verletzte. Alles Schusswunden. Sie sind in eine Patrouille gekommen und die Soldaten haben das Feuer eröffnet.« Dr. Nazemi schüttelte wütend den Kopf. »Zivilisten. Diese Männer sind nicht bewaffnet.«

Die Ärzte stürmten nach draußen und halfen dabei, drei weitere Opfer auf die Tragen zu legen und in das Gebäude zu bringen.

Schnell machten sie sich einen ersten Eindruck vom Grad der Verletzungen. Bei zwei der Männer stellten sie lediglich Streifschüsse fest. Sie übergaben die Versorgung an die Schwestern weiter. Die anderen beiden mussten sofort operiert werden. Bei einem von ihnen sackten bereits die Vitalfunktionen ab.

Jenna wusch sich schnell und machte sich steril. Dann versuchte sie, das Leben des Mannes zu retten.

Hoch konzentriert operierte sie fast vier Stunden, bevor sie ihn verlor. Die Kugel hatte seine Aorta gestreift. Er starb nicht sofort. Jenna versuchte durch das Abklemmen der Hauptschlagader und verschiedene Nähte, die Blutung zu stoppen. Doch sein

Bauchraum war so voller Blut, dass ihr sofort nach dem Öffnen des Mannes klar wurde, dass er kaum eine Chance hatte. Seine Vitalfunktionen wurden im Laufe der Operation immer instabiler, der Blutdruck sackte immer wieder in den Keller. Sie mussten ihn schocken, als der Monitor Herzkammerflimmern anzeigte. Doch sie bekamen ihn nicht wieder. Jenna musste aufgeben.

Es war dieser Moment, wenn sie die Paddles, durch die sie die Schockwellen in den Körper des Patienten leitete, nicht mehr aus der Hand geben wollte. So lange, bis die gerade Linie, mit der ein für Jenna ohrenbetäubendes Geräusch einherging- bis diese Linie endlich wieder zu einer Welle wurde.

Dieses Mal blieb sie ein gerader Strich.

Es war nicht der erste Patient, der unter ihren Händen starb. Schon viele waren ihm hier, in Afghanistan, vorangegangen und wahrscheinlich würden ihm noch viele folgen.

Keiner der Ärzte hier war es gewohnt, so viele Verluste in so kurzer Zeit hinnehmen zu müssen. In jedem von ihnen stellte sich früher oder später ein Gefühl des Versagens ein.

Natürlich war ihnen bewusst, in welchem Ausnahmezustand sie hier arbeiteten. Und doch machte das Gefühl, was es wollte. Wenn sie schneller, besser, geschickter gewesen wären, würde dieser Mensch vielleicht noch leben.

Dann schoben sie das Gefühl wieder weg. Und machten weiter.

Sie waren nur für ein paar Monate hier, um zu arbeiten und zu helfen. Die Patienten aber lebten hier und mussten bleiben. Also wagte es keiner von ihnen, sich in diese Trostlosigkeit zu ergeben, die täglich gierig nach ihnen griff.

Draußen stand Eliza und rauchte eine Zigarette. Jenna gesellte sich zu ihr, um für ein paar Minuten durchzuatmen.

»Möchtest du eine?«

Jenna schüttelte zuerst den Kopf. Dann hielt sie Eliza ihre offene Hand entgegen. »Ja, warum nicht.« Früher hatte sie bei der ein oder anderen Gelegenheit geraucht. Das war lange her. Seit Monaten hatte sie kein Bedürfnis mehr danach verspürt. Hier in Afghanistan schien es ihr jedoch geradezu lächerlich, sich Gedanken über die gesundheitlichen Folgen des Rauchens zu machen. Sie inhalierte tief in ihre Lunge.

»Wie hast du wegen Samira entschieden?«

»Ich habe sie stationär aufgenommen. Wir müssen das Kind in den nächsten Tagen holen. Es wird sonst zu gefährlich für beide.«

Jenna nickte erleichtert.

»Du siehst ganz schön mitgenommen aus. Hast du den Patienten retten können?«

Jenna schüttelte den Kopf. »Hat man schon herausgefunden, warum die Soldaten das Feuer eröffnet haben?«

»Ach, du weißt es noch nicht?«

»Nein, ich bin nach der OP gleich hier raus.«

»Das klassische Missverständnis. Einer der Zivilisten wollte seinen Ausweis aus der Jacke holen, obwohl er nicht dazu von den Soldaten angewiesen wurde. Sie schossen auf ihn. Die anderen wollten ihrem Bruder helfen und gerieten dabei ins Kreuzfeuer.« Sie starrten beide stumm auf den Boden, während sie an ihren Zigaretten zogen.

»Alles Brüder?«, fragte Jenna.

»Ich glaube schon.«

Sie schwiegen betroffen.

»Aber hey, sieh dir mal an, was ich von zu Hause bekommen habe.« Eliza zog lächelnd ihr Handy aus der Tasche. Sie tippte kurz darauf herum und hielt Jenna dann das Display hin.

»Wer ist denn das?«

»Meine Enkelinnen. Zwillinge.« Eliza wischte auf dem Display herum, um Jenna weitere Fotos zu zeigen.

»Wann ist das denn passiert?«, lächelte Jenna gerührt.

»Gestern. Ich bin zum ersten Mal Großmutter geworden.« Eliza strahlte. »Und weißt du, was das Beste daran ist?«

Jenna schüttelte neugierig den Kopf und sah Eliza an.

»Ich werde an ihrem Leben teilhaben dürfen.«

Verwundert sah Jenna Eliza an. »Warum denn nicht?«

»Weißt du, meine Tochter und ich haben erst seit einem Jahr wieder Kontakt miteinander. Sie hat sich von mir abgewendet, als ich vor drei Jahren ihren Vater verlassen habe. Es gab keinen anderen Mann. Ich habe ihn nicht betrogen oder belogen. Ich wollte nur einfach nicht mehr mit ihm zusammen sein. Die Liebe ist uns im Laufe der Zeit irgendwie abhandengekommen. Mir jedenfalls. Es war meine Schuld. Ich war zu viel in der humanitären Hilfe unterwegs. Ich mache das schon sehr viel länger als du.« Sie zuckte mit den Schultern. »Ich musste es einfach tun. Auch das hat mir meine Tochter jahrelang vorgeworfen. Mit Recht vielleicht.«

Jenna nickte. »Ich verstehe die Sicht deiner Tochter auch. Warum bist du denn nicht eine Zeit lang bei ihr zu Hause geblieben?«

»Ich habe es versucht. Ganz am Anfang, als ich sie geboren hatte. Ich sah, wie sie jede Nacht in ihrem weichen, warmen Bettchen einschlief, immer genug zu essen hatte. In Sicherheit heranwachsen konnte. Die Bilder von den Kindern, die all das nicht konnten, haben mich dazu getrieben. Ich wusste, dass es meiner Tochter gut geht. Auch ohne mich. Sicher, sie vermisste mich und ich sie. Aber jemanden zu vermissen oder sterben zu müssen, weil es keine medizinische Versorgung gibt … Das habe ich all die Jahre in Konkurrenz gestellt. Meine Tochter konnte nur verlieren.«

Eliza sah Jenna an. »Das hier wird mein letzter Einsatz. Bei meinen Enkelkindern werde ich alles wiedergutmachen, was ich bei meinem Mädchen versäumt habe. Es war das größte Geschenk meines Lebens, als sie sich wieder bei mir gemeldet hat, um mich an ihrem Leben teilhaben zu lassen.«

Jenna nickte lächelnd.

»Und du? Warum bist du nicht verheiratet?«, fragte Eliza.

»Ich stand kurz vor meiner Hochzeit, als sich alles noch einmal gedreht hat und ich mich dann für diesen Weg entschieden habe. Mein Ex-Verlobter hatte den Drang, sich noch etwas in fremden Betten auszutoben, bevor wir uns das Ja-Wort geben wollten.«

»Wow … das ist niederschmetternd. Er muss ein ziemlicher Idiot sein, sich eine Frau wie dich entgehen zu lassen.«

Jenna zuckte mit den Schultern. »Er war offensichtlich nicht glücklich mit unserem Plan.«

»Bist du darüber hinweg?«

»Über Greg? Ja. Es ist nur schwierig, wieder das Gute in den Menschen zu sehen. Ob ich jemals wieder vertrauen werde können, weiß ich nicht. Und das hier… « Jenna deutete mit der Hand die Umgebung des Krankenhauses ab, »... macht es nicht einfacher.«

Eliza sah Jenna wissend an. »Wir kehren als Verwundete wieder nach Hause. Es ist wichtig, diese Wunden ausheilen zu lassen. Und es ist keine Schande, sich dabei Hilfe zu holen.«

Jenna nickte. Es war ihr klar, dass sie nicht mehr als dieselbe Person nach Hause zurückkehren würde.

»Hey, habt ihr ein Zigarett für mich?« Tarik, einer der Pfleger kam auf sie zu. Eliza hielt ihm die Zigarettenschachtel entgegen. Immer zu einem Spaß aufgelegt, war Tarik ein Silberstreif in ihrem Alltag. Der junge Afghane hatte es sich zur Aufgabe gemacht, die triste Krankenhausstimmung mit seiner Anwesenheit aufzuheitern. Er schaffte es fast immer, den Menschen ein Lächeln abzuringen. Nach Jennas Meinung war er deshalb mindestens genauso wertvoll für das Team wie jeder Chirurg.

»Ich sehe mal nach Samira«, erklärte Eliza. »Sie hat heute übrigens schon dreimal nach dir gefragt, Jenna. Vielleicht hast du später kurz Zeit, bei ihr vorbeizuschauen.«

»Okay, das mache ich.« Sie verabschiedeten sich von Tarik, um wieder an die Arbeit zu gehen.

Schon wieder war ein Mann mit einer Schusswunde zu versorgen. Er konnte sich noch auf den Beinen halten, doch es würde nicht mehr lange dauern, ehe er zusammenbrach. Es hatte einen Streit mit seinem Nachbarn gegeben. Immer noch versuchte er zornig zu erklären, dass dieser ihm eine seiner Ziegen stehlen wollte. Jenna verstand ihn nicht, doch eine afghanische Krankenschwester erklärte ihr mit einem Satz, was diesen Verletzten so wütend machte. Die Patrone steckte noch in seinem Bein. Er musste operiert werden und Jenna machte sich steril, während die Schwester den Mann für die Operation vorbereitete. Traurig dachte sie dabei darüber nach, wie einfach es hier in Afghanistan wäre, eine Facharztausbildung zu absolvieren. Fachärztin für Schusswunden. Sie verzog traurig das

Gesicht und machte sich dann daran, die Kugel aus dem Bein des Mannes zu holen.

Zur Bestätigung ihrer Facharzt-Gedanken klopfte Tarik ihr nach der OP anerkennend mit den Worten »Du immer schneller Kugel rausholen« auf die Schulter, was Jenna nicht unbedingt glücklich machte.

Während sie sich wusch, hörte sie plötzlich Schreie. Sie waren laut und panisch. Jenna beeilte sich, nach draußen zu gelangen.

Ein Junge lag auf einer Trage, die gerade von zwei Schwestern hereingerollt wurde. Die Schreie kamen von ihm und zwei erwachsenen Männern, die den Jungen mit einem Auto hierher gebracht hatten. Sie erklärten, dass er auf einem Feld beim Spielen auf eine Mine getreten war. Die Ärzte erkannten, dass der Junge auf eine Splittermine gestoßen sein musste. Er lebte und schien auf den ersten Blick nicht lebensgefährlich verletzt zu sein. Der Junge musste sofort entkleidet werden, um feststellen zu können, wie tief die Splitter in seinen Körper eingedrungen waren. Jenna, Dr. Petit und Tarik rollten die Trage in Richtung OP 3, als Jenna plötzlich eine Hand auf ihrer Schulter spürte.

»Jenna! Wir haben gerade den Kaiserschnitt bei Samira durchgeführt. Sie hatte nach unserem Gespräch eine weitere Blutung. Wir konnten nicht mehr warten. Samira hat ein gesundes Mädchen«, erklärte Eliza lächelnd. »Wird der Junge hier für eine Operation vorbereitet?«

Jenna nickte. »Splittermine.«

»Los komm, sieh dir Samiras Mädchen an. Sie ist erst fünf Minuten alt. Die ersten Minuten sind magisch. Und ich glaube, du brauchst gerade ein wenig Magie.« Besorgt sah sie in Jennas erschöpftes Gesicht. »Ich helfe dabei, den Jungen hier für die

Operation vorzubereiten. Du löst mich dann gleich ab, ja?« Sanft gab sie Jenna einen Schubs in Samiras Richtung.

»Okay«, lächelte Jenna dankbar.

Samira lag matt in ihren Kissen und strahlte voller Stolz. Jenna beugte sich ein wenig über Mutter und Kind. Das Mädchen war wunderschön. Die Afghanin hielt Jenna ihre Tochter entgegen. Sanft nahm sie das kleine Bündel in ihre Arme. Das Baby schlief friedlich und ahnte noch nichts von den Grausamkeiten dieser Welt. Jenna spürte, wie die Wärme dieses kleinen Körpers etwas an sie abgab. Direkt in ihrem Herzen breitete sich ein Gefühl aus, das sie seit Wochen nicht mehr gespürt hatte. Es war das pure Leben. Das Glück, am Leben zu sein. Sie lächelte Samira an und legte ihr ihre Tochter zurück in die Arme.

Im nächsten Moment erbebte der Boden unter ihren Füßen und das Geräusch einer Explosion, einer sehr nahen Explosion, ließ sie in ihrer Bewegung erstarren. Die Schreie, die darauf folgten, die Panik, die sofort in den Gängen und Zimmern ausbrach, rauschten an Jenna vorbei, als wäre es ein Fernsehbild, das vor ihren Augen flimmerte, ständig in Bewegung und doch erstarrt. Gleich würde es anhalten und alle Patienten würden wieder in ihren Betten liegen oder in den Gängen auf ärztliche Hilfe warten.

Als die Erstarrung sich löste, begann Jenna endlich, sich zu bewegen. Dem Geräusch entgegen. Die Wand des Operationssaales, in dem sie erwartet wurde, war beschädigt. Ein Teil davon lag in Trümmern auf dem Gang. Jenna wurde kalt. Sie spürte, dass ein Schock sie durchfuhr, als sie sich dem Raum näherte, der keiner mehr war. Alle Schreie, das panische Herumirren der Menschen – sie blendete alles aus. Wurde plötzlich ganz ruhig. Ging der Zerstörung wie in Zeitlupe entgegen.

Sie sah Dr. Petit an der Wand liegen. Seinem Körper fehlte eine Hand. Die rechte Gesichtshälfte war nur noch eine klaffende Wunde. Tarik lag zwanzig Zentimeter neben ihm. Sein Kopf war fast komplett von seinem Rumpf getrennt. Eliza lag in einer Ecke des Raumes. Jenna wunderte sich über den friedlichen Ausdruck auf ihrem Gesicht. Nur die Augen blickten ein wenig zu starr zur Decke. Jenna ging auf sie zu und wollte ihr aufhelfen, als sie stolperte und auf etwas Glitschigem ausrutschte. Als sie das Hindernis zur Seite schieben wollte, bemerkte sie, dass es ein Bein war. Sie sah an Eliza herab. Es gehörte zu ihr und lag merkwürdig verkrümmt einige Zentimeter von Elizas Körper entfernt. Jenna kroch weiter auf sie zu. Bis sie sie berührte. »Eliza. Wach auf. Komm, wir müssen hier helfen. Eine Explosion hat stattgefunden. Wir müssen die Menschen versorgen und beruhigen.«

Sie starrte ihre tote Kollegin an. »Eliza, deine Mädchen warten doch zu Hause auf dich.« Sie nahm Eliza in ihre Arme und drückte sie fest an sich. Schaukelte sie sanft hin und her, bis zwei Hände sie gewaltsam aus der Umarmung lösten.

Jenna spürte einen Stich in ihrer Armvene. Dann schlief sie ein.

Zwei Tage später war sie wieder auf den Beinen. Dr. Roberts, der die Leitung des Krankenhauses innehatte, wollte Jenna zu einer Auszeit überreden. Er war der Meinung, Jenna könnte ein Trauma davongetragen haben. Bisher wirkte sie stark. Doch er würde sie genau beobachten müssen. Es war wichtig, dass die Ärzte hier voll einsatzfähig waren. Körperlich und geistig. Patienten hatten sie schon genug.

Es hatte sich herausgestellt, dass der Junge, der die Splittermine ausgelöst hatte, zuvor eine Handgranate auf dem Feld gefunden haben musste. Sie steckte unter seinem Hemd. Beim Entkleiden des Jungen musste einer der Ärzte oder Schwestern an die Zündung gekommen sein und hatte damit die Explosion ausgelöst. Acht Menschen wurden getötet. Dr. Petit, Tarik, Eliza, zwei Schwestern, zwei Patienten und der Junge selbst.

In Jennas Kopf drehte sich alles darum, dass sie statt Eliza hätte sterben sollen. Sie dachte an kaum noch etwas anderes. Elizas Handy hatte Jenna an sich genommen. Immer wieder sah sie sich die Fotos von Elizas Enkeltöchtern an. Sie würden Elizas Sachen in den nächsten Tagen zusammen mit ihrer Leiche nach Hause überführen. Doch bis dahin wollte Jenna diese beiden Babys noch betrachten. Sie wusste, dass dieses Verhalten nicht gesund war. Aber sie wollte sich ihrer Schuld stellen. Wie konnte sie weiterleben, wenn es ihr doch bestimmt war zu sterben?

Als am Abend zwei Jungen mit starken Verbrennungen eingeliefert wurden, übernahm Jenna ihre Versorgung. Sie hatten eine Granate gefunden und diese zu Hause in den Feuerofen geworfen. Die Explosion erwischte sie aus nächster Nähe. Es grenzte an ein Wunder, dass sie noch lebten.

Jenna untersuchte die Kinder, versetzte sie dann in ein künstliches Koma, versorgte ihre Wunden. Sie hatte nicht gewusst, ob sie diese Dinge noch würde tun können. Nach dem Tod ihrer Kollegen konnte sie sich selbst nicht mehr einschätzen.

Jetzt atmete sie erleichtert auf, als sie merkte, dass ihr Können nicht durch diesen schrecklichen Unfall beeinträchtigt worden war.

Sie versorgte im Laufe des Tages noch weitere Patienten. Alles erledigte sie einwandfrei und besonnen. Ganz die alte Jenna.

Erst als sie bemerkte, dass ihre Kollegen sie seltsam betrachteten, kam ihr der Gedanke, dass etwas nicht stimmte. Eine der Schwestern fragte sie, warum Jenna immerzu lächelte.

Das war ihr gar nicht aufgefallen. Doch es schien ihr schlüssig zu lächeln, um dem Weinen vorzubeugen. Was würden die Patienten und ihre Kollegen von einer weinenden Ärztin halten? Also lächelte sie weiter.

Als Jennas Hände dann bei einer Operation so stark zu zittern begannen, dass es ihr nicht mehr möglich war, das Besteck zu führen, klickte es endlich in ihrem Kopf. Posttraumatische Belastungsstörung.

Sie hielt Dr. Roberts auf dem Gang auf. »Ich glaube, ich habe eine PTBS. Ich weiß nicht, was ich machen soll.«

Kapitel 10

Das Haus ihrer Eltern barg frohe Kindheitserinnerungen, doch jetzt verspürte Jenna in diesen Räumen nur ein Gefühl des Versagens und der Schuld. Sie hätte eigentlich noch in Afghanistan sein sollen, um zu helfen. Aber sie war nicht stark genug gewesen, die Dinge, die sie dort erlebt hatte, zu verarbeiten. Rose, ihre Kollegen und allen voran ihr Vater hatten ihr hundert Mal zu erklären versucht, dass sie sowieso schon mehr getan hatte, als die meisten je tun würden. Dass das Gefühl des Versagens völlig ungerechtfertigt und Elizas Tod nicht ihre Schuld, sondern ein grauenhafter Unfall war. Doch diese Worte rauschten Jenna hartnäckig am Ohr vorbei.

Jetzt hatte sie sich auf Drängen ihres Vaters vorerst in ihrem Elternhaus einquartiert, um die Wunden heilen zu lassen. Ihre Wohnung stand leer und wartete geduldig auf Jennas Rückkehr.

Das Klingeln der Tür schreckte sie aus ihren Gedanken.

»Ich mache auf«, rief sie ihren Eltern zu.

»Daniel.« Überrascht starrte sie ihren Vorgesetzten an. Sie hatte völlig vergessen, dass er sie heute Vormittag hier besuchen wollte.

»Komm rein.« Jenna breitete ihre Arme aus, um ihn zu umarmen. Er erwiderte die Geste und drückte Jenna herzlich an sich. Es war ihre erste Begegnung mit ihm, seit sie wieder in Manhattan war.

Sie arbeiteten schon einige Jahre zusammen und waren so vertraut miteinander, dass sie einen freundschaftlichen Umgangston pflegten. Als Freund würde Jenna Daniel trotzdem nicht bezeichnen. Sie trafen sich nicht außerhalb des

Krankenhauses oder sprachen über private Dinge miteinander. Es war deshalb seltsam für Jenna, ihren Chef hier zu sehen.

»Wie geht es dir?« Er sah sie lächelnd an.

Sie zuckte nachdenklich mit den Schultern. »Hier, in diesem Haus, geht es mir gut. Ich kann eigentlich gar nicht glauben, eine PTBS zu haben. Aber hier gibt es auch keine Verletzten.«

Daniel nickte. »Hört sich an, als wolltest du gleich wieder starten?«

»Ja. Am liebsten auf der Stelle. Ich möchte herausfinden, ob ich es noch kann.«

»Operieren?«

»Mein Handwerk habe ich durch die PTBS wohl nicht verlernt. Aber ich will wissen, ob ich noch einen kühlen Kopf und eine ruhige Hand dabei bewahren kann. Am liebsten würde ich gleich mit dir kommen.« Jenna sah ihn nachdenklich an.

»Unsere Patienten sind keine Versuchskaninchen.«

»So habe ich das auch nicht gemeint. Das weißt du.«

Er nickte. »Deine Stelle wartet auf dich. Die Vertretung wird so lange für dich einspringen, bis du wieder auf der Höhe bist. Ich verlange natürlich, dass du zu Dr. Lay gehst. Um den psychologischen Test wirst du nicht herumkommen. Wenn Dr. Lay dir grünes Licht gibt, werde ich dir im Anschluss bei sehr vielen Operationen genau auf die Finger sehen und dich auch sonst sehr genau beobachten.«

»Oh danke, Daniel. Jetzt geht es mir schon viel besser. Der ganze Druck bezüglich meines Wiedereinstiegs im Holy Station hat sich gerade in Luft aufgelöst.« Sie lachten beide.

»Ich glaube an dich, Jenna. Du wirst bald wieder auf den Beinen sein.«

Dankbar lächelte sie ihn an. »Das wäre nicht schlecht. Seit Wochen drehe ich mich in diesem Haus nur um mich selbst. Ich drehe langsam durch, wenn ich nicht bald wieder etwas Nützliches tun kann.«

»Hast du Dr. Lay schon angerufen? Je schneller du es hinter dich bringst, desto eher kannst du wieder arbeiten.«

Jenna nickte. »Ich habe morgen ein Gespräch mit ihr.«

Dr. Lay war eine Frau Mitte sechzig und Jenna wäre am liebsten nach dem ersten Handschlag wieder aus der Tür gelaufen.

Die Augen der Psychologin waren warm und durchdringend. Jenna fühlte sich augenblicklich nackt und schutzlos in ihrem Beisein.

Vielleicht war sie nett. Sicherlich war sie das. Immerhin hatte sie gelernt, das zu sein, was ihre Patienten brauchten. Und eine PTBS-Patientin brauchte definitiv Sanftmut und Freundlichkeit.

»Wie geht es Ihnen, Dr. Norton?«

»Ich fühle mich gut. Hier im Alltag komme ich gut zurecht. Ich schlafe, esse, lache und treibe Sport.«

Dr. Lay lächelte. »Nun mal langsam. So viel auf einmal habe ich gar nicht erwartet.«

Jenna zuckte mit den Schultern. »Okay. Also, es geht mir gut.«

»Würden Sie >*GUT*< für mich definieren?«

»Klar. Ich schlafe, esse, lache, treibe Sport.«

Dr. Lay lachte jetzt. »Sie wollen gleich zur Sache kommen, hmm?«

Jenna hob bestätigend die Hände. »Das würde uns viel Zeit ersparen.«

»Es hört sich für mich ein wenig … auswendig gelernt an, Ihre Gut-Liste.« Sie blickte Jenna sanftmütig an.

»Ich weiß, was PTBS-Patienten alles tun sollten, damit sie wieder okay sind. Das will ich erreichen. Ist das denn falsch?«

Dr. Lay schüttelte den Kopf. »Nein, das ist genau richtig. Aber man muss es nicht nur tun, sondern auch fühlen. Und das so oft, bis man wieder einen sicheren Stand in seinem Leben erreicht hat. Es geht hier nicht um Arbeit, Dr. Norton. Es geht um Gefühle. Die brauchen ihre Zeit. Wie eine tiefe Wunde, die von innen heraus heilen muss.«

Jenna nickte. Das hatte sie in den letzten Wochen schon von so vielen Menschen gehört, dass sie sich fragte, warum das Krankenhaus Dr. Lay bezahlte. Offensichtlich hatte sie keinen anderen Genesungsansatz weiterzugeben als ihr Vater und ihre Freundin.

»Wollen wir uns einmal von der To-do-Liste entfernen und in das Gefühl hineingehen?« Dr. Lay sah Jenna fragend an.

Nein, das wollen wir nicht, dachte Jenna. Sie wollte ihre Gefühle nicht teilen. Definitiv nicht. Warum konnte sie nicht einen Bogen ausfüllen, die praktischen Tests bestehen, die Daniel ihr angedroht hatte, und dann dort weitermachen, wo sie vor Afghanistan aufgehört hatte?

»Ich könnte mir Schöneres vorstellen«, erklärte sie. »Aber gut.«

»Wollen Sie sich vielleicht hinlegen?«

Jenna lachte auf. »Nein, vielen Dank. Es wird schon gehen.« *Mussten sie hier wirklich jedes psychologische Klischee erfüllen?*

»Schließen Sie bitte die Augen.«

Auch das, dachte Jenna genervt und tat, was Dr. Lay verlangte.

»Ich nenne Ihnen einige Begriffe und Sie sagen, was Ihnen dazu als Erstes einfällt.«

Jenna nickte resigniert. Oh mein Gott. Später würde sie womöglich noch ein Bild malen müssen. Vielleicht mit der toten Eliza darauf. Sie würde darauf achten, nur fröhliche Farben zu verwenden. Auf keinen Fall schwarz. Vielleicht würde sie noch Engelsflügel an Elizas Rücken zeichnen. Das wirkte sehr positiv und so, als hätte sie sich mit dem Schicksal versöhnt.

»Können wir?«

Jenna nickte.

»Baby.«

»Samira« Jenna stockte. Das wollte sie nicht sagen. Jedenfalls nicht als Erstes.

»Kind.«

Jenna zögerte wieder. Die Worte »Granatsplitter und Verbrennungen« fielen ihr als Erstes ein. Das hier nahm eine seltsame Entwicklung.

»Dr. Norton?«

»Granatsplitter. Verbrennungen.«

Dr. Lay notierte sich etwas. »Wer ist Samira?«

»Eine Patientin aus Afghanistan.«

»Und sind mit ihr traurige oder schöne Erinnerungen verbunden?«

»Beides.«

»Hochzeit.«

»Lächerlich«, gab Jenna zurück.

»Was ist lächerlich an diesem Wort, Dr. Norton?«

»Dass es so etwas wie Hochzeiten gibt. Dass es in Stress ausartet, Torten, Kleider, Einladungskarten, Gästelisten zu organisieren, während andere Menschen sterben. Qualvoll und unschuldig.«

Verständnisvoll nickte die Psychologin. »Afghanistan.«

»Versagen.«

Dr. Lay blickte Jenna überrascht an. »Als Versagerin fühlen Sie sich also?«

Jenna spürte Wut in sich hochsteigen. Jetzt würde sie sich wieder anhören müssen, wie verdammt viel sie doch getan hatte. Wie viele Menschen sie gerettet hatte.

»Ganz genau. Ich habe das Ziel nicht erreicht. Und das ist meine Definition von Versagen.« In ihren Augen brannten Tränen, aber sie würde ihnen nicht nachgeben. Das hatte sie nicht seit dem Tod von Eliza und Tarik und würde es nun erst recht nicht tun. Vor dieser Fremden.

Dr. Lay nickte. »Chirurgin.«

»Helfen.«

»Liebe.«

»Lüge.«

»Würde.«

»Lüge.«

»Warum?«, fragte Dr. Lay. »Warum sind Liebe und Würde eine Lüge?«

»Weil es sie nur gibt, solange die Bedingungen dazu gegeben sind. Liebe verschwindet, wenn es um den Überlebenskampf geht. Würde erst recht. Wissen Sie, was die Wahrheit ist? Hunger, Müdigkeit, Durst, Schmerzen, Trauer. Sie kann man immer und überall finden.« Jennas Stimme überschlug sich jetzt vor Zorn.

»Sind Sie wütend, Dr. Norton?«

»Sicher. Ich habe viel Ungerechtigkeit gesehen.«

»Glauben Sie denn an so etwas wie Schicksal?«

»Wenn Sie mir jetzt erklären wollen, dass ich davongekommen bin, während meine Kollegin für mich gestorben ist, weil es noch etwas auf dieser Welt für mich zu tun gibt … nein, dann glaube ich nicht an das Schicksal.« Jenna lachte hart auf.

»Und woran glauben Sie?«

Jenna starrte stumm aus dem Fenster und dachte über Dr. Lays Frage nach. Ihre Gedanken waren leer. Sie zuckte mit den Schultern.

»Vielleicht können Sie es eher fühlen, als es mit dem Verstand zu erfassen. Gibt es noch etwas, an das Sie glauben?«

Jenna sah weiter aus dem Fenster. All diese Menschen da draußen, wie sie sich fortbewegten, um an ein Ziel zu gelangen. Einzelne, gestresst aussehende Menschen, Paare, die sich verliebt an den Händen hielten. Mütter mit ihren Babys. Dort drüben versuchte ein Rollstuhlfahrer, über die Straße zu gelangen. Eine mit Tattoos übersäte Frau kam ihm zu Hilfe. Die Obdachlosen kamen in Trauben zusammen, um eine Einheit zu bilden. Zusammen war die Chance zu überleben größer. Diese Menschen, die alle lebten. Leben wollten.

Und langsam begann sich tatsächlich ein Gefühl in Jenna durchzusetzen. Es ging um die Menschen. Sie glaubte immer noch daran, mit ihrem Können als Chirurgin anderen zu helfen. Doch das Einzige, was ihr Linderung verschaffen würde, wurde ihr jetzt verwehrt. Sie ließ sich Zeit mit ihrer Antwort. Die letzte Frage von Dr. Lay hatte ihr klargemacht, wo für sie der Rettungsanker in diesem Meer aus Trostlosigkeit lag. Sie wollte Leben retten und die Lebensqualität ihrer Mitmenschen verbessern. Daran glaubte sie noch.

Dr. Lay wollte Gefühle sehen. Wenn das die Sache vorantreiben würde, konnte Jenna ihr diese liefern.

Die Tränen brannten schon die ganze Zeit über in ihren Augen. Jetzt ließ sie ihnen freien Lauf. Überrascht stellte sie fest, dass es sich gut anfühlte. Dann antwortete sie. »Das Leben. Ich glaube immer noch an das Leben.«

Das Dumme an der ersten Sitzung mit Dr. Lay war, dass Jenna, jetzt, wo der Tränendamm gebrochen war, nicht mehr aufhören konnte zu weinen.

Sie weinte bei jeder passenden und unpassenden Gelegenheit:

Die Katze ihrer Eltern kam mit einer verletzten Pfote nach Hause- Jenna weinte. Die Suppe, die ihre Mutter auf dem Herd hatte, kochte über- Jenna weinte. Ihr Vater ärgerte sich lautstark mit der Autoversicherung herum- Jenna weinte.

Jedes Mal, wenn sie wieder einen ihrer Gefühlsausbrüche hatte, klopfte ihr Dad ihr wohlwollend auf die Schulter. Ihre Mutter tat es ihm gleich, doch ihre Miene spiegelte nicht, wie die ihres Vaters, Verständnis, sondern eher Irritation wider.

Als dieser Zustand bereits acht Wochen anhielt, waren Keira und Oliver einmal zum Abendessen eingeladen. Keira erzählte freudestrahlend von der Europareise, die sie in den Flitterwochen gemacht hatten. Und davon, dass sie ein kleines Geschenk mit nach Hause gebracht haben. Dabei deutete Keira vielsagend auf ihren Bauch.

Dad grinste, Mom kreischte vor Freude und Jenna … weinte.

Sie konnte sich in diesem Moment so intensiv an Samiras Baby erinnern und an das, was danach geschah, dass es ihr fast schien, als würde alles noch einmal über sie hereinbrechen. Ihre Tränen waren maßlos. Die Reaktion auf die Schwangerschaft ihrer Schwester viel zu heftig und unpassend.

Alle sahen Jenna an. Ihr war klar, dass sie Keira für immer diesen einmaligen Moment verdorben hatte, Mom und Dad zu eröffnen, dass sie Großeltern werden würden.

Trotzdem konnte sie nicht aufhören. Ihr Vater saß hilflos auf seinem Stuhl. Keira schüttelte verblüfft den Kopf und Oliver sah beschämt auf seine Hände, als plötzlich ein lautes Krachen die Stille durchbrach und alle erschrocken ihre Mutter ansahen.

Sie hatte beide Handflächen auf den Tisch geknallt und sah Jenna wütend an. »Jetzt hast du zwei Monate geweint. Jetzt muss es aber auch einmal wieder gut sein.«

»Dolores!« Jennas Vater erhob sich protestierend, doch Jenna gebot ihm mit einer Geste Einhalt.

Sie sah ihre Mom an, die zwar eine laute, jedoch normalerweise keine zornige Person war. Einige Augenblicke vergingen. Als Jenna zu lächeln begann, sah ihre Familie sie verwundert an.

Sie erhob sich. Ging auf ihre Mom zu und umarmte sie. »Du hast recht, Mom. Es wird Zeit.«

Jenna begriff, dass sie den nächsten Schritt tun wollte. Zu weinen war gut gewesen. Doch jetzt wurde es Zeit, sich ihre Stärke zurückzuholen.

Sie ging zu Keira und umarmte auch sie. »Ich freue mich so für euch«, erklärte sie. »Entschuldigt mich jetzt bitte.«

Zehn Minuten später hatte sie ihre Sportkleidung und die Laufschuhe an. Als Jenna bemerkte, dass es in Strömen regnete, machte sich Erleichterung in ihr breit, weil die Tränen sich mit dem Regen vermischen würden. Sie würde sich weiterhin gestatten zu weinen und zu trauern. Aber gleichzeitig würde sie alles dafür tun, um ihre alte Stärke wieder zurückzuerlangen. Sie würde tun, was ihr Kraft gab, und sich mit Menschen umgeben, die gut für sie waren. Es war ein einfaches Rezept, das Dr. Lay ihr an die Hand gegeben hatte. Doch sie würde egoistische Entscheidungen treffen müssen und vielleicht andere Menschen dadurch verletzen.

Zuerst musste sie wieder in ihre eigene Wohnung zurückkehren. Sie liebte ihre Mutter, doch der Umgang mit ihr war oft anstrengend. Auch war es Zeit, sich aus der Fürsorge ihres Vaters zu befreien. Sie spürte, dass sie sich zu viel von ihm abnehmen ließ und dabei an Kraft verlor.

Keiner der beiden verstand ihre übereilte Entscheidung, doch sie blieb dabei. Um wieder gesund zu werden. Sie wusste, dass sie in Zukunft sehr genau darauf achten musste, wen oder was sie an sich heranlassen durfte. Es hatte sich erst eine hauchzarte Haut über die riesige Wunde gelegt, die sie davongetragen hatte. Jede falsche Wahl konnte sie wieder zum Einreißen bringen.

Kapitel 11

»Guten Morgen.« Daniel kam strahlend auf Jenna zu. »Herzlich willkommen zurück.«

»Danke.« Jenna lächelte. Heute begann sie wieder im Holy Station zu arbeiten.

Ein Klopfen am Türrahmen ließ Jenna aufblicken und sie sah, dass Edda und Lina mit einem Blumenstrauß hereinkamen.

»Wow, was für eine Begrüßung«, lachte sie und umarmte die beiden herzlich.

Edda war die Oberschwester auf der Allgemeinen und, wie sich alle einig waren, die wirkliche Chefin der Station. Sie wusste alles, organisierte, gab Anweisungen und hatte sogar für die Ärzte immer einen guten Rat. Das Einzige, was sie nicht tat, war operieren, obwohl alle glaubten, dass sie auch das konnte.

Lina hatte ein paar Wochen bevor Jenna nach Afghanistan gegangen war, als Schwesternschülerin im Holy Station angefangen. Jenna freute sich, dass sie immer noch hier war. Das Mädchen hatte am Anfang nicht den Eindruck gemacht, als ob es die Ausbildung tatsächlich durchziehen wollte. Sie schien gelangweilt und desinteressiert. Jenna hätte gewettet, dass die Kleine die Lehre hinschmeißt. Sie vermutete, dass Eddas Motivation und Vorbild an dem Mädchen gearbeitet hatten und es deshalb geblieben war.

»Wie geht es Ihnen, Dr. Norton?«, fragte Edda.

»Danke. Mir geht es sehr gut. Und es ist so schön, Sie zu sehen.« Jenna lächelte die beiden Frauen an, nahm den Blumenstrauß entgegen und stellte ihn in eine Vase, während Edda ihr den neuen und alten Klatsch erzählte.

»Dr. Martínez hat sich scheiden lassen. Der Grund heißt Mariah«, flüsterte sie Jenna verstohlen zu.

»Nein.« Jenna machte große Augen.

Edda nickte heftig. »Oh doch. Und raten Sie mal, welche Mariah. Ich sage nur: Neurologie.«

»Ist das die Möglichkeit?« Jenna schüttelte ungläubig den Kopf.

In Wahrheit interessierte sie sich nicht sonderlich für die »Holy News«, wie sie den Tratsch unter sich nannten, doch es schaffte eine vertraute Atmosphäre und ein bisschen Tratsch hatte schließlich noch niemandem geschadet. Edda erzählte ihn außerdem immer mit einem Augenzwinkern und niemals lag Boshaftigkeit in ihrer Absicht, sodass Jenna sich gerne darauf einließ.

»Lina. Hallo.«

»Hallo, Dr. Norton.« Lina lächelte.

»Können Sie sich noch an mich erinnern?«

»Aber sicher. Sie sind die coole Ärztin, die einmal eine Zigarette vor dem Personaleingang mit mir geraucht hat.«

»Schht.« Jenna legte lachend den Zeigefinger auf den Mund.

»Eine wirklich glorreiche Erinnerung. Ich muss wirklich sehr eindrucksvoll gewesen sein.«

Lina lachte jetzt auch.

Es war an diesem schrecklichen Tag des Amoklaufes auf dem College gewesen. Auf dem Weg nach Hause hatte Jenna das Gebäude über den Personaleingang verlassen. Die Tür war einen Spaltbreit offen gewesen, was ungewöhnlich war. Es war eine schwere Stahltür und ließ sich nur von außen öffnen, indem man seine Personalkarte vor den Scanner hielt. Fiel die Tür ins Schloss und man hatte die Karte nicht zur Hand, musste man einen weiten

Bogen um das halbe Krankenhausgebäude zurücklegen, um durch den Patienteneingang wieder ins Haus zu gelangen. Jenna hatte nach diesem Drama vorsichtig die Tür aufgedrückt und irritiert nach draußen gesehen. Zuerst dachte sie, in der Dunkelheit ein Glühwürmchen entdeckt zu haben, doch als sie hinausgetreten war und die Tür gerade ins Schloss fallen lassen wollte, hörte sie ein hektisches »Nein, nicht. Nicht zufallen lassen!« Gleich darauf war eine Gestalt hinter dem großen Buchsbaum hervorgekommen. Das Glühwürmchen, das sich als eine Zigarette herausstellte, in der Hand.

Die Schwesternschülerin zitterte am ganzen Körper. Jenna konnte nur erahnen, wie erschreckend das Drama, das gerade im Krankenhaus stattgefunden hatte, für Lina gewesen sein musste. Das Mädchen hatte damals erst seit einigen Wochen hier gearbeitet. Also war sie noch eine Weile bei ihm stehen geblieben, hatte eine Zigarette geraucht und mit ihm geredet.

»Das waren Sie.« Lina nickte. »Sie waren wirklich eindrucksvoll.«

»Oh, danke.« Jenna lachte und nahm die Akten von Edda entgegen.

»Also, dann wollen wir uns mal auf den Weg zur Visite machen.«

Kapitel 12

Nancy wurde langsam wirklich wütend. Sie hatte alles, wirklich alles dafür getan, dass Nick sich ihr gegenüber verbindlicher zeigen würde. Aber es schien ihr, als zöge er sich immer mehr zurück.

Sie drängte auf den nächsten Schritt. Täglicher Kontakt in Form von Dates oder zumindest Anrufen, doch immer war sie es, die die Vorschläge für gemeinsame Unternehmungen machte. Immer war sie es, die ihn anrief.

Er reagierte stets freundlich. Nancy hatte nicht das Gefühl, für ihn nur eine Affäre zu sein. Obwohl er das immer mal wieder mit netten Umschreibungen andeutete und am Anfang ihrer Beziehung auch klar eingeordnet hatte.

Aber sie wollte ihn ihren Freunden vorstellen. Gemeinsam mit ihm zu Familienfesten erscheinen und sie wollte, dass alle davon wussten. Wussten, dass Nick Pole nicht mehr auf dem Markt war. Dass er ihr gehörte.

Heute war sie etwas aufgeregt, denn ihre Freundin Sue und sie hatten gemeinsam einen Plan ausgeheckt. Den *»POLE-Plan«* nannten sie ihn kichernd. Es war irgendwie albern. Das fand sie ja selbst. Sie war schließlich eine 32-jährige Frau und sollte nicht mehr mit diesen Tricks arbeiten. Aber die beiden waren sich sicher, wenn er erst einmal ihre Freunde kennenlernen würde, wäre er beeindruckt, in welchen Kreisen Nancy sich bewegte.

Sue war Redaktionschefin der *»Manhattan IN Flagranti«*, einer erfolgreichen Tageszeitung. Ihr Mann war ebenfalls in der Medienbranche tätig. Er zog die Strippen hinter der Show *»Good Evening, Manhattan«*, in der es um die Vorkommnisse des Tages in der Stadt ging.

Genau genommen waren Sue und Richard so etwas wie Klatschreporter. Doch auch der ein oder andere seriöse Beitrag schlich sich gelegentlich in ihre Arbeit, sodass sie von der breiten Masse der Leser und Zuschauer durchaus ernst genommen wurden. Sie setzten bei ihrer Arbeit auf die fiesen Nummern. Die brachten die meisten Fans. Gerüchte, Betrügereien, Geheimnisse, Verleumdungen. So etwas verkaufte sich nun einmal besser als die Analyse über das Erderwärmungsproblem.

Sue hatte das Blueberry vorgeschlagen. Man konnte dort die besten Fischgerichte der Stadt bekommen. Sie würden es so aussehen lassen, als wären sie sich ganz zufällig über den Weg gelaufen. Das Weitere würde sich dann ergeben.

Richard war total begeistert von der Idee gewesen, Nick Pole kennenzulernen. Ein bekannter Name in Manhattan. Vielleicht nicht nur beliebt. Nein, ganz bestimmt nicht sogar. Der Ruf eines eiskalten Anwalts haftete ihm an, nicht kleinlich, wenn es um die Mittel und Wege ging, die dazu nötig waren, Siege einzufahren. Ein Mann, der keine Angst davor hatte, sich Feinde zu machen, und trotzdem charismatisch in seinem Auftreten war.

Der Tisch, zu dem Nick und Nancy im Blueberry geführt wurden, lag direkt am Fenster. Die Lichter der Stadt machten die Atmosphäre irgendwie magisch. Das fand zumindest Nancy.

Nick hatte sie, wie immer, wenn sie ausgingen, von zu Hause abgeholt. Schon wieder mit einem anderen Wagen. Auf die Idee, dass Nick die Autos seiner Firma benutzte, kam sie nicht. Er hatte zwar zwei eigene Wagen und hatte sich diese auch etwas kosten lassen, aber er häufte keine Statussymbole an. Derlei Dinge hatten irgendwann begonnen, ihn zu langweilen.

Sie sahen noch immer aus dem Fenster, als sie hinter sich eine laute Stimme hörten. »Nancy. Das gibt es doch nicht«, kreischte eine Frau.

Nick warf einen Blick über seine Schulter und erkannte Sue und Richard Franklin.

»Sue! Richard! Das ist ja ein netter Zufall«, strahlte Nancy die beiden an. Sie kamen an ihren Tisch. Nancy erhob sich, um ihre Freunde mit einer Umarmung und einem Küsschen zu begrüßen. Nick stand ebenfalls auf.

»Nick Pole. Ist denn das die Möglichkeit«, kreischte Sue weiter. Angestrengt lächelte Nick Sue an und sah dann zu Nancy. »Ihr kennt euch?«

»Ja, das habe ich dir doch mindestens tausend Mal erzählt«, lachte sie.

Das stimmte. Tausend Mal war allerdings etwas untertrieben. Er hatte nur nicht angenommen, dass sie sich tatsächlich kannten. Nancy hatte einen Hang dazu, die Dinge ein wenig zu übertreiben.

»Kommt. Setzt euch doch zu uns. Das Paar, mit dem wir verabredet waren, hat uns kurzfristig abgesagt. Jetzt sind wir so ganz auf uns allein gestellt.« Sue drückte Richard süßlich kichernd an sich.

»Sicher, gern.« Nancy nickte begeistert und zwinkerte ihren Freunden hinter Nicks Rücken verschwörerisch zu.

»Nick?«, fragte Richard.

»Natürlich«, erwiderte Nick freundlich. Eigentlich hatte er nicht die geringste Lust darauf, mit diesen Menschen seinen Abend zu verbringen. Er war weder ein Fan von der *Manhattan IN Flagranti* noch mochte er *Good Evening Manhattan*. Aber vielleicht, so hoffte er, waren die beiden ja besser als der Klatsch, den sie tagtäglich verbreiteten.

Nach zwei Stunden musste Nick jedoch erkennen, dass dem nicht so war. Es war eine seiner Stärken, dass er auf jeden Menschen eingehen und sich selbst zurücknehmen konnte. Und genauso hielt er es an diesem Abend. Es wäre sowieso nicht möglich gewesen, selbst mehr als drei Worte am Stück zu sprechen, denn Sue und Richard hatten viel Redebedarf. Hätte er die *Manhattan IN Flagranti* gelesen, würde er sich den Kauf der morgigen Ausgabe sparen können. Der Inhalt wurde bereits heute, an diesem Tisch, haarklein diskutiert. Nancy war so sehr in ihrem Element, dass ihre Wangen den ganzen Abend über aufgeregt glühten.

Nach zwei Stunden geduldigen Zuhörens bekam Nick solche Kopfschmerzen, dass er sich entschuldigen musste. Er sehnte sich nach einer Dusche, nach etwas Ruhe und bot Nancy an, sie nach Hause zu bringen. Doch Sue gab ihrer Freundin verstohlen ein Zeichen, zu bleiben. »Wir bringen Nancy nach Hause«, erklärte sie bestimmend. »Kurieren Sie sich aus und lassen Sie uns das unbedingt bald wiederholen.« Sie erhob sich, um Nick zum Abschied auf die Wangen zu küssen.

»Ist das okay, Nancy?«, fragte er. Verstohlen sah sie zu Sue, die ihr bestätigend zunickte.

»Sicher. Wir sehen uns dann, Schatz«, verabschiedete sie sich mit einem zärtlichen Kuss von ihm.

Aus zwei Gründen machte Nick sich erleichtert auf den Weg nach Hause: Er hatte sich endlich aus diesem zähen Gespräch befreien können und er würde sich heute keine Ausrede einfallen lassen müssen, warum er nicht bei Nancy übernachten konnte.

Sehnsüchtig sah Nancy Nick nach, wie er das Lokal verließ. Dann sah sie wütend zu ihrer Freundin. »Ich wollte mit ihm fahren. Jetzt hast du mir die Nacht versaut. Vielen Dank.«

Sue schüttelte schmunzelnd den Kopf »Nancy. Du musst den Jungen zappeln lassen. Wenn du immer alles tust, was er möchte, bekommst du ihn nie richtig zu fassen.« Sie hob beschwichtigend die Hände zum Himmel. »Dieser Abend ist fantastisch für dich gelaufen. Er war total beeindruckt von uns. Hast du gesehen, wie er an unseren Lippen gehangen hat? Ich glaube, du bist heute sehr hoch in seiner Achtung gestiegen.«

Nancy dachte einen Moment nach. Langsam machte sich ein Lächeln auf ihrem Gesicht breit.

»Den holen wir uns, Kleine!« Verschwörerisch sah Sue ihre Freundin an und hielt ihr den rechten kleinen Finger gekrümmt entgegen. Nancy hakte sich ihrerseits mit dem kleinen Finger ihrer rechten Hand an Sues.

Sie lächelten sich siegessicher zu und flüsterten: »Versprochen ist versprochen.«

Richard beobachtete die beiden Frauen und grinste wohlwollend.

Manche Männer musste man eben zu ihrem Glück zwingen.

Am nächsten Morgen traf Nick sich mit Stella und Steve zum Frühstück. Er erzählte vom gestrigen Abend.

»Willst du es denn nicht beenden? Du wirkst irgendwie ganz schön genervt von ihr«, stellte Stella fest.

Nick überlegte. »Eigentlich ist alles geklärt. Ich mag sie wirklich recht gerne und …« Nick zögerte.

».... du vögelst sie auch recht gerne ... «, half ihm Steve grinsend auf die Sprünge, was ihm von Stella einen Kick gegen die Schulter einhandelte.

Nick lachte. »Na ja, wenn alles so laufen würde, wie wir es anfänglich besprochen hatten, wäre es ganz okay, Nancy weiterhin zu treffen.«

»Wenn und wäre ...« Stella sah ihn vorwurfsvoll an.

»Du hast ja recht. Ich habe auch zunehmend das Gefühl, dass sie sich in mich verliebt. Ich ziehe mich deshalb schon seit einiger Zeit zurück, damit sie nicht das Gefühl hat, ich werbe um sie. Aber dann kommt sie wieder auf mich zu. Fragt nach einer Verabredung. Ich möchte sie nicht vor den Kopf stoßen. Sie ist nett.«

»Also, wenn diese Nancy echt verliebt in dich ist, und das hört sich für mich schwer danach an, wird es kompliziert werden.«

»Ja...« Er nickte. »Ich werde noch einmal mit ihr reden müssen und dann meine Konsequenzen daraus ziehen.«

»Du wirst bei diesem Gespräch zwischen den Zeilen lesen müssen.« Stella sah ihn eindringlich an.

»Ich weiß.« Er nickte.

Kapitel 13

»Hallo, Rose.« Jenna umarmte ihre Freundin zur Begrüßung und bestellte einen Kaffee. Dann sah sie sich suchend um. »Wo ist er? Er kommt doch noch, oder?«

»Na klar. Ich bin schon so gespannt, was du von ihm hältst. Du musst ihn einfach mögen!«

Jenna schmunzelte. Es war rührend, ihre Freundin so verliebt zu sehen. Rose kannte ihren neuen Freund jetzt seit vier Wochen und fand, es wurde Zeit, ihn Jenna vorzustellen.

»Da … da kommt er. Der mit dem blauen Hemd.« Rose winkte fröhlich in die Richtung der beiden Männer, die auf sie zukamen.

Mit einem »Hallo, Schatz« erhob Rose sich, um einen von ihnen zur Begrüßung zu küssen.

»Und Sie sind also Jenna, Roses Freundin?« Er lächelte.

»Ja. Hallo, Benjamin.«

»Freut mich sehr, Sie endlich kennenzulernen. Darf ich Ihnen meinen Freund Freddy vorstellen? Ich habe ihn spontan gefragt, ob er Lust hat, einen Kaffee mit uns zu trinken.«

»Hey, Freddy.« Rose zwinkerte ihm zu.

»Hallo, Rose«, lächelte Freddy sie an.

»Jenna. Freddy. Freddy. Jenna«, erklärte Benjamin.

Freddy schüttelte Jennas Hand, während er sie dezent musterte.

In der nächsten Stunde redeten sie viel über ihre Jobs. Benjamin war Bauingenieur und erzählte von dem neuen Projekt, an dem Freddy und er gerade zusammen arbeiteten.

Stolz betrachtete Rose Benjamin bei seinen Erläuterungen. Jenna fand es rührend, wie die beiden miteinander umgingen. Man merkte an Benjamins Blicken, dass er es darauf anlegte,

Rose zu imponieren, während er von seiner Arbeit sprach. Er schien genauso verliebt zu sein wie sie.

Dieses Mal hatte Jenna ein gutes Gefühl, was Roses Wahl anging. Ihre Freundin hatte bisher kein allzu glückliches Händchen in der Liebe gehabt. Sie hatte einen Hang dazu, sich in nicht verfügbare Männer zu verlieben. Die Liste der Hindernisse war lang. Verheiratet, drogenabhängig, Frauenhelden, Alkoholiker, Workaholics. Keine Basis, auf der man eine gesunde Beziehung aufbauen konnte.

Rose hatte Benjamin bisher als »stinknormal« beschrieben, was Jenna bereits vor ihrem Treffen als gutes Zeichen wertete.

»Und was machen Sie beruflich, Jenna?«, fragte Freddy.

»Ich bin Ärztin. Auch im Holy.«

»Ach, Sie arbeiten mit Rose?«

»Nicht in derselben Abteilung. Ich bin aber oft auf Roses Station, um nach Patienten zu sehen.«

»Welches Fachgebiet?«, fragte er.

»Allgemeine Chirurgie.«

»Sie sind Chirurgin?« Freddy pfiff anerkennend durch die Zähne. »Ist bestimmt zuweilen ein harter Job.«

Jenna nickte. »Das kann er manchmal sein.«

»Und was machen Sie in Ihrer Freizeit? Haben Chirurgen so etwas überhaupt?«, fragte er schmunzelnd.

Jenna lachte. »Sicher. Mal mehr, mal weniger.« Sie dachte nach. »Eigentlich nichts Aufregendes. Ich schlafe viel und treibe Sport. Manchmal gehe ich aus.«

»Das hört sich nach einem guten Ausgleich an«, nickte Freddy und erzählte von seiner Segel-Leidenschaft, zu der er aus Arbeitsgründen viel zu selten kam.

Ihre Mittagspause ging langsam zu Ende. Sie verabschiedeten sich voneinander mit der Idee, das Treffen bald zu wiederholen.

»Und?«, fragte Rose aufgeregt.

»Er ist toll. Und ich habe ein sehr gutes Gefühl. Er scheint sehr verliebt in dich zu sein. Wie er dich angesehen hat.«

Auf Roses Gesicht machte sich ein Strahlen breit. »Ja, nicht wahr? Und Freddy. Wie hat dir Freddy gefallen?«

»Er war nett.« Jenna überlegte. »Doch, er scheint ein netter Mann zu sein.«

Verheißungsvoll sagte Rose: »Ich glaube, er denkt dasselbe über dich.«

»Rose, das mit Freddy war doch hoffentlich nicht geplant, oder? War das ein Versuch, mich zu verkuppeln?« Überrascht sah Jenna ihre Freundin an.

»Ach Jenna. Ich möchte einfach, dass du auch so glücklich bist wie ich. Sei mir nicht böse. Aber dieser Freddy ist so ein Süßer. Triff dich doch mal mit ihm. Vielleicht wird etwas daraus.«

Roses unschuldiger Blick stimmte Jenna milde. Sie war ihr nicht böse, doch im Moment war sie nicht auf der Suche nach einem neuen Mann in ihrem Leben.

»Ich bin einfach noch nicht so weit«, erklärte sie ihrer Freundin deshalb, während sie das Krankenhausgebäude betraten.

»Hallo, Dr. Norton.«

»Hallo, Edda. Wo muss ich hin?«

»U3.«

Jenna nahm die Aufnahmedaten von Edda entgegen und machte sich auf den Weg.

»Guten Tag. Mein Name ist Dr. Norton«, stellte sich Jenna den Eltern des Kindes vor, das zur Behandlung hier war.

Dann trat sie näher an die Kleine heran. Das Kind weinte leise und lag gekrümmt auf der Untersuchungsliege. Die Mutter streichelte sanft seine Hand.

»Penelope heißt du, stimmt das?«, fragte Jenna.

Das Mädchen nickte.

»Und du hattest vorhin einen Unfall mit deinem Fahrrad, steht hier?«

Ängstlich sah das Mädchen zu seinen Eltern und nickte dann.

»Dann schau ich mir das mal an. Hattest du denn einen Helm auf?«, fragte Jenna weiter, während sie Penelope in die Augen leuchtete.

Sie stellte die Fragen dem Kind, um dessen Reaktion bewerten zu können. Es sagte einiges über den Zustand eines Menschen aus, wie er direkt nach einem Trauma reagierte.

Die Augen des Kindes wurden groß und es sah fragend zu seinem Vater.

Er nickte kaum merklich. »Ja«, kam es daraufhin leise aus dem Mädchen.

»Wo tut es denn weh?«

Penelope zeigte auf ihren Rippenbogen. Vorsichtig tastete Jenna die Stelle ab, während sie sich fragte, warum man sie zu dem Mädchen geschickt hatte. Hier war eigentlich die Pädiatrie gefragt. Jenna vermutete eine Rippenprellung. Vielleicht war in diesem Bereich auch etwas gebrochen.

Sie würden ein Röntgenbild vom Rumpf benötigen.

Als Edda den Kopf mit einem schuldbewussten Blick durch den Türspalt steckte und Jenna nach draußen bat, vertröstete diese die Eltern für einen Moment.

»Dr. Norton, das war eigentlich gar nicht Ihre Patientin. Es tut mir leid. Lina hat die Aufnahmeakten verwechselt. Sie müssen rüber in die 4«, flüsterte Edda ihr vor der Tür zu.

»Ich habe mich schon gewundert. Aber ich habe mir das Mädchen angesehen. Sie scheint eine leichte Gehirnerschütterung zu haben. Die Rippen haben auch etwas abbekommen. Sie leiten das bitte weiter. Ein Röntgenbild vom Rumpf können Sie trotzdem schon anfertigen lassen. Das wird auf jeden Fall benötigt.«

Edda nickte.

»Ich verabschiede mich noch schnell von dem Kind. Kann die 4 noch einen Moment warten?«

»Ja. Das ist eine Nachuntersuchung. Nichts Akutes.«

Als Jenna gerade die Tür öffnen wollte, kam ihr die Mutter des Mädchens entgegen. »Ich hole nur schnell Penelopes Teddy aus dem Wagen«, flüsterte sie Jenna zu und gab ihr die Türklinke in die Hand.

Bevor Jenna das Zimmer noch einmal betrat, überflog sie, die Türklinke weiterhin in der Hand, die Akte, die Edda ihr gerade gegeben hatte. Sie wollte wissen, wer in der 4 auf sie wartete. Plötzlich vernahm sie ein zischendes Flüstern aus dem Raum. Der Tonfall barg eine Aggressivität, die Jenna aufhorchen ließ.

»Du sagst nur etwas, wenn du gefragt wirst. Und denk daran, du bist vom Rad gestürzt und hast dich nicht mit den Händen abgestützt. Du bist mit dem Bauch auf die Lenkstange gefallen. Jetzt tun dir deshalb die Rippen weh. Hast du das alles verstanden?«

Das Mädchen weinte, als es ein »Ja, Daddy« flüsterte.

»Du bist selbst schuld, dass ich dir wehtun muss, wenn du nicht tust, was ich dir sage. Warum machst du mich immer so wütend, wenn deine Mom zur Arbeit ist?«

Jenna horchte alarmiert auf. Im Schutz der kaum geöffneten Tür war sie nicht zu sehen.

»Wenn du deiner Mom auch nur ein Wort sagst, wird sie mich verlassen. Dann hast du keinen Daddy mehr. Und weil Mommy ohne Daddy immer arbeiten muss, wirst du in einem Kinderheim leben. Du weißt schon, in so einem, das wir neulich im Fernsehen gesehen haben.«

Das Mädchen begann jetzt zu schluchzen.

»Schscht. Sei still, verdammt«, fuhr der Vater es aufgebracht an.

Jenna hatte genug gehört. Erschüttert öffnete sie die Tür und ging auf Mr. Santos, den Vater des Mädchens, zu.

»Ich habe gerade zufällig Ihr Gespräch mit angehört. Ich möchte gerne draußen ein paar Worte mit Ihnen wechseln.«

Der Kopf des Vaters schnellte erschrocken hoch. Doch er schien sich sofort wieder im Griff zu haben.

»Wir haben überhaupt nicht geredet. Sie müssen sich da ein Gespräch eingebildet haben. Penelope, das stimmt doch?«

Das Kind nickte eifrig, während Jenna dem Vater einen zornigen Blick zuwarf.

»Ich bin noch nicht fertig mit dieser Angelegenheit«, erklärte sie leise und sah Santos dabei eindringlich an.

»Wollen Sie mir drohen?« Frech grinste er die Ärztin an.

»Vielleicht sollte ich mit Ihrer Frau sprechen?« Jenna musste sich bemühen, ruhig zu bleiben. Ihre Stimme begann vor Wut zu zittern. Sie wollte nicht, dass der Mann das als Angst auslegte.

Santos‘ Augen formten sich zu Schlitzen. »Passen Sie gut auf, was Sie hier tun, Frau Doktor. Ich bin nicht immer so nett, wie Sie mich gerade kennenlernen.«

Einen Moment lang starrten sie sich an, als Jenna die Tür aufgehen hörte.

»Hey, Jenna. Danke für die einleitenden Untersuchungen. Ich übernehme dann hier.« Dr. Maura aus der Pädiatrie zwängte sich zur Tür herein.

Jennas Gedanken rasten. Noch einmal sah sie Mr. Santos zornig an, dann verließ sie widerwillig das Zimmer und machte sich auf den Weg zu ihrem Patienten in Raum 4, während sie fieberhaft darüber nachdachte, was in dieser Sache zu unternehmen war.

Gleich nach der Untersuchung suchte sie Daniels Büro auf, um ihm von Penelope Santos zu erzählen.

»Können wir etwas unternehmen?«

»Dein Wort steht gegen seines. Die Rippenverletzung kann tatsächlich von einem Fahrradsturz stammen.«

Daniel tippte etwas in seinem Computer ein. »Wir haben auch sonst keine Akte von der Patientin hier. Die Ergebnisse der Röntgenuntersuchung ergaben eine Prellung. Es zeigen sich keine älteren Frakturen darauf. Das wäre vielleicht noch eine Möglichkeit gewesen … wenn sich Verletzungen bei dem Mädchen gehäuft hätten und wir das belegen könnten.«

Er zuckte bedauernd mit den Schultern.

»Das heißt, wir tun nichts«, gab Jenna fassungslos zurück.

Daniel zuckte ein weiteres Mal mit den Schultern. »Hast du denn wirklich alles genau verstanden? Du warst schließlich hinter der Tür und der Vater hat geflüstert.«

Zornig verschränkte Jenna ihre Arme vor die Brust. »Ich habe jedes einzelne Wort genau verstanden.«

»Dann sollten wir das Jugendamt einschalten. Es wird nur nicht viel bringen, wenn das Mädchen nichts erzählt, es keine Verletzungen gibt und die Mutter nichts von all dem weiß.«

Jenna wurde immer wütender. Wo blieb Daniels Empathie? Sie hatten hier schließlich ein misshandeltes Kind.

»Ich werde mit der Mutter reden.«

Daniel lachte hart auf. »Wenn das wirklich stimmt, was du da sagst, denkst du nicht, dass die Frau etwas ahnt?«

»Etwas zu ahnen heißt nicht, etwas sicher zu wissen.«

»Das ist dünnes Eis, auf dem du dich da bewegst.«

»Gar nichts zu tun kann nicht die Lösung sein.« »Das Mädchen wird für eine Nacht bei uns bleiben. Sie hat eine leichte Gehirnerschütterung. Lass uns einfach noch einmal überlegen, wie wir dem Kind helfen können.«

Jenna nickte. »Ich lasse sie nicht nach Hause gehen, ohne etwas zu unternehmen.«

Als sie das Büro verlassen hatte, stützte Daniel seinen Kopf auf die Hände. Das war heikel. Das Problem war, dass Jenna erst seit Kurzem wieder arbeitete. Sie hatte eine posttraumatische Belastungsstörung aus Afghanistan mitgebracht. Er wusste einfach nicht, wie er sie im Moment einschätzen sollte. Er wusste nur, dass Menschen mit einer PTBS emotionale Dinge nicht immer vernünftig einsortierten.

Dr. Lay hatte sie zwar wieder für voll arbeitsfähig erklärt und er sah, dass sich ihr Können auf dem Gebiet der Chirurgie durch ihren Einsatz in Afghanistan sogar verbessert hatte, doch trotzdem war es nicht mehr die Jenna Norton, die er kannte. Ihr

Blick hatte sich verändert und sie wirkte so viel ernster als noch vor einem Jahr.

Zum Ende ihrer Schicht wurde Jenna noch einmal zur Untersuchung eines Mannes in U2 gerufen. Er war mit starken Bauchschmerzen und hohem Fieber hier angekommen.

Sie öffnete die Tür und blieb wie vom Donner gerührt stehen. Einige Sekunden vergingen, während sie ihn anstarrte und sich nicht bewegen konnte. Auf der Liege saß ein Mann, den sie sehr gut kannte. Die Krawatte hatte er abgenommen, das Hemd hing locker aus der Hose. Das Sakko hatte er auf einem der Stühle abgelegt. Etwas gekrümmt saß er da, hielt sich die rechte Bauchseite und grinste sie verlegen an.

»Greg.«

»Hallo, Jenna.«

»Ahm …« Verwirrt warf sie einen Blick in ihre Akte, suchte nun nach dem Namen, den sie sich vorhin nicht angesehen hatte, was jetzt natürlich völlig überflüssig geworden war. Dann sah sie nach dem Grund seiner Aufnahme: Verdacht auf Blinddarmentzündung.

»Ich hatte irgendwie schon vermutet, dass ich dich erwischen würde.«

Sie warf ihm einen fragenden Blick zu.

»Als Ärztin.«

Sie nickte und kam auf ihn zu. »Kannst du das Hemd weiter nach oben ziehen und die Hose ein bisschen nach unten? Und dann leg dich bitte auf die Liege. Ich muss deinen Bauch abtasten.«

Er tat, was sie gesagt hatte. Es war eine seltsame Situation. Beim Abtasten zuckte Greg zusammen. Jenna spürte beim Berühren seiner Haut, dass er Fieber hatte.

»Hast du Fieber gemessen?«

Er schüttelte den Kopf. »Okay. Das holen wir gleich nach.«

»Wie geht es dir, Jenna?« Eindringlich sah er sie an. Sprach in sanftem Ton, fast zärtlich.

»Es geht mir gut«, antwortete sie, während sie so tat, als würde sie seine Akte studieren, um seinem Blick auszuweichen. Dann wollte sie auf den Knopf drücken, um Edda zu instruieren, doch Greg griff in der Bewegung nach ihrem Handgelenk und stoppte sie.

»Es tut gut, dich zu sehen. Besser, als ich es mir vorgestellt habe.« Wehmut lag in seinem Blick.

»Das hast du dir vorgestellt?« Erstaunt sah sie ihn an.

»Tausend Mal.« Er nickte kaum merklich. »Wer hätte gedacht, dass unsere erste Begegnung nach so langer Zeit hier stattfinden würde?«

Sie schwiegen. »Ich wollte dich anrufen, als ich gehört habe, dass du wieder aus Afghanistan zurück bist.«

Sie schüttelte leicht den Kopf.

»Ich weiß, ich habe jedes Recht darauf verspielt. Trotzdem wollte ich hören, wie es dir geht.«

»Alles prima. Es war nicht leicht dort, aber jetzt geht es mir wieder gut.«

Sie sah ihm flüchtig in die Augen und trat einen Schritt zurück, um ein wenig Abstand zwischen ihnen zu schaffen.

»Wie lange hast du die Schmerzen schon?«

»Seit gestern Abend. Es ging langsam los, wurde aber immer schlimmer. Ich dachte an eine Blinddarmentzündung und habe mich dann doch lieber auf den Weg hierher gemacht.«

»Warum bist du hierhergekommen? Du hättest ins Station ONE Hospital fahren können.« Ihre Stimme war gereizt. Die Begegnung mit ihrem Ex-Verlobten brachte sie durcheinander.

»Na ja, wegen der Chance.« Er zuckte mit den Schultern.

Wieder sah sie ihn verwirrt an.

»Dich zu sehen.«

Sie seufzte schwer auf. »Machen wir uns an die Arbeit.«

»Jenna. Warte noch einen Augenblick. Bitte.« Ungeduldig sah sie ihn an, hielt aber inne.

»Ich denke immer noch an dich. Du kannst es ruhig wissen … Ich möchte sogar, dass du es weißt. Das letzte Jahr war schwer für mich. Ich bin nicht mehr zur Ruhe gekommen, seit du gegangen bist.«

Ein missbilligender Ausdruck machte sich auf ihrem Gesicht breit.

»Ich verstehe, dass du nichts mehr von mir wissen willst. Was ich dir angetan habe … ist … unverzeihlich. Aber nicht nur du hast dich im letzten Jahr verändert, Jenna. Ich bin auch ein anderer geworden. Ich kann es einfach nicht vergessen. Die Sache mit dir.« Resigniert hob er die Hände. Sein Gesicht verzog sich dabei schmerzhaft und er griff sich an den Bauch.

Jenna kam auf ihn zu. »Wir sollten dich jetzt wirklich versorgen.« Ihre Stimme klang sanfter, was Greg erleichtert bemerkte.

»Geh mit mir aus, wenn ich wieder okay bin. Ja?«

»Greg …«

»Bitte. Eine Verabredung. Wir reden nur. Wie es uns ergangen ist. Oder auch über etwas anderes. Was immer du möchtest«, bat er.

Jenna atmete tief ein. Vielleicht würde sie es tun. Ihm eine Verabredung gewähren. Sie sah in seine flehenden Augen.

»Ich denke darüber nach. Aber jetzt lass uns hier weitermachen.«

Ein Strahlen erschien auf seinem Gesicht, das sofort wieder von einem schmerzhaften Zug um seinen Mund abgelöst wurde.

»Wir machen noch ein paar Untersuchungen. Wenn es eine Blinddarmentzündung ist, wovon ich ausgehe, kann ich dich morgen gleich operieren.«

Er grinste sie an. »Ich werde das doch überleben?«

Jetzt grinste auch sie. »Sicher. Ich werde heute zwar vermutlich noch ein wenig ausgehen und so richtig einen draufmachen, aber ich gehe davon aus, dass ich dich trotzdem durchbringen werde. Ist schließlich nur eine Routine-OP.«

Lächelnd sahen sie sich an. Dabei strich er sanft über ihren Oberarm und hauchte ihr ein »Danke« zu.

Kapitel 14

Daniel und Jenna waren übereingekommen, die Santos-Angelegenheit dem Jugendamt zu übergeben. Jenna hatte mit einer Mitarbeiterin gesprochen und dieser das Gespräch zwischen Mr. Santos und seiner Tochter geschildert, das sie zufällig belauscht hatte.

Die Familie war noch im Krankenhaus befragt worden. Mrs. Santos war über die Anschuldigungen gegen ihren Mann aus allen Wolken gefallen. Sie glaubte kein Wort davon.

Es machte die Sache auch nicht besser, dass Penelope alles abstritt. Der Vater hatte bei dem Gespräch wie die Sanftmut selbst gewirkt. Es war nichts zu machen gewesen. Die Sozialarbeiterin musste sich unverrichteter Dinge von Jenna und Daniel verabschieden, doch sie hatte erklärt, dass sie den Mann von nun an beobachten würden, die Familie auf ihrem Radar hatten.

Der Gedanke, dass sie Penelope nicht helfen konnte, sie wieder in ihre kleine Hölle nach Hause zurückschicken musste, ja, alles womöglich noch schlimmer gemacht hatte, trieb Jenna den ganzen Tag um. Heute Nachmittag würde das Mädchen entlassen werden. Sie hätte so gerne mehr für es getan. Auf jeden Fall wollte sie sich noch von der Kleinen verabschieden. Vielleicht ergab sich die Möglichkeit, doch noch auf Penelope oder ihre Mutter einzuwirken.

Als sie den Gang entlanglief, sah sie eine Frau vor Penelopes Tür sitzen.

»Wollen Sie zu Penelope?«, fragte Jenna.

»Ja, ich bin ihre Klassenlehrerin. Wir waren ganz erschrocken. Ihr Dad ist der Sportlehrer unserer Schule. Als er nicht zum

Unterricht erschienen ist, dachten wir uns schon, dass etwas passiert sein muss. Wann darf Penelope denn nach Hause?«

»Wir denken, heute Nachmittag. Gehen Sie doch später noch einen Kaffee trinken. Wir haben eine erstklassige Cafeteria in diesem Krankenhaus. Ich bin hier sofort fertig.«

Die Lehrerin sah Jenna verwirrt an. »Okay«, gab sie zögernd von sich.

In Jennas Gehirn begann es zu arbeiten. Vielleicht konnte sie Penelope doch noch helfen. Es würde wahrscheinlich Ärger für sie bedeuten. Aber die Idee war nicht schlecht.

Sie öffnete die Tür und sah die Eltern des Mädchens an Penelopes Bett stehen. Dr. Maura hatte das Kind gerade abschließend untersucht und machte sich daran, das Zimmer zu verlassen.

»Was machst du denn hier?«, fragte sie Jenna verwundert.

»Ich wollte mich verabschieden.«

Dr. Maura machte ein erstauntes Gesicht. Das war eigentlich nicht üblich. Dann zuckte sie die Schultern und ging aus der Tür. Jenna hielt diese weiterhin ein gutes Stück weit auf. Sie sagte, so laut, dass auch Penelopes Lehrerin es hören konnte: »Mr. Santos. Wie lange misshandeln Sie Ihre Tochter eigentlich schon? Hat das schon angefangen, als sie noch ein Baby war? Sie machen es immer nur, wenn Ihre Frau bei der Arbeit ist, damit keiner etwas merkt. Denken Sie, Sie sind überhaupt befugt, als Sportlehrer mit Kindern zusammenzuarbeiten? Penelope hatte letztes Mal große Angst, als Sie ihr angedroht haben, sie ins Kinderheim zu stecken, falls sie ihrer Mom etwas von der Gewalt, die Sie ihr antun, erzählt.«

Mr. und Mrs. Santos starrten Jenna verblüfft an. Im nächsten Moment erhob Mr. Santos sich und stürmte auf Jenna los. Das

Mädchen begann zu schreien. »Nein, Daddy, schlag sie nicht auch. Du hast doch gesagt, ich komme sonst in ein Kinderheim, wenn du ins Gefängnis kommst. Weil Mommy dann so viel arbeiten muss.«

Im Zimmer wurde es still. Mrs. Santos sah ihren Mann fassungslos an. Jenna warf einen Blick auf den Flur. Die Lehrerin hatte sich erhoben und hielt sich schockiert eine Hand vor den Mund.

»Oh, Sie sind noch da? Ich dachte, Sie wären einen Kaffee trinken gegangen«, gab Jenna von sich. Dann drehte sie sich um und ging den Flur entlang, zurück an ihre Arbeit.

Es war ihr klar, dass sie hier gerade ein riesiges Chaos ausgelöst hatte. Eigentlich wollte sie nur, dass die Lehrerin von den Misshandlungen wusste. Sie würde es sicher herumerzählen, die Schule informieren und alle hätten diesen Mistkerl von da an auf dem Radar.

Dass Penelope gerade zugegeben hatte, was ihr Vater tat, war natürlich noch besser. Mehr konnte Jenna nicht tun. Sie konnte jetzt nur abwarten, ob in dieser Angelegenheit ein Bumerang auf sie zukommen würde.

Dieser landete einige Wochen später auf Daniel Poles Tisch.

Mr. Santos hatte das Krankenhaus verklagt. Ein Mitarbeiter aus ihrem Haus habe die ärztliche Schweigepflicht gebrochen und ihn verleumdet. Santos forderte eine hohe Schadenersatzsumme. Daniel ahnte den Namen des Mitarbeiters bereits, bevor er die Anklageschrift gelesen hatte: Jenna Norton.

Sie würden einen guten Anwalt brauchen.

Kapitel 15

»Hey, Nick. Nancy hat gerade angerufen. Sie bittet um Rückruf.« Nicks Sekretärin überreichte ihm eine Akte. »Die Mandanten sind auch schon da.«

»Okay danke, Anna.«

Nick ging, die Akte in der Hand, zur Tür des Besprechungszimmers. Er freute sich nicht auf diesen Termin. Es ärgerte ihn, dass sich sogar ein mulmiges Gefühl in ihm breit machte, diese Sache übernehmen zu müssen. Als er den Namen gelesen hatte, versuchte er eine Aufschiebung zu erwirken, was abgelehnt wurde. Jenkins, sein Partner, der das Holy eigentlich vertrat, würde länger im Krankenstand sein und Nick übernahm im Moment einen Teil seiner Fälle. Diesen Fall konnte er keinem der anderen Anwälte übergeben. Das Holy Station war als Mandant zu wichtig, um nicht von einem der Partner vertreten zu werden. Er musste es also hinter sich bringen. Bevor er die Tür öffnete, atmete er noch einmal tief durch. Dann trat er ein.

Ein Faustschlag schien ihn direkt in den Magen zu treffen. Als er Daniel sah, verspürte er sofort eine leichte Übelkeit und eine abgeflachte Wut. Über die Jahre war sie sanfter geworden. Früher hatte sie nichts als verbrannte Erde zwischen ihnen hinterlassen. Nick musste aufpassen, sie im Zaum zu halten.

Daniel erhob sich zögernd, als er Nick sah, und starrte ihn überrascht an. »Du bist unser Anwalt?«

»Steht in der Terminnotiz. Nicht gelesen?« Er ging auf Daniel zu und reichte ihm die Hand. »Hallo, Daniel.« Dann wandte er sich um. »Und Sie sind Jenna Norton.« Er reichte ihr die Hand. »Verzeihung. Dr. Jenna Norton.«

Jenna nickte. »Schon okay so.«

»Setzen Sie sich bitte. Kaffee?«

Daniel und Jenna schüttelten den Kopf.

»Okay. Dann fangen wir gleich an. Das Holy Station Hospital ist also verklagt worden, weil Sie, Dr. Norton, gegen die ärztliche Schweigepflicht verstoßen haben? Erläutern Sie mir doch bitte, wie sich das zugetragen hat.«

Jenna atmete tief durch und erzählte die Geschichte, während Nick sie beobachtete und etwas in die Akte kritzelte.

»Sie dachten also, die Lehrerin wäre auf Ihren Vorschlag hin einen Kaffee trinken gegangen. Diese sagt, sie könne sich nicht mehr an die genauen Worte erinnern, aber Sie hätten ihr tatsächlich das Krankenhaus-Café empfohlen. Also lag wohl ein Missverständnis vor, als Sie dachten, die Familie wäre unter sich und Sie könnten die Misshandlungen ansprechen?«

Jenna nickte und sah Nick unschuldig an. Schmunzelnd schrieb er eine weitere Notiz auf.

»Und die Tür?« Nick sah Jenna interessiert an.

»Was meinen Sie?«

»Warum sind Sie nicht in das Zimmer des Mädchens gegangen und haben die Tür hinter sich geschlossen?«

»Ahm … das kann ich nicht mehr genau sagen. Ich denke, ich war in Eile.«

»Aha.« Nick schrieb und nickte. »Genau genommen war es keine Verletzung der ärztlichen Schweigepflicht, da es nicht um gesundheitliche Informationen ging, die sie mit der Familie besprochen haben. Trotzdem ist Ihnen der Missbrauch im Laufe einer Untersuchung aufgefallen. Es wird nicht schwierig sein, einen Vergleich auszuhandeln. Die Streitsituation ist in diesem Fall dehnbar. Jeder könnte gewinnen oder verlieren. Der Anwalt von Mr. Santos wird ihm dasselbe raten.«

»Zu einem Vergleich?«, fragte Daniel.

»Ja. Wenn wir vor Gericht gehen, haben wir auch die Chance zu gewinnen. Dann wird es allerdings einen Medienrummel geben.«

»Und wir könnten auch verlieren und müssten die volle Summe zahlen?«

»Genau. Ich könnte sie auf ein Zehntel der geforderten Summe herunterdrücken. Die Verhandlungsstrategie ist allerdings etwas dünn. Dass die Lehrerin noch auf dem Gang saß, wussten Sie wahrscheinlich, Dr. Norton?« Er sah Jenna skeptisch an. »Es wird etwas schwierig werden, darauf aufzubauen.«

»Du wusstest, dass die Lehrerin noch draußen war?« Daniel blickte empört zu Jenna.

Ungeduldig schloss Nick die Augen. Sein Bruder war wirklich ein ziemlicher Idiot.

Jenna ignorierte Daniel und sah Nick zerknirscht an. »Aber es ist nicht unmöglich, darauf aufzubauen?«

Er schüttelte den Kopf. »Nein, ich hatte schon schlechtere Ansätze.«

»Jenna hatte bis vor Kurzem eine PTBS«, platzte Daniel hervor.

Mit offenem Mund starrte Jenna ihren Vorgesetzten an. »Was fällt dir ein, das hier vorzubringen!« Verblüfft schüttelte sie den Kopf.

»Posttraumatische Belastungsstörung?«, fragte Nick.

»Ja«, antwortete sie leise und warf Daniel dabei einen wütenden Blick zu.

»Was ist denn? Es geht um das Krankenhaus. Wenn du dir schon so einen Schnitzer erlaubst, verwenden wir auch deine PTBS für die Verhandlungen.«

»Das hat hier nichts zu suchen, Daniel«, erwiderte Jenna kühl.

Er ignorierte sie und sah Nick an. »Sie war in Afghanistan und hatte danach ein paar Probleme.«

»Jetzt reicht es aber!« Jenna donnerte beide Handflächen auf den Tisch und erhob sich. »Willst du mich dastehen lassen, als hätte ich nicht mehr alle Tassen im Schrank? Nur weil ich Zivilcourage bewiesen habe? Sonst hatte ja keiner das Rückgrat dazu, nicht wahr, Daniel?« Ihre Stimme zitterte vor Wut. »Das übliche Prozedere. Ja sicher. Aber schau bloß nicht über deinen Tellerrand hinaus.«

Nick applaudierte innerlich anerkennend. Diese Dr. Jenna fing an, ihm zu gefallen. Das unangenehme Gefühl, mit dem er diese Sitzung begonnen hatte, verwandelte sich gerade in reges Interesse. Er lehnte sich zurück.

»Weißt du, Jenna, du musst nicht versuchen, die ganze Welt zu retten, nur weil dir in Afghanistan die Leute unter den Fingern weggestorben sind wie die Fliegen«, konterte Daniel wütend.

Schockiert sah Jenna ihn an. Ihr fielen nur zwei Worte zu dem eben Gesagten ein: »Du Arschloch.«

Nick notierte sich etwas. Das war hart gewesen. Daniel hatte weit ausgeholt und da hingeschlagen, wo es am meisten wehtat. Genauso, wie Nick ihn kannte.

»Ich finde, wir sollten Jennas Geisteszustand als Verhandlungsansatz verwenden«, beharrte Daniel auf seiner Idee. Resigniert schüttelte Jenna den Kopf.

Nick betrachtete sie eingehend. Das zu tun würde ihm mehr als schwerfallen. Fand er doch, dass Dr. Norton soeben einen kristallklaren, ja geradezu brillanten Geisteszustand bewiesen hatte. Immerhin hatte sie seinen Bruder gerade als Arschloch identifiziert.

Langsam schüttelte er den Kopf. »Ich denke, Sie mussten nach der PTBS eine Untersuchung durchführen lassen und einen Test bestehen, um wieder im Krankenhaus arbeiten zu können?«

Jenna nickte.

»Also verheizen wir die Psychologin, die Ihnen grünes Licht gegeben hat, obwohl Sie anscheinend noch nicht wieder voll einsatzfähig sind- natürlich nur nach der Meinung Ihres Vorgesetzten-, das Krankenhaus, das eine Ärztin, mehr noch eine Chirurgin, deren Fähigkeiten über Leben und Tod entscheiden, wieder an die Arbeit gelassen hat und letztlich auch Dr. Norton selbst.« Er machte eine bedeutungsvolle Pause, bevor er weitersprach. »Glaub mir, Daniel, einen schlechteren Dienst kannst du dem Krankenhaus nicht erweisen.«

Während Daniel ihn verärgert ansah und nachdachte, unterdrückte Jenna ein Schmunzeln. Es hatte ihr gefallen, dass der Anwalt ausdrücklich erwähnt hatte, dass ausschließlich Daniel nicht an Ihre Genesung glaubte.

»Also die erste Strategie?«, fragte Daniel grimmig.

»Auf jeden Fall«, bestätigte Nick.

»Was brauchst du noch?«, wollte Daniel wissen.

»Vorerst kann ich mit diesen Informationen arbeiten. Ich melde mich bei euch.«

Nick erhob sich. »Daniel.« Er schüttelte seinem Bruder widerwillig die Hand. »Dr. Norton.« Lächelnd verabschiedete er sich auch von Jenna. »Wir bleiben in Kontakt.«

Jenna nickte. »Sind Sie eigentlich miteinander verwandt?«, fragte sie Nick beim Hinausgehen. Erstaunt sah er sie an.

»Naja, wegen desselben Nachnamens und wegen Daniels Erstaunen darüber, dass Sie unser Anwalt sind«, erklärte Jenna.

Normalerweise hätte sie Daniel danach gefragt, doch sie war im Moment zu wütend auf ihn.

»Ja, wir sind Brüder«, antwortete Nick und bemerkte, wie sein Nacken sich bei diesen Worten verspannte.

Überrascht zog Jenna die Augenbrauen hoch. Der Anwalt und Daniel hatten sich einander gegenüber äußerst distanziert verhalten.

Nick sah den beiden zu, wie sie sein Büro verließen. Als sich die Tür hinter ihnen schloss, atmete er erleichtert auf.

So schlimm war die Begegnung mit seinem Bruder gar nicht gewesen. Sie hatten sich ausschließlich auf die Sache konzentriert und kein persönliches Wort miteinander gewechselt. So würde Nick es weiterhin halten, um keine Feindseligkeiten aufkommen zu lassen. Er wollte einfach nur diesen Fall professionell abarbeiten und Daniel danach wieder aus seinem Leben und seinen Gedanken streichen.

Ihre letzte Begegnung lag Jahre zurück. Damals waren sie sich zufällig in einem Restaurant über den Weg gelaufen, hatten sich nur kurz zugenickt und waren sich danach weiterhin jahrelang erfolgreich aus dem Weg gegangen.

Nick nahm die Akte zur Hand, um noch einmal die Klageschrift gegen das Holy Station durchzugehen.

Das Klopfen am Türrahmen ließ ihn innehalten. In der Erwartung, Anna zu sehen, blickte er flüchtig auf. Doch es war Daniel, der sich noch einmal unaufgefordert in sein Büro begab und die Tür hinter sich schloss.

»Daniel. Hast du etwas vergessen?«, fragte Nick ruhig, aber er verspürte plötzlich ein unangenehmes Gefühl im Bauch und eine Alarmglocke schien sich in seinen Ohren selbstständig zu machen.

»Ja, das habe ich allerdings. Ich wollte mich noch bei dir bedanken, dass du Moms Geburtstag vor drei Tagen verdorben hast.«

Ein Schreck fuhr Nick durch die Glieder. Er fasste sich an die Stirn. »Verdammt. Ich hab ihn komplett vergessen.«

»Mom hat den ganzen Abend gelächelt, aber in Wahrheit hat sie mit den Tränen gekämpft. Wenn du schon nicht an den Familienfeiern teilnimmst, dann erfülle wenigstens deinen Part. Ein kleines bisschen von deiner wertvollen Zeit wirst du doch für unsere Mutter opfern können«, zischte Daniel zornig.

»Deine Mutter«, konterte Nick. Doch im selben Moment wünschte er sich, diese Worte zurücknehmen zu können. Ihm wurde heiß in seinem Sakko. Wie konnte er nur so etwas sagen.

»Genau, Nick. Es ist meine Mutter. Sie hat dich lediglich so angenommen und geliebt wie ihren eigenen Sohn. Das tut sie wundersamerweise bis heute. Aber ich werde ihr gerne ausrichten, was du hier soeben klargestellt hast.«

Nick erhob sich und beugte sich drohend zu Daniel nach vorne. »Das wirst du nicht tun. Du weißt, dass ich das nicht so gemeint habe.«

»Keine Angst. Mom wird dich trotzdem weiterlieben. Ähm … ich meine, deine Stiefmutter wird dich trotzdem weiterlieben. Du kannst ja nicht viel falsch machen, in ihren Augen. Es wird ihr nur wieder ein kleines bisschen mehr das Herz brechen.«

Nick ging um den Tisch herum und baute sich bedrohlich vor Daniel auf. »Du wirst ihr nichts davon erzählen. Ich warne dich.«

»Oder was?«, fragte Daniel und sah ihn belustigt an. »Wirst du mich sonst auch die Treppe hinunterstoßen, wie deine eigene Mutter?«

Scharf sog Nick die Luft ein und trat einen Schritt zurück.

»Verschwinde, bevor wirklich noch was passiert«, drohte er flüsternd.

»Ich werde Mom nichts sagen. Mach dir nicht ins Hemd.« Daniel lachte. »Sieh zu, dass du das wieder ausbügelst, Kleiner.« Dann wandte er sich zum Gehen und ließ die Tür mit einem lauten Knall ins Schloss fallen.

Aufgewühlt setzte Nick sich auf die Kante seines Tisches und starrte seinem Bruder hinterher. Dieser Auftritt bestätigte ihn ein weiteres Mal darin, dass es richtig war, seit Jahren weder Kontakt zu Daniel noch zu seinem Vater zu haben. Ihre Begegnungen endeten stets damit, dass er sich fühlte wie ein kleiner, dummer Junge, der alles verkehrt machte. Daniel hingegen verließ die Bühne wie immer, mit hoch erhobenem Haupt und einem erhabenen Lächeln im Gesicht.

Kapitel 16

Im Applehouse, dem niedlichen Café nahe dem Holy Station, wartete Greg ungeduldig und ziemlich nervös auf Jenna. Sie hatte ihm auf seine Frage geantwortet, dass sie es gegen 11:00 Uhr auf einen Kaffee schaffen würde. Er hätte lieber ein Abendessen daraus gemacht, aber Jenna war nicht darauf eingegangen. Im Moment war er nicht in der Position, irgendwelche Forderungen an sie zu stellen. Also nahm er ihren Vorschlag widerwillig an.

Die Uhr zeigte 11:20 Uhr. Jenna hatte es schon, als sie noch zusammen waren, selten geschafft, pünktlich zu sein, wenn sie eine Verabredung direkt nach ihrem Dienstende getroffen hatten. Greg hatte das früher immer genervt, obwohl es nachvollziehbar war. Sie konnte schlecht einem blutenden oder nach Atem ringenden Patientin die Hilfe verweigern, weil sie sich schon auf ihr Tiramisu freute.

Trotzdem war es lästig. Er blickte aus dem Fenster. Eigentlich war nicht nur das lästig gewesen an ihrer Beziehung. Auch Jennas Vater war eine echte Plage. Der große Norton, der alles konnte und wusste. Er hatte ihm immer das Gefühl gegeben, nicht gut genug für seine Tochter zu sein. Wenn er daran dachte, schwoll die Ader an seiner Stirn und begann zu pochen. Aber Jenna … Er schloss die Augen und suchte ihr Bild in seinem Kopf … Jenna war toll gewesen. Das hatte er erst richtig begriffen, als er sich nach anderen Frauen umsah. Nach sehr vielen anderen Frauen. Das tat er immer noch. Nur war er nicht mehr so dumm, sein echtes Foto in einem der Dating-Portale einzustellen. Er würde mit den Dates aufhören, wenn er Jenna wieder sicher im Netz hatte. Vorher sah er keine Veranlassung dazu. Na ja, vielleicht würde er auch dann noch ein oder zwei Telefonnummern behalten. Man hatte schließlich so seine Lieblinge.

Aus dem Augenwinkel nahm er endlich eine Bewegung wahr, die auf ihn zukam. Jenna trug einen kurzen Mantel, den sie locker geöffnet, um ihren schlanken Körper gelegt hatte. Ihr Gang war damals das Erste, was Greg an ihr aufgefallen war. Er barg fast schon ein klein wenig Arroganz, wie der einer Primaballerina. Gleichzeitig waren ihre Schritte kräftig und selbstbewusst. Und sie hatten nicht gelogen, diese Bewegungen. Sie spiegelten tatsächlich etwas von dem Charakter seiner Ex-Verlobten wider. In ihr trafen sich Anmut und Sinnlichkeit genauso wie Stärke und Disziplin.

Dass er ein Idiot gewesen war, sie gehen zu lassen, war ihm ziemlich schnell klar geworden. Fassungslos musste er es geschehen lassen, dass sie nach Afghanistan ging und allem hier den Rücken zukehrte. Doch jetzt war sie wieder hier. All die Monate hatte er sich über Jennas Schwester auf dem Laufenden über sie gehalten. Natürlich hatte er sich nicht gewünscht, dass Jenna ihm bei ihrer zweiten Begegnung den Blinddarm entfernen würde, doch jetzt kam es ihm wie ein Wink des Schicksals vor. Bevor er ins Krankenhaus gefahren war, hatte er sich bei Keira über Jennas Dienstzeiten informiert. Es war also keine wirkliche Überraschung für ihn gewesen, dass sie seine behandelnde Ärztin wurde.

Die Sache lief rund. Er kannte Jenna schließlich gut genug, um zu wissen, wie er sie wieder zurückgewinnen konnte. Dass sie sich überhaupt auf ein privates Treffen mit ihm eingelassen hatte, war bereits ein großer Sieg. Der Rest würde ein gemütlicher Spaziergang werden.

Die Tür ging auf und sie trat herein. Ihre Augen suchten nach ihm. Er wünschte sich, ihr strahlendes Lächeln zu sehen, wenn sie ihn entdeckte. Doch sie nickte ihm nur zu. Immerhin, ein flüchtiges Lächeln konnte er deuten.

»Hey«, sagte sie.

Er erhob sich, wollte sie umarmen, doch sie erwiderte seine Berührung nicht. Versteifte sich und sah ihn kaum an. Sie wirkte müde und er hatte den Eindruck, sie wäre jetzt lieber nicht hier bei ihm. Aber er würde alles versuchen, um das zu ändern.

»Harter Tag?«, fragte er und musterte sie besorgt.

Sie nickte. »Hart und lang.«

»Wann hattest du Dienstbeginn?«

»Gestern um 22.00 Uhr. Ich werde wirklich nicht lange bleiben können.«

Greg nickte verständnisvoll. »Ist doch klar. Du musst schlafen. Möchtest du etwas essen?«

Sie schüttelte den Kopf. »Nur einen Tee.«

»Es tut wirklich gut, dich zu sehen.« Er sah sie nachdenklich an und versuchte einen verträumten Blick aufzusetzen.

Jenna erwiderte nichts darauf.

»Wie geht es dir?«, fragte sie dann und deutete auf seinen Bauch.

»Alles okay. So, als ob nie etwas gewesen wäre. Ich hatte eine fantastische Chirurgin, musst du wissen.«

Jenna lächelte gequält. Das Gespräch entwickelte sich nicht gut. Greg wurde klar, dass er schon mehr würde bringen müssen als ein paar flache Komplimente. Er überlegte, ob es noch zu früh für die Brosche wäre, entschloss sich aber, es zu versuchen. Womöglich würde Jenna sonst nach ihrer Tasse Tee nach Hause verschwinden und er würde sie nie wiedersehen.

»Sieh mal, was ich vor ein paar Tagen gefunden habe.«

Er legte die Brosche auf den Tisch. Es war eine kleine, goldene Gondel. So zart gearbeitet, dass man noch die Verzierungen auf dem Hut des Gondoliere erkennen konnte. In die Gondel waren drei Edelsteine gefasst. Es waren Smaragde. Sie hatten ein tiefes, dunkles, etwas schlammiges Grün. Sofort als Greg dieses Stück gesehen hatte, wusste er, dass es für Jenna geschaffen worden war. Die Smaragde hatten dieselbe Farbe wie ihre Augen, und das Gold, auf dem sie eingearbeitet waren, machte das Geschenk perfekt, weil in ihren Augen ebenfalls goldene Punkte schwammen, die, wenn man sie sehr genau betrachtete, aussahen wie kleine Sterne.

Jenna lächelte, als sie das Stück sah. Sie nahm die Brosche in die Hand und betrachtete sie nachdenklich. »Alle drei Steine?«

Er lachte auf. »Weißt du noch?«

Sie nickte und lachte ebenfalls ein bisschen.

»Ich dachte wirklich, ich werde verrückt, als gleich nach dem ersten Tragen einer der Smaragde gefehlt hat«, erklärte Greg grinsend.

»Ja, die Chance war gleich null, diesen Stein jemals wieder zu finden.« Jenna schüttelte schmunzelnd den Kopf.

»Aber Mo, unser gutes Katerchen, hatte wohl auch Lust, sich zu schmücken«, fuhr er kichernd fort.

»Oh Gott, als ich den Stein auf seiner kalten, nassen Nase entdeckt habe …«, erinnerte sich Jenna lächelnd.

»Dann die Verfolgungsjagd. Wir sind total ausgerastet und haben ihn damit so erschreckt, dass er sofort geflüchtet ist. Wir haben ihn durch die ganze Wohnung gejagt. Weißt du noch?« Sie lachten jetzt beide. »Bis wir endlich kapiert haben, dass das so nichts wird, und uns zurückgezogen haben …«

»Oh nein, nicht diesen Teil.« Jenna hielt sich den Bauch.

»Der Fressnapf. Geht unser Dickerchen nicht seelenruhig zu seinem Fressnapf und steckt seine Nase in die Geflügelleber in Aspik.«

Jenna konnte nichts darauf erwidern, so sehr brachte sie diese Erinnerung zum Lachen.

»Als wir uns auf Mos Essen gestürzt haben, weil der Smaragd nicht mehr auf seiner Nase war. Weißt du noch, wie er uns angesehen hat?« Greg wischte sich eine Lachträne aus dem Augenwinkel.

»Ja, wir waren von einer Sekunde auf die andere zu seinen Feinden geworden«, kicherte Jenna.

»Aber wir haben den Stein gefunden. Gott sei Dank in Mos Fressen. Ich hätte ungern die Häufchen des Katzenklos so genau seziert wie den Futternapf.«

Einhalt gebietend hob Jenna die Hände. Sie konnte sich nicht daran erinnern, wann sie das letzte Mal so ausgelassen gelacht hatte.

Greg sah sie an. Sein Blick war plötzlich durchdringend und voller Wärme. »Venedig war wunderschön.«

Sie nickte lächelnd.

»Vieles war wunderschön«, knüpfte er an und berührte ihre Hand.

Sie sah ihm in die Augen und nickte abermals.

»Gehst du diese Woche mit mir Abendessen?«, traute er sich jetzt zu fragen. Er spürte, dass das Eis gebrochen war.

»Greg, ich möchte hier wirklich nichts wieder aufwärmen.«

Er schüttelte schnell den Kopf. »Nichts aufwärmen. Lass uns etwas Neues kochen?«

Sie schüttelte den Kopf. Ihr Blick löste sich von ihm und sie sah aus dem Fenster.

»Ein Abendessen. Als Freunde. Lass uns gute Freunde sein. Und dann sehen wir, wie sich alles entwickelt«, bettelte er.

»Das ist doch wahnsinnig kompliziert. Ich weiß nicht.« Sie sah ihn skeptisch an.

»Wir machen es nicht kompliziert. Lass uns einfach ein paar schöne Dinge miteinander unternehmen. Als Freunde. Ohne Aussicht auf Weiteres.«

Jenna dachte über seine Worte nach, dann nickte sie zögerlich. »Ohne Bedingungen, ohne Aussicht auf Weiteres.«

Er strahlte sie an. »Genau.«

Als er sie zu ihrem Wagen brachte, war er sich seines Sieges bereits völlig sicher. Die Abmachung, die sie getroffen hatten, wandelte er in seinen Gedanken um in »mit Aussicht auf ein Happy End«.

Kapitel 17

Nick wartete im Blueberry auf Elaine. Er war fast zwanzig Minuten zu früh, aber sein letzter Termin hatte nicht so lange gedauert wie angenommen und es machte keinen Sinn mehr, jetzt noch zurück in die Kanzlei zu fahren.

Seine Stiefmutter, die nichts mit diesen fiesen Frauen in den Märchen gemeinsam hatte, gab ihm nicht einen Moment lang das Gefühl, etwas wiedergutmachen zu müssen, weil er ihren Geburtstag vergessen hatte. Das machte die Sache für Nick noch schmerzlicher. Nie verlangte oder erwartete seine Mom etwas von ihm.

Normalerweise waren die Menschen anders. Bedrängten. Forderten. Verlangten. Dann konnte er in die Abwehrhaltung gehen, die er perfekt beherrschte. Aber bei Elaine streckte er die Waffen. Es gab nichts zu kämpfen. Wie viel Glück er doch mit ihr gehabt hatte. Nur sie leider nicht mit ihm.

Er nahm die Akte des Holy Station zur Hand. Bis Elaine kam, konnte er sich noch einige Notizen machen. Eine chaotische erste Seite präsentierte sich ihm, als er den Aktendeckel aufschlug. Die Ränder der Klageschrift hatte er mit diversen Begriffen versehen. Ganz anders, als er es sonst tat.

Während der Mandantengespräche machte er sich normalerweise keine Notizen. Er behielt die Dinge im Kopf. Und zwar alle. Notierte sich später einiges dazu. In den Gesprächen machte er sich ein Bild von den Personen, mit denen er es zu tun hatte. Er verstand nicht, wie man diesem Aspekt, dem seiner Meinung nach wichtigsten, nicht genug Raum geben konnte, wie es die meisten seiner Kollegen taten.

Trotzdem tat er bei den Gesprächen so, als würde er sich etwas notieren. Die Mandanten standen total auf diese Notizsache. Jedes Mal, wenn er es nicht tat, wurde er verwundert darauf hingewiesen und hatte ein Gespräch am Hals, das ihn über die Maßen langweilte.

Und deshalb malte er während der Besprechungen. Normalerweise waren es Rahmen. Immer diese geraden, gemusterten Rahmen, rund um die Schriften. Strukturiert und klar.

Als Stella ihn vor ein paar Monaten wegen seiner Attacken zu einem Psychologen geschickt hatte, kam dieser auf die Rahmen zu sprechen. Nick erinnerte sich jetzt daran. Stella hatte keine Ruhe gegeben und es für eine gute Idee gehalten, dass er sich endlich Hilfe holte. Monatelang hatte er sich gegen diese Idee zur Wehr gesetzt. Hatte debattiert, ignoriert, geschimpft, sich zurückgezogen. Doch Stella war so in Sorge um ihn gewesen, weil sie bei einem Kurzurlaub zu dritt eine seiner schlimmeren Attacken miterleben musste, dass es ihn letztlich gerührt und er ihrer Bitte nachgegeben hatte.

Einige Tage später saß er also bei diesem Psychologen, der von Anfang an so getan hatte, als würde er ihn kennen. Dieser verständnisvolle Blick hatte Nick minütlich aggressiver gemacht. Die Fragen des Psychologen waren lediglich darauf abgerichtet gewesen, offenzulegen, welch arme und kranke Kreatur dort vor ihm saß, und als er Nick zum Schluss zu erklären versuchte, dass seine Rahmen eine tief sitzende Sehnsucht nach Schutz und Geborgenheit waren, hatte Nick sich, seine Visitenkarte zückend, erhoben und sie dem Psycho mit den Worten »Schicken Sie die Rechnung an diese Adresse« gereicht. Die Tür schloss er beim Hinausgehen besonders sanft. Er wollte nicht auch noch eine verhaltensauffällige Aggressivität in seiner äußerst schmalen Patientenakte festgehalten wissen.

Er schmunzelte in sich hinein, als er nun dieses Chaos auf der ersten Seite des Holy-Station-Falles vorfand. Vielleicht hatte sich seine Sehnsucht nach Geborgenheit aufgelöst. Vielleicht sehnte er sich jetzt nach … was stand hier? *Funkelaugen, Mut, Grübchen beim Lächeln, Jasmin-Duft, sanfte Bewegungen, kristallklarer Verstand, zarte Hände, kleine Narbe am Schlüsselbein, wunderschön.*

Schnell klappte er die Akte zu, während eine Welle der Scham ihn ergriff. Was hatte er sich nur dabei gedacht, solche Dinge während eines Mandantengespräches aufzuschreiben? Überhaupt solche Dinge aufzuschreiben. Er fühlte sich wie ein 15-Jähriger, dem zum ersten Mal eine schöne Frau über den Weg gelaufen war. Oder wie ein Stalker.

Verwundert und immer noch peinlich berührt, schüttelte er den Kopf, während er die Akte verstaute. Er würde sich zu Hause darum kümmern.

Aber diese Dr. Jenna war wirklich sehr hübsch. Das musste er sich eingestehen, auch wenn er Ärzte auf den Tod nicht ausstehen konnte. Es hatte ihm imponiert, wie sie mit Daniel umgesprungen war. Immerhin war er ihr Vorgesetzter. So übel er es auch empfand, seinen Bruder bei den Gesprächen ertragen zu müssen, so nett war die Aussicht auf Dr. Jenna.

»Nick.« Elaine legte ihre Hand auf seine Schulter, um sich bemerkbar zu machen. Er erschrak ein bisschen, so tief war er in Gedanken bei Jenna gewesen, erhob sich aber gleich und lächelte seine Stiefmutter an. Lange umarmte er sie und drückte ihr dann einen Kuss auf die Wange.

»Hallo, Mom.«

Elaine legte die Handfläche sanft auf eine seiner Wangen. Sie musterte sein Gesicht. »Gut siehst du aus. Nur ein bisschen müde.«

»Ja, ich schlafe im Moment nicht so gut«, erklärte er und zuckte mit den Schultern.

»Hast du sie noch?« Elaine meinte die Attacken, wusste aber, dass Nick nicht gerne über sie redete.

Er nickte kurz und schob ihr gleichzeitig ein kleines Päckchen über den Tisch, um das Thema zu wechseln. Widerwillig ließ Elaine sich darauf ein. Sie hätte lieber weiter über Nicks Befinden gesprochen. »Ach, Nick. Du hättest dich nicht bemühen müssen. Das weißt du. Ich freue mich am meisten darüber, dich zu sehen.«

»Pack es aus«, drängte er grinsend.

Schon trennten ihre Finger das Klebeband sanft vom Geschenkpapier. Er lächelte, während er sie dabei beobachtete. Nie würde sie eine Verpackung zerstören, indem sie sie einfach grob herunterriss. Sie respektierte die Dinge ebenso wie die Menschen. Selbst Geschenkverpackungen.

»Das gibt's doch nicht. Wo hast du die denn bloß her?« Sie hielt eine sehr alte Ausgabe von *»Der Zauberer von Oz«* in ihren Händen. Andächtig starrte sie darauf, fuhr liebevoll mit ihrer Hand darüber. Elaine liebte Märchen und Kindergeschichten. Davon hatten auch Nick und Daniel früher profitiert. Aber sie mochte keine dieser modernen Illustrationen besonders gerne. Schon gar nicht würde ihr jemals ein E-Book-Reader ins Haus kommen.

»Das ist so besonders, Nick.« Ungläubig schaute sie ihn an. »Die Ausgabe muss ein Vermögen gekostet haben.«

Nick schüttelte den Kopf. »Halb so wild. Ich freue mich, wenn es dir gefällt.« Er griff über den Tisch nach einer ihrer Hände. »Es tut mir so leid, dass ich deinen Geburtstag vergessen habe.«

»Ach, ich bitte dich, Nick. Das ist doch kindisch. Geburtstage …Ich freue mich nur über diesen Tag, weil die ganze Familie zusammenkommt. Also …« Sie sah ihn entschuldigend an. »Das sollte kein Seitenhieb sein.«

Er nickte. »Ich weiß.«

Ernst betrachtete sie ihn. Überlegte einen Augenblick und gab dann zögerlich von sich: »Dein Vater vermisst dich, Nick. Mit jedem Jahr mehr. Zuerst war er wütend, weil du dich nicht mehr gemeldet hast. Nicht einmal an seinen oder Daniels Geburtstagen. Aber jetzt, nach all diesen Jahren, ist er nur noch traurig. Er wäre jederzeit bereit, dich wieder mit offenen Armen aufzunehmen.«

»Ich bin nicht obdachlos, Mom.« Schmunzelnd sah er sie an, wurde aber sofort wieder ernst, als er die Traurigkeit auf dem Gesicht seiner Stiefmutter sah.

»Ich meinte im Kreis der Familie. Wir vermissen dich, Nick.«

»Ja ...« Er nickte. »Ganz besonders Daniel, nicht wahr?«

»Daniel ist genauso stur wie du. Keiner ist besser als der andere.« Sanft sah sie ihn an. »Dein Vater wird in ein paar Wochen siebzig. Es wird eine kleine Feier geben. Er wünscht sich so sehr, dass du auch kommst. Gesagt hat er es nicht, aber das weiß ich. Die Tage nach meinem Geburtstag hat ihn nur eine Frage umgetrieben: Hat Nick sich immer noch nicht gemeldet? Kannst du dich nicht überwinden? Dieses eine Mal?«

Nick hatte es irgendwie geahnt. Elaine bedrängte ihn fast nie damit, Kontakt zu seinem Vater oder Daniel aufzunehmen. Nur manchmal, in großen zeitlichen Abständen, wagte sie einen Versuch.

»Ich kann nicht, Mom. Es geht einfach nicht«, erwiderte er ernst.

Sie nickte und sah weg. Nick konnte ihre aufsteigenden Tränen fast körperlich spüren. Ihr wehzutun, tat ihm selbst weh. Doch in dieser Sache konnte er nicht nachgeben.

»Ich verstehe es nur immer noch nicht, Nick.« Elaine betrachtete ihn mit wässrigen Augen.

»Bitte, Mom. Ich habe mich eben dafür entschieden, weil es so leichter für mich ist.«

Verwundert blickte sie ihn an. »Du bist so hart in dieser Sache obwohl ich weiß, dass du ein gutes Herz hast. Ich werde es wohl nie verstehen.«

»Versuch es auch nicht. Das wärmt alles nur wieder auf. Bitte, okay?«

Traurig lächelnd sah sie ihn an. Nick hatte seine Grenze ein weiteres Mal klar gesteckt. Elaine begriff, dass sie ihn vertreiben würde, wenn sie weiter in ihn drängte. »Hast du denn eine Freundin?«, wechselte sie deshalb das Thema.

Er lachte. »Nichts Festes.«

»Das heißt, es gibt da jemanden?«

»Mom…« Er verdrehte die Augen wie ein genervter Teenager, um gleich darauf schmunzelnd auf Elaines Frage einzugehen. »Eine Bekannte. Aber wir werden nicht heiraten und keine Familie gründen. Wenn es das ist, was du wissen möchtest.«

»Oh, das weiß man nie«, lächelte sie mit erhobenem Zeigefinger.

»Oh doch, Mom, das weiß man.«

»Ist es Rebecca?« Sie beugte sich verschwörerisch flüsternd zu ihm vor.

Er machte ein nachdenkliches Gesicht. »Rebecca?«

»Na vor ein paar Monaten …«

Jetzt erinnerte er sich wieder. »Nein, nein, das mit Rebecca ist schon lange vorbei.«

»Ihr trefft euch gar nicht mehr?« Enttäuscht sah sie Nick an.

»Nein. Ich habe keine Ahnung, wo sie ist und was sie macht. Ob sie überhaupt noch lebt.« Gleichgültig zuckte er mit den Schultern.

Erst als er in Elaines entsetztes Gesicht blickte, merkte er, wie kaltschnäuzig das gerade geklungen hatte und berührte sie beruhigend am Oberarm. »Nein, nein, Mom. Ich bin sicher, dass sie lebt und es ihr gut geht.«

»Okay«, gab Elaine zögernd von sich. »Weißt du, vielleicht würde es dir ein wenig Halt verschaffen und auch Freude. Eine Frau in deinem Leben. Eine, die zu dir gehört.«

»Ach Mom, ich bin eben kein Beziehungsmensch. Allerdings, wenn es dich in einer jüngeren Version geben würde und du nicht meine Mutter wärst … ja dann …« Verträumt sah er in die Luft.

»Ha, das glaube ich kaum. Ich war schon immer eine Wuchtbrumme«, lachte sie.

»Die Brumme kannst du weglassen. Dann passt es«, lächelte er charmant, während Elaine kicherte.

Als sie gegessen hatten, stellte sie eine Tüte auf den freien Stuhl neben sich und zog eine kleine Papiertasche daraus hervor. Sie öffnete sie und holte einen Stapel Fotografien heraus. »Sieh mal, ich musste noch einige Fotos drucken lassen, bevor wir uns hier getroffen haben. Alle meine Freundinnen machen jetzt diese Fotocollagen für ihre Kinder und Enkel und Freunde und Hunde und ach …für alle Lebewesen dieser Erde. Jetzt mache ich eben auch eine. Willst du sehen?«

Er wollte nicht, aber er nickte. Elaine hatte heute bereits eine große Schlacht verloren. Er würde ihr ungern eine weitere Bitte abschlagen.

Und … tadaaa! Da waren sie. Daniel, sein Vater, Elaine und er. In verschiedenem Alter und Situationen waren sie abgelichtet. Immer lächelten sie. Natürlich. Schließlich machte man keine Fotos von traurigen Menschen. Zum Beispiel von kleinen Jungen, die weinend und verzweifelt allein in ihrem Bett lagen.

Gespielt lächelnd blätterte er den Stapel durch und konzentrierte sich dabei auf die Zuckerdose, die sich auf dem Restauranttisch vor ihm befand. Er wusste, dass Elaine, nachdem er sie angerufen und zum Essen eingeladen hatte, diesen Plan geschmiedet haben musste. Sie hatte immer noch die Hoffnung, dass diese Fotos Nick erweichen würden. Ihm die schönen Zeiten noch einmal nahebringen und ihn direkt in die Arme seines Vaters und Daniels treiben würden.

»Schön, nicht wahr?«, fragte Elaine sanft und sah Nick hoffnungsvoll an.

Er nickte. »Ja, wirklich schön«, presste er heraus.

»Ich Dummerchen habe versehentlich zwei Sätze drucken lassen. Einen davon will ich dir schenken«, strahlte sie ihn an. »Möchtest du?«

»Gern, danke«, erwiderte er angestrengt lächelnd und streckte seine Hand danach aus. Als er sie umfasste, fühlte es sich an, als würden sie ein kleines Feuer auf seiner Haut entfachen.

Kapitel 18

»Anna, gibt es was Dringendes?«, fragte Nick seine Sekretärin, als er zurück im Büro war.

»Eine Nancy wartet im Besprechungszimmer auf Sie. Sie wollte nicht sagen, worum es geht, und ließ sich auch nicht mit einem Rückruf vertrösten.« Anna zuckte entschuldigend die Schultern.

»Schon gut. Ich kümmere mich darum.«

Seit einigen Tagen schon hatte Nancy versucht, ihn zu erreichen. Zwar nahm er sich die ganze Zeit vor, sie zurückzurufen, aber es war immer so viel los gewesen und er hatte es wieder und wieder aufgeschoben. Womöglich war es ihm auch einfach nur egal gewesen. Trotzdem hatte er deshalb ein schlechtes Gewissen. Es war nicht in Ordnung, ihre Anrufe zu ignorieren. Er öffnete die Tür und ging mit einem zerknirschten Gesichtsausdruck auf sie zu.

Nancy war wütend auf ihn. Das war sie schon seit Wochen. Der Pole-Plan entwickelte sich nicht nach ihrem Geschmack. Sue Franklin, ihre Freundin, hatte ihr geraten, jetzt zum Angriff überzugehen. Ihre Wut durfte sie allerdings nicht an Nick auslassen. Das würde ihn nur vertreiben. Also stand sie jetzt hier und schmunzelte, während Nick auf sie zukam. Dabei machte sie eine neckend schimpfende Geste mit ihrem Zeigefinger.

»Es tut mir leid«, sagte er und umarmte sie zur Begrüßung. Sie hauchte ihm einen Kuss auf die Wange.

»Ich wollte nur mal sehen, ob du noch lebst«, lächelte sie immer noch, auch wenn ihr nach anderen Worten zumute war.

»Ich wollte dich heute wirklich anrufen. Ich ersticke gerade in Arbeit.« Entschuldigend hob er die Hände.

»Na ja, dann will ich mal nicht so streng mit dir sein. Aber nur …«, sie setzte ein verführerisches Lächeln auf, »… wenn du mich heute Abend zum Essen einlädst.«

»Okay«, erwiderte er zögernd. Er hatte mit einer unangenehmen Standpauke gerechnet. Dass Nancy die Sache anscheinend doch so entspannt sah, gefiel ihm. Trotzdem wollte er sichergehen, dass sie sich nicht in etwas hineinsteigerte.

»Nancy. Vielleicht ist jetzt nicht der richtige Zeitpunkt, aber ich habe mir in letzter Zeit so einige Gedanken über uns gemacht.«

Erfreut blickte sie zu ihm auf.

»Ich hatte bei unseren vergangenen Treffen immer mehr den Eindruck, dass du … na ja, vielleicht doch stärkere Gefühle für mich entwickelst.«

Langsam nickte sie. Wollte ihm sein Gefühl bestätigen. Dann dachte sie daran, was sie mit Sue besprochen hatte. Sie beendete das Nicken und lachte heiser auf. »Nick …«, sagte sie so, als spräche sie mit einem kleinen Kind.» …Wir haben doch von Anfang an alles geklärt. Wozu also jetzt dieses anstrengende Gespräch?«

»Okay«, gab er zögernd von sich, während er sie nachdenklich betrachtete. »Ich möchte nur nicht, dass du dich schlecht wegen unserer Treffen fühlst. Sobald sich einer von uns dabei nicht mehr wohlfühlt, sollten wir das hier lieber sein lassen.«

»Ich bin schon ein großes Mädchen, Nick, und ich kann sehr gut auf mich aufpassen.« Ein weiteres heiseres Lachen kam aus ihrer Kehle.

Er sah sie erleichtert an. »Also dann, Abendessen. Ich hole dich um 20.00 Uhr ab?«

Sie kam auf ihn zu. Baute sich kerzengerade vor ihm auf und hauchte ihm ein *»perfekt«* ins Gesicht. Dann drückte sie ihre

Lippen auf seine und drang fordernd mit der Zunge in seinen Mund. Überrascht wich er einen kleinen Schritt zurück. Dann umfasste er ihre Hüfte und erwiderte den Kuss.

Das Abendessen verlief unspektakulär. Die Begegnung mit Nancy heute Nachmittag war nett gewesen, doch jetzt begann er sich bereits nach ein paar Minuten in ihrer Gesellschaft zu langweilen. Nach ihrer Aussprache in der Kanzlei hatte sich Erleichterung in ihm breitgemacht. Jetzt aber fühlte er wieder diesen unausgesprochenen Erwartungsdruck, den sie ausstrahlte. Er kam sich gemein vor, deswegen genervt von ihr zu sein. Aber ständig berührte sie ihn im Gesicht. Strich über seine Hände und selbst unter dem Tisch schaffte sie es, an Stellen zu gelangen, die ein nicht gerade geringes Maß an Akrobatik erforderten.

Das Essen im Blueberry war wie immer hervorragend. Er hatte ein anderes Restaurant vorgeschlagen, aus Sorge, hier wieder auf Richard und Sue zu treffen. Aber Nancy war ihm zuvorgekommen und hatte bereits einen Tisch reserviert.

Als sie das Essen beendet hatten, machten sie sich auf den Weg nach Hause.

»Sollen wir noch zu dir fahren?«, fragte sie erwartungsvoll.

Er schüttelte den Kopf. Wenn sie zu ihm fuhren, würde Nancy ganz selbstverständlich über Nacht bleiben. Vorhin, als sie einen Lippenstift aus ihrer Tasche geholt hatte, war ihm die Zahnbürste darin aufgefallen.

»Das wird heute nichts. Ich habe morgen sehr früh einen wichtigen Termin und muss heute noch einiges vorbereiten.«

Nancy sah enttäuscht aus dem Wagenfenster. In ihrem Gehirn arbeitete es fieberhaft. Es war beschämend, aber irgendetwas musste sie versuchen. »Aber einen kleinen Absacker wirst du doch noch für mich haben? Danach steige ich in ein Taxi und bin weg. Versprochen.«

Er sagte nichts. Die Stille war unangenehm.

»Es ist nur so, dass der Espresso zum Dessert mich richtig aufgeputscht hat. Ich könnte einen Marathon laufen, so fit fühle ich mich«, lachte sie.

»Also gut, noch ein Gläschen«, gab sich Nick geschlagen. »Nur muss ich dann wirklich noch arbeiten. Zu dir?«

»Nein, du wohnst doch gleich um die Ecke. Ist doch praktischer, gleich hierzubleiben.«

Sie hatte ihn also wieder an der Angel.

Das Glas Wein, das Nick ihnen eingeschenkt hatte, blieb unberührt auf dem Wohnzimmertisch stehen. Nancy entledigte sich, nachdem Nicks Wohnungstür ins Schloss gefallen war, sofort einiger Kleidungsstücke, die hinderlich für die Durchführung ihres weiteren Plans waren. Dann tat sie mit ihrer Zunge einige Dinge, die jedem Mann gefielen. Wenigstens in diesem Bereich hatte sie alles im Griff.

Als sie zweimal miteinander geschlafen hatten und nun zu ihren Weingläsern griffen, schielte Nick bereits zum ersten Mal auf die Uhr. Doch Nancy machte keine Anstalten, sich anzuziehen. Vielmehr fand er sie, nachdem er kurz im Badezimmer gewesen war, schlafend in seinem Bett vor. Genervt seufzte er in sich hinein. Irgendwie hatte er es schon geahnt. Jetzt ärgerte er sich über sich selbst. Es war ihm nicht wichtig gewesen, mit ihr zu schlafen. Er hätte es genauso gut sein lassen können, ohne dass ihm irgendetwas gefehlt hätte. Jetzt musste er noch eine Nacht mit Nancy verbringen.

Er ging zurück ins Bad, um sich die Zähne zu putzen. Dann kroch er zu ihr ins Bett und hoffte, dass seine Morgenattacke nicht allzu heftig ausfallen würde.

Nach beinahe zwei Stunden, in denen er sich ruhelos hin und her gewälzt hatte, stand er wieder auf und nahm die Holy-Station-Akte zur Hand. Erschrocken bemerkte er, wie etwas aus ihr herausfiel. Es sah aus wie ein Wasserfall aus Fotografien. Daran hatte er überhaupt nicht mehr gedacht. Nach dem Mittagessen mit Elaine hatte er die Fotos achtlos zwischen die Aktennotizen geschoben und sich vorgenommen, sie zu Hause zu entsorgen. Leise fluchend bückte er sich, um sie aufzusammeln.

Das Foto, auf dem Daniel und er auf dem Baumhaus standen und grinsend ins Objektiv blickten, fiel ihm als Erstes ins Auge. Daniel hatte lässig einen Arm um ihn gelegt, während Nick kichernd seinen Kopf in die Halskuhle seines Bruders vergrub. Auf dem nächsten Foto entdeckte er seinen Vater und sich, wie sie auf der gefrorenen Fläche vor dem Haus mit ihren Schlittschuhen dahin staksten. Sein Dad hatte aus ein paar Balken und einer riesigen Plastikfolie eine eigene Eislaufbahn für die Familie gebaut. Jetzt erinnerte er sich wieder an die Nachmittage, an denen ihnen die Eishockeyschläger beinahe an den Händen festgefroren waren und ihre Nasen und Wangen rot wie die von Santa Claus gestrahlt hatten, weil sie stundenlang dem Puck nachgejagt waren. Selbst mit einer heißen Schokolade hatte Elaine sie nicht dazu bringen können, sich zum Aufwärmen ins Haus zu begeben.

Nick lächelte, als er daran dachte, und sein Grinsen wurde noch breiter, als er Elaine, Daniel und sich in der Küche, vom Scheitel bis zur Sohle voller Mehlstaub, entdeckte. Plätzchen, wie Elaine sie machte, gab es kein zweites Mal auf dieser Welt. Immer noch versorgte sie Nick in der Weihnachtszeit damit.

Die Sommerurlaube gehörten für Nick zu den schönsten Erinnerungen seiner Kindheit. Natürlich nur diejenigen mit Elaine, Daniel und seinem Vater.

Nicht die, die er mit seiner leiblichen Mutter verbringen musste.

Schon hatte er die Fotos, die den Beweis dafür lieferten, in seinen Fingern. Elaine im Bikini. Damals noch recht jung. Die Rührung, die sich bei diesem Anblick in ihm breitmachte, brannte in seinen Augen. Er blinzelte einige Male.

Dad hatte ihm und Daniel in einem ihrer Urlaube zum ersten Mal das Surfen gezeigt. Nick fing sofort Feuer und verstand intuitiv, wie man mit dem Brett umgehen musste. Im Gegensatz zu Daniel, der auf den Fotos immer nur neben oder unter dem Brett zu erahnen war. Er stellte sich an, als hätte er ein wildes Pferd einzureiten. Aber man musste sanft dabei sein. Man konnte sie nicht bezwingen, aber es war möglich, Freundschaft mit den Wellen zu schließen.

Noch heute konnte er den Stolz fühlen, in einer Sache besser gewesen zu sein als sein großer Bruder. Er liebte und bewunderte Daniel zu dieser Zeit, wie nur kleine Brüder in der Lage sind, es zu tun. Nicht Dad war damals sein Vorbild gewesen. Es war Daniel, zu dem er aufgeblickt hatte. Diese Tage waren magisch gewesen. Eine Familie zu haben, in die man von Liebe eingehüllt war, wie in einer weichen, warmen Decke.

Doch alles veränderte sich. Es begann schleichend. Erst hatte sein Dad sich entschieden, seine Mutter zu verlassen und wieder zu seiner ersten Frau, Elaine, zurückzugehen. Plötzlich war er es, der seinen Vater nur noch an den Wochenenden und in den Ferien sah, nicht mehr Daniel. Plötzlich war er Gast in Elaines Haus und besuchte seinen großen Bruder und seinen Dad. Das musste ein kleiner Junge von vier Jahren erst einmal begreifen.

Elaine hatte ihm dabei geholfen, so gut es ging. Sie verhielt sich dabei so einfühlsam und liebevoll, dass Nick es im Laufe der Zeit eher so empfand, eine zweite und noch dazu bessere Mom dazuzubekommen, als seinen Dad zu verlieren. Für Nick hätte es so weitergehen können. Er wäre am liebsten ganz zu seinem Vater und Elaine gezogen.

Nur hatte es da noch seine Mutter gegeben. Die ihn mit ihren Tränen und Klagen festhielt. Mit ihrem Leid und ihren Schuldzuweisungen, die ihn trafen wie Felsbrocken. Mitten in sein kleines Herz. Doch nie formulierte sie die Anschuldigungen so klar, dass er diese Elaine oder seinem Vater hätte wiedergeben können. Ihre Andeutungen hatten eine ganz spezielle Macht. Man konnte so viel in sie hineinfantasieren. Und Nick war gut in so etwas. Damals war er noch ein sensibler Junge gewesen. Das hatte er sich, als diese verrückte Geschichte begann, sehr schnell abgewöhnt. Es hatte ihm zuerst ehrlich leidgetan, seine Mutter traurig zu sehen. Irgendwann jedoch begann er, sie für ihre dramatischen Auftritte zu hassen.

Glücklicherweise waren viele Erinnerungen jetzt von dichten Nebelschwaden umgeben. Doch er erinnerte sich noch genau daran, wie allein er plötzlich war. Wie sich nach und nach alle von ihm abgewandt hatten, außer Elaine und Steve. Wie er sie festhalten wollte, ihnen beweisen wollte, dass er immer noch derselbe Nick war. Doch sie drehten ihm immer weiter den Rücken zu. So lange, bis er es endlich begriffen hatte: Er hatte keine Familie mehr.

Und dann hatte auch er sich von ihnen abgewandt.

Es tat nicht so weh, von jemandem im Stich gelassen zu werden, der einem nichts bedeutete. Es war auch nicht so schlimm, von jemandem verraten zu werden, von dem man nie geliebt wurde. Aber es bricht einem das Herz, wenn da, wo vorher Liebe war, nur noch Gleichgültigkeit und Härte zu existieren schienen.

Nick spürte den heißen Stich, der durch seine Brust fuhr. Genauso hatte es sich damals angefühlt, als er sich innerlich von Dad und Daniel verabschiedet hatte.

Verwundert fühlte er dem Schmerz nach. Wieso hatte er noch etwas gespürt? Damals war doch alles zerbrochen. Wieso konnte totes Material noch weh tun? Dieser Stich machte ihm Angst.

Er legte sich nicht zurück neben Nancy, um zu versuchen, wieder einzuschlafen. Er würde im Gegenteil alles dafür tun, heute wach zu bleiben. In solchen Nächten durfte er sich dem Schlaf nicht schutzlos ausliefern.

Kapitel 19

»Es tut mir leid, okay?« Daniel versuchte, mit Jenna Schritt zu halten, die auf dem Krankenhausgang unterwegs zu ihrer Visite war.

»Jetzt bleib doch endlich stehen. Wir müssen uns aussprechen. Wie sollen wir denn sonst weiter zusammenarbeiten?«

»Das hättest du dir überlegen sollen, bevor du mich, ohne mit der Wimper zu zucken- wie hat es dein Bruder so passend ausgedrückt? - verheizen wolltest!« Sie beschleunigte ihren Gang.

»Ich wollte dem Krankenhaus lediglich eine große Summe Geld einsparen. Das gehört, wenn ich dich daran erinnern darf, übrigens zu meinen Aufgaben.«

»Wir drehen uns im Kreis, Daniel«, zischte Jenna.

»Dann lass uns die Angelegenheit vergessen und uns darauf einigen, dass wir verschiedene Meinungen dazu haben.«

»Okay«, antwortete sie knapp. »Aber ein bisschen Zeit wirst du mir schon noch geben müssen, um deinen Verrat zu verdauen.«

Er hob verzweifelt die Hände. »Wovon haben wir denn gerade gesprochen?«

»Gib mir einfach Zeit, okay?« Sie starrte ihn wütend an. »Okay«, er seufzte resigniert auf.

Ohne sich von Daniel zu verabschieden, ging sie weiter, zu ihrem nächsten Patienten. Das war für heute der letzte. Dann hatte sie Dienstschluss.

Müde öffnete sie die Personaltür des Krankenhauses, um nach draußen zu gelangen. Sie zuckte erschrocken zusammen, als sie ein unerwartetes »Tschüss, Dr. Norton« von dem großen

Buchsbaum her erklingen hörte. Gleich darauf streckte Lina ihr Gesicht mit einem frechen Grinsen hervor.

»Lina!« Jenna hielt sich eine Hand ans Herz.

»Sorry, Dr. Norton, aber Sie wissen doch mittlerweile, dass der Buchsbaum manchmal spricht und auch ab und zu gerne mal eine qualmt.« Lina zog entschuldigend den Kopf ein.

»Schon gut«, lachte Jenna. »Bis morgen dann«, winkte sie Lina zu und machte sich auf den Weg zum Personalparkplatz, auf dem ihr Wagen stand.

»Dr. Norton, Moment«, rief Lina ihr hinterher. »Ich habe meine Personalkarte drinnen vergessen. Lassen Sie mich rein?«

Jenna machte ein nachdenkliches Gesicht. »Eigentlich hätten Sie eine kleine Strafe fürs Erschrecken verdient.« Dann grinste sie, während sie ihre Karte heraussuchte und vor den Scanner hielt.

»Danke.« Lina nickte Jenna lächelnd zu und verschwand im Gebäude.

Während sich Jenna wieder auf den Weg zu ihrem Wagen begab, betrachtete sie die hereinbrechende Dämmerung, die den Himmel langsam rot zu färben begann. Sie freute sich, den heutigen Abend frei zu haben. Greg hatte einige Male versucht, sie telefonisch zu erreichen. Sie wollte ihn eigentlich zurückrufen, aber jetzt hatte sie keine Energie mehr für ein Gespräch mit ihm. Sie hatte Lust, sich einen Film anzusehen und dann früh schlafen zu gehen. So, wie das normale Menschen taten.

In Gedanken schon bei der Auswahl ihres abendlichen Fernsehprogramms, hörte sie die Schritte, die sich von hinten näherten, nicht. Sie erschrak, als sie plötzlich eine Hand auf ihrer Schulter spürte, und drehte sich überrascht um.

»Dr. Norton?«

Verwundert blickte sie in die Augen einer fremden Frau.

Irgendwie schien sie ihr bekannt vorzukommen, doch Jenna konnte sich nicht daran erinnern, wo sie dieses Gesicht schon einmal gesehen hatte.

»Entschuldigen Sie bitte, dass ich Sie so überfalle. Die Dame an der Information hat Sie gerade vom Fenster aus zu Ihrem Wagen gehen sehen und mir verraten, wer Sie sind.«

»Kennen wir uns?«, fragte Jenna nachdenklich.

»Nein, nein. Also nicht persönlich. Ich habe vor ein paar Wochen einen Brief von Ihnen bekommen. Ich bin Elizas Tochter. Monika.«

Die Luft stockte in Jennas Brust. Sie starrte die Frau an. Jetzt wusste sie wieder, wo sie dieses Gesicht schon einmal gesehen hatte. Eliza hatte ihr vor der Explosion Fotos ihrer Enkeltöchter gezeigt. Auch ihre Tochter war darauf zu sehen gewesen.

»Hallo, Monika«, war alles, was Jenna herausbrachte.

Monika streckte ihr eine Hand entgegen. Zögernd bewegte Jenna sich auf sie zu. Sie rechnete damit, dass Elizas Tochter ihre Hand wieder zurückziehen und sie auslachen würde. Oder gar beschimpfen. Wie konnte sie hierherkommen und ihr die Hand reichen?

»Sie sind aus Deutschland hierhergeflogen?«, fragte Jenna erstaunt.

Monika nickte. »Mein Mann ist beruflich für ein paar Wochen in den Staaten. Es war kein allzu großer Umweg.« Stumm betrachteten sich die Frauen.

Jenna wusste nicht, was sie sagen sollte. Ein *»Wie geht es Ihnen?«* brachte sie nicht über die Lippen. Die Worte schienen ihr so nichtssagend. Sie brachten nicht den Sturm an Gefühlen auf den Punkt, den Jenna fieberhaft zu sortieren versuchte.

»Ich hasse Sie nicht«, platzte es aus Monika heraus.

Jenna erstarrte. Wagte kaum zu atmen, als Monika fortfuhr.

»Der Wunsch, die Zeit zurückzudrehen, damit alles anders geschehen wäre, so, wie es eigentlich hätte sein sollen, dieser Wunsch war wochenlang da. Warum?, habe ich mich gefragt. Warum gerade jetzt? Wo wir uns wieder angenähert haben. Wo ich so dringend eine Mutter brauchen würde. Ich war so wütend über diese Ungerechtigkeit. Und ich war rasend vor Wut über Ihren Brief.«

Jenna schloss die Augen und versuchte, ruhig weiter zu atmen. War es ein Fehler gewesen, den Brief zu schreiben? Aus einem inneren Drang heraus hatte sie vor ein paar Wochen einige Zeilen an Elizas Tochter verfasst. Doch jetzt, in diesem Moment, wollte sie sich am liebsten dafür ohrfeigen. Die Tränen brannten in ihren Augen, doch sie durfte sie nicht hervorkommen lassen. Nicht sie war die Tochter, die ihre Mutter verloren hatte. Sie hatte kein Recht dazu, vor Monika zu weinen.

»Warum, habe ich mich gefragt, schreibt mir diese Frau, einen Brief? Danach hat es noch mehr wehgetan. So knapp am Leben vorbei. Meine Mutter, gestorben für eine andere. Ein lächerliches Missverständnis. Vielleicht hat Gott nicht erkannt, dass die Falsche im Raum war, als die Explosion stattgefunden hat. Ich habe Sie gehasst, Dr. Norton. Wenn es Sie nicht gegeben hätte, dann würde meine Mutter noch leben. Ich habe auch Ihren Brief gehasst, in dem Sie mir die Umstände genau erklärt haben. So viele Informationen, die ich gar nicht haben wollte. Aber irgendwann ist es mir klar geworden …« Monika ging nahe an Jenna heran und flüsterte ihr eindringlich zu. »Es ist im Leben immer wichtig, alles zu wissen. Die ganze Wahrheit. Sonst passt nichts mehr zusammen. Das Bild ist nicht stimmig. Alles wirkt dann schief und krumm.«

Jenna starrte auf den Boden. Sie konnte Elizas Tochter nicht in die Augen sehen. Eine Welle aus Scham und Schuld, von der sie dachte, sie überwunden zu haben, durchflutete sie plötzlich wieder und riss die zarte Haut über der Wunde, die sie in Afghanistan davongetragen hatte, brutal ein.

»Jenna …« Eindringlich sah Monika sie an und berührte sanft ihren Oberarm. »Das Ende meiner Mutter war eine Katastrophe, an Gewalt nicht zu überbieten. Ungerecht und brutal. Aber irgendwie …« Elizas Tochter zögerte »… passte es auch. Ihr ganzes Leben war anderen gewidmet. Sich selbst und ihre Familie hat sie immer zurückgestellt. Ein Ende, das mehr zum Leben meiner Mutter passt, kann ich mir, so grausam es klingen mag, nicht vorstellen. Deshalb, Dr. Norton, schließt sich ihr Lebenskreis für mich auf eine so richtige Art und Weise, dass ich zu Ihnen kommen musste. Um Sie daran teilhaben zu lassen.«

Jenna blickte erstaunt auf.

»Ich habe aus Ihrem Brief so viel Schuld herausgelesen. Zu viel für ein ganzes Leben. Kommen Sie wieder auf die Beine, Jenna. Ich wollte Ihnen meinen Segen dazu geben. Wenn es einen Gott gibt, und daran glaube ich, waren Sie vielleicht nur eines seiner Werkzeuge, um den Lebenskreis eines anderen Menschen zu schließen.«

Jenna weinte jetzt. Sie schlug die Hände vors Gesicht. Dann spürte sie, wie zwei Arme sie in eine Umarmung hüllten. »Alles ist gut. Werden Sie wieder heil«, flüsterte Elizas Tochter ihr ins Ohr. »Wir werden uns wahrscheinlich nicht wiedersehen, aber immer irgendwie miteinander verbunden sein. Das waren wir sowieso durch Ihre Schuldgefühle. Lassen Sie uns diese durch bessere Gefühle ersetzen.«

Monika sah Jenna eindringlich an, bis diese ihr endlich ein zaghaftes Lächeln schenkte.

Dann drehte sich Elizas Tochter um und machte sich auf den Weg, zurück in ihr Leben.

Lange blickte Jenna ihr noch hinterher. Ihre Gedanken überschlugen sich. Als sie sich endlich aus ihrer Erstarrung lösen konnte, ging sie wie betäubt zu ihrem Wagen und schloss die Tür auf. Immer wieder kamen die Tränen, versiegten wieder, nur um dann ein weiteres Mal auszubrechen. Sie setzte sich auf den Fahrersitz und lehnte sich zurück, schloss die Augen. Solange sie so aufgewühlt war, würde sie hier sitzen und warten, bis sie bereit war, nach Hause zu fahren.

Kapitel 20

Nick wollte das Krankenhaus nicht betreten, aber dummerweise hatte er bei der Besprechung des Falles Santos vs. Holy Station vergessen, Dr. Norton ihre Aussage unterschreiben zu lassen. Er hatte überlegt, sie anzurufen und in die Kanzlei zu bitten. Aber da es sein Versäumnis war, erachtete er diesen Weg als unpassend und begab sich schließlich mit einem unguten Gefühl in den Eingangsbereich des Krankenhauses. Mit schnellen Schritten trat er zum Informationsschalter, um zu erfragen, wo er Dr. Norton antreffen könnte. Die freundliche Dame zeigte nach draußen und erklärte ihm, dass die Ärztin gerade auf dem Weg zu ihrem Wagen war. Wenn er sich beeilen würde, könnte er sie womöglich noch erreichen.

Nichts tat er lieber, als das Krankenhaus so schnell wie möglich wieder zu verlassen. Einige Patienten und Besucher sahen ihm erstaunt hinterher, weil er fast zu rennen begann. Das störte ihn nicht. Er fühlte sich mit jedem Schritt, den er näher zum Ausgang gelangte, befreiter.

Auf dem Ärzteparkplatz sah er sich suchend um, konnte seine Mandantin aber nirgendwo entdecken. Enttäuscht über sein Zuspätkommen wollte er sich gerade wieder auf den Weg zu seinem Wagen machen, als sein Blick in Jennas Auto fiel und er sie darin bemerkte. Erleichtert ging er schnellen Schrittes auf sie zu. Es hatte gerade zu regnen begonnen und er spürte, wie die nassen Tropfen unangenehm auf ihn einprasselten.

Zögernd klopfte er gegen die Scheibe. In diesem Moment fühlte es sich fast aufdringlich an, sie hier zu überfallen.

Erschrocken hob Jenna den Kopf und blickte auf. Sie brauchte einen Moment, bis sie ihn erkannte.

Nick sah sie entschuldigend an und machte ein Handzeichen, das sie nicht in der Lage war, zu deuten. Sie ließ die Scheibe der Beifahrerseite ein Stück weit hinunter. Betrachtete ihn erstaunt. Als er sie jetzt genau sehen konnte, weil die regennassen Scheiben ihr Gesicht nicht mehr verzerrten, trat er betroffen einen halben Schritt zurück. Ihre Augen waren gerötet und er erkannte eindeutig Tränen auf ihrem Gesicht.

»Entschuldigung. Ich komme unpassend. Tut mir leid …Ich habe bei unserem letzten Termin vergessen, eine Unterschrift … Ach, das ist jetzt egal …«, stammelte er verlegen.

»Kommen Sie. Steigen Sie ein. Sie werden ganz nass«, gab Jenna zurück. Zögernd öffnete er die Beifahrertür und ließ sich auf den Sitz sinken. Einen Moment schwiegen beide, so, als ob sie den Faden verloren hätten.

»Ist alles okay mit Ihnen?«, fragte er dann und sah Jenna besorgt an.

Sie nickte kaum merklich.

»Ist es wegen Daniel?«, fragte er.

Erstaunt sah sie ihn an. Lachte sogar kurz auf. »Nein, nein. Daniel bringt mich nicht zum Weinen.« Sie bemerkte, wie zwei weitere Tränen sich den Weg über ihre Wangen bahnten.

»Wo soll ich denn unterschreiben? Wenn Sie sich schon die Mühe gemacht haben.«

»Wir können das auch morgen erledigen. Ich …Tut mir leid, dass ich Sie hier so überfalle.«

»Schon gut«, gab Jenna mit dünner Stimme zurück. Sie schaffte es einfach nicht, ihre Tränen zurückzuhalten. »Also, wo?«

Nick suchte den Schriftsatz heraus, den er benötigte, und hielt ihn Jenna zusammen mit einem Kugelschreiber hin. Während sie unterschrieb, überlegte er fieberhaft, was er nun mit Dr. Norton tun sollte. Es kam ihm falsch vor, sie hier allein sitzen zu lassen. Schon gar nicht könnte er sie in diesem Zustand Auto fahren lassen. Dann hatte er eine Idee.

»Ich fahre Sie nach Hause. Rutschen Sie auf den Beifahrersitz.« Er fragte nicht. Es hörte sich eher wie eine Anweisung an. Eine Freundliche zwar, doch kam Jenna nicht auf die Idee, sie abzulehnen. Nick stieg aus und ging um das Auto herum, zum Fahrersitz, während Jenna hinüber auf den Beifahrersitz rutschte. »Wohin?«, fragte er.

Nach einer stillen Autofahrt standen sie einige Minuten später vor Jennas Wohnung. Nick glaubte, dass Dr. Norton immer noch aufgewühlt war. Sie wirkte zwar ruhig, doch sie schien ihm irgendwie roboterhaft. Ein wenig so, als wüsste sie nicht, was hier vor sich ging.

»Kommen Sie. Ich bringe Sie noch nach oben«, erklärte er und half ihr aus dem Wagen.

Auf dem Klingelschild machte er ausfindig, in welcher Wohnung sie lebte. »Wir brauchen den Schlüssel«, erklärte er.

Er trat mit ihr ein und stand nun ein wenig verloren herum. Sollte er jetzt gehen? Ihr noch ein wenig Gesellschaft leisten, bis er das Gefühl hatte, sie allein lassen zu können?

Er entschloss sich, zu bleiben. Ein paar Minuten noch.

»Haben Sie einen Whiskey oder Gin?« Vielleicht konnte man sie damit aus ihrer Erstarrung holen.

»Da. Bedienen Sie sich.« Sie zeigte mit der Hand auf eine Klapptür des Schrankes. Beim Öffnen fand er auch Gläser darin.

»Nein, nein. Der ist für Sie. Ich glaube, Sie können einen gebrauchen«, erklärte Nick.

»Nur, wenn Sie einen mittrinken«, sagte sie.

Zum ersten Mal hatte er jetzt das Gefühl, dass sie ihn wirklich registrierte.

»Okay«, gab er zögernd von sich und schenkte zwei Gläser ein. Als er ihr eines davon reichte, erkannte er, dass ihre Hand zitterte. Plötzlich durchfuhr ihn ein Schreck.

»Hat Ihnen jemand etwas angetan? Geht es Ihnen gut? Ich meine körperlich?« Vielleicht hätte er sie ins Krankenhaus hineinbringen sollen? Wenn sie auf dem Parkplatz überfallen worden war, hatte sie womöglich eine Verletzung und musste versorgt werden. Sie wirkte eindeutig geschockt. Er war jetzt alarmiert.

»Jenna.« Er nannte sie beim Vornamen und berührte sanft ihre Oberarme, um ihre volle Aufmerksamkeit zu bekommen.

Verwundert blickte sie ihn an. Warum berührte er sie?

»Sind Sie verletzt? Hat Ihnen jemand wehgetan?«, fragte er laut und deutlich. Es klang so seltsam und irgendwie auch komisch, dass sie, völlig unpassend, ein albernes Lachen von sich gab. So hatte sie früher immer mit ihrem Kater Mo gesprochen: Deutlich, doch zugleich wissend, dass er sowieso kein einziges Wort kapieren würde, das sie von sich gab.

»Jenna.« Nicks Stimme wurde lauter. »Sind Sie verletzt?«

Wieder dieser Ton. Diese überdeutliche Aussprache. Es hörte sich einfach zu komisch an. Jetzt musste sie wirklich lachen. Laut prustete sie los. Hielt sich den Bauch, weil er nach einigen Sekunden begann, zu ziehen. Nick starrte sie fassungslos an. Er hätte sie definitiv zurück ins Krankenhaus bringen sollen.

Als sie fertig war, bemerkte er, wie sich ein Strom aus Tränen aus ihren Augen löste. Sie schlug die Hände vors Gesicht und begann zu schluchzen. Besorgt beobachtete Nick sie. Dann nahm er sie in die Arme und hielt sie fest. Er begriff, dass sie gerade etwas Schlimmes erlebt haben musste. Diese extremen Gefühlsschwankungen waren Teil von etwas sehr Schmerzhaftem.

»Hey, schon gut. Schscht …«, versuchte er, sie zu beruhigen. Sanft strich er ihr einige Male über den Rücken. Das Schluchzen, das ihren Körper immer wieder erbeben ließ, nahm langsam ab.

Als es vorbei war, legte sie völlig erschöpft ihren Kopf an Nicks Schulter und blieb einige Sekunden still in seinen Armen. Irgendwann sah sie hoch und riss erschrocken die Augen auf.

»Oh Gott, das tut mir so leid«, sagte sie beschämt und rutschte ein Stück von ihm ab.

Nick schüttelte den Kopf. »Das ist doch kein Problem.« Sofort nahm er die Hände von ihr und ging ebenfalls ein wenig auf Abstand. »So etwas kann man sich eben nicht aussuchen«, zuckte er verständnisvoll mit den Schultern. »Geht es denn wieder?«

Sie atmete schwer aus. »Ich glaube schon. Sie müssen mich ja für total hysterisch halten. Ich …«

Abermals schüttelte Nick den Kopf. »Das tue ich nicht, aber ich bin doch etwas besorgt und würde gerne wissen, was passiert ist.«

Fragend sah sie ihn an.

»Ich lasse Sie in diesem Zustand ungern allein, wenn ich nicht sicher sein kann, dass es Ihnen gut geht. Weiterhin gut gehen wird«, erklärte er. »Sind Sie verletzt oder haben Sie Schmerzen?«

»Oh nein, nein. Das ist es nicht. Ich hatte gerade eine seltsame Begegnung. Das ist eine lange Geschichte.«

»Ich höre gerne zu, wenn Sie sie mir erzählen wollen.«

Und Jenna wollte. Jetzt in diesem Moment wollte sie alles erzählen. Haarklein. Von Afghanistan und seinen armen Kreaturen, den brutalen Verletzungen, die sie vorher noch nie gesehen hatte, nicht einmal erahnen hätte können, welch breite

Palette davon in einem Kriegsgebiet auftreten konnte. Sie erzählte von den Ungerechtigkeiten. Und der Angst. Sie erzählte vom Sterben. Und dann, zum Schluss, erzählte sie von Schuld. Ihrer Schuld. Von Eliza und Monika. Sie weinte dabei nicht. Ganz klar konnte sie Nick alles erklären. Immer wieder kam dabei Erstaunen darüber in ihr auf, diesen Mann hier sitzen zu sehen. Ein Fremder. Ihr Anwalt, der bei ihrer ersten Begegnung so kühl und stark auf sie gewirkt hatte. In seinem beeindruckenden Büro, mit der Aussicht auf Manhattans Skyline. Den sie eher unsympathisch fand. Nicht, weil er etwas Bestimmtes gesagt oder getan hatte. Es war dieses Büro, sein Anzug, sein Aussehen. Diese souveräne Art, die so selbstsicher, beinahe arrogant auf sie gewirkt hatte. Doch dann hatte er ein paar Dinge gesagt, die nett waren, und sich damit mehr oder weniger auf ihre Seite gestellt. Ein- oder zweimal hatte er auch gelächelt. Das hatte sich ihr eingeprägt, weil es nicht so richtig zu passen schien. Zu diesem ganzen Ambiente und dem Menschen, der da vor ihr saß. Als sie dann sein Büro verließen, war Jenna sich nicht mehr sicher, ob ihr Anwalt wirklich so unsympathisch war. Aber es hatte sie auch nicht weiter interessiert.

Doch jetzt saß er hier und hörte sich dieses Drama an. Jenna konnte nicht anders als zu reden. Als sie begann, die Geschichte zu erzählen, war es ihr egal, wer gerade zuhörte. Sie musste sie sofort loswerden, denn sie hatte das Gefühl, sonst an ihr zu ersticken.

Aber nun, nach einigen Minuten, begann sie sich in seiner Gegenwart wirklich wohlzufühlen. Nick machte irgendetwas, das sie zum Weitersprechen brachte. Vielleicht nickte er im richtigen Moment oder sein Gesichtsausdruck drückte die passende

Empathie aus. Womöglich gab er die angemessenen Worte an den richtigen Stellen von sich. Vielleicht spiegelten seine Augen genau das Maß an Verständnis wider, das Jenna brauchte, um sich geborgen zu fühlen. Ihr Brustkorb wurde langsam wieder weiter, das Korsett, in dem sie sich seit dem Gespräch mit Monika eingezwängt gefühlt hatte, begann sich zu lockern.

Dann begriff sie, was Nick hier tat. Er brachte ihr echtes Mitgefühl entgegen. Erstaunt stellte Jenna fest, dass sie genau das nach ihren Erfahrungen in Afghanistan gebraucht, aber nirgendwo bekommen hatte.

Ihr Vater, ihre Mutter, Greg, Daniel und selbst Rose – alle wollten immer nur, dass es ihr schnell wieder gut ging. Mom und Dad konnten ihren Schmerz einfach nicht ertragen. Sagten dann immer sofort etwas, damit sich Jenna besser fühlen sollte. Aber diese Pflaster, die sie ihr auf die Wunden zu kleben versuchten, fühlten sich an wie Stoppschilder. Stopp. Sprich nicht weiter. Leide nicht weiter. Erzähl nicht weiter.

Nick hörte zu und sagte kaum etwas.

Als sie fertig war, fühlte sie sich gut. Sie lächelte ihn an. »Wie viel kostet die Sitzung bei Ihnen?«

Nick lachte. »Ich schlage es auf das Anwaltshonorar.«

Er zögerte, bevor er Jenna fragte: »Darf ich etwas zu dem sagen, was Sie mir gerade erzählt haben?«

Sie nickte. »Sicher.«

»Was Sie da erlebt haben, erleben nur sehr wenige Menschen in unserem Land. Sie müssen sich gefühlt haben wie ein Alien, als Sie wieder zurück in Manhattan waren. Es ist schwer für jemanden zu verstehen, der nicht selbst mit dieser Bedrohung und diesem Leid im Nacken Höchstleistungen erbringen musste, wie Sie es in Afghanistan getan haben. Es ist Ihr ganz eigener Weg da raus. Reden Sie oder weinen Sie. Machen Sie alles gleichzeitig oder nichts davon. Aber machen Sie es so, wie es sich im Moment gut für Sie anfühlt. Es sollte für das, was Sie erlebt haben, keine Regeln und keinen Zeitraum geben.«

»Okay.« Jenna sah ihn verwundert an. Keine Regeln. Keine Feel-Good-Sprüche.

»Sie kennen sich wohl damit aus?« Sie betrachtete ihn interessiert.

Abwehrend hob er die Hände. »Nein, nein. Nur im kleinen Stil. Nicht zu vergleichen mit dem, was Sie durchgemacht haben.«

»Und kleiner Stil heißt?«

Er sah sie zögernd an.

»Bin ich zu neugierig?«

»Kleiner Stil heißt, dass ich ein Scheidungskind bin. Daniel ist mein Stiefbruder und die Loslösung von ihm und meinem Vater war einigermaßen schmerzhaft für mich.« Er lächelte, als hätte er gerade etwas Schönes erzählt.

Ernst sah Jenna ihn an. »Auch ein kleiner Tod. Haben Sie gar keinen Kontakt mehr zu Daniel?«

»Nein. Auch nicht zu meinem Vater. Nur noch zu meiner Stiefmutter.«

»Keine böse Stiefmutter also?« Jenna lächelte.

Er schüttelte ebenfalls lächelnd den Kopf. »Ganz im Gegenteil. Eine anstrengende leibliche Mutter und eine wahnsinnig liebe Stiefmutter.«

»So eine Konstellation gibt es auch nicht alle Tage. Und Ihre leibliche Mutter ist ...«

»Tot«, fiel er ihr ins Wort. »Aber das ist schon lange her und … Tut mir leid, das ist kein Thema, über das ich sprechen will.«

»Klar.« Sie hob verständnisvoll die Hände.

Für einen Moment war es still im Zimmer, dann kam ihr eine Idee.

»Haben Sie vielleicht Hunger?«

»Ja. Ich wollte noch irgendwo was essen gehen«, antwortete er, dankbar über den Themenwechsel.

»Bleiben Sie noch. Ich mache uns Spaghetti. Wirklich lecker. Irgendwie muss ich mich doch bei Ihnen bedanken.«

Nick sah grinsend von Jennas Wohnzimmer aus zu, wie sie mit einem Topf und diversen Fertigpäckchen in der Küche herumhantierte. Er hatte immer gedacht, Ärzte würden sich ausschließlich gesund ernähren. Jenna belehrte ihn gerade eines Besseren.

Nach ein paar Minuten kam sie mit zwei beladenen Tellern zurück. Der Duft war herrlich. Sie schenkte ihnen beiden ein Glas Rotwein dazu ein.

»Ich werde mir langsam mal ein Taxi rufen«, sagte er, als sie fertig gegessen hatten.

»Natürlich.« Sie sah auf die Uhr an der Wohnzimmerwand und riss erstaunt die Augen auf. »Halb eins?«

Er nickte. »Wir haben lange geredet.«

»Ich. Sie haben nicht so viel erzählt«, sagte sie schuldbewusst. Dann ließ sie sich schwer auf die Couchlehne zurücksinken. »Sie haben mich heute Abend gerettet.«

»Geht es Ihnen denn wieder besser?«

Sie zuckte mit den Schultern. »Ich denke, ich werde heute keinen ruhigen Schlaf bekommen. Mein Unterbewusstsein hat viel zu verarbeiten.«

Das kannte Nick. Nur war es bei ihm jede Nacht so.

Er erhob sich und reichte Jenna die Hand. »Trotzdem. Versuchen Sie zu schlafen. Vielleicht wird die Nacht besser, als Sie denken.«

»Okay«, nickte sie tapfer, doch Nick erkannte, dass sie Angst hatte. Wenn die Tür hinter ihm ins Schloss fallen würde, wäre sie wieder allein mit ihren Monstern.

Nachdem er ein paar Schritte auf die Haustür zugegangen war, drehte er sich noch einmal zögernd um. »Soll ich bleiben?«

Überrascht blickte sie auf. »Nein, das ist nicht nötig. Sie brauchen Ihren Schlaf. Genau wie ich«, erklärte sie leise. Doch dieses Nein hörte sich an wie ein Ja.

Er ging weiter zur Tür. Nahm die Klinke in die Hand. Dann drehte er sich noch einmal zu ihr und fragte: »Darf ich bleiben?«

Sie lächelte dankbar. »Okay.«

Kapitel 21

Die Couch war unbequem. Nick hatte angenommen, Jenna würde sich irgendwann in ihr Schlafzimmer zurückziehen, doch sie hatten noch lange miteinander gesprochen und dabei ein zweites Glas Wein getrunken. Entspannt waren sie von einem Thema zum nächsten gekommen. Als Jenna ihren Kopf dann auf ein Kissen legte und plötzlich ruhig wurde, konnte er sie dabei beobachten, wie sie von einer auf die andere Sekunde erschöpft in den Schlaf fiel. Daraufhin hatte auch er sich zurückgelehnt und war langsam eingeschlummert. Zweimal wurde er nachts wach. Jedes Mal ertappte er sich dabei, wie eine seiner Hände auf Jenna ruhte, ihre Fessel sanft umfasste oder auf ihrem Rücken lag.

Am Morgen erwachte er etwas verspannt, aber ausgeruht. Zum ersten Mal, seit er sich zurückerinnern konnte, wurde er morgens nicht von einer Panikattacke geweckt.

Erst als Jenna gestern vor ihm eingeschlafen war und er noch Zeit zum Nachdenken gehabt hatte, kamen seine Bedenken wegen der morgendlichen Attacken in ihm hoch. Doch irgendwie war der Gedanke daran dieses Mal nicht so schlimm gewesen. Jenna hatte sich vor ihm so schutzlos und echt gezeigt, dass sie ihm damit ein wenig die Angst genommen hatte, dies ebenfalls zu tun, falls es sein musste. Trotzdem war er froh und erstaunt darüber, diesem Teufel heute entkommen zu sein. Es kam ihm fast vor wie ein Wunder.

Leise vernahm er ein Klappern aus der Küche, dann öffnete sich langsam die Tür. Jenna kam mit zwei dampfenden Tassen ins Zimmer und lächelte ihn an.

»Kaffee …«, flüsterte sie und stellte die Tassen auf den Tisch.

Er nickte und rieb sich mit den Händen, noch etwas verschlafen, übers Gesicht.

»Danke.«

»Wie hast du geschlafen? Ich glaube, wir können uns duzen?«, fragte sie.

»Überraschend gut, ist die Antwort auf deine erste Frage, und auf jeden Fall, sehr gerne die auf deine zweite«, lächelte er.

»Und du? Gut geschlafen?«

Sie nickte und sah dabei etwas verschämt in ihre Kaffeetasse. »Ich habe dich gestern ganz schön mit meinem Kram belästigt und dir dann auch noch die Nachtruhe gestohlen. Tut mir leid.«

»Das ist Quatsch. Hast du nicht gemerkt, dass ich gerne geblieben bin?«

Überrascht betrachtete sie ihn. »Warum? Die Themen waren mehr als schwer und belastend. Du hattest dir deinen Abend sicher anders vorgestellt.«

Er dachte nach. Ja, warum war er gerne geblieben? Irgendwie hatte ihr Thema ihn berührt und ihm gleichzeitig geholfen. Nicht dass man ihre Erfahrungen mit seinen vergleichen konnte. Doch er fühlte sich von ihr verstanden, obwohl er nichts von sich preisgegeben hatte. Es war, als hätte das Zerbrochene in ihm gestern Abend etwas gefunden, mit dem es sich verbinden konnte, um die schrecklichen Erinnerungen nicht mehr allein tragen zu müssen.

»Ich fand unser Gespräch nicht belastend, sondern tiefgreifend. Und mein Abend hätte so ausgesehen, dass ich es mir mit meinen Akten auf der Couch gemütlich gemacht hätte. Also nicht sehr verlockend.« Er zuckte mit den Schultern. »Wie geht es dir denn heute?«, fragte er dann mitfühlend.

»Sehr okay. Besser als okay.« Sie sahen sich über ihre Kaffeetassen in die Augen. Er nickte. »Das ist gut.«

In Ruhe tranken sie noch einige Schlucke.

»So, jetzt muss ich aber los«, erklärte Nick. »Wir sehen uns übermorgen?«

Sie verdrehte die Augen. »Ich bin froh, wenn diese leidige Santos-Angelegenheit endlich aus der Welt ist.«

Als er sich erhob und nach seinem Handy griff, das er gestern auf tonlos gestellt auf dem Wohnzimmertisch abgelegt hatte, bemerkte er das Display aufleuchten.

Er nahm es zur Hand. Acht Anrufe in Abwesenheit. Alle von Nancy.

Erst jetzt fiel ihm wieder ein, dass sie gestern verabredet gewesen waren. Er griff sich schuldbewusst an die Stirn, steckte das Telefon in seine Hosentasche und nahm sich vor, sie gleich vom Büro aus anzurufen, um sich bei ihr zu entschuldigen. Es war höchste Zeit, die Sache mit ihr zu beenden.

»Ja dann ... einen schönen Tag.« Nick ging auf Jenna zu. Er wusste nicht, wie er sich verabschieden sollte. Ein Handschlag schien ihm zu geschäftsmäßig. Ein lapidares »Bis bald« zu nichtssagend. Mit hochgezogenen Schultern und einem unsicheren Grinsen stand er an der Tür. »Also … dann …«

Sie lächelte ihn an, kam einen Schritt näher und umarmte ihn. Er roch Jasmin und Frische in ihrem Haar. Erwiderte die Umarmung und wollte nicht loslassen. Noch einen Moment diesen zauberhaften Start in den Tag aufsaugen. Doch viel zu schnell löste sie sich wieder von ihm. »Auch dir einen schönen Tag.«

Kapitel 22

Es war die vierte Verabredung, die sie mit Greg seit ihrer Begegnung im Krankenhaus getroffen hatte. Eigentlich war ihre Freundschaft, oder wie sie diese Beziehung auch immer einordnen sollte, schon wieder vorbei gewesen, bevor sie richtig begann. Jenna hatte es einfach nicht geschafft, ihn so in ihr Leben zu integrieren, wie er sich das erhoffte. Nicht immer war es ihr möglich gewesen, zeitnah auf seine Anrufe zu reagieren. Manchmal wegen des Jobs, oft genug auch, weil sie es vergessen oder keine Lust dazu gehabt hatte. Greg war darüber wütend gewesen und wollte Jenna in die Enge treiben, sie auf ein gewisses Pensum an Kontakt festnageln. Das hatte sie ihm sofort ausgetrieben. Seine Forderungen so vehement in die Schranken gewiesen, dass er kleinlaut allem zugestimmt hatte und jetzt wieder von vorne beginnen musste. Er war frustriert, aber immer noch siegessicher. Mehr denn je, denn heute hatte er besondere Pläne.

Sie saß in seinem Wagen. Er wollte ihr nicht verraten, wohin sie fuhren. Die Straßen kamen ihr mit jeder Sekunde bekannter vor und Jenna fühlte sich zunehmend unwohl in ihrer Haut.

Er würde doch nicht … so etwas konnte er doch nicht tun. Das wäre völlig unpassend.

Aber er tat es. Sie bogen in die ihr so vertraute Straße ein und als Greg seinen Wagen in der Einfahrt parkte, sah Jenna bereits seine Mutter strahlend aus dem Fenster winken.

»Greg.« Fassungslos sah sie ihn an.

Fragend verzog er das Gesicht, als er den Vorwurf in ihrer Stimme bemerkte.

»Was ist denn? Ihr habt euch doch immer hervorragend verstanden und heute ist Freitag.« Er unterstrich das letzte Wort in solch einem fröhlichen Ton, dass nur noch ein Tusch dazu gefehlt hätte. Jenna erinnerte sich im ersten Moment nicht, was es damit auf sich hatte, doch dann fiel es ihr wieder ein. Freitags backte Gregs Mutter immer einen New York Cheesecake. Nicht irgendeinen. Nein, den weltbesten. Es war Jennas Lieblingskuchen, von dem sie immer essen konnte. Selbst wenn sie vorher bereits ein Fünf-Gänge-Menü verspeist hatte. Ein New York Cheesecake passte sicher noch hinein. Doch heute, hier und jetzt war ihr der Appetit darauf gründlich vergangen.

»Es ist völlig unpassend, mich hier zu deiner Mutter zu bringen. Wir wollten uns unverbindlich miteinander treffen. Ich kann mir aber nichts Verbindlicheres vorstellen, als deine Familie zu besuchen.« Zornig funkelte sie ihn an.

Er hob abwehrend die Hände. »Von meiner Familie kann nicht die Rede sein. Lediglich Mom ist zu Hause und sie weiß, dass wir im Moment in freundschaftlichem Kontakt stehen. Also beruhige dich und genieße deinen Lieblingskuchen. Ich wollte dir wirklich nur eine besondere Freude machen. Etwas, das du sonst nirgends bekommst.«

Etwas milder gestimmt, seufzte sie auf, obwohl ihr weiterhin nicht wohl bei diesem Besuch war. Langsam stieg sie aus dem Auto.

Als sich jedoch die Tür öffnete und Betty aus dem Haus kam, mit weit geöffneten Armen und einem Lächeln, das nicht strahlender hätte sein können, musste Jenna sich eingestehen, dass sie sich darüber freute, Gregs Mom zu sehen.

»Hallo Jenna, mein Mädchen.«

»Betty, hallo. Schön dich zu sehen«, lächelte Jenna.

Nach der Umarmung fasste Betty Jenna an den Oberarmen und hielt sie, eingehend betrachtend, ein paar Zentimeter von sich entfernt. »Hübsch wie eh und je. Komm rein.«

Gregs Mom wies Jenna einen Platz auf der gemütlichen Eckbank in der Küche zu. Dort war immer ihr Lieblingsplatz gewesen, weil sie ihren Rücken direkt an den Ofen lehnen konnte, der in den kalten Wintermonaten eine wohlige Wärme abgab. Es duftete nach Kaffee und Kuchen. Die Sonne strahlte durch die Fenster und es sah nach Frühling aus, obwohl die Tage langsam kälter wurden. Es fühlte sich an, wie nach Hause zu kommen. In Jennas Bauch machte sich ein Gefühl der Geborgenheit breit und ließ alles in ihr entspannt zurück. Sie sah zu Greg, dessen Blick lächelnd auf ihr lag. Sie lächelte zurück, was ihn dazu ermutigte, sich nah neben sie zu setzen. Er nahm ihre Hände in seine und legte sie, ineinander verschlungen, in ihren Schoß.

Seine Mutter hatte gerade für einen Moment den Raum verlassen und er nutzte die Gelegenheit, um ihr etwas ins Ohr zu flüstern. »Weißt du noch, als wir genau hier gesessen haben und diesen Traum hatten? Alt und grau wollten wir diesen Platz, als unseren liebsten auf der Welt, in Ehren halten. Uns unsere knochigen Rücken daran wärmen und auf unser gemeinsames Leben zurückblicken.«

Jenna schloss die Augen und war wieder in der Vergangenheit, in ihren gemeinsamen Träumen. Ein wohliges Lächeln erschien auf ihrem Gesicht, das Greg bemerkte. Langsam näherte er sich ihr. Küsste ihre Wange.

Jenna schreckte kurz zurück, ließ ihn dann aber gewähren. Mit sanften Küssen bedeckte er ihre Wangen, fand ihre Lippen und berührte sie zärtlich. Seine Zunge streifte einige Male über ihren Mund, ehe sie ihn öffnete und die Berührungen langsam von einem sanften in einen leidenschaftlichen Kuss übergingen. Jenna hatte sich bisher wohlgefühlt. Doch plötzlich löste sich der Zauber. Was Greg tat, fühlte sich jetzt nicht mehr zart und verspielt an, sondern fordernd.

Dann kamen die Bilder. Find my Love, die Frauen, Greg, der plötzlich Stanley hieß. Sie versuchte, sich von ihm zu lösen, indem sie ein Stück zur Seite rutschte. Glücklicherweise trat Gregs Mom gerade wieder ins Zimmer und er ließ augenblicklich von Jenna ab.

Der Rest des Nachmittags gestaltete sich heiter, weil Betty eine gute Geschichtenerzählerin war. Jenna bedankte sich beim Abschied für ihre Gastfreundschaft und winkte ihr noch einmal zu, während Greg den Wagen startete, um sie nach Hause zu bringen.

»Darf ich noch mit raufkommen? Es war ein so wundervoller Nachmittag mit dir. Ich möchte nicht, dass unsere Verabredung schon endet«, fragte er vor ihrer Wohnanlage.

In Jenna verkrampfte sich etwas. Sie schüttelte langsam den Kopf. »Nein, ich bin wirklich müde, Greg.«

Sie blickte in sein enttäuschtes Gesicht und meinte, darin so etwas wie Wut zu erkennen. »Es war ein wunderschöner Nachmittag. Deine Überraschung ist gelungen. Aber lass uns nichts überstürzen, ja?«

Er nickte verhalten, obwohl er sich fragte, was daran überstürzt sein sollte, wenn zwei erwachsene Menschen bei ihrer vierten Verabredung miteinander schlafen würden.

Dann beugte er sich zu ihr hinüber und küsste sie, ohne Vorwarnung, auf den Mund. Seine Zunge suchte ungestüm nach ihrer. Er nahm Jennas Gesicht dabei in seine Hände. Für einen

Moment fühlte sie sich wie in einem Schraubstock gefangen und drückte gegen seine Schultern, um sich zu befreien.

Als er sie losließ, atmete sie erleichtert auf und stieg schnell aus dem Wagen.

»Also dann«, winkte sie ihm zu, die Beifahrertür noch geöffnet. Sie fühlte sich schlecht, überrumpelt von diesem Kuss. Überrumpelt von Greg.

»Sehen wir uns morgen?«, fragte er.

»Ich habe morgen eine 12-Stunden-Schicht und am Vormittag den Anwaltstermin. Das schaffe ich nicht«, erklärte sie, beinahe erleichtert.

Bedauernd zuckte er die Schultern. »Okay, ich ruf dich morgen an«, versprach er und warf ihr noch eine Kusshand zu, die Jenna mit einem verhaltenen Lächeln nicht erwiderte.

Nachdenklich sah er ihr hinterher. Die Verabschiedung war unbefriedigend gewesen. Eine Idee kam in ihm hoch. Er holte sein Handy aus der Tasche und scrollte die Namen seines Telefonbuches durch. Bei M hielt er an und tippte auf den Kontakt, um die Nummer zu wählen. Einige Sekunden später hörte er die vertraute Stimme. »Mona, hallo. Du bist in der Stadt? Was machst du gerade?«, fragte er und lächelte zufrieden, als er ihre Antwort hörte. »Okay, dann komme ich vorbei.« Während er das Telefon wieder verstaute, startete er den Wagen. Jenna hatte ihm heute großen Appetit auf Sex gemacht und ihm dann eine eiskalte Dusche verpasst. Sie war selbst schuld daran, dass er sich heute in Monas Armen trösten lassen würde.

Kapitel 23

Auf dem Weg zu Nancy ließ Nick in Gedanken noch einmal das Verhandlungsgespräch zwischen Mr. Santos und dem Holy Station Hospital Revue passieren. Er hatte den Eindruck gehabt, dass Mr. Santos‘ rasende Wut Jenna echte Angst eingejagt hatte. Nick hatte darum gebeten, die Gespräche ohne Unterbrechung führen zu dürfen. Falls er Antworten oder Kommentare von Jenna oder Daniel benötigen würde, wollte er sie in das Gespräch mit einbinden. Mr. Santos hatte sicherlich dieselben Anweisungen von seinem Anwalt erhalten, sich aber nicht im Mindesten darum geschert. Immer wieder brüllte er Beleidigungen in die Runde, die auf Jenna abzielten. Daniel, dieser Goldjunge, hielt sich natürlich an Nicks Bitte. Dass er sich nicht schützend vor seine Mitarbeiterin stellen würde, wunderte Nick nicht im Geringsten. Also hatte er das selbst übernommen, als er es nicht mehr ertragen konnte, Jenna diesen Anfeindungen ausgesetzt zu sehen.

Es war ganz zum Schluss gewesen, als Nick der Kragen geplatzt war. Sie hatten sich auf eine Vergleichssumme geeinigt, die dem Krankenhaus nicht im Mindesten wehtun würde. Es war geradezu lachhaft gewesen, wie leicht Nick die Gegenpartei um 90 Prozent der geforderten Summe herunterdrücken konnte.

Mr. Santos‘ Gesicht wurde feuerrot, als er begriffen hatte, dass dies das Ende war und er mit einem Bruchteil der geforderten Summe abgespeist werden sollte. Er sprang auf wie eine wild gewordene Kobra und schrie Jenna seinen Zorn entgegen. Drohte ihr mit Rache und kündigte an, dass ihr diese Geschichte noch leidtun werde.

Santos wurde seine Stellung als Sportlehrer gekündigt und seine Ehe war ruiniert. Sein Leben lag in Schutt und Asche. Für diese Entwicklung gab er Jenna die Schuld, die alle Anfeindungen mit stoischer Ruhe über sich ergehen lassen hatte. Doch Nick hatte die Angst in ihrem Blick bemerkt.

Als Mr. Santos zu keinem Ende kommen wollte, erhob sich Nick und donnerte ihm entgegen, dass die Misshandlungen, die er seiner Tochter zugefügt hatte, wohl kaum Dr. Nortons Schuld waren. Er legte Mr. Santos, nicht ohne einen sarkastischen Unterton, nahe, sich aus seiner Opferhaltung zu befreien, weil sie aufgrund der Geschehnisse lächerlich war.

Santos warf Nick einen hasserfüllten Blick zu, hörte aber endlich auf, Jenna zu bedrohen.

Als alle das Büro verließen, ging Daniel mit einem knappen *»bye«* aus der Tür, während Jenna im Türrahmen zurückblieb und wartete, bis Daniel außer Hörweite war. Sie fragte Nick, ob sie ihn in den nächsten Tagen auf eine Tasse Kaffee einladen dürfte.

»Jetzt hast du mich schon wieder gerettet«, waren ihre Worte, während sie ihn dankbar anlächelte und sich offensichtlich darüber freute, dass Nick ihre Einladung annahm.

Er reichte ihr eine Visitenkarte, auf der seine private Handynummer stand, und sah ihr lächelnd nach, bis sie im Aufzug verschwand.

Als er Jenna heute Morgen das Büro betreten sah, hatte sich ein Prickeln auf seiner Haut breitgemacht, das sich irgendwie elektrisch anfühlte. Plötzlich war die Lust, diesen Fall zu bearbeiten, auf null gesunken. Er liebte es, seinen Job zu machen, doch in diesem Moment hätte er gerne einen Spaziergang unternommen und sich die Herbstsonne ins Gesicht scheinen lassen. Mit Jenna an seiner Seite.

Ihre Begrüßung war schön gewesen. Der Handschlag zwar geschäftsmäßig, die schnelle und sanfte Berührung von Jennas anderer Hand an seinem Oberarm jedoch herzlich. Ihr Lächeln strahlend, obwohl sie sich sicher nicht auf dieses Gespräch freute.

Trotz der unangenehmen Tatsache, dass er jetzt auf dem Weg zu Nancy war, um die Sache mit ihr zu beenden, war seine Stimmung leicht, beinahe berauschend. Jenna hatte ihn tatsächlich nach seiner privaten Telefonnummer gefragt. Er würde sie also mit dem Ende ihrer Verteidigung nicht aus den Augen verlieren.

Der Ton, den sein Handy von sich gab, ließ sein Herz augenblicklich höherschlagen. Sofort griff er danach, nur um enttäuscht festzustellen, dass die Nachricht von Steve war, der wissen wollte, ob sie sich heute das Spiel zusammen ansehen würden. Nick hatte gehofft, Jennas Name auf dem Display zu lesen.

Direkt vor Nancys Haus fand er einen Parkplatz und ging mit leichten Schritten auf die Tür zu, die sich wie von selbst öffnete.

Eine lächelnde, völlig unpassend für diese Tageszeit gekleidete Nancy stand ihm Rahmen. Sie trug High Heels und war dezent geschminkt. Nick bemerkte, dass sie sich Mühe gegeben hatte. Seine Schritte fühlten sich schlagartig schwer an.

»Hey Nancy«, begrüßte er sie und nahm sie dabei kurz in den Arm.

Während sie die Umarmung erwiderte, fühlte er sich wieder wie in einer Falle. Die Berührung zwischen ihnen dauerte länger, als er es als angenehm empfand. Das war schon die ganze Zeit über so gewesen. Sie ging immer ein Stück zu weit. Immer einen Schritt über seine Grenze.

»Wie geht es dir?«, fragte er mit echtem Interesse.

»Jetzt gut«, lächelte sie ihn verführerisch an.

Ernst sah er sie an. »Kann ich eine Tasse Kaffee haben? Ich muss wirklich mit dir reden.«

»Wir können auch später noch reden«, gurrte Nancy und versuchte, sich an Nick zu schmiegen.

»Nein. Jetzt«, erwiderte er knapp und in einem so ernsten Tonfall, dass Nancy sofort von ihm abließ und ihn mit hochgezogenen Augenbrauen verwundert anblickte.

»Okay. Gehen wir rein.« Ihr aufreizender Ton war verschwunden. Sie ließ zwei Tassen Kaffee aus der Maschine und sah Nick fragend an.

»Ich muss die Sache mit uns beenden, Nancy. Ich fühle mich nicht mehr wohl dabei«, erklärte er knapp.

Nancys Mund klappte auf, während sie Nick überrascht anstarrte.

»Was? Wieso denn?«, fragte sie.

»Ich fühle mich eben nicht mehr wohl dabei«, wiederholte er ein weiteres Mal, während ihm klar wurde, dass Nancy dieses Gespräch nicht hatte kommen sehen. Er wunderte sich darüber, hatte er doch in letzter Zeit kaum mehr Interesse an einer Verabredung mit ihr gezeigt und ihre Anrufe ignoriert.

»Wieso?«, stotterte sie. »Wir haben Sex, völlig unverbindlich. Und ich meine, es ist nicht der Schlechteste?«

»Ich habe das Gefühl … Ich weiß nicht genau, wie ich es sagen soll. Ich habe das Gefühl, dass du mehr von mir willst, als ich bereit bin, dir zu geben. Und auch wenn du es jetzt abstreitest, fühle ich ein Ungleichgewicht zwischen uns, das die Sache schwierig macht.«

»Aber ich habe dir doch erklärt …«, hob Nancy an, diesen Punkt zu diskutieren. Doch genau dem wollte Nick aus dem Weg gehen. Es würde zu nichts führen. Nancy war nicht ehrlich zu ihm und deshalb gab es keine vernünftige Gesprächsbasis zwischen ihnen.

»Nein, Nancy. Ich weiß, was du mir erklärt hast, aber ich fühle etwas anderes und dieses Gefühl ist nicht okay. Egal was du sagst, ich möchte es hier und jetzt beenden.«

»Das sind sehr klare Worte«, erwiderte sie scharf. »Dann gibt es wohl eine andere?«

»Nein. Keine andere. Ich möchte nur einfach keine weiteren Verabredungen.«

Sie starrte nickend auf den Boden, während ihr Gehirn fieberhaft arbeitete. Womöglich bekam er kalte Füße. Sie spürte doch, dass er sie mochte. Gemocht hatte. Sie konnte ihn doch so kurz vor dem Ziel nicht aufgeben. Dann kam ihr eine Idee.

»Wieso machen wir nicht einfach eine Pause? Und sehen nach ein paar Wochen, ob wir uns nicht doch weiter treffen wollen?«

Nick seufzte ergeben in sich hinein. Er wusste jetzt schon, dass sich auch in ein paar Wochen nichts daran ändern würde, wie er zu Nancy stand.

Doch ihm wurde gerade klar, dass sie diese Frist benötigte. Sie war vielleicht eine dieser Frauen, die schlecht loslassen konnte. Er würde ihr die Möglichkeit geben, sich langsam von ihm zu lösen.

»Okay. Dann machen wir das so«, stimmte er skeptisch zu und bemerkte ein leichtes Lächeln um ihren Mund.

Er erhob sich und bedankte sich für den Kaffee. Als er die Tür öffnete, kam Nancy ihm hinterher. »Du wirst doch noch eine kleine Abschiedsumarmung für mich haben?«, fragte sie schmollend.

»Auch das«, dachte er genervt und umarmte sie flüchtig.

»Bis in ein paar Wochen dann«, winkte sie ihm nach.

»Das denke ich nicht!«, flüsterte er in sich hinein, während er mit schnellen Schritten auf seinen Wagen zuging.

Als sein Handy den Ton für eine eingegangene SMS abgab, hatte er Nancy bereits vollkommen vergessen.

Kapitel 24

Jenna hatte Nick zwei Tage nachdem der Fall Santos abgeschlossen war, angerufen und ihn gefragt, ob er Zeit für ein Mittagessen habe.

Die hatte er eigentlich nicht, aber er ließ Anna zwei Termine verschieben, um Jenna sehen zu können.

Es war ein stürmischer Tag. Nick konnte sich kein Wetter vorstellen, das besser zu seiner Stimmung passte. Er war aufgeregt und gleichzeitig freute er sich auf die Begegnung. Pünktlich machte er sich auf den Weg.

Ihm war klar, dass er etwas für Jenna empfand, das über die Gefühle zu seinen bisherigen Bekanntschaften hinausging. Ob er sich in sie verliebt hatte oder einfach nur beeindruckt von ihr war, konnte er nicht sagen. Verliebt war er in seinem Leben sowieso erst einmal gewesen. Mit sechzehn in ein Mädchen aus seiner Nachbarschaft. Aber das hier fühlte sich ganz anders an. Er hatte es nicht eilig, herauszufinden, was in ihm vorging. Nur eine Sache würde er nicht so leicht verkraften können: wenn Jenna nach diesem Mittagessen wieder aus seinem Leben verschwand.

Zehn Minuten zu früh, setzte er sich an den reservierten Tisch und sah sich ein wenig um. Hier war er noch nie gewesen. Das Café versprach keine opulente Speisekarte, aber es wirkte gemütlich und es lag in der Nähe von Jennas Wohnung. Wahrscheinlich hatte sie es deshalb vorgeschlagen.

Sie kam mit einigen Minuten Verspätung zur Tür herein und ging lächelnd auf Nick zu. »Hey, hallo«, begrüßte sie ihn, während er sich erhob und ihre Umarmung erwiderte.

»Kommst du von der Arbeit?«, fragte er.

»Ja, ich habe den Rest des Tages frei. Endlich mal wieder richtig ausschlafen.«

»Das muss hart sein, mit deinen Schichtdiensten. Ich schlafe so schon nicht besonders gut. Das würde mich wahrscheinlich völlig aus dem Rhythmus bringen.«

»Warum?«

Er sah sie fragend an.

»Warum du nicht gut schläfst?«

Schulterzuckend erklärte er ihr, dass er das nicht wüsste und schon immer mit einem leichten Schlaf zu kämpfen hatte.

Er wollte ihr nicht von seinen Albträumen und Attacken erzählen, die ihn brutal angriffen, während er versuchte, zur Ruhe zu kommen.

»Solche Nächte habe ich auch immer mal wieder. Man findet einfach nicht in den Tiefschlaf. Meistens ist es so, wenn mich etwas beschäftigt. Dann kann ich nicht abschalten«, erklärte sie.

»Ja, vielleicht nehme ich zu viel Arbeit mit nach Hause«, bestätigte er und tippte sich dabei lächelnd an die Stirn.

Unverwandt blickte sie von der Speisekarte auf. »Danke für deinen Einsatz im Fall Santos. Du hast dich sehr ritterlich vor mich gestellt.«

»Dafür brauchst du mir nicht zu danken«, winkte er ab. »Der Typ ist ganz schön überzeugt von sich. Hat immer noch nicht begriffen, dass er der Täter ist. Vielleicht bringen ihn der Verlust seines Arbeitsplatzes und das Ende seiner Ehe ja zum Nachdenken.«

»Glaubst du das?«, fragte Jenna zweifelnd.

»Nein, eher nicht. Leider.«

»Hast du eigentlich keinen Ärger mit deiner Freundin bekommen?«, wechselte Jenna unverwandt das Thema.

Nick sah sie irritiert an.

»Mit Nancy.«

Er dachte, sich verhört zu haben. Woher kannte Jenna Nancy?

»Was meinst du?«

Sie zog etwas aus ihrer Tasche und faltete es auf dem Tisch auf. Es war eine Ausgabe des *Manhattan IN Flagranti*. Nachdem sie zwei Seiten nach hinten geblättert hatte, sprang es ihm ins Auge. Ein Foto von Nancy, ihm, Sue und Richard im Blueberry. Darunter die Zeilen: »Nick Pole mit Freundin Nancy Smith zum gemeinsamen Abendessen mit Sue und Richard Franklin im Blueberry.«

Nick blieb vor Verblüffung der Mund offen stehen, während er verwirrt den Kopf schüttelte. Diese verdammten Franklins.

»Ich dachte, du hättest vielleicht Ärger bekommen, weil du vor ein paar Tagen über Nacht bei mir warst. Ehrlich, ich habe deshalb ein furchtbar schlechtes Gewissen.« Jenna sah ihn besorgt an.

»Nein, nein, nein«, beeilte er sich, die Sache zu klären. »Wir sind nicht zusammen. Waren wir auch nicht.«

Jenna zog verwundert die Augenbrauen hoch, sagte aber nichts dazu.

»Es war nichts Ernstes. Aber wir waren eine Zeit lang miteinander …« Er stockte. »… befreundet.«

Sie hob abwehrend die Hände. »Geht mich ja nichts an. Ich möchte nur nicht, dass du meinetwegen Probleme bekommst.«

»Schon okay«, flüsterte er. Besorgt dachte er darüber nach, was sie jetzt von ihm halten mochte, doch Jenna hatte bereits wieder das Thema gewechselt und erklärte ihm, welchen Muffin auf der Speisekarte er unbedingt einmal probieren müsse.

Während dem Essen sprachen sie über ihre Arbeit und ein Buch, das Jenna schon seit einem Jahr zu Ende lesen wollte, aber nie die Zeit dazu fand.

»Möchtest du noch eine Nachspeise?«, fragte er sie später.

Kopfschüttelnd erklärte sie, dass ihr eher nach einem Spaziergang nach Hause wäre, um endlich ein wenig Schlaf nachzuholen.

»Darf ich dich noch ein Stück begleiten?« Er wollte nicht, dass ihre Begegnung schon vorbei war.

»Sicher, lass uns noch ein wenig durch den Sturm ziehen«, grinste sie und zog dabei fröstelnd ihren Kopf in Richtung Mantelkragen.

Mit zwei Kaffeebechern in der Hand verließen sie das Café und machten sich auf den Weg. Entspannt schlenderten sie durch die tanzenden Blätter, die der Wind ihnen vor die Füße warf, doch viel zu schnell waren sie am Ziel angelangt.

»Wir sind da. Ich werde mich jetzt verabschieden müssen, um eine Menge Schlaf nachzuholen.«

Er nickte. »Okay.«

Während sie den Hausschlüssel aus ihrer Handtasche kramte, sah sie nach oben und bemerkte, dass der kaputte Fensterladen ihres Wohnzimmers nur noch an einem seidenen Faden zu hängen schien, jeden Moment bereit zu fallen.

»Verdammt, das darf doch nicht wahr sein.«

Verwundert sah Nick sie an.

»Der Handwerker hätte heute Vormittag den Fensterladen reparieren sollen. Ich habe extra den Zweitschlüssel beim Hausmeister hinterlegt. Wenn das Ding bei diesem Sturm jemandem auf den Kopf fällt!« Ärgerlich seufzte sie auf.

»Soll ich ihn abmachen? Bevor der Sturm ihn wirklich noch herunterreißt.«

»Nein, danke. Du hast einen Anzug an und musst gleich wieder ins Büro. Ich rufe mal schnell den Hausmeister an.« Sie holte ihr Handy aus der Handtasche, tippte die Nummer ein und drückte nach einigen Sekunden genervt auf den roten Telefonhörer. »Geht keiner ran.«

»Komm, ich mach das schnell«, sagte er und war schon auf dem Weg zur Haustür.

Dankbar, dass er das erledigen wollte, folgte Jenna ihm. An Schlaf wäre für sie überhaupt nicht zu denken, bevor der Fensterladen keine Gefahr mehr für unter ihm vorbeilaufende Fußgänger darstellen würde.

»Jetzt musst du mir aber wirklich bald eine Rechnung für deine Dienstleistungen schicken. So oft kann ich mich ja gar nicht mehr bei dir bedanken, wie du mir in letzter Zeit zur Seite gestanden hast«, sagte sie lächelnd.

In ihrer Wohnung angekommen, befreite Nick sich von seinem Sakko und öffnete das Fenster. Der Laden war aus morschem Holz und seine Verankerungen waren verrostet und schmutzig. Es war höchste Zeit, die Vorrichtung zu erneuern.

»Seit drei Monaten bitte ich den Vermieter schon, etwas zu unternehmen.« Jenna hob verzweifelt die Hände.

Besorgt beobachtete sie, wie Nick sich aus dem Fenster lehnte und draußen herumhantierte. »Hast du irgendwelches Werkzeug?«, fragte er.

Sie schüttelte bedauernd den Kopf.

»Das Teil ist fest mit der Verankerung zusammengerostet.« Er rüttelte daran und bemerkte endlich, wie sich der Laden langsam lockerte. Er musste die Verankerung, die mit einem spitzen, langen Bolzen verbunden war, lösen. Einige Male zog er daran. Dann drückte er kräftig dagegen. Als er es fast geschafft hatte, rutschte er so unglücklich ab, dass er sich das spitze Teil tief in die Hand trieb und vor Schmerzen leise aufstöhnte. Doch der Fensterladen war nun frei. Er hob ihn langsam ins Zimmer und brachte ihn ins Treppenhaus.

Beim Abstellen des Ladens bemerkte Jenna, dass er an der Hand blutete. »Hast du dich verletzt?«, fragte sie erschrocken.

»Schon gut. Ist nur eine kleine Wunde. Blutet kaum«, wiegelte er ab. Doch schon stand sie bei ihm und nahm seine Hand in ihre, um sich die Verletzung anzusehen. »Du hast recht, sie blutet kaum. Aber das ist nicht gut«, erklärte sie.

»Schon okay, wirklich.« Nick versuchte, seine Hand wegzuziehen.

»Nein, nein. Lass mich das ansehen. Setz dich mal hin.«

Seufzend nahm er auf ihrer Couch Platz und sah sich Jennas Bilder an der Wand an, um sich abzulenken. Blut zu sehen, gehörte nicht zu seinen Stärken.

»Hast du einen ausreichenden Tetanusschutz?«

Er sah sie verwirrt an, weil er sich um solche Dinge nicht kümmerte. Seit Jahren schon war er nicht mehr bei irgendeinem dieser Weißkittel gewesen. Trotzdem nickte er zögerlich. »Ich denke schon, ja.«

»Also weißt du es nicht. Ich gebe dir sicherheitshalber eine Auffrischung.«

Wieder sah er sie fragend an.

»Eine Tetanusspritze. Dann muss ich die Wunde ein kleines bisschen öffnen. Sie geht tief ins Fleisch hinein und ist verschmutzt. Das kann gefährlich werden. Ich muss das säubern. Aber ich betäube die Stelle, damit du nichts davon spürst.«

Nicks Kiefer verkrampfte sich. Er wollte diesen ganzen Kram hier nicht. Keine Spritze, keine Betäubung und auch sonst nichts von dem, was Jenna ihm gerade erklärt hatte.

Er schüttelte bestimmt den Kopf. »Nein. Das ist nur eine kleine Wunde. So etwas verheilt bei mir immer schnell.«

»Du riskierst eine Entzündung. Das kann sehr gefährlich werden. Du könntest eine Blutvergiftung bekommen. Wenn eine Wunde nicht blutet und keinen Sauerstoff bekommt, wie diese hier, ist das Risiko dafür ziemlich hoch.« Sie sah ihn besorgt an.

Abermals schüttelte er den Kopf. Jenna kam ein Gedanke. »Hast du Angst?«, fragte sie.

Er lachte auf, als hätte sie etwas Albernes gesagt, aber er spürte, dass sein Atem zu flattern begann und er anfing zu schwitzen. »Nein«, sagte er. Er wollte es in einem überzeugenden Ton von sich geben, aber er hatte selbst bemerkt, wie kleinlaut es klang.

Jenna erhob sich und kam mit einer kleinen Tasche zurück. »Leg dich doch hin. Vielleicht geht es dann besser«, schlug sie vor.

»Alles gut«, gab er in einem barschen Ton zurück, der ihm sofort leidtat, als er sah, wie Jenna die Stirn runzelte.

»Entschuldige. Es ist okay. Mach nur«, sagte er jetzt sanfter und beobachtete, wie Jenna die Spritze, einige kleine Glasfläschchen und eine Verbandsrolle aus der Tasche holte.

Als sie die Spritze aufzog, war sein Blick gebannt auf die Flüssigkeit gerichtet, die sich in sie füllte. Es war eine Ewigkeit her, dass etwas in ihn hineingespritzt wurde, und doch war die Erinnerung daran so frisch, als ob es in den letzten Jahren täglich geschehen wäre.

Sein Atem wurde jetzt sehr flach und er bemerkte, wie sein Herz zu galoppieren begann. Er sah weg, versuchte, sich auf einen Gegenstand in Jennas Wohnung zu konzentrieren. Am liebsten hätte er seine Hände vor Mund und Nase gehalten, um hineinzuatmen, doch das wollte er vor Jenna nicht tun. Noch weniger wollte er in diesem Moment eine Attacke riskieren. Was hatte er dazu gelesen? *»Konzentrieren Sie sich auf etwas, das Sie tiefer berührt als ihre Angst.«* Er lachte auf. Wenn das so einfach wäre, hätte er dieses Problem schon seit Jahren aus seinem Leben gelöscht.

Erstaunt sah Jenna ihn an. »Ist irgendwas lustig?«, fragte sie lächelnd. Doch er schüttelte den Kopf. Konzentriert machte sie sich weiter an seiner Hand zu schaffen.

Der Schweiß zwischen seinen Schulterblättern nahm zu. Er spürte, wie ein kleiner Tropfen seine Wirbelsäule hinunterlief, und ärgerte sich über sich selbst, weil er Jennas Vorschlag, sich hinzulegen, nicht angenommen hatte. Ihm wurde schwindelig. Fieberhaft suchte er den Raum mit seinen Augen ab. Suchte etwas, das ihn aus seinen Ängsten reißen könnte, und bemerkte es endlich, genau vor seinen Augen.

Er sah ihre Wimpern, die lang und dicht waren. Ihr Blick war achtsam auf seine Hand gerichtet. Die bedachten Bewegungen ihrer Finger verrieten ihre Konzentration und hinterließen ein warmes Gefühl in Nick, weil sie ihm galten. Ihrer Fürsorge an ihm. Ein kleiner Schweißfilm bildete sich über ihrer Oberlippe. Er konnte förmlich spüren, wie salzig er schmecken musste, wenn man mit der Zunge darüberstreichen würde. Ihre Haare waren locker nach oben zusammengebunden. Einige Strähnen hatten sich im Laufe ihrer Verabredung gelöst und berührten jetzt ihre zarten Schultern, streichelten sanft ihr Schlüsselbein, das sich langsam zum Rhythmus ihrer Hände bewegte. Stumm betrachtete er sie und vernahm wieder diesen leichten Jasmin-

Duft, gepaart mit einer Brise, die er nichts anderem, das er kannte, zuordnen konnte. Vielleicht einer Brise Jenna. Unwiderstehlich drang er in seine Nase und er merkte, wie sein Atem ruhig wurde. Wie alles in ihm sich beruhigte, indem er etwas ansah, das ihn mehr berührte als seine Angst.

Als sie die Wunde geschlossen hatte und besorgt zu ihm aufblickte, lächelte er sie an. Es war kein freundschaftliches oder dankbares Lächeln. Jenna konnte es sofort richtig einordnen. Ihre Hände verharrten in ihrer Bewegung. Während ihre Blicke sich ineinander verloren, bewegte Nick sein Gesicht langsam auf sie zu. »Darf ich?«, flüsterte er leise. Sie nickte und schloss die Augen, um gleich darauf seine warmen Lippen auf ihren zu spüren und seinen zärtlichen Kuss zu erwidern.

Die Berührungen waren zuerst sanft und vorsichtig. Dann wurden sie verspielter, bis sie sich in eine zärtliche Leidenschaft verwandelten. Sie wollte Nick spüren. Es hatte sie überrascht, sein Blick, dieser Kuss. Doch jetzt fühlte sich alles richtig an. Er hob ihr Shirt hoch und streichelte ihren Oberkörper und ihre Brüste. Jenna knöpfte langsam sein Hemd auf, liebkoste seine Brust mit einigen zärtlichen Küssen. Immer wieder sahen sie sich dabei an, als wollten sie wieder und wieder das Einverständnis des anderen einholen. Zu dieser unglaublichen Sache, die hier gerade passierte. Mitten am Nachmittag, völlig überraschend und ungeplant. Sie ließen sich Zeit, während sie miteinander schliefen. Danach blieben sie noch lange in der Umarmung des anderen liegen, streichelten sich, schliefen manchmal ein wenig ein. Es waren keine Worte nötig. Niemandem tat das soeben Geschehene leid. Jenna spürte, dass Nick gerne hier war, und Nick wollte nicht gehen, obwohl er heute am späten Nachmittag noch zwei Termine wahrzunehmen hatte.

»Es war schön«, sagte er. Sie betrachtete ihn lächelnd und nickte. »Musst du nicht noch arbeiten?«

»Ja, eigentlich schon. Vielleicht könnte ich meine Termine aber auf morgen verschieben? Wenn du willst, natürlich nur.«

Sie lächelte wieder. »Das wäre wirklich schön.«

Nachdem er ein paar Anrufe erledigt hatte, kroch er wieder zu Jenna auf die Couch. »Willst du reden?«

Sie schüttelte den Kopf. »Über das gerade? Nein. Du?«

»Nein.«

Sie blieben noch eine Weile liegen, ehe Jenna in die Küche ging und mit ein paar Sandwiches wiederkam.

Während sie aßen, fragte Nick: »Gibt es eigentlich keinen Mann in deinem Leben?«

Sie schüttelte zögernd den Kopf.

»Das war kein klares Nein«, sagte er lächelnd.

Jenna erzählte ihm von Greg. Die ganze Geschichte. Von ihrer Verlobung, dem Betrug und ihrer neuen Umgangsform, die neulich in einem Kuss endete, der Jenna klargemacht hatte, dass es für Greg und sie keine Zukunft geben würde.

»Und weiß er es schon?«, fragte Nick.

»Nein. Morgen sehe ich ihn. Dann werde ich es ihm sagen. Und du, das mit Nancy war eine Affäre?«

»Ja. Es war von Anfang an so besprochen. Ich meine …«

Jenna nickte grinsend. »Schon okay. Ich verstehe.«

»Es war klar, dass aus uns nichts werden wird. Deshalb … Ich möchte niemanden verletzen.« Er fühlte sich dumm. Wollte nicht, dass Jenna das Gefühl hatte, auch eine Affäre zu werden. Andererseits wäre es überstürzt gewesen, ihre Bekanntschaft in irgendetwas anderes einzuordnen. Auch wenn er sich bereits sicher war, dass er sich um Jenna bemühen würde. So, wie er es noch nie um eine Frau getan hatte.

»Hey …«, sie lachte leise auf. »Das Gespräch beginnt ein wenig anstrengend zu werden. Ich glaube, das ist gerade nicht so wichtig, was Nancy für dich oder Greg für mich war. Lass uns den Abend genießen.«

»Ich hatte eher auf die Nacht gehofft«, erwiderte er grinsend, während er seinen Kopf unter die Decke auf Jennas Bauch legte und ihn mit Küssen bedeckte.

»Du willst über Nacht bleiben?« Sie lachte, weil seine Küsse sie kitzelten und zugleich glücklich machten.

»Nur, wenn du wieder so ein leckeres Fertiggericht zauberst wie beim letzten Mal«, neckte er sie lächelnd.

»Du hast gerade drei Sandwiches gegessen?« Erstaunt sah sie ihn an.

»Wenn ich über Nacht bleibe, werde ich mehr brauchen, um bei Kräften zu bleiben«, erklärte er in gespielter Arroganz.

»So ist das? Du bist ja sehr überzeugt von dir«, gab sie schmunzelnd zurück.

»Lass dich überraschen«, flüsterte er ihr ins Ohr, während er aufs Neue begann, ihren Körper mit seinen Lippen zu bedecken.

Später, als Jenna schon in seinen Armen eingeschlafen war, grübelte Nick darüber, was er tun sollte, wenn er morgen von einer seiner Attacken geweckt würde. Irgendwann fiel er darüber in den Schlaf, der sich ihm in dieser Nacht ein weiteres Mal tief und sanftmütig zeigte, bis ihn am Morgen angenehmer Kaffeeduft weckte.

Wenn es nicht so kitschig gewesen wäre, hätte er sich dem Gedanken hingegeben, dass Jenna den Fluch gebannt hatte. Wie in einem Märchen, in dem nur ein ganz bestimmter Schlüssel oder Zaubertrank das Böse besiegen konnte. Und Jenna wäre dieser Schlüssel, der die Gespenster der Vergangenheit einfing und sie sich nie wieder befreien ließ.

Lächelnd dachte er in diesem Moment an Elaines Liebe zu Märchen. Dieses hier, das sich gerade in Nicks Leben abspielte, würde ihr gefallen.

»Wie hast du geschlafen?«, fragte sie lächelnd und reichte ihm eine Tasse, während sie sich zu ihm setzte.

»Toll«, antwortete er, noch immer verwundert über diese Tatsache. »Und du?«

»Wunderbar«, lächelte sie ihn an. »Wir haben lange geschlafen.« Sie deutete mit ihrem Kopf Richtung Uhr.

Erschrocken zuckte er zusammen, als er ihrem Blick folgte. »Schon so spät. Ich muss los. Ich habe gleich einen Termin.«

Sie nickte.

»Willst du zusammen Mittag essen gehen?«, fragte er.

»Ich kann nicht … Ich ...« Sie hielt inne.

»Ach ja. Greg«, erinnerte er sich an ihr Gespräch von gestern.

»Genau«, gab sie zurück. »Wie wäre es mit morgen? Ich habe ab 16:00 Uhr frei.«

»Perfekt«, freute er sich. Etwas peinlich berührt erhob er sich. Jenna hatte bereits ein T-Shirt und eine bequeme Hose angezogen, während er jetzt nackt vor ihr stand. Doch die Türklingel riss sie unsanft aus dieser Situation. Fragend sah Nick Jenna an. »Erwartest du jemanden?«

Verwundert schüttelte sie den Kopf, während Nick seine Kleidung, die achtlos verteilt auf dem Boden herumlag, zusammensuchte und sich eilig damit ins Badezimmer begab.

»Hey Dad«, hörte er Jennas Stimme und seufzte. Dann musste er grinsen. Er fühlte sich wie ein ertappter Teenager, der Angst hatte, von dem Vater seiner Flamme eins mit dem Baseballschläger übergebraten zu bekommen. Immer wieder drangen Gesprächsfetzen zu ihm durch, während er sich ankleidete und überlegte, ob er aus dem Badezimmer kommen sollte, um Jennas Vater zu begrüßen, oder es besser wäre, sich still zu verhalten und dessen Gehen abzuwarten. Was würde Jenna wollen? Die zweite Variante schien ihm jedoch zu albern und er öffnete, nach einem abschließenden Blick in den Spiegel, die Tür.

Jennas Dad zuckte erschrocken zusammen, als plötzlich ein fremder Mann vor ihm stand. Also hatte sie ihn nicht vorgewarnt.

Nick ging auf ihn zu und reichte ihm die Hand. »Guten Morgen. Nick Pole.«

»Guten Morgen«, antwortete Jennas Vater verwirrt. »Ich bin Jennas Dad. Michael Norton.«

Beide nickten still vor sich hin, während Jenna sich ein Lachen verkneifen musste. Auch sie war zuerst nicht sicher gewesen, wie sie diese Situation handhaben sollte. Doch Nick hatte es auf eine souveräne Art gelöst. Sie waren schließlich erwachsen.

»Es tut mir wirklich sehr leid, dass ich nicht vorher angerufen habe«, stotterte Jennas Vater.

Sie grinste in sich hinein. Das würde ihm sicher nie wieder passieren. »Kein Problem. Oder, Nick?«, schmunzelte sie.

Nick schüttelte den Kopf. Auch er musste jetzt grinsen. Genau wie Jennas Dad.

»Also, ich muss leider los. Die Arbeit ruft.«

»Sicher, sicher. Und entschuldigen Sie nochmals.« Er begleitete Nick zusammen mit Jenna in den Flur hinaus, wo er ihm beim Anziehen der Schuhe zusah.

»Ach, Mr. Pole, ich habe mir gestern beim Einkaufen viel zu viele Schuhspanner gekauft. Wenn Sie wollen, gebe ich Ihnen ein paar davon ab.«

Jenna klappte der Mund auf, während Nick erst Mr. Norton, dann Jenna erstaunt ansah. Eine unangenehme Stille erfasste die Situation, bevor er antwortete: »Ahm … nein danke. So etwas benutze ich nicht.«

Jennas Dad nickte lächelnd, während sie sehr nah an ihn herantrat und ihm bedrohlich zuflüsterte: »Wage es nicht, ihm auch noch deinen Nasenhaartrimmer anzubieten.«

Grinsend drehte ihr Vater sich um und verschwand ins Wohnzimmer.

Immer noch etwas verwirrt über die seltsame Frage von Jennas Dad, ging Nick auf sie zu, um ihr einen langen Abschiedskuss zu geben. »Bis morgen«, flüsterte er ihr zärtlich ins Ohr. Ein Schauer machte sich auf ihrer Haut breit, als sein warmer Atem ihren Hals streifte. Sie schloss die Augen, atmete noch einmal tief seinen Duft ein und strich ihm sanft über den Rücken. »Bis morgen«, flüsterte sie lächelnd.

Als Jenna grinsend zurück ins Wohnzimmer kam, sah ihr Vater sie mit einem besorgten Lächeln an. »Nick Pole? Ehrlich? Jetzt wird aber geklotzt, nicht mehr gekleckert.«

Kapitel 25

»Wir hätten doch etwas essen gehen können.« Greg saß neben Jenna auf der Parkbank und versuchte fröstelnd seine Hände in die Manteltaschen zu verstauen. Eine kleine Demonstration seiner Gereiztheit angesichts des Ortes, den Jenna sich für ihre Verabredung ausgesucht hatte. Sie waren schließlich keine Teenager mehr und konnten sich Besseres als ein Sandwich auf der Parkbank leisten. Vermutlich fand Jenna das romantisch, aber Greg verdrehte genervt die Augen. Trotzdem rutschte er ein Stück näher an sie heran und legte den Arm um ihre Schultern. »Bist du froh, dass die Santos-Sache vorbei ist?«, fragte er.

Sie nickte und versuchte, ein wenig Abstand zwischen Greg und sich zu bekommen. »Ja. Es war ganz schön hart. Der Kerl hat viel verloren und ich war diejenige, die den Stein dafür ins Rollen gebracht hat. Er hasst mich und hat mich bedroht. Schrecklich. Ich habe richtig Angst vor ihm bekommen.« Sie dachte an Nick, während sie davon sprach, und ein leises Lächeln trat auf ihr Gesicht.

»Kann man ihm irgendwie nicht verdenken. Es war ja mutig und gut, was du da angezettelt hast, aber eigentlich ging es dich doch gar nichts an.«

Dasselbe hatten ihre Mom und Keira auch gesagt und Jenna damit gezeigt, wie verschieden Menschen empfinden konnten.

Sie fand nämlich sehr wohl, dass es in ihrer Verantwortung lag, das Mädchen zu schützen.

Die seelische Unterstützung, die sie von ihrem Vater und Nick bekommen hatte, war wertvoll gewesen und hatte ihr gezeigt, welche Menschen moralisch in ihrer Liga spielten. Auch wenn sie wusste, dass man von einer Situation nicht auf den ganzen

Charakter einer Person schließen konnte, fühlte sie etwas in Nick. Etwas Gleiches und Sanftes. Etwas, das die Verantwortung übernahm und das Wohlergehen anderer als nicht weniger wichtig einstufte als das eigene.

Er hätte ganz anders reagieren können, als er sie nach der Begegnung mit Monika weinend im Auto vorgefunden hatte. Aber er war geblieben und hatte ihre Traurigkeit ausgehalten. Greg hingegen hob wieder eines dieser Stoppschilder in die Höhe, als sie ihm davon erzählt hatte, und versuchte, Jenna damit zum Schweigen zu bringen. »*Diese Sache mit Afghanistan muss jetzt aber auch endlich einmal wieder ein Ende haben, meinst du nicht?*«, waren seine Worte, die Jenna dazu veranlassten, sich mit diesem Thema, das ihr Leben immer noch erschütterte und sie wohl für alle Zeiten geprägt hatte, nicht mehr an ihn zu wenden.

Sie kehrte mit ihren Gedanken wieder auf die Parkbank zurück. Spürte Gregs Oberschenkel nahe an ihrem. »Ich finde, es war meine Angelegenheit. Ich denke, solche Dinge sollten jedermanns Angelegenheit sein.«

Verständnislos zuckte er mit den Schultern und wechselte das Thema. »Was wolltest du denn mit mir besprechen?«

Jenna holte tief Luft. Das hier tat sie nicht gerne. Sie empfand es als unsensibel, einfach damit herauszuplatzen, wusste aber auch, dass es für solche Gespräche wohl nie einen richtigen Zeitpunkt gab. »Greg, ich habe gemerkt, dass ich wirklich nichts mehr für dich empfinde. Es tut mir leid.«

Verblüfft starrte er sie an. Dann lachte er hart auf. Es war, als hätte sie ihm gerade einen Faustschlag in den Magen verpasst. Natürlich hatte er gemerkt, dass sie sich zierte, seine Berührungen nicht in dem Maß erwiderte, wie er es sich wünschte. Aber er dachte, sie würde ihm mehr Zeit geben. »Aber der Kuss letzte Woche. Unsere Verabredungen waren schön. Die Gespräche …«

»Wir haben in der Vergangenheit gelebt. Unsere alten Geschichten wieder aufgewärmt. Ich bin nicht verliebt in dich, Greg, und ich werde es auch nicht mehr sein«, erklärte sie leise, aber bestimmt.

»Das weißt du nicht. So etwas ist nicht vorhersehbar. Lass es uns einfach weiter ...«

»Nein.« Jenna hob ihm Einhalt gebietend die Hand entgegen. »Ich möchte es nicht. Ich fühle mich die meiste Zeit nicht wohl bei unseren Verabredungen. Der Kuss neulich hat mir gezeigt, dass ich keine Gefühle mehr für dich habe, und noch einmal eine Beziehung mit dir anzufangen, liegt für mich im Bereich des Unmöglichen. Bitte, lass uns das hier freundschaftlich beenden.« Sie sprach sanft und eindringlich. Hoffte, Greg würde verstehen, dass man Gefühle nicht steuern konnte. Das wollte sie auch gar nicht.

Greg aber schon. »Du küsst mich, machst mir die ganze Zeit Hoffnungen und jetzt ziehst du dich zurück. Von einem Moment auf den anderen. Ohne Vorwarnung.« Die Wut in seiner Stimme war nicht zu überhören und Jenna atmete tief durch.

»Du bist wirklich eiskalt«, setzte er zischend hinzu. »Greg!« Sie musste an sich halten, ihn nicht anzufahren.

»Erstens hast du mich geküsst. Zweitens war von Anfang an klar ausgemacht, dass wir uns nur treffen, wenn es keine Erwartungen in irgendeine Richtung gibt und du …«

»Gibt es einen anderen Mann?« Verblüfft über diesen Gedanken, fiel er Jenna ins Wort.

Sie zögerte. »Vielleicht. Es gibt einen Anfang.« Besorgt sah sie ihn an und bemerkte, wie die Ader an seiner Stirn anschwoll.

»Das gibt es doch nicht. Ich reiße mir hier ein Bein für dich aus und du schläfst hinter meinem Rücken mit einem anderen.«

»Greg! Hör auf! Du hast absolut kein Recht, mir so etwas vorzuhalten. Ich verstehe, dass du verletzt bist, aber es ist einfach passiert. Ich habe mich nicht auf die Jagd danach begeben, so wie du!« Ihre Stimme zitterte vor Wut.

»Wer ist es? Jemand aus der Arbeit?«, fragte er zornig.

Sie schüttelte den Kopf. »Nein. Aber das spielt keine Rolle.«

»Ich würde es aber gerne wissen«, drängte er.

»Und ich werde es dir nicht sagen. Wir stehen erst am Anfang. Keine Ahnung, was daraus wird. Es hat auch nichts mit meinen Gefühlen für dich zu tun.«

»Ja klar«, spuckte er aus.

»Ich werde jetzt gehen«, sagte sie, während sie sich erhob. »Mach´s gut, Greg.« Sie sah ihn an. Er starrte auf den Boden und erwiderte nichts. Erst als Jenna sich weit genug von ihm entfernt hatte, um ihn nicht mehr zu hören, flüsterte er ihr leise nach: »Es ist noch nicht vorbei.«

Kapitel 26

Nick beeilte sich, nach Hause zu kommen. Er hatte gestern und heute viel Arbeit nachzuholen gehabt und wollte noch duschen, bevor er Jenna abholen würde.

Die letzten beiden Tage hatte er in einer fast schon euphorischen Stimmung verbracht. Stella und Steve hatten versucht, ihm klarzumachen, dass er verliebt war, als er im Gespräch immer wieder Jennas Namen erwähnte. Ihn beinahe wie unter Zwang erwähnen musste. Immer wieder schlich er sich in seine Sätze, seine Worte. Jenna. Mit einem Lächeln, das er als kindisch und verräterisch empfunden hatte und doch nicht aus seinem Gesicht vertreiben konnte, versuchte er alles herunterzuspielen. Doch er war auch besorgt und fragte sich, wie das Gespräch mit Greg wohl verlaufen war. Würde Jenna ihm davon erzählen?

Die heutige Verabredung mit ihr sah er nicht unbedingt als Bestätigung dafür, dass sie den Schlussstrich, den sie unter die Beziehung mit ihrem Ex-Verlobten ziehen wollte, auch vollzogen hatte. Vielleicht hatte Greg sie umstimmen können.

Jenna hätte die Verabredung mit ihm wahrscheinlich trotzdem nicht abgesagt. Sie würde ihm von Angesicht zu Angesicht erklären, dass sich die Dinge nun doch anders entwickelt hatten.

Während er duschte, überlegte er, was er anziehen sollte. Jenna hatte vorgeschlagen, einen Spaziergang im Central Park zu machen. Nach ihrem langen Arbeitstag brauchte sie ein wenig frische Luft. Danach würden sie vielleicht noch etwas essen gehen, was ohne eine Reservierung jedoch schwierig werden würde.

Er entschied sich für Freizeitkleidung. Jeans und ein weißes T-Shirt. Vielleicht einen Tick zu lässig, aber Nick war danach und der Tag war zum Nachmittag hin sommerlich warm geworden, obwohl sie schon Ende September hatten.

Als er fertig war, stieg er in seinen Wagen und fuhr zu Jennas Wohnung. Ihm fiel nicht auf, dass er beobachtet wurde, während er ausstieg, um an ihrer Tür zu klingeln.

Greg wusste, dass Jenna den heutigen Nachmittag frei hatte, und vermutete, sie würde sich mit ihrem neuen Lover treffen. Ursprünglich hatte er einen Musicalbesuch für diesen Abend geplant. Die Karten hatte er schon besorgt. Er wollte sie damit überraschen. Jetzt lagen sie in seinem Schoß, als Zeichen seiner Niederlage.

Seit Jenna ihm von dem anderen Mann erzählt hatte, war er nicht mehr fähig, an etwas anderes zu denken. Es war nicht unbedingt so, dass er Hals über Kopf in Jenna verliebt war. Doch er wollte sie zurückerobern, weil sie besser war als jede Frau, die er seit ihrer Trennung kennengelernt hatte. Und er hatte das Alleinsein langsam satt. Er wollte sie immer noch zurückerobern. Mehr noch, seitdem er wusste, dass ein anderer Mann mit im Spiel war. Dass es nicht nur um Jenna ging, war ihm bewusst. Er war schließlich kein Idiot. Er wollte über den anderen, wer immer es auch sein mochte, siegen. Der Bessere sein. Schließlich hatte er die älteren Rechte.

Als er dann endlich einen Mann auf Jennas Wohnanlage zugehen sah und kurz darauf, als sie zusammen zu dessen Wagen gingen, erkannte, wer ihm da seine Frau ausgespannt hatte, begann er zu grinsen.

Nick Pole. Das würde nicht schwierig werden. In der ganzen Stadt bekannt als begehrter, aber auch eiserner Junggeselle. Kein Kostverächter, was das andere Geschlecht anging. Ein echter Ladykiller.

Sie öffnete ihm die Tür und ihm blieb vor Verblüffung für eine Sekunde der Atem weg, so schön war sie. Viel schöner noch, als er sie in seiner Erinnerung hatte, die er immer wieder in sich abrief. So oft, dass er befürchtete, ihr Bild würde sich im Handumdrehen abnutzen. Aber jetzt war es ganz anders. Er starrte sie an und versuchte zu lächeln, was kräftezehrend war, weil er sie einfach nur ansehen und ihren Anblick genießen wollte. Es hätte ihm gereicht, den Abend hier, vor ihrer Haustür, zu verbringen und sich ihr Bild einzuprägen. Dann könnte er später, wieder völlig zufrieden und von glücklichen Erinnerungen satt, nach Hause fahren, sich in sein Bett legen und diesen Anblick immer und immer wieder in sich heraufbeschwören.

Auch sie trug eine Jeans und ein Shirt. Es war rot und passte zu ihren roten Sneakers. Ihr brünettes Haar trug sie heute offen. Noch nie hatte er es so an ihr gesehen. Es war dick und von helleren Strähnen durchzogen und fiel ihr in großen Wellen natürlich über die Schultern. Sie lächelte ihn an, was ihr keine Schwierigkeiten zu bereiten schien. Ein kurzer Stich fuhr ihm ins Herz, weil es ihr so leichtfiel, etwas anderes zu tun als nur zu staunen.

»Hallo«, sagte sie und trat einen Schritt an ihn heran. Nick war sich nicht sicher, ob sie zur Tür hinaus oder ihn begrüßen wollte. Er kam sich starr und tollpatschig vor und trat einen Schritt zurück, um die Tür freizugeben. Irritiert sah sie ihn an. Dann schien sie zu begreifen, dass er unsicher war, und nahm schmunzelnd seine Hand in ihre, während sie ihn küsste.

Erleichterung machte sich in ihm breit. Ihr Kuss hatte ihm klar gemacht, dass dies kein Abschiedsdate war. Er lächelte, als sie Hand in Hand zu seinem Wagen gingen, um in den Central Park zu fahren.

The Pond war für Jenna schon immer der zauberhafteste See des Central Park gewesen. Auch wenn einige Gebäude der Stadt von ihm aus zu sehen waren, hatte man doch das Gefühl, sich in einem Märchenwald mit einem verwunschenen See zu befinden.

Sie schlenderten den Weg entlang und genossen den Anblick der warmen Rostfarben, die die Blätter an den Bäumen trugen. Die Abendsonne verfärbte alles in ein noch intensiveres Rotbraun und Nick dachte für einen Moment belustigt, dass Jenna hier jeden beim Versteckspielen schlagen würde. Sie verschmolz beinahe mit den Farben der Natur.

»Warum lächelst du?«, fragte sie, als sie sein Schmunzeln bemerkte.

Er sagte es ihr, was sie zum Lachen brachte. Aus dem Bauch heraus und so offen, wie man es als Erwachsener nicht mehr sehr oft zustande bringt.

»Ich würde so oder so gewinnen. Darin war ich schon immer die Beste«, erklärte sie, völlig überzeugt.

»Ach so? Meinst du? Ich war auch immer schon ziemlich gut, wenn es darum ging, mich unsichtbar zu machen.« Lässig zuckte er mit den Schultern.

»Okay. Dann fang an zu zählen. Ich drücke auf die Stoppuhr, sobald du anfängst zu suchen. Und dann machen wir es umgekehrt«, forderte sie ihn mit einem überheblichen Grinsen heraus.

Er lachte. Schüttelte aber den Kopf, weil er sich genierte, auf diese kindische Idee einzugehen. Doch als er in Jennas strahlendes Gesicht sah, nickte er. »Klar, los. In diesem Bereich, okay?« Mit der Hand zeichnete er einen begrenzten Raum ab.

»Ich zähle bis fünfzig.« Er drehte sich um und legte los.

Mit einem leisen »Ich kommc!«, machtc cr sich auf die Suche, als er zu Ende gezählt hatte. Hinter Sträuchern, Gräsern, Bäumen, großen Steinen sah er nach. Dann schob er die Büsche auseinander. Viele von ihnen. Einige Besucher des Parks starrten ihn an, als wäre er geistig nicht ganz auf der Höhe. Nick bemerkte es und fühlte sich für einen Moment selbst ziemlich durchgeknallt. Trotzdem wollte er auch gewinnen, weil es da immer noch diesen kleinen Jungen in ihm gab, dcssen Spieltrieb gerade geweckt wurde.

Als er schließlich nach einigen langen Minuten keine Idee mehr hatte, wo Jenna stecken könnte und ergeben die Hände hob, hörte er ein Kichern, ganz in der Nähe. Er sah sich verwirrt um, ging einige Schritte weiter, entdeckte aber niemanden. Ein weiteres Kichern, das noch näher schien, drang zu ihm durch. Aus einer Eingebung heraus hob er den Kopf und entdeckte sie endlich. Sie saß in der Baumkrone des kleinen, aber kräftigen Baumes, neben dem er stand, und hielt sich den Bauch vor Schmerzen, die ihr unterdrücktes Lachen in ihr auslösten.

Nick öffnete protestierend den Mund, doch dann musste auch er lachen. »Das ist nicht fair.«

»Oh, doch. Und ob«, nickte sie, immer noch lachend, und klopfte ihm tröstend von einem Ast herab auf die Schulter. Sie drückte auf die Stoppuhr.

»Elf Minuten«, erklärte sie mit einem Ausdruck im Gesicht, der ihn Loser nannte.

»Na warte.« Er zog sein Handy aus der Hosentasche, um die Stoppuhr startklar zu machen. »Jetzt bist du dran mit Suchen.« Seine Hand griff sanft nach ihrem Ellbogen, um ihr von dem Baum zu helfen. Sie hüpfte auf die Erde, streifte die Hände vom Schmutz der Baumrinde an ihrer Hose ab und eröffnete die neue Runde.

»Ich komme«, rief sie, als sie fertig gezählt hatte, und schlich, wie zuvor Nick, durch Büsche und Gräser. Sie fand ihn hinter dem vierten Busch, den sie absuchte. Mit den Händen in den Hüften und einem Gesichtsausdruck, der Enttäuschung ausdrücken sollte, aber bereits wieder eine bevorstehende Lachattacke ankündigte, sagte sie lahm: »Echt jetzt? Drück auf die Stoppuhr.« Er sah ertappt nach oben und las die Zeit ab. »Hmh … 45 Sekunden. Ich glaube, ich habe knapp verloren.« Wieder brachen sie in kindisches Gelächter aus.

»Sag mal, bist du als Kind eigentlich oft in irgendwelche Sportmannschaften gewählt worden?«, fragte Jenna stichelnd. Nick packte sie an der Hüfte und drehte sie mit einer sportlichen Bewegung mit dem Kopf nach unten. »Sehr oft«, antwortete er in gespielter Anstrengung, während Jenna lachend kreischte und versuchte, sich mit den Händen abzustützen, um nicht mit dem Kopf in der Erde zu landen. Doch Nick hatte sie leicht im Griff und stellte sie einen Moment später wieder auf die Beine. Sie sahen sich lächelnd an.

»Du bist ganz schön kindisch«, flüsterte sie zärtlich. Er stand vor ihr, sah sie nachdenklich an und küsste sie. Immer wieder unterbrachen sie ihren Spaziergang, um sich zu berühren.

»Setzen wir uns hier ein bisschen hin?«, fragte Jenna nach einer Weile. Aus ihrer Tasche zog sie eine kleine Decke und zwei Flaschen Cola.

»Hey, du hast ja ein richtiges kleines Picknick vorbereitet«, lächelte Nick. »Der See ist wirklich schön. Ich war schon sehr lange nicht mehr hier.«

»Ich liebe ihn und komme bestimmt einmal die Woche her. Einfach so. Um zu schauen und aufzutanken. Was machst du, um zu entspannen?«, fragte sie ihn.

»Ich treffe mich mit meinen Freunden. Steve und Stella. Ein Paar. Aber ich komme mir bei ihnen nie wie das fünfte Rad am Wagen vor. Ich boxe, jogge und mache Fitness. Und ich surfe.«

»Surfen? Kann ich mir gut vorstellen bei dir.«

Er sah sie fragend an.

»Na ja. Eigentlich siehst du mehr aus wie ein Surflehrer als ein Anwalt«, erklärte sie. »Aber das weißt du ja sicher.«

»Also ist das ein Kompliment?«

Sie nickte. »Klar.«

»Das kann ich nur zurückgeben. Ich habe mir Ärzte eigentlich auch immer mit dicker Hornbrille und einem Stapel von Büchern unter dem Arm vorgestellt.«

Sie lachte. »Surfst du gut?«

»Ja«, sagte er, was sie ein weiteres Mal zum Lachen brachte.

»Das hätte ich jetzt wohl bescheidener formulieren sollen?«

»Schon gut. Das gefällt mir.«

Sie betrachteten die Gebäude der Stadt, die vom See aus zu erkennen waren.

»Das Plaza …«, schlüpfte es aus seinem Mund, weil er an Jennas geplatzte Hochzeit erinnert wurde. Sofort biss er sich auf die Zunge und wollte die Worte wieder zurücknehmen. Diesen wunderschönen Augenblick nicht zerstören.

Doch Jenna reagierte ganz entspannt. »Das Plaza erinnert mich eigentlich nicht mehr an meine geplatzte Hochzeit. Es ist wieder einfach nur das Plaza. Nicht wild, es mir anzusehen.« Erleichtert nickte er.

»Würdest du gerne wissen, wie das Gespräch mit Greg verlaufen ist?«, fragte sie.

Wieder nickte er.

»Warum fragst du mich dann nicht?«

Er schüttelte nachdenklich den Kopf. »Ich glaube, ich wollte dich nicht bedrängen.«

»Es ist erledigt. Er hat es nicht gut aufgenommen und es auch nicht verstanden. Aber ich fühle mich befreit von einer alten Last und bin gerade sehr glücklich.«

Er sah sie an und legte eine Hand um ihre Hüfte. »Das bin ich jetzt auch.«

»Bestimmt denkst du, es war dumm von mir, mich wieder mit ihm zu verabreden, nach allem, was er mir angetan hat?«

Nick schüttelte den Kopf, doch er hörte sofort wieder damit auf und seufzte. »Ein bisschen vielleicht, ja.«

Lächelnd sah sie auf den See. »Manchmal gibt es Zeiten, in denen man Entscheidungen trifft, die man in einem stabileren Zustand nicht treffen würde.«

»Das weiß ich. Du musst mir das nicht erklären. Ich weiß schon, dass man nicht immer nur sinnvolle Entscheidungen in seinem Leben trifft. Manches würde man einige Monate oder Jahre später ganz anders machen.«

»Hat es das bei dir auch schon gegeben?«

»Sicher. Bei wem nicht?«

»Daniel? Dein Dad?«, fragte sie vorsichtig.

Er schüttelte den Kopf und erhob sich abrupt. »Nein. In dieser Sache bin ich ganz klar.«

Jenna erhob sich ebenfalls und ging zu ihm. Sie begann, einige Steine ins Wasser zu werfen und sie auf der Oberfläche springen zu lassen. Nick tat es ihr nach, doch seine Steine versanken sofort plump unter der Oberfläche. Als Jenna zu ihm hinübersah und bemerkte, wie verbissen er versuchte, den Steinen die eleganten Sprünge abzuringen, musste sie kichern. In diesem Moment sah sie in Nick den Jungen, der er einmal gewesen sein musste, und ihr Herz lief über vor Wärme. Sie ging auf ihn zu und schmiegte sich tief in seine Arme. Kichernd erklärte sie: »Nicht so schlimm, dass du ein miserabler Steinwerfer und Versteckspieler bist. Ich mag dich trotzdem.«

Er grinste. »Ehrlich? Das ist ziemlich nett von dir, weißt du? Ich dachte schon, du würdest mich jetzt für keinen richtigen Kerl mehr halten.«

»Na ja, ein wenig meiner Hochachtung hast du heute schon eingebüßt, aber der Abend ist ja noch nicht vorbei«, erklärte sie grinsend.

»Willst du heute bei mir bleiben? Damit ich mich in irgendeiner Art und Weise rehabilitieren kann?« Er küsste sie auf die Stirn.

»Ja, gern. Vielleicht fällt uns ja etwas ein.« Sie spürte seine Küsse auf ihrem Haar, die sich einen Weg in ihr Herz suchten und dort Hunderte kleine Feuerwerke zu entfachen schienen.

Sein Haus wirkte auf Jenna kühl und aufgeräumt. Das geradlinige Design, in dem es gehalten war, ließ sie beinahe frösteln. Glas und Edelstahl zogen sich durch alle Räume. Einzig die bemalten

Leinwände an den Wänden strahlten ein wenig Wärme aus und gaben Nicks Zuhause einen Hauch von Gemütlichkeit.

Nick hatte für sie beide gekocht. Verwundert sah Jenna zu, wie er geschickt Gemüse und Fleisch zubereitete, es würzte und so elegant servierte, als hätte er es gelernt. Es schmeckte hervorragend. Was danach geschah, war ebenfalls hervorragend. Sie schliefen auf eine Art und Weise miteinander, die Jenna schon bei ihrem ersten Mal völlig aus der Bahn geworfen hatte. So intensiv wie mit Nick hatte sie Sex noch nie empfunden. Vielleicht lag es an ihren Blicken, die sich währenddessen immer wieder ineinander verfingen. Die ihnen zeigten, dass nur sie und niemand sonst gemeint waren. Vielleicht lag es auch an der Energie, die sie ausstrahlten. Das Gefühl füreinander, das nicht nur Anziehung und Leidenschaft in sich barg, sondern eine Verbundenheit, die tiefer zu gehen schien und die keiner von beiden fähig war, mit Worten zu beschreiben.

Danach lagen sie noch lange im Arm des anderen und redeten.

Jenna setzte sich auf, um einen Schluck zu trinken, und strich mit der Handfläche über Nicks nackten Körper. Sie hatte sie beim letzten Mal schon bemerkt, doch hier, im Licht seines Schlafzimmers, erkannte man sie noch besser. »Du hast eine Menge Narben.«

Er sah an sich herab, als hätte er das noch nie bemerkt. »Ein paar, stimmt. Ich war ein wilder Junge.«

»Und die Nase? Hast du dir die beim Boxen gebrochen?« Zärtlich strich sie über den kleinen Hügel, den man nur bei genauerem Betrachten erkannte.

»Ja, ich glaube schon.«

»Das weißt du nicht mehr?« Erstaunt sah sie ihn an.

»Nicht mehr genau, nein«, zuckte er gleichgültig mit den Schultern.

»Und diese hier? Wo hast du die her?«, fragte sie weiter und streichelte die Stelle, als würde sie immer noch schmerzen und bräuchte ihren Trost.

Nick lachte. »Wird das jetzt ein Gedächtnistest?«

»Nein. Ich möchte dich einfach kennenlernen. Hinter jeder dieser Narben steckt wahrscheinlich eine Geschichte«, erwiderte sie irritiert.

»Das ist ganz schön lange her«, lachte er wieder und erhob sich. »Willst du noch ein Glas Wein?«

Sie schüttelte den Kopf und sah ihm hinterher, wie er ins Badezimmer verschwand. Gekränkt über seine Verschlossenheit lehnte sie sich zurück in das Kissen und dachte darüber nach, was Nick alles über sie wusste und wie wenig er über sich selbst erzählte. Sie erinnerte sich daran, in welchen Situationen er sie schon erlebt hatte. Es war eine breite Palette dafür, dass sie sich erst so kurz kannten. Sie hatte vor ihm geweint, hysterisch gelacht, ihm die ganze Geschichte über Greg anvertraut, alles über ihre PTBS und Afghanistan. Er hatte sie stark gesehen und schwach. Verängstigt und verletzt.

»Hey, du wirkst nachdenklich.« Er setzte sich ans Bett und strich ihr eine Strähne aus der Stirn.

Lächelnd schüttelte sie den Kopf. »Ich fahre dann langsam los.«

Überrascht sah er sie an. »Du bleibst nicht?«

»Willst du denn, dass ich bleibe?« Ihre Gedanken hatten sie verunsichert.

»Unbedingt«, flüsterte er und küsste sie. »Unbedingt.«

Kapitel 27

Steve öffnete Nick die Tür und klatschte ihn mit einer Hand lässig ab. »Lässt du dich auch mal wieder blicken, ja?«, stichelte er grinsend.

Mit einem gespielt vorwurfsvollen Blick, streckte Stella den Kopf aus der Küche. »Jetzt hat er keine Zeit mehr für seine alten Freunde. Jetzt gibt es nur noch Jenna.« Sie sang den Namen und Steve fiel mit in ihren Gesang ein: »Hey Jenna, hey Jennnaaaaaa, lalalalala…« Grinsend verdrehte Nick die Augen und ging auf Stella zu, um sie zu umarmen.

»Ihr seid so bescheuert«, lachte er.

»Also gibst du jetzt zu, dass du verliebt bist?« Stella stellte eine Flasche Bier vor ihm auf den Tisch.

»Ich weiß es nicht«, zuckte er mit den Schultern. »Aber es ist anders. Ganz anders als sonst.«

Seine Freunde grinsten ihn an, wie zwei Honigkuchenpferde.

»Können wir jetzt auch mal wieder über etwas anderes reden?«, fragte er genervt.

Bei jeder Gelegenheit quetschten sie ihn über Jenna aus, was Nick einerseits gefiel, ihn aber auch beunruhigte, weil er nur noch sie in seinen Gedanken hatte.

Einig schüttelten seine Freunde den Kopf. »Nein, können wir nicht«, sagte Stella. »Steve hat erzählt, sie ist Chirurgin. Scheint ein cleveres Mädchen zu sein.«

»Denkst du wirklich, das passt zu dir?«, fragte Steve zweifelnd.

Lachend warf Nick ein Kissen nach ihm. »Ich denke, ich schaffe das, ja.«

Stella erhob sich, um nach dem Eintopf auf dem Herd zu sehen.

»Aber jetzt mal im Ernst: Chirurgin? Wirst du damit klarkommen?«, fragte Steve besorgt.

»Ich weiß, aber damit komme ich zurecht. Denke ich …«

»Okay.« Nachdenklich sah Steve Nick an. »Und die Attacken? Kannst du…«, setzte er an, als Stella wieder das Zimmer betrat.

»Was ist mit den Attacken? Was meint Jenna eigentlich dazu?«, fragte sie.

»Ich hatte noch keine, während sie bei mir war.«

»Aber ihr habt doch schon beieinander übernachtet?«, fragte Steve.

»Ja. Es ist…. Ihr wisst ja, dass ich normalerweise jeden Morgen von einer Attacke geweckt werde, aber in Jennas Anwesenheit hatte ich noch keine.« Immer noch verwundert über diese Tatsache, sah er seine Freunde kopfschüttelnd an.

Steve nickte erfreut, während Stella ihn mit offenem Mund anstarrte. »Wow, Nick … das ist echt irgendwie … magic«, erklärte sie mit einem ehrfürchtigen Ton in der Stimme.

Er lachte laut auf, aber seine Freundin blieb ganz ernst. »Doch, doch. Das ist ja so … kitschig … und so zauberhaft. Und ... « Stella suchte angestrengt nach weiteren Worten, um ihre Gefühle auszudrücken. »Sie ist es. Die eine«, erklärte sie schließlich andächtig.

Nick lachte wieder laut auf, weil Stella sich benahm, wie ein kleines Mädchen, das noch an Märchen glaubte. Aber auch bei ihm hatte sich dieser Gedanke schon eingeschlichen, nur wollte er ihn nicht aufplustern, um sich nicht abhängig von Jennas Gefühlen zu machen. Was, wenn sie es sich anders überlegte? Seine Gefühle nicht im selben Maß erwiderte? Er musste die Zügel im Griff behalten. Durfte seine Gedanken nicht ungezügelt in diese Richtung galoppieren lassen.

»Stella. Jetzt mal ganz cool, okay?« Er drückte sie liebevoll an sich.

»Ja, ganz cool, Baby. Die eine … magic …« Steve ließ bei diesen Worten grinsend seine Finger in der Luft tanzen, als wären sie zehn kleine Zauberstäbe.

»Ihr werdet schon sehen …«, sagte sie in verheißungsvollem Ton.

»Lasst uns jetzt essen.« Dramatisch verdrehte Steve die Augen und erhob sich. Die anderen folgten ihm in die Küche. Während sie sich ihren Eintopf, den Stella extra zubereitet hatte, weil Nick ihn so gerne aß, schmecken ließen, erzählte sie von ihrer Ausstellung nächste Woche. »Vielleicht kommt ihr zusammen? Jenna und du?«

»Jetzt bedräng´ ihn doch nicht gleich wieder. Du führst dich ja auf wie seine Mom«, schüttelte Steve den Kopf. »Aber die Idee ist nicht schlecht. So können wir mal einen Blick auf sie werfen«, grinste er.

»Genau«, nickte Stella. »Bitte, ja?«

»Mal sehen. Sie hat so chaotische Dienstzeiten und ich weiß nicht, ob sie das überhaupt interessiert.« Nick sah in Stellas enttäuschtes Gesicht. »Sorry, Baby«, sagte er und fügte dann hinzu: »… aber ich werde es vorschlagen, okay?«

Zufrieden nickte sie.

»Und Nancy? Gibt sie Ruhe?«

»Ja. Ich glaube, sie hat es verstanden«, erklärte Nick erleichtert.

»Mal sehen«, erwiderte Stella besorgt.

Es klang wie ein schlechtes Omen.

Kapitel 28

Nachdem Nick sich das Baseball-Spiel bei seinen Freunden angesehen hatte, machte er sich auf den Weg nach Hause. Die Verabredungen mit Jenna hatten seine Arbeit in letzter Zeit ziemlich in den Hintergrund gerückt und er musste dringend noch einen Fall bearbeiten, bevor er schlafen gehen wollte. Eigentlich war er todmüde und sehnte sich nach einer Dusche und seinem Bett.

Durch die Garage ging er ins Haus und startete gerade den Laptop, als es an der Tür klingelte. Einen kurzen Moment lang überlegte er, ob er um diese Uhrzeit überhaupt noch öffnen sollte. Dann dachte er an Elaine oder Jenna und entschied sich dafür.

Verwundert blickte er auf den fremden Mann, der vor ihm stand.

»Hallo«, sagte Nick, doch es klang eher nach einer Frage.

Ungeniert wanderten die Blicke des Mannes langsam über Nicks Körper. Er hatte es offensichtlich nicht eilig damit, diesen Check zu beenden und sich vorzustellen.

»Kann ich etwas für Sie tun?«, fragte Nick ungeduldig. Er spürte etwas Bedrohliches von dem Mann ausgehen und trat einen halben Schritt zurück.

»Ja. Das können Sie allerdings. Lassen Sie Ihre Finger von meiner Freundin.«

Verwirrt starrte Nick sein Gegenüber an. »Und Ihre Freundin ist?«

»Sie wissen schon, wer sie ist. Ich bin Greg. Und ich möchte, dass Sie Jenna in Ruhe lassen.« Er sagte es mit einer Stimme, die keine Zweifel an seinem Recht auf Jenna zuließen.

Überrascht erwiderte Nick: »Das sollten Sie mit Jenna klären. Und Jenna dann mit mir. Falls es etwas zu klären gibt.« Er wollte die Tür schließen, doch Greg drückte mit seinem Unterarm dagegen.

»Wir sind noch nicht fertig.«

»Ich glaube doch«, antwortete Nick. »Darf ich?« Er zeigte auf seine Tür und zog daran, in der Hoffnung, Greg würde sie freigeben.

»Vielleicht haben Sie mich nicht richtig verstanden. Zwischen Jenna und mir ist gerade etwas am Entstehen. Ich werde nicht zulassen, dass sich jemand dazwischendrängt.« Bedrohlich baute Greg sich vor Nick auf, der Jennas Ex-Verlobten musterte und mit einem Blick erkannte, dass dieser ihm körperlich unterlegen war. Es war ziemlich mutig von ihm, sich hier aufzuspielen und Forderungen zu stellen.

»Sorry, aber ich habe andere Informationen von Jenna erhalten«, zuckte Nick mit den Schultern und startete einen weiteren Versuch, die Tür zu schließen.

»Das kann schon sein, mein Freund. Aber du weißt ja, wie das läuft. Schon mal was von Ehrenkodex gehört? Es entwickelt sich bereits etwas zwischen uns, wir wollen wieder zusammenkommen. Man drängt sich nicht in eine entstehende Beziehung. Lernt man das nicht in den oberen Etagen der Anwaltsriege? So etwas nennt man Anstand.«

In Nicks Hals begann es zu pochen. Was wusste Greg von Anstand? Nach dem, was Jenna ihm über Greg erzählt hatte, trug dieser nicht ein Fünkchen davon in seinem Leib. Zornig atmete er ein paarmal durch. Ihm wurde klar, dass Greg nicht nur Jenna zurückwollte, er wollte auch Dampf ablassen. Er konnte die Aggressivität, die der Kerl ausstrahlte, förmlich riechen. Deshalb wollte er so schnell wie möglich diese verdammte Tür schließen. Angst hatte er keine. Menschen machten ihm schon lange keine Angst mehr. Seine Furcht galt den entsetzlichen Träumen, die eher Erinnerungen waren und ihn in seinen schwachen Momenten packten. Wenn er wehrlos war und schlief.

Doch jetzt hatte er keine Angst. Er wusste, dass er Greg ohne große Anstrengung in seine Einzelteile zerlegen konnte. Aber er hatte sich geschworen, so etwas nie wieder zu tun. Diese Zeiten hatte er hinter sich gelassen. Das war vielleicht das Einzige, das nun doch ein Fünkchen Furcht in ihm aufsteigen ließ. Die Lust, diesem Arschloch eine zu verpassen und damit sein Wort sich selbst gegenüber zu brechen.

»Klär das mit Jenna«, wiederholte er noch einmal. Er war jetzt auch zum Du übergegangen. Mit einem kräftigen Zug versuchte er ein weiteres Mal, die Tür zu schließen, bemerkte dann aber, dass Greg seinen Fuß dazwischen gestellt hatte.

»Ich will es aber mit dir klären. Jetzt gleich. Jenna gehört mir. Ich habe einfach die älteren Rechte.« Er packte Nick kräftig am Hals, während er ihm diese Worte bedrohlich zuflüsterte.

Nick schloss die Augen und atmete tief durch, während er Gregs Hand, die ihn eisern umklammerte, loszuwerden versuchte.

Aber Greg hatte sich richtig festgekrallt, zog Nick mit einem brutalen Ruck nach draußen, in die Dunkelheit. Mit einem derben Stoß gegen Gregs Brustkorb konnte Nick sich befreien. Dann drehte er sich um und ging wieder auf die Tür zu, nicht sehend, dass Greg mit Anlauf auf ihn zukam und ihn, um die Hüften fassend, zu Boden brachte.

Das Klicken in seinem Kopf hatte Nick schon seit Jahren nicht mehr gehört. Sein Ausbleiben zeigte ihm, dass er Fortschritte machte. Dass sich die Wogen in seinem Inneren langsam glätteten. Nicht mehr dieser allumfassenden und zerstörerischen Wut ausgeliefert zu sein, war ein großer Triumph für ihn gewesen. Als ob er diesen Schutz nicht mehr benötigen würde, weil er jetzt stark genug war, sich anders zu helfen. Er war stolz darauf gewesen. Doch jetzt hörte er es: »*Klick* …«, und dann sah er nur noch rot. Er befreite sich mit der auflodernden Wut in seinem Inneren ohne große Anstrengung aus Gregs Griff und stand sofort wieder auf den Beinen.

Wie ein wilder Stier stürzte er sich auf sein Gegenüber und riss ihn zu Boden. Dann hörte er ein wildes Rauschen in seinem Kopf, das ein oder zwei Minuten andauerte und ihn die Situation nur noch verschwommen wahrnehmen ließ. Er schlug Greg ins Gesicht, in den Bauch und die Nieren. Erinnerte sich an alles, was er beim Boxen gelernt hatte. Schlug dahin, wo es besonders wehtat. Greg lag blutend am Boden und wimmerte. Hielt seine Hände schützend über seinem Kopf zusammen.

Als Nick endlich innehielt, starrte er entsetzt auf das Bündel, das da vor ihm lag. Er sah in Gregs Gesicht, das stark blutete. Nick war sicher, ihm mindestens die Nase gebrochen zu haben. Keuchend rang er nach Luft und kniete sich neben Greg, versuchte, ihm aufzuhelfen. »Komm, ich fahre dich in ein Krankenhaus«, sagte er, immer noch erschüttert über seinen Ausbruch.

Hasserfüllt sah Greg ihn an. Er schaffte es, alleine hochzukommen, während er Nick grob wegstieß.

»Fick dich«, spuckte er ihm entgegen und wankte zitternd zu seinem Wagen.

Er schwor sich, dass dies hier nicht die letzte Begegnung zwischen ihnen gewesen war. Nur würde die nächste nicht so glimpflich für Nick Pole ausgehen.

Kapitel 29

Nick entdeckte den Personaleingang des Holy Station gleich, als er aus seinem Wagen gestiegen war, um Jenna abzuholen. Sie hatte ihm vor ein paar Minuten geschrieben, dass sie pünktlich Schluss machen könne, falls es nicht noch einen Notfall geben würde. Jetzt wartete er neben dem großen Busch vor der Tür und sah sich um. Seine rechte Hand hatte er verbunden. Bei den Schlägen, die er Greg verpasst hatte, war an einigen Stellen seiner Knöchel die Haut aufgeplatzt. Zuerst wollte er Jenna von der Sache erzählen. Am liebsten hätte er sie sofort danach angerufen. Doch dann hatte er sich so sehr geschämt, dass er es einfach nicht konnte.

Was sollte er ihr sagen? Dass er sich um sie geprügelt hatte wie ein dummer Junge? Dass er ausgerastet war und einen schon lange am Boden Liegenden immer weiter geschlagen hatte? Dass er gescheitert war in dem Vorhaben, sich treu zu bleiben? Er war sich sicher, dass das nicht die Art war, wie Jenna mit Problemen umging und seine Reaktion missbilligen würde. Im besten Fall. Vielleicht würde sie auch Angst vor ihm bekommen oder daran zweifeln, ob es wirklich gut für sie war, sich auf ihn einzulassen.

Natürlich spielte er auf Risiko. Wenn Greg ihr davon erzählen würde, sah die Sache für ihn noch schlimmer aus. Aber er war sich ziemlich sicher, dass Jennas Ex-Verlobter das nicht tun würde. So kindisch es war, aber kein Mann gab gerne vor der Frau, die er liebte, zu, dass er verdroschen worden war wie ein kleines Kind.

Endlich öffnete sich die Tür und Jenna kam mit einem strahlenden Lächeln auf ihn zu. Ganz selbstverständlich küsste sie ihn, was ihn ruhig werden ließ. Seine Besorgnis war plötzlich verschwunden und er fühlte sich leicht. Befreit von den Gedanken, die ihn die letzten Stunden umgetrieben hatten.

»Hallo«, sagte er und schlang seine Arme um sie. »Alles gut? Bist du nicht zu müde für die Ausstellung?«

»Alles bestens. Überhaupt nicht. Ich freue mich darauf. Bei so etwas war ich noch nie. Ich fürchte nur, ich werde lauter dummes Zeug über die Kunst deiner Freundin sagen, weil ich wirklich keine Ahnung davon habe«, erklärte sie.

»Mach dir keine Sorgen. Davon muss man keine Ahnung haben. Entweder es gefällt dir oder eben nicht«, versuchte er sie zu beruhigen.

»Verdammt ...!«, rief sie aus, als die Stahltür hinter ihr ins Schloss fiel.

Er sah sie erstaunt an.

»Ich habe meine Handtasche drinnen vergessen.«

»Dann hol sie schnell.«

»Ach, durch diese Tür komme ich nur mit meiner Personalkarte. Und die ist in meiner Tasche. Ich muss sie scannen, sonst lässt sich die Tür nicht öffnen. Nur von innen geht sie auf. Mist, jetzt müssen wir den ganzen Weg zum Patienteneingang herumgehen, um sie zu holen«, erklärte sie genervt.

»Ich fahre dich näher ran. Dann hüpfst du nur raus. Ich warte im Wagen, okay?«

»Okay«, nickte sie und bemerkte erst jetzt den Verband an seiner rechten Hand. »Hey, was ist denn da passiert?« Besorgt deutete sie darauf.

»Beim Boxtraining«, erklärte er leichthin. »Kommt schon mal vor.«

»Tragt ihr keine Boxhandschuhe?« Verwundert sah sie ihn an.

»Nicht immer«, antwortete er ausweichend und nahm sie bei der Hand, um sich auf den Weg zu machen und dieser unangenehmen Situation zu entfliehen.

»Soll ich es mir ansehen?«

»Nein, schon gut. Ist nur das Übliche. Ein bisschen geprellt und geplatzt.«

»Geplatzt?«, entfuhr es ihr erschrocken.

»Ehrlich. Nicht so schlimm. Komm.« Er berührte sie sanft am Ellbogen. Ihm wurde jetzt übel bei dem Gedanken, dass er sie gerade völlig bewusst angelogen hatte. In diesem Moment erkannte er, dass es falsch war. Natürlich hätte er es ihr sagen müssen, so wie Steve es ihm drängend geraten hatte. Aber nun war es zu spät dafür. Er konnte nur hoffen, dass diese Geschichte ihm nicht noch um die Ohren fliegen würde.

Während der Fahrt sah Jenna entspannt aus dem Fenster und genoss die Landschaft, die an ihnen vorüberzog. Plötzlich entdeckte sie etwas, das ihre Aufmerksamkeit erregte. »Nick, kannst du da vorne mal anhalten? Da, bei dem Kornfeld?«

Erstaunt sah er kurz zu ihr hinüber, tat es dann aber, ohne weiter zu fragen. Jenna öffnete die Tür, stieg aus dem Wagen und ging einige Schritte auf das Feld zu. Verwundert folgte Nick ihr.

»Ich liebe Kornfelder. Ihre Weite, die beinah goldene Farbe. Und sieh mal.« Sie zeigte mit dem Finger in Richtung eines Baumes, der im Feld stand. »Wie ungewöhnlich, findest du nicht? Ein Baum, mitten in einem Feld. So etwas habe ich noch nie gesehen. Irgendetwas Leuchtendes scheint an seinen Ästen zu hängen. Komm.« Seine Hand ergreifend, zog Jenna Nick mit sich, bis sie mitten im Feld vor einem kleinen, dürren Baum standen. Seine Blätter hatte er fast alle verloren, sah verdorrt aus und fast schon zerstört. Wie gebannt starrte Jenna ihn an, bevor sie sagte: »Jemand glaubt noch an diesen Baum. Dass er es schafft, im Frühling wieder zu blühen. Deshalb die Laternen.« Eine Gänsehaut legte sich über ihren Körper.

Nick sah sie an und lächelte.

»Es ist wie bei uns«, fuhr sie leise fort. »Ich war das Zerstörte und du das Licht, das mir Mut gemacht hat.« Sie ging ganz nah an Nick heran und schmiegte sich an ihn. Doch während er sie gerührt in die Arme nahm, wurde ihm ernüchternd klar, dass es genau umgekehrt war: Er war das Zerstörte. Und Jenna war das Licht.

Angespannt betrat Nick mit Jenna an seiner Seite den Raum. Er fragte sich, ob seine Freunde und Jenna einander mögen würden. Falls nicht, würde das Komplikationen mit sich bringen, denn Stella und Steve ersetzten die Familie, die er seit Jahren nicht mehr hatte.

Von der anderen Seite des Raumes entdeckte Stella die beiden und schlängelte sich umständlich durch die Gäste, um zu ihnen zu gelangen. Lächelnd stellte sie sich vor, umarmte erst Jenna und dann Nick. Sie hatte den ganzen Abend alle Hände voll zu tun, ihre Gäste zu begrüßen, doch Steve gesellte sich zu ihnen. »Hallo. Du bist also Jenna?«

»Hallo, ja. Steve?«, fragte sie.

»Jepp!« Er bedeutete den beiden, ein wenig mit ihm durch die Räume zu schlendern. Sie unterhielten sich über ihre Arbeit und Stellas Bilder, die Jenna wirklich gefielen, und sie bemerkte, dass die Leinwände in Nicks Wohnung, die ein wenig Wärme in seine Räume brachten, aus Stellas Pinsel stammten.

»Neulich hat Nick mir das Leben gerettet«, begann Steve. Genervt verdrehte Nick die Augen. »Jetzt lass diese alte

Geschichte doch gut sein«, forderte er. Aber Steve ließ sich nicht davon abhalten, sie zum Besten zu geben. Mit dramatischen Worten schilderte er den Unfall.

»So gefährlich kann Surfen sein?« Mit großen Augen sah Jenna ihn an. »Ich weiß nicht, ob ich diese Sportart jetzt noch so toll finde, wie sie aussieht.«

»Normalerweise ist Surfen überhaupt nicht gefährlich«, wiegelte Nick ab und sah Steve vorwurfsvoll an, während er hinter Jennas Rücken ironisch einen Daumen nach oben hielt.

»Nein, nein. Normalerweise ist es wirklich kein bisschen gefährlich. Wir hatten die Wetterwarnungen ignoriert. Die Wellen waren deshalb gigantisch und na ja …« Steve zuckte mit den Schultern.

»Ihr habt die Wetterwarnungen ignoriert?« Ungläubig sah Jenna die Männer an.

»Das war ziemlich dumm von uns«, erklärte Nick.

»Definitiv«, schüttelte sie missbilligend den Kopf. Als sie ihren Blick kurz abwendete, um den Prosecco abzulehnen, den ein junger Kellner den Gästen auf einem Tablett servierte, ging Nick einen Schritt näher an Steve heran und flüsterte ihm ein »*Blödmann*« ins Ohr.

Zerknirscht zuckte dieser mit den Schultern.

»Aber das wird euch eine Lehre gewesen sein, vermute ich?«, griff Jenna das Thema wieder auf.

Nick starrte Steve, gespannt auf dessen Antwort, grinsend an.

»Daran werden wir sicher zurückdenken, … Aber jetzt kommt, sehen wir uns endlich die Bilder an«, versuchte er sich aus dem Gespräch zu winden und schob Jenna sanft in einen Gang zu ihrer rechten Seite.

Während sie ein paar Schritte vorausging, um eines der Kunstwerke intensiver zu betrachten, klopfte Nick Steve mit den Worten »Gut gemacht, Buddy!« auf die Schulter.

»Sorry. Ich dachte, ich sollte Jenna erklären, dass du ein verdammter Held bist.«

»Das weiß sie«, gab Nick grinsend zurück.

Steve lachte. Dann schlug er einen ernsten Ton an. »Sie ist toll. Ehrlich. Wahnsinnig hübsch und sehr nett. Wie besorgt sie war, als ich die Geschichte eben erzählt habe ... Sie mag dich, Nick. Versau es nicht.« Eindringlich sah er seinen Freund an. »Hast du ihr wegen Greg die Wahrheit gesagt?«

»Nein, verdammt«, erklärte Nick zerknirscht.

»Das war echt bescheuert. Wenn sie das rausbekommt … «

»Ja, ich weiß. Aber jetzt kann ich es nicht mehr rückgängig machen.«

Stella hatte sich unbemerkt an Jennas Seite gestellt und betrachtete zusammen mit ihr das Bild, das auf goldfarbenem Samt platziert, in einer dämmerigen Beleuchtung, besonders gut zur Geltung kam. Die roten Mohnblumen standen im Gras, unter einem wolkenverhangenen Himmel, sie kämpften gegen den aufkommenden Wind, um ihre Köpfe stolz in der Höhe zu halten. Nicht alle schafften es und legten dadurch ein Zeugnis von der Kraft ab, die das bevorstehende Unwetter auf sie ausübte. Gefesselt dachte Jenna darüber nach, auf wie viele Menschen dieser Welt, diese Symbolik zutreffen würde. Wahrscheinlich auf jeden Einzelnen. Der Kampf des Lebens war manchmal schwer und man konnte in solchen Zeiten nur mühevoll mit erhobenem Kopf durch die Tage gehen, dann wieder legte sich der Sturm und die Sonne strahlte alles Schwere in den Hintergrund. Manche

Menschen waren stärker, trotzten dem Wind, andere ließen ihren Kopf sinken und verloren sich im Unwetter ihrer Sorgen, obwohl sie doch wussten, dass die Sonne nicht fern war.

Kurz dachte sie an den Baum im Kornfeld, der ähnliche Gefühle in ihr ausgelöst hatte und musste lächeln. Es schien ihr beinahe so, als würden diese Empfindungen heute in ihr lebendig, weil Nick hier war. Fasziniert blickte sie auf das Bild und fragte sich, ob Stella ihm überhaupt einen emotionalen Hintergrund geben wollte oder ob sie es einfach nur gezeichnet hatte, weil es schön anzusehen war.

Fast erschrak sie, als sie merkte, dass es Nicks Freundin war, die neben ihr stand. »Wie findest du es? Ganz ehrlich?«

»Das ist wunderschön und ich meine es ehrlich.« Sie fragte Stella nach der Symbolik des Bildes.

»Prägnant zusammengefasst soll es darstellen, dass auch in stürmischen Zeiten die Schönheit des Lebens immer da ist. Man muss nur die Augen öffnen und durchhalten.«

Jenna nickte. »Ja, so ungefähr ist es bei mir angekommen.«

»Ehrlich?« Erfreut sah Stella sie an und Jenna erklärte ihr ihre Gedanken dazu. »Wie hast du es genannt?«, fragte sie dann.

»Ich habe ihm keinen Namen gegeben. Alle Ideen, die ich hatte, waren irgendwie … na ja ... zu klein für das, was ich ausdrücken wollte. Hast du eine Idee?«

Jenna nickte. »Wenn es mein Bild wäre, käme nur ein Titel dafür infrage.«

Interessiert sah Stella sie an. »Und der wäre?«

»Hoffnung«. Eine Gänsehaut machte sich auf Stellas Armen breit.

»Ja. Das passt.«

»Hey, ihr beiden. Und, gefällt es dir?«, fragte Steve Jenna, nachdem er und Nick sich zu den Frauen gesellt hatten.

»Ja sehr. Dieses Bild ist fantastisch.«

Nick näherte sich Stella und flüsterte ihr ins Ohr:»Ist es schon verkauft?« Sie schüttelte, kaum merklich den Kopf.

»Ich will es.«

Stella nickte lächelnd und sagte dann: »Wir werden langsam schließen. Es ist eine so laue Nacht. Wollen wir uns noch auf ein Bier in unseren Garten setzen?«

Nick sah Jenna fragend an. »Klar, gern.«

Die Kerzen, die Stella auf dem Gartentisch platziert hatte, verbreiteten Gemütlichkeit, die Gespräche, die sich harmonisch und flüssig gestalteten, echtes Interesse, einander kennenzulernen.

Jenna lauschte aufmerksam den Geschichten, die Stella und Steve erzählten. Weil Nick darin vorkam. Er hatte bisher so wenig von sich preisgegeben und war ihr dadurch immer noch ein wenig fremd geblieben.

Doch dieser Abend erzählte von einem Nick, der acht Jahre alt war, Architekt eines Baumhauses, Eiskugel-Schleck-Weltmeister, Surflehrer, Lebensretter, Rekordhalter im Weitspucken, Regenwurmsammler, Mädchenschwarm, Fair-Player, Streber, disziplinierter Sportler und Science-Fiction-Fan.

Erstaunt sah Jenna ihn immer wieder an. Lernte heute so viele neue Seiten von ihm kennen. Sie lachten viel, denn Steve hatte eine witzige Art, Geschichten zu erzählen. Nick war ruhig, aber er schien sich wohlzufühlen und suchte Jennas Nähe, nahm immer wieder ihre Hand in seine, streichelte ihr eine Strähne aus dem Gesicht, strich zärtlich über ihren Oberschenkel.

»… und dann haben wir den Bogen auch immer mal wieder richtig überspannt. Weißt du noch, als es wöchentlich Hausarrest bei uns hagelte? Wir haben uns eine Zeit lang nachts aus dem Haus geschlichen, um die Kreaturen der Nacht zu jagen«, lachte Steve. Nick grinste etwas verlegen.

»… und es kam, wie es kommen musste. Unsere Eltern sind irgendwann misstrauisch geworden, nachdem wir in der Schule ab und zu ein Schläfchen halten mussten, um die verpasste Nachtruhe nachzuholen. Die Lehrer haben sich über uns beschwert. Jedenfalls wurden wir eines Nachts von unseren Vätern auf frischer Tat ertappt, als wir uns gerade rausschleichen wollten. Sie haben sich auf die Lauer gelegt. Wir hatten keine Chance. Abgehalten von unserer Mission hat uns das aber nicht. Unsere Dads haben zwar alles verriegelt, aber Daniel hatte Erbarmen mit uns und hat Nick rausgelassen. Und Nick hat es irgendwie geschafft, mich rauszuholen. Auf jeden Fall haben wir weiterhin versucht, die Welt von den Kreaturen der Nacht zu befreien«, klopfte Steve Nick anerkennend auf die Schulter, so, als ob sie der Menschheit tatsächlich zum Überleben verholfen hätten.

Nick erinnerte sich an die Spannung und daran, wie stark sie sich gefühlt hatten, bei ihren imaginären Kämpfen gegen Monster und Gespenster. Und noch ein Bild schob sich ihm vor sein Auge: Daniel, der Partei für ihn ergriffen hatte. Der zu ihm kam und ihm ins Ohr flüsterte: »*Komm, ich lass dich raus. Aber lasst euch nicht erwischen.*« Das hatte er oft getan. Nick wartete schon auf ihn. In seinem Bett, angestrengt, nicht einzuschlafen und die Worte herbeisehnend: *»Komm, ich lass dich raus.«*

»Und diese fiesen DeLucas. Wie die uns verdroschen haben«, erzählte Steve weiter. »Da haben wir unser Fett aber mal so richtig wegbekommen. Wir haben ihnen immer ihre Äpfel aus dem Garten geklaut und sie Elaine gebracht. Sie backt einen wahnsinnig leckeren Obstkuchen. Elaine haben wir natürlich gesagt, wir hätten sie von einem wild wachsenden Apfelbaum. Und dann haben uns die Jungs des Hauses einmal aufgelauert und in den Schwitzkasten genommen. Nur hatten sie uns von da ab so richtig auf dem Kicker. Wir hatten ganz schön Schiss, weißt du noch?«

Nick lachte zustimmend.

»Sie haben uns aufgelauert und ganz schön verdroschen. Unseren Eltern konnten wir nichts davon erzählen. Wenn sie erfahren hätten, dass wir Äpfel klauten … Dann lieber verdroschen werden.« Steve und Nick sahen sich grinsend an.

»Und wie seid ihr sie losgeworden?«, fragte Jenna neugierig.

»Daniel hat sie sich gepackt. Wir waren keine Petzen und haben auch ihm nichts von den DeLucas erzählt. Irgendwie hatten wir die Dresche ja auch verdient. Aber Daniel hat gemerkt, dass irgendwas nicht stimmt, und ist uns einmal unbemerkt gefolgt. Und dann haben die DeLucas Dresche von ihm bekommen.« Steve boxte eine Faust in seine Handfläche und lachte schadenfroh auf. »Weißt du noch?« Er sah Nick an, der verhalten lächelte.

»Aber jetzt genug von den alten Geschichten.« Nick erhob sich abrupt. Jenna hatte bemerkt, wie er unruhig auf seinem Stuhl wurde, als Steve Daniel erwähnte, und das Thema zu wechseln versuchte, eine andere Geschichte anstimmen wollte. Offensichtlich hatten die Brüder einmal ein innigeres Verhältnis zueinander gehabt, als es jetzt war. Es brachte Jenna ins Grübeln. Was mochte zwischen Nick und Daniel vorgefallen sein, dass es zu solch einem harten Bruch gekommen war?

Spät in der Nacht, nachdem sie sich von Stella und Steve verabschiedet hatten, kamen sie bei Nick an. »Du bleibst doch, oder?«, fragte er hoffnungsvoll. Sie nickte lächelnd.

Die Müdigkeit hielt sie nicht davon ab, miteinander zu schlafen und noch ein wenig zu reden. Dazwischen schlummerten sie immer wieder ein.

»Deine Freunde sind toll«, sagte Jenna irgendwann. Sie lag in seinem Arm und streichelte zärtlich über seine Brust.

»Dasselbe haben sie auch über dich gesagt.« Nick drückte ihr einen Kuss aufs Haar.

Als Jenna tief eingeschlafen war, sah er sich noch einmal Stellas Nachricht an, die vorhin bei ihm eingegangen war.

»Ich habe es doch gesagt. Sie ist es. Die eine.«

Kapitel 30

Jenna und Rose saßen im Krankenhaus-Café und aßen ihre Pasta. »Und mit Benjamin läuft es immer noch gut?«, fragte Jenna.

Rose nickte strahlend. »Unfassbar gut. Ich hätte nie gedacht, dass es so etwas für mich noch geben würde. Jemanden so zu lieben und sich gleichzeitig seiner Liebe so sicher zu sein.«

»Das hört sich traumhaft an«, lächelte Jenna, während sie die Hand ihrer Freundin nahm und zustimmend drückte. »Ich freue mich so für dich.«

»Und du? Wie läuft es mit Nick?« Jenna erkannte Besorgnis in Roses Gesicht aufblitzen, die jedoch gleich wieder durch ein Lächeln vertrieben wurde. Trotzdem hatte Jenna sie bemerkt. Das Lächeln glich dem ihres Vaters, als er Nick bei ihr angetroffen hatte. Etwas aufgesetzt und verschleiert durch einen Hauch Skepsis.

In Jenna kam das Gefühl hoch, Nick beschützen zu wollen. Vor dieser subtilen Warnung, die ihr Umfeld auf so undurchsichtige Weise von sich gab und die ein schales Gefühl in ihr hinterließ.

»Er ist toll. Ich glaube, ich verliebe mich gerade«, erklärte sie.

»Aber du lässt es langsam angehen?«

»Ich weiß nicht, ob ich das kann. Wieso fragst du?«

»Nur, weil du mir vor ein paar Wochen erklärt hast, dass du noch nicht soweit bist, dich auf jemanden einzulassen und jetzt …« Rose zuckte mit den Schultern.

»Hmhh … na ja, das dachte ich auch, aber es hat mich erwischt. Einfach aus dem Nichts«, erklärte Jenna mit einem Strahlen im Gesicht, das sich auch durch Roses Einwand nicht vertreiben ließ.

»Okay …« Rose zog das Wort in die Länge, um ihrer Besorgnis Ausdruck zu verleihen. »Es ist nur … Jenna, du hast gerade eine schwierige Zeit hinter dir. Ich dachte immer, Nick Pole würde sich nie binden. Eigentlich dachte das jeder.«

»Vielleicht war für ihn noch nicht die Richtige dabei.« Jenna merkte selbst, wie kindisch das klang. »Ich meine damit nicht, dass ich diejenige bin, aber … ach, ich weiß nicht. Es fühlt sich alles so gut und richtig an«, redete sie weiter, doch je mehr sie sagte, desto lächerlicher fühlte sie sich. Sie wollte Rose klar machen, dass der gläserne Schuh, den Nick zu vergeben hatte, vielleicht genau ihr passte.

»Das ist gut, Jenna. Genauso sollte es sich anfühlen. Und wenn es das tut, hast du allen Grund, glücklich zu sein.«

»Danke.« Jenna lächelte gequält und schob sich eine Gabel Pasta in den Mund.

»Nein, Jenna, ehrlich. Man merkt es doch selbst am besten. Wenn man das Gefühl hat, dass alles stimmt, keine Geheimnisse zwischen euch stehen, ihr euch einfach alles anvertrauen könnt, ist es einen Versuch wert.«

Jenna nickte verhalten. Dachte an Nicks ausweichende Art, wann immer sie ihm eine Frage stellte, die er nicht beantworten wollte. Wie er in diesen Situationen das Zimmer verließ, ein anderes Thema anschlug. Nein. Dieses Zeichen hatte er nicht gesetzt. Ein unangenehmer Schmerz bohrte sich in ihr Herz und setzte einen kleinen Samen mit dem Namen Zweifel hinein.

»Und wann lerne ich ihn kennen?«

»Ich frage ihn. Vielleicht gehen wir Mittagessen?«, schlug Jenna vor. »Mit Benjamin zusammen?«

»Klar. Das wird toll.« Rose hob grinsend einen Daumen nach oben.

Als sie fertig gegessen hatten, verabschiedeten sie sich voneinander und gingen auf ihre Stationen. In Jennas Kopf drehte sich ein Gedankenkarussell, das sie unruhig machte. Am liebsten hätte sie Nick angerufen, um durch das Telefon eine Bestätigung seiner Zuneigung zu bekommen, die sie in diesem Moment so dringend brauchte. Roses Worte hatten sie durcheinandergebracht. Sie fühlte, dass Nick sie mochte, vielleicht sogar verliebt in sie war, aber sie vermisste die Sicherheit, von der Rose gesprochen hatte.

»Hey Jenna, kommst du bitte kurz in mein Büro? Ich muss zwei Akten wegen der Monatsabrechnung mit dir durchgehen«, riss Daniels Stimme sie abrupt aus ihren Gedanken.

»Daniel. Hast du mich erschreckt«, fuhr sie herum und legte sich eine Hand auf ihr Herz.

»Entschuldige. Ich dachte, du hast mich bemerkt.«

»Schon gut. Ich hätte gleich einen Moment Zeit?«

In seinem Büro angekommen, gingen sie die Unterlagen durch. Als sie fertig waren, sah Daniel plötzlich auf und betrachtete Jenna nachdenklich. »Hab ich das vor ein paar Tagen richtig gesehen, dass du und Nick zusammen das Krankenhaus verlassen habt?«

Jenna war einen Moment lang irritiert über die Frage. Dann antwortete sie: »Das hast du richtig gesehen, ja.«

Und da war er wieder. Dieser besorgte Blick. Wut machte sich in Jenna breit. »Was?«, fragte sie gereizt. Es fing an, sie zu nerven, dass alle das Feuer auf Nick eröffneten.

Beschwichtigend hob Daniel die Hände. »Gar nichts. Ich hatte nur gehofft, mich getäuscht zu haben. Läuft da etwas zwischen euch?«, fragte er geradeheraus.

Verwundert sah sie ihn an. »Das geht dich nichts an, Daniel.«

»Da hast du recht. Nur bist du eine meiner besten Ärzte und auch so etwas wie eine Freundin. Deshalb… Jenna ...«, fuhr er eindringlich fort, »… hast du in den letzten Monaten nicht schon genug durchgemacht?«

Verblüfft entfuhr ihr ein hartes Lachen. »Das war gerade ziemlich fies, was du da angedeutet hast, Daniel.«

»Ich meine es nicht böse. Aber Nick wird dich nicht glücklich machen.«

»Weißt du, Daniel, ich habe keine Ahnung, was zwischen dir und deinem Bruder vorgefallen ist. Wenn Nick so weit ist, wird er es mir vielleicht erzählen. Und dann möchte ich seine Version hören und nicht deine. Aber so viel kann ich dir verraten: Nick hat noch kein schlechtes Wort über dich verloren, so wie du gerade über ihn. Und das finde ich ziemlich fair.« Sie sah ihm herausfordernd ins Gesicht und merkte, wie sein Blick sanfter wurde.

»Ist okay, Jenna. Du bist erwachsen und es ist deine Sache. Ich wollte nur helfen.«

Er widmete sich wieder seinen Akten. Als er merkte, dass Jenna ihn weiterhin anstarrte, hob er verwundert den Kopf. »Du kannst gehen. Wir sind hier fertig.«

Kapitel 31

Das Haus am See, in das Nick Jenna eingeladen hatte, war aus dunklem Holz gebaut. Eine leicht erhobene Terrasse, die sich einmal rund um das komplette Häuschen schlang, setzte sich in einem sanften Beige harmonisch von der dunklen Fassade ab.

Es lag am Rande eines kleinen Waldes und machte fast den Anschein, weder Strom noch fließendes Wasser zu haben, weil es sich so harmonisch in die Natur einfügte.

Umso überraschter war Jenna, als Nick sie ins Innere führte. Es war zwar kleiner, doch seine Einrichtung erinnerte sie an ein gemütliches und dennoch elegantes Chalet. Sie staunte, weil es so anders war als Nicks Zuhause in Manhattan. Weniger kühl und geradlinig. Die Möbel waren mit gemütlichen Decken und Kissen in fröhlichen Rot- und Grüntönen bedeckt. Das dunkle Holz zog sich auch im Inneren durch alle Räume und verbreitete eine Wärme, die Jenna auf der Stelle tief durchatmen ließ und ihre Seele mit einem Glücksgefühl flutete. Sofort als sie über die Türschwelle trat, fiel jeglicher Stress, der sich in den letzten Tagen wegen der Anfeindungen gegen Nick aufgebaut hatte, von ihr ab. Zwei Nächte und ein ganzer Tag lagen vor ihnen. Eine Zeit, in der es keine besorgten Gesichter und gemeine Anspielungen geben würde.

»Wirst du dich hier wohlfühlen können?«, fragte er.

»Das tue ich schon«, lächelte sie. »Komm, zeig mir die obere Etage.« Sie griff nach seiner Hand und ging neugierig zur Treppe.

Das Schlafzimmer hatte einen Kamin, genau wie das Wohnzimmer. Jenna musste grinsen, als sie an die Liebesfilme dachte, die sie sich als Teenager mit ihrer Mutter und Keira angesehen hatte. Nie fehlte darin die wärmende Feuerstelle mit dem dazugehörigen weißen Fell davor, auf dem die Liebenden sich umarmt und geküsst hatten, bevor die Kamera verheißungsvoll ins Leere schwenkte, um gleich darauf die nächste Szene einzublenden.

Dann entdeckte sie es. »Nick ...« Gerührt sah sie ihn an. Das Bild mit den Mohnblumen von Stellas Ausstellung zierte eine der Wände. »Hast du es wegen mir gekauft?«

Er nickte. »Ja, ich habe ein wenig von dem Gespräch mitbekommen. Wie du und Stella es beschrieben habt. Du hast recht, irgendwie strahlt es eine Kraft aus, die an das Gute im Leben erinnert«, erklärte er. »Und es erinnert mich an dich, wenn du nicht da bist.« Sie sah ihn zärtlich an. »Was sich ziemlich gut anfühlt«, fuhr er etwas verlegen fort.

Langsam ging sie auf ihn zu und umarmte ihn, legte ihren Kopf an seinen Hals. Dann flüsterte sie: »Eigentlich will ich in letzter Zeit nirgendwo anders mehr sein als bei dir.«

Er schloss die Augen und hatte das Gefühl, ihre Worte nicht nur zu hören, sondern auch zu fühlen. Eine Gänsehaut machte sich auf seinem Körper breit und er begann zu frösteln, obwohl eine wohlige Wärme sein Inneres durchfuhr.

Wieder bemerkte er, wie glücklich ihn allein ihre Anwesenheit machte. Wie alles andere in den Hintergrund rückte und an Wichtigkeit verlor. Er hatte sich Gedanken darüber gemacht, was sie hier würden unternehmen können. Jetzt wurde ihm klar, dass es nur darum ging, mit ihr zusammen zu sein.

Sie sah ihn erstaunt an, als hätte sie seine Gedanken gelesen. »Was passiert hier mit uns?«, fragte sie leise. Der Versuch, ihn anzulächeln scheiterte. Zu mächtig war das Gefühl, das Jenna gerade überfiel.

Erstaunt erkannte Nick in ihrer Stimme, dass auch sie Angst hatte. Natürlich. Er dachte darüber nach, welche Erfahrungen ihr in den letzten Monaten widerfahren waren. Seine Gefühle jemandem anzuvertrauen bedeutete, sich verletzlich zu machen. Das wusste Nick, war er diesem Risiko doch bisher ganz bewusst aus dem Weg gegangen. Sie würden sehr vorsichtig miteinander umgehen müssen.

»Darf ich mich überall umsehen? Oder ist irgendein Zimmer tabu? Irgendwelche Geheimnisse?« Lächelnd sah sie ihn an und vertrieb damit Nicks Gedanken.

»Nein. Keine Geheimnisse«, antwortete er, während er in seinem Kopf den Satz beendete, indem er ihm lautlos ein *»nicht hier jedenfalls«* zufügte.

Jenna löste sich sanft aus seinem Arm und ging zur nächsten Tür, hinter der sich ein Badezimmer befand. Dann, ganz am Ende, fand sie eine kleine Kammer, die einige Essensvorräte enthielt. Nudeln, Fertigsoßen, Reis, Wein, Cracker. Den Kühlschrank in der Ecke hätte sie beinahe übersehen. Auch in ihm fand sie einige Lebensmittel vor. Frisches Gemüse, Butter, Joghurt, einige Flaschen Bier. Er hatte sich die Mühe gemacht, alles vorzubereiten, damit sie ihren Ausflug unbeschwert verbringen konnten. Jenna war beeindruckt. Sie ließ ihren Blick weiter umherschweifen und bemerkte in der Ecke der Kammer eine Angelausrüstung.

»Du angelst auch?«

Nick schüttelte den Kopf. »Nein, schon lange nicht mehr.«

»Aber du kannst es?«

Er nickte.

»Komm, fangen wir unser Abendessen heute selbst«, schlug sie begeistert vor, während sie sich wieder an ihn schmiegte.

Von diesem Blickwinkel aus konnte sie nicht sehen, wie er leicht den Kopf schüttelte. Doch sie merkte an der Stille, dass er nicht begeistert von der Idee war. »Wir müssen aber nicht, es war …«

»Nein, nein …« Nick küsste sie auf die Stirn. »Das ist eine tolle Idee. Ich habe nur schon sehr lange keine Angel mehr in der Hand gehabt.«

»Ach, so schwer kann das doch nicht sein. Wenn wir nichts fangen, können wir immer noch irgendwas aus dem Kühlschrank essen.«

»Klar«, sagte er und drehte Jenna in seinem Arm herum, sodass sie mit dem Rücken an seiner Brust lehnte. Er schob sie sanft ein paar Schritte näher ans Fenster. »Schau, die Insel im See. Siehst du das kleine Café darauf?«

»Ja.« Sie hatte es sofort bei ihrer Ankunft bemerkt. Ein weißes Häuschen, über und über mit bunten Lampions behangen.

»Weißt du, wie schön es ist, wenn die Dämmerung hereinbricht und die Lichter angehen?«, fragte er.

»Ich kann es mir ein bisschen vorstellen.«

»Wenn das passiert, sollten wir auf dem See sein, mit einem guten Blick auf die Insel. Es wirkt, als wäre man in einem Science-Fiction-Film, in dem plötzlich ein Ufo vor einem auftaucht.«

»Das hört sich für mich Furcht einflößend an.« Jenna lachte. »Aber ich weiß ja von Steve, dass du Science-Fiction magst, deshalb muss es für dich fantastisch sein.«

Er grinste breit. »Okay … dann beschreibe ich es anders. Vielleicht …« Er dachte nach. »Du sitzt also mit einer Frau, in die du dich gerade verliebst, in einem Boot.« Jenna sah ihn zärtlich an. Verliebt. Er hatte verliebt gesagt. Sie spürte plötzlich

Hunderte von wild tanzenden Schmetterlingen in ihrem Bauch. »Es wird langsam dunkel und vielleicht sogar ein wenig unheimlich«, fuhr Nick fort. »Auf diesen Moment hast du dich schon den ganzen Tag gefreut, denn jetzt schmiegt sie sich ängstlich in deine Arme. Heldenhaft umschließt du sie, was in ihr das Gefühl auslöst, vor allen Gefahren in Sicherheit zu sein. Aber es wird immer dunkler. Sie möchte zurück, doch du bittest sie, noch ein wenig zu warten und die Wasseroberfläche, die glatt und ruhig in einem zarten Silberschimmer vor euch liegt, geduldig zu betrachten. Sie tut es, aber die Sache wird ihr immer unheimlicher. Und da passiert es endlich. Plötzlich erstrahlt alles um euch herum. Von einer Sekunde zur anderen. Es wirkt, als würde der See von unten herauf leuchten. Als hätte jemand tief in der Wasserwelt das Licht angemacht. Dieses Bild ist so zauberhaft, dass sie erst nach ein paar Sekunden nach oben sieht und erkennt, dass vor ihr ein Häuschen liegt, das in seiner glitzernden Verkleidung aussieht wie …« Jenna hing an seinen Lippen. Wie konnte Nick nur solche Worte finden?

»… aussieht, wie …«, überlegte er fieberhaft, bis ihm endlich nur ein passendes Wort dazu einfiel: »… ein Ufo.«

Jenna prustete lauthals los. Er hatte sie gerade von einer Liebesgeschichte in eine Alien-Story geschleudert.

»Wie kannst du nur aus dieser wahnsinnig romantischen Geschichte eine Science-Fiction Story machen?« Sie konnte nicht aufhören zu lachen.

Er zuckte grinsend mit den Schultern. »Auch Science-Fiction kann romantisch sein.«

»Oh ja. Von jetzt an sind es Ufos für mich auf jeden Fall«, kicherte sie immer noch.

»Also fahren wir raus, um unser Abendessen zu fangen, und danach ...«

»... sehen wir uns ein Ufo an«, sagte sie zärtlich.

Bevor sie die Koffer auspackten, ließ Jenna sich auf das Bett plumpsen und merkte, dass die Matratze viel zu hart für sie war. »Puh, ich werde heute auf dir schlafen müssen. Ganz schön hart, die Dinger«, erklärte sie grinsend.

»Klar. Ich könnte jetzt schon ein kleines Nickerchen vertragen. Und du?«, fragte er, in der Hoffnung, dass sie ihre Ankündigung ernst gemeint hatte. Zumindest ein wenig. Er würde sie jetzt wirklich sehr gerne auf sich spüren.

»Ja, ich merke gerade, wie mich die Müdigkeit überfällt.« Sie sahen sich lächelnd an und Nick legte sich zu ihr. Dann begann er, sie zu küssen. Sie schliefen miteinander und vergaßen dabei alles, was noch vor ein paar Stunden wichtig gewesen war. Es fiel ihnen schwer, sich voneinander zu lösen, doch langsam machte sich ein Hungergefühl in ihnen breit.

Mit der Angelausrüstung machten sie sich auf den Weg zu Nicks Boot. Es war schön, hier zusammen ganz still zu sitzen und zu warten. Mit einer Tasse Kaffee in den Händen sahen sie auf den See, dann blickten sie sich wieder in die Augen und genossen die Zeit, die nur ihnen gehörte.

»Darf man denn reden beim Angeln?«, flüsterte Jenna.

Nick lachte. »Ja sicher. Nur nicht schreien. Das würde sie vielleicht vertreiben.«

»Ah, okay. So was hab ich schon mal gehört«, erklärte sie. »Hast du als Kind geangelt?«

»Ja, aber nicht oft.«

»Mit deinem Dad?«

Er nickte.

»Und Daniel?«

»Auch, ja«, erklärte er knapp.

»Warum hast du dir die Angel gekauft, wenn du sie nicht nutzt? Wolltest du wieder anfangen?«

»Nein, sie war ein Geschenk. Ich habe eigentlich kein Interesse mehr daran.« Jenna merkte, wie er unruhig auf seinem Sitz hin und her rutschte.

»Ein Geschenk? Von deinem Dad?«

»Genau.«

»Und seid ihr denn dann auch mal rausgefahren, zum Angeln?«

»Nein.«

Jenna wurde bewusst, dass dies kein Thema war, das Nick näher erläutern wollte. Sie dachte an Rose und die Sache mit den Geheimnissen. Und irgendetwas in ihr wurde plötzlich wütend. Sie konnte nicht genau sagen, was den Antrieb dafür gab, aber sie wollte jetzt nicht aufhören zu bohren.

»Warum denn nicht?«

»Wir haben keinen Kontakt. Das habe ich ja schon erzählt«, antwortete Nick weiterhin knapp.

»So, wie mit Daniel. Was ist denn zwischen euch passiert?« Sie beobachtete ihn genau, während er nach einer Antwort suchte und erkannte, wie seine Halsmuskeln sich anspannten.

»Ich habe einfach keine guten Erinnerungen daran.« Er deutete mit dem Kopf auf die Angel.

»Ist damals etwas passiert?« Jenna suchte seinen Blick, doch er machte sich an der Angelausrüstung zu schaffen, um sie nicht ansehen zu müssen.

»Als mein Dad wieder zurück zu Elaine gegangen ist, haben wir dieses Angelding angefangen. Daniel, er und ich. Nur war ich ziemlich oft raus, weil ich ja die meiste Zeit bei meiner Mutter gelebt habe. Eigentlich wäre ich lieber bei meinem Vater geblieben. Und Daniel und Elaine. Aber das ging nicht und na ja, es kam mir irgendwann wie eine Farce vor. Die Sache mit dem Angeln, die eigentlich nur Dads und Daniels Ding war.«

Jenna nickte verständnisvoll. So viel hatte Nick noch nie von seiner Familie erzählt.

»Und deine Mutter? Hättest du sie einfach allein lassen können, um bei deinem Dad zu leben?«

»Ohne mit der Wimper zu zucken.« Ein bitterer Zug legte sich um Nicks Mund.

»Das klingt ziemlich hart.«

Nick schüttelte den Kopf. Er sah auf den See. Als Jenna begriff, dass er zu diesem Thema nichts mehr sagen würde, wagte sie noch einen Vorstoß.

»Daniel hat mich vor dir gewarnt.«

Er lachte hart auf. »Und trotzdem bist du hier?«

»Ich habe ihm gesagt, euer Problem geht mich nichts an.«

»Das ist auch so«, erklärte er knapp und sah weiter stur auf den See.

Gekränkt über seine letzten Worte, zog sie sich innerlich zurück und schwieg. Nick merkte, dass er eben zu weit gegangen war. Andererseits empfand er Jennas Fragen wie eine Folter und wollte am liebsten aus dem Boot heraus. Er wollte diese verdammte Angelausrüstung loswerden und für einen Moment alleine sein. Doch als er sie ansah, wie sie mit ineinander verschränkten Armen dasaß und den Blick gekränkt von ihm abwendete, wurde ihm schwer ums Herz. Das Letzte, was er wollte, war Jenna zu verletzen.

Er streichelte vorsichtig ihre Wange. »Sorry. Daniel hat damals nicht verstanden, dass ich bei Dad und Elaine und auch bei ihm sein wollte. Ich habe wohl ziemlich viel Theater darum gemacht. Ich war einfach ein nerviger, kleiner Bruder. Irgendwie haben wir uns dann immer weiter voneinander entfernt.«

Sie sah ihn besänftigt an. »Aber ihr hattet doch einmal ein inniges Verhältnis. Nach dem, was Steve erzählt hat …«

»Wir hatten unsere Momente.« Er lächelte gequält. »Komm, lass uns zurückfahren. Ich glaube, heute beißt keiner mehr an«, erklärte er. Der abrupte Themenwechsel machte Jenna klar, dass Nick nichts mehr zu Daniel sagen würde.

Seine Reaktion eben und auch Daniels Warnung vor ein paar Tagen ließen sie jedoch vermuten, dass der Bruch zwischen ihnen sich nicht so harmlos gestaltet hatte, wie Nick es erklärte.

In der Hütte angekommen, kochte Nick ein Hähnchencurry, während Jenna unter die Dusche sprang. Das Essen verlief harmonisch. Sie mieden das Thema um Nicks Familie und waren schon bald wieder in bester Stimmung, obwohl in Jenna immer wieder ein trauriges Gefühl hochkam, das sie aber gleich wieder zur Seite schob. Sie wollte dieses Wochenende nicht wegen ihrer Unstimmigkeit auf dem See verderben.

Nach dem Essen gingen sie zurück zum Boot, um noch einmal aufs Wasser zu rudern. Jenna würde gleich, zum ersten Mal in ihrem Leben, ein Ufo sehen. Die Dämmerung brach bereits herein. Es hätte alles so zauberhaft sein können, doch sie saßen still und ein wenig bedrückt beieinander und fanden kein Gesprächsthema. Die Atmosphäre des heutigen Nachmittages schien sich erneut in dem kleinen Boot breitzumachen.

Nick wollte das Eis brechen, wusste aber nicht, wie er das anstellen sollte. »Ist alles wieder okay? Ich habe dich vorhin ziemlich angefahren. Das Thema ist ziemlich emotional für mich und ich würde am liebsten gar nicht darüber sprechen.« Er sah sie entschuldigend an. »Verzeih mir.«

Sie lächelte und Nick merkte, dass es gut gewesen war, sich noch einmal zu entschuldigen. Denn ihr Lächeln erreichte nun auch Jennas Augen. Er atmete erleichtert auf. »Komm«, sagte er und breitete seine Arme aus, in die Jenna sich sofort hineinsinken ließ. Ihr Rücken lehnte an seiner Brust und ein Gefühl von endloser Geborgenheit machte sich in beiden breit. Gebannt sahen sie auf das Wasser, das fast bewegungslos schien.

Und da war es plötzlich. Das Leuchten. Nick hatte recht gehabt: Es schien, als käme es aus der Tiefe selbst. Jennas Augen füllten sich vor Ergriffenheit mit Tränen. »Jetzt sieh auf die Insel«, flüsterte Nick.

Jenna hob den Kopf und sah es. Erkannte, was er gemeint hatte. Es war überirdisch schön. Das Café, so voller bunter, warmer Lichter, dass man kein Haus mehr darunter erkennen konnte, sondern nur noch ein geheimnisvolles, magisches Flimmern.

Sie verstand jetzt, wie Nick darauf kam, es mit einem Ufo zu vergleichen, und musste lächeln, während sie sich noch näher an ihn schmiegte. »Danke«, flüsterte sie. »Es ist genauso zauberhaft, wie du es beschrieben hast. Ich habe es mir nicht vorstellen können, aber jetzt … Ich bin sprachlos. So viel Schönheit. Und dass ich diesen Zauber mit dir erleben kann, macht mich unheimlich glücklich.«

Ein wohliger Schauer erfasste Nicks Körper. Jennas Worte fuhren ihm ins Herz, in seine Seele. So tief und schön. So wärmend, wie ihn noch nie in seinem Leben etwas berührt hatte.

Lange betrachteten sie die Lichter, schwiegen dabei und wärmten sich gegenseitig mit ihrer Zuneigung.

Sehr viel später, als sie langsam zu frösteln begannen, entschieden sie sich, noch einen Spaziergang am Seeufer entlang zu machen. Der Abend war kühl und kündigte die bevorstehenden Wintermonate an. Eng umschlungen schlenderten sie nebeneinander her. Nick merkte, dass Jenna zitterte, und legte ihr seine Jacke um die Schultern.

»Nein, jetzt hast du nur noch dein T-Shirt an. Du wirst dich erkälten«, protestierte sie.

»Ich erkälte mich nicht so schnell«, schüttelte er den Kopf.

Jenna sah ihn skeptisch an. Dann fiel ihr Blick auf eine Feuerstelle, nicht weit von ihnen. Einige Menschen standen um sie herum. Manche tanzten zur Musik, die ein CD-Player von sich gab.

»Sollen wir uns ein bisschen am Feuer aufwärmen und dann nach Hause gehen und den Kamin anheizen?«, fragte sie und deutete mit ihrem Kopf in die Richtung der Menschen.

»Ja, gute Idee«, stimmte Nick zu.

Es waren Teenager, die eine Party feierten und gut gelaunt auf Jenna und Nick zukamen. Sie boten ihnen nicht nur ein warmes Plätzchen, sondern auch zwei Flaschen Bier und ihre Gesellschaft an.

»Wie lange seid ihr schon zusammen?«, fragte ein Mädchen mit einem Rock, der so kurz war, dass er kaum ihren Hintern bedeckte.

»Wahrscheinlich schon länger, als du auf der Welt bist«, grölte ein Junge hinter ihr. Jenna und Nick schmunzelten. »Sehen wir so alt aus?«, flüsterte sie ihm verstohlen zu.

»Du auf keinen Fall«, gab er grinsend zurück.

»Wie alt bist du denn?«, fragte Nick das Mädchen.

»Fünfzehn.«

»Nein«, sagte Jenna schnell, bevor Nick ihr zuvorkommen konnte. »Fünfzehn Jahre sind es noch nicht ganz. Ich glaube, nächsten Monat werden es zwölf?« Sie zwinkerte Nick zu, doch er schüttelte den Kopf. Enttäuscht, weil er den Spaß nicht verstanden hatte, sah sie ihn an.

»Es werden nächsten Monat bereits dreizehn.«

Erstaunt lachte sie auf. »Na klar. Du hast recht. Dreizehn Jahre.«

»Wow. Und ihr seid immer noch so verliebt.« Das Mädchen warf einen Blick zu dem Jungen neben sich, der verlegen grinste. »Schaffen wir auch, hmh?«, fragte er dann, was die Kleine zum Strahlen brachte.

»Und, habt ihr auch Kinder?« Wollte der Junge wissen.

»Ja. Zwei.«, sagte Jenna. »Jonah ist acht. Er ist ein unglaublich lieber Junge. Und er sieht aus wie sein Vater. Dieselben abstehenden Ohren.« Lachend zog sie an einem von Nicks Ohrläppchen, der Jenna überrascht ansah. Dann begann er zu grinsen, als er bemerkte, wie die Kids auf seine Ohren starrten und kicherten.

»Und ein kleines Mädchen haben wir auch noch. Sarah ist ihr Name. Sie ist fünf, so frech wie ihre Mutter und genauso wunderschön. Und natürlich völlig vernarrt in ihren Dad«, erklärte Nick und sah Jenna zärtlich an. »Ja, Sarah«, lächelte sie.

»Sie hat Gott sei Dank nicht meine Ohren, aber dafür diese Goldsternchen in den Augen von ihrer Mom abbekommen.«

Die Teenager sahen sich verheißungsvoll an und schmiegten sich noch näher aneinander.

»Wir sollten gehen?«, flüsterte Nick Jenna ins Ohr. »Ja«, flüsterte sie grinsend.

»Danke für das Bier. Wir brechen dann mal auf«, erklärte Nick. Aber die Teenager hatte bereits das Interesse an ihnen verloren und knutschten jetzt wild miteinander herum, ohne die Verabschiedung zu erwidern.

In dem Häuschen angekommen, heizte Nick als Erstes den Kamin an. Sie schlüpften aus ihrer klammen Kleidung und kuschelten sich, völlig ausgekühlt, zusammen ins Bett.

»Also abstehende Ohren, hmh?«, fragte Nick in einem gespielt beleidigten Ton.

Jenna sah ihn mit hochgezogenen Augenbrauen an.

»Sag bloß, das hast du noch nicht gewusst.« Sie hielt sich kichernd eine Hand vor den Mund.

»Weil ich keine habe.«

Jennas Lachen wurde lauter. »Das ist nicht dein Ernst! Du hast ungefähr achtzehn Spiegel in deinem Haus in Manhattan. Dein Badezimmer hat sogar ein Muster aus Spiegelfliesen. Und du hast noch nie deine abstehenden Ohren in einem davon bemerkt?«

»Ah, jetzt bin ich also nicht nur hässlich, sondern auch noch eitel?«, fragte er grinsend.

»Ich habe nicht hässlich gesagt. Nein …eigentlich bist du sogar, warte … wenn ich die Ohren mit meinen Händen abdecke ...« Sie kniff ein Auge zusammen und hielt jeweils eine Hand mit der Fläche nach außen vor Nicks Ohren. » … bist du sogar … wow … richtig heiß«, flüsterte sie in einem gespielt lasziven Ton.

»Das hört sich doch schon besser an.« Er schob Jennas Shirt nach oben. Küsste zärtlich ihren Bauch. Dann rutschte sie zu ihm nach unten, um seine Lippen auf ihren zu spüren.

Nachdem sie miteinander geschlafen hatten, erwartete Nick eine weitere traumlose Nacht. Erholt und glücklich wachte er vor

Jenna auf und bereitete ein Frühstück zu, das er ihr ans Bett brachte.

»Du bist fantastisch«, sagte sie, noch ganz verschlafen, und setzte sich auf. In diesem Moment, der Jenna so echt zeigte, noch so frei von den Eindrücken des Tages, spürte Nick, dass Stella recht hatte. Auch wenn er bisher nicht an diesen Unsinn geglaubt hatte, sein Gefühl war ganz klar und er konnte ihm nicht mehr ausweichen: Jenna war es. Die eine.

Nach dem Frühstück, das sich durch eine ausgiebige Nachspeise bis in die Mittagszeit hineingezogen hatte, packten sie wehmütig die Koffer. Beide wären gerne noch geblieben. Am liebsten einen ganzen Monat lang. Doch Jenna hatte heute die Nachtschicht im Holy und Nick musste für morgen noch zwei Fälle durchgehen. Bevor sie zurück nach Hause fuhren, tranken sie noch einen Kaffee im Ufo, wie Jenna das mit Lampions behangene Café auf der Insel des Sees zärtlich nannte. Dort und auf dem Heimweg sprachen sie kaum miteinander. Ein trauriges Gefühl machte sich in beiden breit. Vielleicht war es die Aussicht darauf, dass sie sich zu Hause nicht mehr so nah sein konnten wie hier. Vielleicht war es aber auch eine Vorahnung auf die kommenden Ereignisse.

Kapitel 32

Das E-Mail-Fach quoll über, die beiden Fälle bedurften mehr Vorbereitung, als Nick angenommen hatte, und sein Handy kündigte durch einen Ton an, dass eine neue Nachricht eingegangen war. Nick seufzte und wünschte sich zurück an den See und zu Jenna. Zuerst checkte er die SMS, in der Hoffnung, sie käme von ihr. Doch als er den Namen der Absenderin las, seufzte er ein weiteres Mal. Sie war von Nancy. Er war sowieso schon verwundert darüber gewesen, dass sie sich so lange zurückgezogen hatte. Beinahe war in ihm schon die Hoffnung aufgekeimt, sie hätte verstanden, dass es zwischen ihnen endgültig vorbei war.

Er öffnete die Nachricht: »Hey Nick. Wie läuft es so bei dir? Ich glaube, wir haben da noch etwas zu besprechen? Heute oder morgen Abendessen im Blueberry?«

Nick entschied sich, ihr gleich zu antworten. Die Vorstellung, sich noch einmal mit Nancy zu treffen, weckte ungute Gefühle in ihm. Jetzt, wo er wusste, wie es sich anfühlte, verliebt zu sein, konnte er nicht mehr nachvollziehen, warum er sich jahrelang mit so viel weniger zufriedengegeben hatte. Wahrscheinlich hatte er durch seine unverbindliche Art viele Frauen verletzt. Zwar hatte er immer fair gespielt, ihnen von Anfang an gesagt, dass er sich nicht binden wollte, aber wenn sie sich trotzdem in ihn verliebt hatten, so wie er in Jenna … Er schüttelte bedauernd den Kopf. Dann schrieb er:

»Hallo Nancy. Mir geht es gut. Ich muss dir mitteilen, dass ich mich verliebt habe. Es tut mir leid, wenn ich dich dadurch kränke, aber solche Dinge passieren. Offensichtlich sogar mir. Ich hoffe sehr, dass es dir gut geht, und wünsche dir nur das Beste. Nick.«

Erleichterung machte sich beim Absenden der Nachricht in ihm breit und er begann damit, seine E-Mails zu bearbeiten. Später würde er mit Jenna, ihrer besten Freundin und deren Freund zu Mittag essen.

Nach ein paar Stunden bemerkte er verwundert, dass Nancy ihm nicht mehr geantwortet hatte. Er hätte sie anders eingeschätzt, rechnete mit weiteren Diskussionen. Aber eigentlich war doch alles geklärt und er gab sich dem erlösenden Gefühl hin, dass dies nun auch bei Nancy angekommen war.

Kurz vor Mittag fuhr er seinen Laptop herunter und machte sich auf den Weg ins Candy´s.

Jenna und Rose saßen bereits tuschelnd an einem Tisch und wärmten sich die Hände an ihren Tassen. Ein lautes Lachen klang auf dem Weg zu ihnen an Nicks Ohr und er erkannte, dass Jenna es von sich gegeben hatte. Sein Brustkorb wurde von einem warmen Gefühl durchflutet. Ein Lächeln umspielte seinen Mund, in der Vorfreude, in wenigen Sekunden Jennas Blick auf sich zu spüren. In diesem Moment drehte sie ihren Kopf herum und bemerkte ihn. Ihr Lächeln wurde breiter und sie erhob sich, um ihn mit einem Kuss zu begrüßen.

»Das ist Rose«, erklärte sie dann.

Nick reichte Jennas Freundin lächelnd die Hand. »Hallo Rose.«

»Hallo Nick«

»Jennas beste Freundin. Schön, dass wir uns kennenlernen.«

»Ja, das finde ich auch.« Sie lächelte und sah gleich darauf ungeduldig auf die Uhr. »Warten wir mit der Bestellung noch auf Benjamin? Er muss jeden Moment hier sein.«

»Klar«, antwortete Nick. »Wie läuft es heute im Holy?«

»Keine wirklichen Notfälle. Ich konnte in Ruhe meine Visite machen. Aber Rose hat im Moment viele Patienten auf der Intensivstation. Letzte Woche gab es einige Unfälle.«

Rose nickte. »Ja, manchmal ist es wie verhext. Eigentlich hat man keine Kapazitäten, um auch nur noch einen zusätzlichen Patienten unterzubringen, aber dann ergibt sich doch immer wieder eine Lösung.«

»Das erfordert sicherlich starke Nerven«, sagte Nick. Er musste sich zwingen, sie nach ihren Jobs zu fragen. Es war schon eine Ironie des Schicksals, dass ausgerechnet er sich in eine Ärztin verliebt hatte. Aber es war schließlich nicht so, dass Jenna ständig in einem weißen Kittel und einem Stethoskop um den Hals herumlief. Irgendwie konnte er sie sich in ihrem Job gar nicht richtig vorstellen.

Mit Ärzten hatte er so schlimme Erfahrungen gemacht, dass er sie eigentlich verabscheute. Doch ihm war klar, dass er über sich hinauswachsen würde müssen, denn Jenna war Chirurgin und das machte einen großen Teil ihrer Persönlichkeit aus.

»Ben!« Rose erhob sich und winkte ihrem Freund zu. »Da bist du ja.«

»Ich bin nicht eher weggekommen«, zuckte er entschuldigend mit den Schultern, als er vor Ihnen stand.

»Ben. Das ist Nick. Nick. Ben«, stellte Rose die Männer einander vor.

Nick erkannte ihn sofort, als er den Raum betreten hatte. Ben sah erst jetzt, wem er da die Hand reichen sollte. Er tat es widerwillig.

»Wir kennen uns«, erklärte er mit finsterem Blick.

»Hallo«, sagte Nick.

»Echt. Woher denn?«, fragte Jenna und sah Nick an, doch Ben kam ihm zuvor. »Das ist der Anwalt, der uns beinahe ruiniert hat.« Rose zog die Augenbrauen hoch.

»Mein Mandant hat gegen Bens Firma prozessiert«, erklärte Nick.

»Ja genau. Und durch Ihre Raffinesse, auf die Sie sicher sehr stolz sind, hätten wir beinahe unsere Firma verloren. Und damit sechzig Menschen ihren Arbeitsplatz.« Ben sah Nick herausfordernd an.

»Ich vertrete meine Mandanten. Der Richter spricht das Urteil. Es war ein fairer Prozess«, erwiderte Nick, obwohl er vermutete, dass er Benjamin dadurch noch mehr provozieren würde. Doch er hatte genug von diesem *»Böser-Anwalt-Image«*. Wenn die Leute ihren Kram nicht auf die Reihe bekamen, waren sie für gewöhnlich nie selbst schuld, wenn man sie deshalb zur Rechenschaft zog. Es waren dann immer die perfiden Anwälte, hinterlistigen Banker, das bösartige Finanzamt oder die korrupte Polizei. Dieser Kindergarten hing Nick wirklich zum Hals heraus.

»Ein fairer Prozess? Nur weil Sie ein Wunderknabe sind, der seine Paragrafen wie kein anderer herumjonglieren kann, hätten beinahe viele Menschen ihren Arbeitsplatz verloren. Väter, die Familien mit kleinen Kindern zu versorgen haben.«

»Ebenso wie Familien auf der Straße gelandet wären, weil der Bauträger den Termin für die Fertigstellung der Wohnanlage völlig unrealistisch angesetzt hat, nur um den Auftrag zu bekommen.« Nick zuckte mit den Schultern. Auch wenn Benjamin der Freund von Jennas bester Freundin war, hatte er Mist gebaut und seine Strafe dafür bekommen. Das Gespräch ließ Nick kalt. Das Gesetz war die Bühne, auf der er sich sicher fühlte.

»Ja klar, so einfach kann man es sich natürlich auch machen, wenn man das Menschliche einmal ausblendet.« Benjamin erhob sich wütend. »Entschuldigt.« Er sah Rose und Jenna an. »Aber mir ist der Appetit vergangen.« Mit seinem Sakko in der Hand machte er sich auf den Weg zum Ausgang. Rose lief ihm hinterher.

»Wow!« Erstaunt sah Jenna zu Nick. »Das lief ja nicht so gut.«

»Tut mir leid. Aber Benjamins Firma hat die Strafe verdient. Was sie nach sich zieht, liegt nicht an mir.«

Er klang so gleichgültig, dass Jenna ihn verwundert ansah. »Sicher. Nur … hast du gar kein Mitgefühl mit den Menschen, die du …« Jenna stockte.

»Fertig machst?«, beendete Nick ihren Satz.

»Gegen die du gewinnst«, verbesserte sie ihn vorsichtig. Sie spürte plötzlich dieselbe Härte an Nick, die er auch bei der Erwähnung Daniels oder seines Vaters an den Tag legte.

»Ich bin Anwalt, Jenna. Und zwar ein richtig guter. Mit meinem Job mache ich meistens eine von zwei Seiten traurig oder wütend. Das war mir klar, bevor ich mich für diesen Beruf entschieden habe. Ich bin kein Chirurg. Kein Gott in Weiß, der nur Gutes tut.«

Jenna schüttelte verwundert den Kopf. »So knallhart kannst du das trennen?«

»Sicher. Das Leben ist kein Märchen. Und Anwalt zu sein auch nicht.«

Sie biss sich auf die Unterlippe und sah nachdenklich aus dem Fenster. Still saßen sie eine Weile da. Dann nahm Nick seufzend ihre Hand. »Damit wollte ich nicht sagen, dass du naiv bist. Im Gegenteil, dein Job ist viel härter als meiner. Wahrscheinlich hast du viel mehr Mitgefühl als ich. Aber in meinen Fällen geht es nur um Geld«, erklärte er entschuldigend.

Zögernd schüttelte sie den Kopf. »Nein. Hast du nicht gehört, was Benjamin gesagt hat? Es geht auch um Leben.«

»Findest du, ich hätte den Fall verlieren sollen?«

»Nein. Natürlich nicht. Ich bin nur erschrocken. Du wirkst so hartherzig«, flüsterte sie.

Er beugte sich mit dem Kopf zu ihr und küsste sie auf die Stirn. »Jenna, wenn du mir heute ein Skalpell in die Hand gibst, mit dem ich einem Menschen einen Schnitt zufügen müsste, würde ich weiche Knie bekommen und vielleicht umkippen, vor lauter Mitgefühl. Aber du kannst das. Es ist Übung. Manche Dinge muss man auch wegschieben können, um sein Leben zu meistern. Um seine Sache gut zu machen.«

Nachdenklich sah sie ihn an. »Wahrscheinlich hast du recht. Es hat sich wohl alles gerade ein wenig hochgeschaukelt.« Sie streichelte versöhnlich seine Wange und küsste ihn.

»Jenna, ich gehe wieder zurück. Ich schaffe es nicht mehr, etwas zu essen.« Sie hatten gar nicht bemerkt, dass Rose zurückgekommen war. Jetzt stand sie vor dem Tisch und tippte auf die Uhr an ihrem Handgelenk.

»Oh Gott, schon so spät.« Jenna sprang auf, nachdem sie ebenfalls einen Blick auf die Uhr geworfen hatte. Das Mittagessen war anders verlaufen als geplant und über das ernste Gespräch hatten sie nicht bemerkt, wie schnell die Zeit verflogen war. »Ich muss auch los, Nick.«

Er erhob sich. »Ist okay. Ich habe auch genug Arbeit auf dem Schreibtisch liegen.« Mit einem Kuss verabschiedete er sich von Jenna und wandte sich dann an Rose: »Tut mir leid, dass unser Kennenlernen so unglücklich verlaufen ist. Ich hoffe, wir schaffen es einmal, in einer netteren Stimmung zusammenzukommen.« Rose nickte verhalten.

Die Frauen machten sich gemeinsam zurück auf den Weg ins Krankenhaus. »Hast du Benjamin wieder beruhigen können?«

Rose blieb stehen und sah ihre Freundin besorgt an. »Ja, das habe ich. Aber jetzt mache ich mir Sorgen um dich.«

»Ach. Das ist deren Angelegenheit. Lassen wir uns nicht dadurch verrückt machen.«

»Jenna, er hat wirklich nichts Gutes über Nick gesagt.«

Genervt sah Jenna ihre Freundin an. »Also raus damit. Was hat er denn gesagt?«, fragte sie gereizt.

Rose zögerte einen Moment. »Er hat gesagt, … dieser Typ ist ein Pitt Bull.«

Kapitel 33

Es war bereits der dritte Abend, an dem sich Greg mit seinem Wagen in der Nähe von Nicks Haus platzierte. Die Stelle war ideal. Er hatte die Einfahrt und die Haustür gut im Blick, war selbst aber durch die Büsche am Rande des Nachbargartens nicht zu sehen.

Die Demütigung, die Nick Pole ihm bei ihrer letzten Begegnung zugefügt hatte, schwelte in ihm wie glühende Kohle. Auch wenn der Nasenbeinbruch und die Prellungen langsam verheilten, sah er immer noch aus, als wäre eine Dampfwalze über sein Gesicht gerollt. Genau wie er, das schwor sich Greg, würde Nick auch bald aussehen. Er wartete nur auf die Gelegenheit, ihn in einem Überraschungsmoment zu überrumpeln und mit dem ersten Schlag derart außer Gefecht zu setzen, dass der Rest nur noch ein Kinderspiel sein würde. Der hübsche Staranwalt würde bald aussehen wie ein ausrangierter Boxer.

Vor einer Klage fürchtete Greg sich nicht. Nick würde sich nicht, ebenso wenig wie er selbst, vor Jenna und dem Rest der Stadt die Blöße geben zu erzählen, dass ein anderer ihn zu seinem Punching ball gemacht hatte.

Greg war klar, dass Nick ihm körperlich überlegen war, doch wenn er ihn mit einem glücklichen Schlag sofort in die Knie zwingen könnte, würde sein Plan aufgehen.

Hoffnungen, mit dieser Aktion Jenna zurückzuerobern, machte er sich für den Moment nicht. Seltsamerweise traf ihn ihr Verlust mehr, als er vermutet hatte. Aber er wollte nicht als der schlechteste Verlierer der Welt dastehen, also akzeptierte er ihre Abfuhr zähneknirschend und ließ Jenna in Ruhe. Vorerst. Nick

Pole würde irgendwann einen Fehler machen und dann würde er da sein, um Jenna zu trösten.

Doch jetzt ging es einfach nur darum, dem Anwalt eine Abreibung zu verpassen. Dafür würde er, wenn nötig, noch viele weitere Abende in seinem Wagen opfern.

Gelangweilt starrte er auf Nicks Haustür. Es war jetzt 23:30 Uhr. Um Mitternacht hatte er vor, die Nachtwache zu beenden. Unwahrscheinlich, dass sich Pole danach noch einmal aus dem Haus begeben würde.

Als er gerade nach unten sah, um einen neuen Radiosender auszuwählen, streifte ihn ein Lichtkegel. Blitzartig richtete er den Blick nach oben. Ein Auto fuhr in Nicks Einfahrt. Interessiert setzte er sich auf. Als sich die Wagentür öffnete und eine Frau, die ziemlich heiße Klamotten trug, ausstieg, starrte Greg gebannt auf die Szene. Vorsichtshalber zog er sein Handy aus der Tasche und machte ein Foto von der Lady. Er zoomte das Gesicht dabei nahe heran und drückte einige Male ab. Die Frau stakste aufreizend auf die Haustür zu und betätigte die Klingel. Als Nick die Tür öffnete und ein paar Worte mit der nächtlichen Besucherin wechselte, hatte Greg sofort ein verdammt gutes Gefühl. Er schoss ein Foto nach dem anderen. Dann kam ihm eine Idee. Schnell stieg er aus und pirschte sich näher heran. Die Büsche an der Einfahrt vor Nicks Haus machten es ihm nicht schwer, weiterhin gut in Deckung zu bleiben. Jetzt drückte er auf den Knopf für die Videoaufnahme. Das Gespräch der beiden war zwar nicht zu hören, doch man erkannte ihren superkurzen Minirock und ihre sexy High Heels gut darauf. Als Nick die Tür freigab und die Dame ins Haus ließ, entfuhr Greg ein leises »Jetzt hab ich dich, du Wichser«.

Aber die Nacht war für ihn noch nicht vorbei. Er fand, dass seine Fotostory erst erfolgreich beendet wäre, wenn er auch die Uhrzeit, zu der die Frau Nicks Haus wieder verlassen würde, auf dem Handy hatte. Sollte dies erst am nächsten Morgen geschehen, was er inständig hoffte, gab es keine Zweifel mehr. Dann konnte selbst der verliebteste Mensch der Welt keine andere Erklärung mehr finden als die einer heißen Nummer, die da drin offensichtlich gerade lief. Mann oh Mann. Nick Pole ließ sich tatsächlich eine Nutte nach Hause kommen.

Greg grinste boshaft in die Dunkelheit. Lautlos huschte er wieder zu seinem Wagen und machte es sich so gemütlich wie möglich. Einige Male nickte er ein, doch als er wieder erschrocken auffuhr, machte sich jedes Mal Erleichterung in ihm breit. Das Auto stand noch da. Um 06:44 verließ die Prostituierte endlich das Haus. Es war bereits hell und Greg machte ein weiteres Video von seinem Auto aus. Das Morgenlicht würde genug zeigen, um Jenna ihre rosarote Brille von der Nase zu reißen. Das hier war besser als jeder Fight. Er würde nicht mehr hierherkommen, um Nicks Knochen zu brechen. Er würde sich stattdessen sein Herz vornehmen.

Kapitel 34

»Guten Morgen, Stella.« Nick küsste seine Freundin auf die Wange und trat in die Wohnung.

»Steve ist noch unter der Dusche«, erklärte sie und deutete mit dem Kopf in Richtung Badezimmer. »Kaffee?«

Er nickte. »Tut mir leid, euch so früh zu stören, aber ich hatte heute Nacht ein Erlebnis der anderen Art und muss das einfach loswerden.«

»Hey Nick.« Steve kam in Boxershorts und T-Shirt aus dem Bad und fuhr sich mit einem Handtuch durch die verstrubbelten Haare. Stella stellte zwei Tassen Kaffee vor die Männer.

»Willst du was frühstücken?«, frage Steve ihn, während er sich weiter anzog.

»Nein, danke.«

»Also, schieß los. Was ist passiert?« Stella sah ihn besorgt an.

»Nancy ist heute Nacht bei mir aufgetaucht.«

Stella seufzte theatralisch, während Steve eine Augenbraue hochzog »… und wollte dich verführen?«

»Ja. Das auch. Sie hat gegen Mitternacht bei mir geklingelt, weil sie ihren Haustürschlüssel verloren hatte. Ihr fiel niemand sonst ein, zu dem sie konnte.«

Stella starrte ihn mit offenem Mund an. »Du hast sie doch nicht bei dir übernachten lassen?«

»Doch. Sie hat auf der Couch geschlafen. Hätte ich sie auf die Straße setzen sollen? Mitten in der Nacht?«

»Jaaa!!«, blaffte Stella ihn ungläubig an, während Steve gleichzeitig ein mildes »Natürlich nicht« entfuhr. Fassungslos sah Stella die Männer mit einem Gesichtsausdruck an, der beide als Idioten ausmachte.

»Ach, komm schon. Er kann sie doch nicht wegschicken. Wenn ihr dann was passiert wäre«, gab Steve zu bedenken.

»Ihr glaubt den Mist mit dem Schlüssel?«

Die Männer nickten zögerlich. Stella lachte laut auf.

»Also ich habe zwar kurz überlegt, ob Nancy die Geschichte nur als Vorwand genommen hat, um mich noch mal zu bezirzen«, gab Nick zerknirscht von sich »aber sie schien echt verzweifelt und … na ja.« Er zuckte mit den Schultern.

»Hat sie versucht, sich an dich ranzumachen?«, fragte Steve.

»Ja, schon. Sie hat sich nachts einfach zu mir ins Bett gelegt. Ich habe sie aber gleich wieder auf die Couch zurückgeschickt. Es ist nichts passiert, war allerdings ganz schön peinlich.«

»Womöglich hat Stella doch recht«, überlegte Steve.

»Hatte sie keine Kohle für ein Hotelzimmer? Was war mit ihren Paparazzi-Freunden?«, warf Stella hitzig ein. »Wie kann man nur so wenig Selbstachtung haben!«

»An ein Hotelzimmer habe ich gar nicht gedacht. Ihre Freunde waren angeblich nicht in der Stadt.«

»Boah!« Stella raufte sich die Haare. »Wenn Jenna das erfährt. Was meinst du, wird sie denken?«

Erschrocken sah Nick sie an. »Ich kann doch alles erklären. Es ist überhaupt nichts passiert.«

»Ja, dann sieh mal zu, dass du der Erste bist, der ihr davon erzählt und nicht etwa die *Manhattan IN Flagranti*«, beschwor sie ihn.

Die Männer sahen sich nachdenklich an. »Ist vielleicht was dran«, gab Steve zu bedenken.

»Okay. Das mache ich«, erklärte Nick besorgt.

»Jetzt trink deinen Kaffee und dann ruf sie an«, drängte Stella.

Nick schüttelte den Kopf. »Nein, sie hatte bis spät in die Nacht Dienst. Ich will sie nicht wecken. Das erledige ich gleich nachmittags.«

»Okay. Dann heute Nachmittag«, beschwor Stella ihn.

Kapitel 35

Greg war todmüde, aber die Vorfreude auf das, was gleich geschehen würde, machte ihn dermaßen ungeduldig, dass er sich entschloss, auf der Stelle zu Jenna zu fahren. Er konnte es kaum abwarten, ihren Gesichtsausdruck zu sehen, wenn er ihr die Fotos von Nicks Nuttenbesuch zeigen würde.

Greg war bewusst, dass er Jenna die Story unbedingt vor Nick erzählen musste. Alles, was dieser danach zu seiner Verteidigung vorbringen würde, wäre dann nur eine Reaktion auf seine Geschichte. Eine Entschuldigung, eine Verteidigung. Und so etwas sah nie besonders gut aus.

Er hatte sich in seinem Kopf alles zurechtgelegt. Wusste die Antworten auf alle Fragen, die eventuell von Jenna kommen würden.

Endlich vor ihrer Wohnanlage angekommen, drückte er auf die Klingel. Nach einigen Sekunden, in denen nichts geschah, drückte er ein weiteres Mal. Er kannte ihren Dienstplan nicht und hoffte, dass sie zu Hause war.

Nach ein paar Sekunden hörte er endlich das Summen der Türöffnung und trat erleichtert ein.

Vor Jennas Wohnungstür bemerkte er, dass der Türspion kurz einen Schatten warf. Sie hatte gerade gecheckt, wer draußen stand.

Völlig verschlafen öffnete sie und erschrak sofort, als sie Gregs Gesicht jetzt genau sah. »Oh Gott, was ist denn mit dir passiert?«

Er griff sich an seine Nase und sah verlegen auf den Boden. Dann blickte er ihr in die Augen. »Hallo Jenna. Es tut mir leid, dass ich dich geweckt habe, aber du musst unbedingt etwas erfahren. Ich mache mir große Sorgen um dich.«

Verwunderung lag in ihrem Blick. »Komm rein.« Sie öffnete die Tür jetzt ganz und trat einen Schritt zur Seite.

»Setz dich.« Greg nahm auf ihrer Couch Platz.

»Was ist denn passiert? Das sieht ja übel aus.« Sie kam näher und betrachtete seine Verletzung.

»Das ist jetzt nicht so wichtig.« Er bemühte sich, eine betroffene Stimme an den Tag zu legen.

»Raus mit der Sprache. Was ist los?« Jenna war über Gregs Erscheinen alarmiert und knetete nervös an ihren Händen herum.

Umständlich kramte er in seiner Hosentasche und zog sein Handy heraus. »Sieh es dir am besten selbst an. Das habe ich gestern Nacht aufgenommen. Uhrzeit und Datum stehen dabei.«

Schon erschienen die Fotos und die Videoaufnahmen. Konzentriert beobachtete Jenna das Display. »Noch mal, bitte«, sagte sie leise. Sie stand völlig neben sich. Nur langsam bahnte sich das soeben Gezeigte einen Weg in ihr Gehirn. Sie erkannte Nancy, die schon einmal im *Manhattan IN Flagranti* als Nicks Freundin abgelichtet war. Ihr Gesicht war gut zu erkennen. Ihre aufreizende Kleidung ebenso. Jenna wurde klar, dass Nancy gestern die Nacht bei Nick verbracht haben musste und erst morgens wieder gegangen war.

Tränen schossen ihr in die Augen. Von weit her hörte sie ein »Es tut mir leid« und bemerkte überrascht, dass Greg immer noch hier war. Wieso ging er nicht endlich, damit sie in Ruhe weinen konnte?

Fragend sah sie ihn an. »Wo hast du das her?«

»Ist das wirklich wichtig, Jenna?«

»Allerdings.«

»Ich war gerade vor seinem Haus, als die Frau ankam.«

»Warum?« Wut stieg in ihr hoch. Sie spürte, dass Gregs Besorgnis nur aufgesetzt war. Dass er das hier in Wahrheit genoss.

Langsam schüttelte er den Kopf. »Lassen wir das. Es reicht auch so schon.« Sie hätte ihm am liebsten mit der Faust auf seine gebrochene Nase geschlagen, so sehr widerte sie seine gespielt gequälte Miene an.

»Ich habe dich gefragt, warum?«, zischte sie bedrohlich.

»Das hier …«, er zeigte mit dem Zeigefinger auf sein Gesicht »… war Nick.«

Jenna lachte hart auf. Dann schüttelte sie den Kopf. »Warum hätte er das tun sollen?«

»Das musst du schon ihn fragen. Ich würde aber nicht davon ausgehen, dass er dir die Wahrheit sagt. Wahrscheinlich wollte er mich einschüchtern, damit ich aus deinem Leben verschwinde. Es nicht mehr wage, um dich zu kämpfen.«

»Niemals.« Jenna schüttelte wieder den Kopf. »Nick wusste, dass du keine Bedrohung für ihn bist.«

Autsch. Das hatte wehgetan. »Vielleicht war ihm dein Versprechen dazu nicht genug. Anwälte sind misstrauische Menschen. Hey, aber weißt du was? Frag ihn doch einfach. Wahrscheinlich wird er sagen, ich wäre bei ihm aufgetaucht und hätte ihn angegriffen. Nur war es in Wahrheit leider genau umgekehrt. Der Mistkerl ist eines Abends einfach wie aus dem Nichts bei mir erschienen und hat mich angefallen wie ein Pit Bull Terrier.« Er machte eine bedeutungsvolle Pause. »Ich war einfach wütend auf ihn, Jenna. Kannst du das verstehen? Also habe ich mich vor seinem Haus postiert und wollte ihm diese Sache hier ...«, wieder deutete er auf sein Gesicht, »… mit gleicher Münze heimzahlen. Ich hätte dir nie etwas davon erzählt.

Das war eine Sache zwischen Männern. Kindisch, ich weiß. Aber das hier …«, er hielt sein Handy in die Höhe, »… geht dich etwas an. Sehr viel sogar. Ich finde, du hast mit mir und Afghanistan schon genug durchgemacht. Ich möchte einfach, dass dir nichts Schlimmes widerfährt.«

Jenna hielt sich bei Gregs Worten eine Hand vor den Mund. Sie wollte nicht weinen. Nicht vor ihrem Ex-Verlobten. Aber die Tränen, die brennend aus ihrem Inneren aufstiegen, schienen sich einfach selbstständig zu machen und liefen ihr haltlos übers Gesicht.

»Ich muss dir nur noch etwas sagen. Es war auf den Fotos und dem Video nicht zu sehen, weil ich nicht schnell genug mit dem Handy war. Aber sie haben sich zur Begrüßung geküsst. Und es war kein freundschaftlicher Kuss. Das kannst du mir glauben.« Traurig sah Greg sie an. Doch in seinem Inneren jubelte er.

»Geh jetzt. Sofort«, forderte sie ihn auf. Ihr Ton war so bedrohlich, dass Greg sich auf der Stelle erhob. »Wenn du jemanden zum Reden brauchst, …«, hob er an, doch Jenna unterbrach ihn mit einem eisigen Blick. »Dann wirst du der Letzte sein, an den ich denke. Und jetzt verschwinde für immer aus meinem Leben. Ich will dich nie mehr wiedersehen.«

Er starrte sie einen Moment lang an. Wollte noch etwas sagen, doch Jenna machte ihm gerade ein bisschen Angst. Sie wirkte ein wenig durchgeknallt in ihrem Schmerz. Schnell ging er zur Tür. Jedes weitere Wort wäre an dieser Stelle verkehrt gewesen. Außerdem hatte er sein Ziel erreicht: Nick war gerade zu Boden gegangen. Und von diesem Schlag würde er sich nicht mehr erholen. Schließlich hatte Jenna genug schlechte Erfahrungen mit lügenden Männern gemacht.

Als er die Tür ins Schloss fallen ließ, grinste er zufrieden vor sich hin. Rache schmeckte tatsächlich süß.

Kapitel 36

Sie klopfte nur einmal kurz und kräftig an Daniels Tür, dann trat sie ein, ohne auf seine Aufforderung zu warten. Auf dem Weg ins Krankenhaus kamen ihr immer wieder die Tränen. Und immer wieder tauchte ein Wort in Jennas Gedanken auf. »*Pit Bull. Der Typ ist ein Pit Bull. Er ist auf mich losgegangen wie ein Pit Bull Terrier.*« Sie erinnerte sich jetzt an die Verletzungen an Nicks Händen, als sie zusammen Stellas Vernissage besucht hatten. Wahrscheinlich hatte er sie sich beim Angriff auf Greg zugezogen. Schon damals wurde sie also ganz abgebrüht von ihm belogen.

Erstaunt blickte Daniel sie aus seinem Bürostuhl an. »Was willst du denn hier? Solltest du nicht schlafen?« Er nahm seinen Kalender zur Hand, um nachzusehen, ob er etwas mit der Einteilung seines Personals durcheinandergebracht hatte. Erst als er wieder aufsah, bemerkte er Jennas verweintes Gesicht. Rasch erhob er sich und ging auf sie zu. »Was ist denn passiert?«

»Nick. Erzähl es mir«, flüsterte sie mit dünner Stimme.

Daniel stieß zornig die Luft aus. Er bemerkte, wie Wut in ihm aufstieg. »So schnell hat er es also geschafft, dich zu verletzen.« Besorgt sah er sie an. »Setz dich.«

Durch die Sprechanlage bat er seine Sekretärin darum, in der nächsten halben Stunde niemanden durchzustellen.

»Wo soll ich anfangen?« Nachdenklich strich Daniel sich über Stirn und Gesicht.

»Vielleicht beginne ich mit etwas Schönem. Der Tag, als ich ein großer Bruder wurde«, lächelte er gequält. »Mein Vater hatte während seiner ersten Ehe mit meiner Mutter eine Affäre. Eine frühere Liebe. Er war Vertreter für Elektrotechnik. Ist viel rumgefahren und irgendwann traf er dann seine erste Liebe, Meredith, wieder. Nicks Mom. Na ja, sie wurde schwanger und Dad hat sich daraufhin von meiner Mom getrennt. Das war eine harte Zeit für mich, obwohl ich oft bei meinem Vater und seiner neuen Frau zu Besuch war.

Dann kam mein kleiner Bruder auf die Welt. Nick. Ich war damals vier Jahre alt und wahnsinnig stolz. Immer wenn ich bei Dad war, zog ich ihn herum wie ein neugeborenes Kätzchen. Nicks Mutter hatte nichts dagegen. Sie war irgendwie immer mit sich selbst beschäftigt und ich glaube, sie war froh, dass sie das Baby mal für ein paar Stunden los war.

Irgendwann, ich glaube, Nick war drei und ich sieben, wollte mein Vater wieder zu uns zurück. Die Ehe mit Meredith funktionierte nicht. Sie war ein unausgeglichener Mensch. Hatte immer allerhand seltsame Ideen. Mal wollte sie in einem Wohnwagen leben, dann wieder Künstlerin werden. Solche Sachen eben. Aber sie hat nie etwas davon durchgezogen.

Es passte einfach nicht zwischen den beiden. Dad kam also wieder zurück zu uns. Meine Mutter ist ein sanftmütiger Mensch. Sie hat es meinem Vater verziehen, dass er sie betrogen und uns eine Zeit lang verlassen hat. Die beiden hatten und haben im Grunde eine wundervolle Beziehung. Sie sind sich in vielen Dingen so ähnlich, dass es manchmal sogar ein wenig langweilig erscheint. Vielleicht kann man den Ausrutscher meines Vaters damit erklären. Obwohl wir Nick natürlich nie als Ausrutscher gesehen haben. Aber plötzlich veränderte sich sein Leben. Jetzt war er es, der zu Gast bei seinem Vater und uns war.

In der ersten Zeit funktionierte es ganz gut. Doch je älter Nick wurde, desto eifersüchtiger und besitzergreifender schien er zu werden. Er inszenierte Dinge …« Daniel schüttelte fassungslos den Kopf. »Zuerst rief seine Mom alle paar Tage bei uns an, weil Nick sich wieder einmal verletzt hatte oder krank war. Er hatte dann Bauchweh oder bekam keine Luft. Ihm kamen diverse Ideen. Mein Dad und Nicks Mom trafen sich in diesen Tagen oft im Krankenhaus, weil seine Mutter so verzweifelt war und selbst nicht mehr einschätzen konnte, was echt war und was Nick nur vorspielte, damit Dad zu ihnen fuhr. Die Frau war völlig überfordert. Und Nick nutzte das aus, um immer wieder neue Aufmerksamkeit von unserer Seite zu bekommen. Er wollte bei uns leben. Nicht bei seiner Mutter. Darum bettelte er immer wieder. Doch es ging ja nicht, dass wir Meredith einfach ihr Kind wegnahmen, und auch Nick war zu klein, um ohne seine Mom aufzuwachsen. Also ließ er es krachen. Er ging irgendwann sogar so weit, sich den Arm zu brechen, das Handgelenk. Seine Mutter hat uns erzählt, dass er die Körperteile absichtlich beim Zuschlagen der Autotür dazwischen hielt, bis er endlich eine Fraktur vorweisen konnte und sie meinen Dad anrufen musste.

Weißt du, wie belastend es ist, einen Menschen mit einer psychischen Störung in der Familie zu haben?

Wir wussten nicht mehr weiter. Fast jedes Mal, wenn Dad und ich zum Angeln fahren wollten, kam ein Anruf von seiner Mom. Ich habe ihn manchmal so gehasst, obwohl ich ihn zuerst wirklich geliebt habe. Er war doch mein kleiner Bruder.

Dann rieten die Ärzte uns, eine harte Schiene zu fahren, weil er immer weiter ging. Er fing sogar an, seine Mutter zu beschuldigen. Er sagte, sie rühre ihm etwas ins Essen, damit er Bauchweh bekam. Verursachte seine Brüche, schnitt ihm ins Fleisch. Er versuchte mit allen Mitteln, das zu bekommen, was er wollte: bei uns zu sein. Also beherzigten wir den Rat, den Meredith von den Ärzten bekommen hatte, und ließen ihn seine

Fantasiegeschichten erzählen. Nur reagierten wir nicht mehr drauf. Wir distanzierten uns von ihm, damit er merkte, dass er durch seine Lügen nur das Gegenteil erreichte. Er stieß bei uns auf taube Ohren. Und tatsächlich hörte er irgendwann endlich auf zu lügen. Zu dieser Zeit hatte er unser Vertrauen leider schon aufs Gröbste missbraucht. Doch er gehörte zu unserer Familie und wir bemühten uns immer wieder um ihn. Besonders meine Mom entließ ihn nie aus ihrer Fürsorge. Das tut sie bis heute nicht.

Aber Nick hatte sich verändert. Jetzt manipulierte er nicht mehr durch Lügen, sondern durch Kälte, Desinteresse und Hartherzigkeit. Nur weil er nicht bekommen hatte, was er wollte, ließ er uns nicht mehr an sich heran, beantwortete keine Fragen, erzählte uns nichts mehr. Er behandelte uns wie Luft. Ausschließlich unsere Mom fand noch ein wenig Zugang zu ihm.

Der Höhepunkt dieses Dramas ereignete sich, als Nick zwölf oder dreizehn Jahre alt war. Er stieß seine Mutter die Treppe hinunter. Er hat nie erzählt warum, aber Meredith wollte ihn von da ab nicht mehr bei sich haben. Sie hatte Angst vor ihm. Verständlicherweise. Natürlich nahmen wir Nick bei uns auf. Einzig meine Mom freute sich bedingungslos über seine Anwesenheit. Dad und ich hatten große Bedenken, was auf uns zukommen würde, obwohl ich meinem Vater nichts davon erzählte, dass ich wusste, wer Meredith‘ Sturz verursacht hatte. Ich wollte ihn nicht beunruhigen. Und irgendwie wollte ich auch Nick nicht in Schwierigkeiten bringen. Ich weiß auch nicht … Es kam mir damals richtig vor, die Sache nicht aufzubauschen. Und tatsächlich schien Nick bei uns zur Ruhe zu kommen. Er hat Dad und mich zwar weiterhin behandelt wie Luft, was sehr verletzend war, aber er beruhigte sich.

Doch er war exzessiv in dem, was er tat. Er lernte und trainierte. Immer wenn er nicht mit Steve unterwegs war, tat er diese zwei Dinge. Lernen und trainieren.

Er wurde der beste Schüler an der ganzen Schule. Und er wurde stark. Körperlich. Irgendwie schien er unangreifbar. Fast schon Furcht erregend. Jeder hatte großen Respekt vor meinem kleinen Bruder.

Damals war er oft in üble Schlägereien verwickelt, denn man konnte ihn sehr leicht provozieren. Ein falsches Wort, ein falscher Blick und bäähhmmm.« Daniel schlug eine Faust in seine Hand. »In der Familie hat er sich zwar am Riemen gerissen, aber ich kannte den Kerl nicht mehr und wollte ihn auch gar nicht mehr so genau kennen. Als er ausgezogen ist, was sofort mit dem Eintritt in sein Arbeitsleben geschah, hörten weder mein Dad noch ich mehr etwas von ihm. Er rief nie an, nicht mal zu den Geburtstagen oder zu Weihnachten. Unser Dad ist tief verletzt darüber. Er hat so oft versucht, auf Nick zuzugehen. Hat ihm sogar einmal eine Angel zum Geburtstag geschickt. Es kam nichts zurück. Gar nichts. Es hat meinem Vater das Herz gebrochen.«

Daniel sah Jenna betroffen an. »In meinen Augen ist Nick ein Manipulator, gewalttätig, grausam und völlig hartherzig, wenn es um andere Menschen geht und darum, das, was er möchte, durchzusetzen. Vielleicht nicht bei dir, Jenna. Vielleicht gibst du ihm gerade etwas, das er brauchen kann. Aber wenn du es nicht mehr kannst, nimm deine Beine in die Hand und lauf weg. So schnell du kannst.«

Jenna sah Daniel an und sah gleichzeitig durch ihn hindurch. Von wem sprach er hier? Von Nick, der ihr zum ersten Mal in ihrem Leben ein Ufo gezeigt hatte, der sie aufgefangen hatte in ihrer Trauer, wie kein anderer dazu imstande war? Dessen Fürsorge so unerschöpflich schien, dass sie sich vollkommen geborgen und angekommen bei ihm fühlte. Der, wie ein kleiner Junge, Angst vor Spritzen hatte und für seinen Freund sein Leben riskierte. Der sie ansah, als wäre sie seine große Liebe?

Und doch hatte sie seine Narben gesehen. Überall an seinem Körper. Es deckte sich mit dem, was Daniel ihr gerade erzählt hatte. Sie spürte auch, dass er etwas vor ihr verbarg. Ging es dabei um Nancy, um Greg oder die schrecklichen Dinge, die sie hier gerade über ihn erfuhr?

Sie fühlte sich wie erstarrt. Alles ergab jetzt irgendwie einen Sinn. Daniels Erklärung fügte die losen Enden von Nicks ausweichendem Verhalten zusammen.

Langsam erhob sie sich von ihrem Stuhl. Sie hatte das Gefühl, keinen einzigen Schritt gehen zu können, so sehr schmerzte alles in ihr. »Ich kann heute nicht die Nachtschicht übernehmen, Daniel. Ich muss mir über einiges klar werden«, sagte sie dann mit zittriger Stimme.

»Okay. Ich teile Nora für dich ein. Du übernimmst dann übermorgen ihre Nachmittagsschicht.«

Jenna nickte. Dann verließ sie grußlos Daniels Büro. Sein »Was ist denn passiert?«, hörte sie nicht mehr.

Kapitel 37

Jenna war nach dem Gespräch mit Daniel nur kurz zurück nach Hause gefahren, um einige Sachen zu packen. Gleich wollte sie sich auf den Weg in ihr Elternhaus machen, um sich dort zu verkriechen. Zumindest wollte sie nicht mit Nick sprechen.

Als sie heute Mittag eine Nachricht von ihm erhalten hatte, hätte sie diese am liebsten ungelesen gelöscht. Dann übcrwand sie sich doch, sie zu öffnen. Nick fragte nach einer Verabredung für heute Nachmittag. Jenna zögerte mit der Antwort. Es war undenkbar für sie, ihn heute zu treffen. Eigentlich war ihr klar, dass sich an diesem Gefühl auch nichts mehr ändern würde. Die Sache mit Nick war vorbei. Er hatte sie hintergangen, angelogen und betrogen. Er hatte ihr Dinge verheimlicht, die wichtig für die Entscheidung waren, sich auf einen Menschen einzulassen oder es lieber nicht zu tun.

Die Enttäuschung darüber legte sich wie eine schwere Decke über ihren Körper. Sie wollte jetzt nur noch allein sein und die ganze Welt ausblenden. Nick wusste alles über sie. Wie schwer sie sich von der Enttäuschung von Greg und ihrem Trauma in Afghanistan erholt hatte. Sie verstand nicht, wie er so abgebrüht sein konnte, sie mit Nancy zu betrügen. Aber hatten sie nicht alle von Anfang an vor ihm gewarnt?

Jetzt kam sie sich dumm vor, nicht auf Rose oder Daniel gehört zu haben. Sie hatte Nick sogar vor ihnen in Schutz genommen.

Was Daniel ihr heute erzählt hatte, machte ihr Angst. Ein Manipulator, grausam, gefühllos, gewalttätig. Er hatte nicht nur Greg angegriffen, sondern sogar seine Mutter die Treppe hinuntergestoßen. Welches Monster schlummerte in dem Mann, in den sie geglaubt hatte, sich zu verlieben? Sie schlug die Hände vors Gesicht und rollte sich auf ihrem Bett zusammen wie ein Embryo. Als ihre Tränen versiegt waren, schrieb sie:

»Hallo Nick, ich brauche eine Pause von der Sache zwischen uns. Bitte schreib mir vorerst nicht mehr.« Sie hoffte inständig, dass er ihre Bitte akzeptieren würde und sie in Ruhe ließ.

Während der Fahrt hörte sie, dass eine neue Nachricht eingegangen war, und schielte aufs Display. Nick. Als sie an einer roten Ampel warten musste, nutzte sie die Gelegenheit, um die Nachricht ungelesen zu löschen.

Besorgt öffneten ihre Eltern die Tür.

»Jetzt schaut nicht so. Es ist nichts. Ich brauche nur ein bisschen Heimaturlaub. Der Job ist gerade echt stressig«, erklärte sie und rang sich ein müdes Lächeln ab.

»Ach so.« Erleichtert drückte ihre Mom sie an sich und ging dann wieder in die Küche, um die auf dem Herd köchelnde Marmelade in Gläser abzufüllen.

»Mit mir wirst du reden müssen«, flüsterte ihr Vater ihr ins Ohr. Erschöpft seufzte sie auf.

»Und zwar gleich.«

»Dad.« Sie verdrehte genervt die Augen. »Ich bin aus Manhattan geflohen, um nicht reden zu müssen.«

»Gehen wir rauf«, deutete ihr Vater mit dem Kopf zur Treppe.

Als sie in Jennas Zimmer waren, schloss er die Tür. »Also?«

Sie seufzte ein weiteres Mal gequält. »Was glaubst du denn?«

»Nick Pole?«, fragte er.

Sie nickte. »Ich hätte auf euch hören sollen. Rose und du und Daniel, ihr habt alle nichts davon gehalten.«

»Warum denkst du das?«, fragte er irritiert.

»Na, dein Gesichtsausdruck. Er war so besorgt, als du Nick damals bei mir angetroffen hast.«

»Aber doch nicht wegen ihm. Ich dachte, du würdest noch ein wenig Zeit brauchen, um dich wieder auf einen Mann einzulassen. Ich kenne Nick Pole doch gar nicht. Klar, er hat den Ruf eines knallharten Anwalts und ist vermutlich auch kein Frauenverächter gewesen. Aber er sieht gut aus, war Single. Warum sollte er sich nicht austoben? Solange Schluss damit ist, sobald die Richtige auf der Bühne erscheint.« Er lächelte Jenna an, hörte aber sofort wieder damit auf, als er die Tränen auf ihrem Gesicht sah.

»Das ist ja das Problem«, flüsterte sie weinend. »Es war nicht Schluss damit. Und ich war nicht die Richtige.«

Ihr Dad kam auf sie zu und nahm sie in den Arm. »Nein. Dann war er nicht der Richtige.« Verwundert schüttelte er den Kopf, während er Jenna tröstend übers Haar strich. Er hatte wirklich den Eindruck gehabt, dass Nick Pole bis über beide Ohren verliebt in seine Tochter war.

Kapitel 38

»Alles klar?« Steve klopfte Nick auf die Schulter. »Schlechten Tag gehabt? Siehst ganz schön mitgenommen aus.« Er setzte sich auf den Barhocker neben seinen Freund. Sie hatten sich im *Break* verabredet.

Plötzlich sah er Nick erschrocken an. »Hat dir Jenna den Kopf gewaschen, wegen Nancy?«

Nick schüttelte den Kopf. »Sie will mich nicht mehr sehen.«

Steve starrte ihn an. »Hat sie das gesagt?«

»Wortwörtlich.«

»Hat sie das von Nancy rausbekommen? Warum will sie dich denn nicht mehr sehen?«, fragte Steve besorgt.

Nick zuckte mit den Schultern. »Sie hat gesagt, sie braucht eine Pause. Und ich soll sie bitte vorerst in Ruhe lassen.«

»Oh Mann … das ist echt Mist«, murmelte Steve.

Eine Weile starrten die beiden vor sich hin.

»Warum denkst du, braucht sie eine Pause? Hat sie vielleicht doch was von Nancy rausbekommen?«

»Nein. Glaub ich nicht. Wie denn? Ich habe mir extra die *Manhattan IN Flagranti* gekauft, weil mich Stella mit ihrer Andeutung ganz verrückt gemacht hat.« Nick lachte gequält auf. »Da war nichts. Nancy hat ja erst gestern erfahren, dass ich mich verliebt habe. Wie sollte sie wissen, dass es um Jenna geht. Sie war bestimmt nicht bei ihr und hat geplaudert.«

»Was dann?«

Nick erzählte Steve, wie das Treffen mit Rose und Benjamin verlaufen war. »Vielleicht hat sie jetzt den Eindruck eines hartherzigen Mistkerls von mir. Ich weiß es wirklich nicht.«

»Ach komm. Jenna ist nicht blöd. Dich deshalb wegzukicken? War doch ein Job.«

»Ich verstehe es selbst nicht«, sagte Nick verzweifelt.

Sie saßen einen Moment still da, bevor Steve ein anderer Gedanke kam: »Vielleicht hat Daniel sie gedrängt, die Sache mit dir zu beenden.«

Nick schüttelte den Kopf. »Jenna lässt sich von Daniel nichts vorschreiben.«

»Nein, nein. Schon klar. Aber wenn er schlecht über dich geredet hat, reicht es allemal, um ihr Misstrauen zu wecken. Und … sorry, Buddy, aber du warst auch nicht immer ganz ehrlich. Die Sache mit Greg, was mit deiner Familie so los ist, und das mit deiner Mutter …«

»Ich habe sie nur einmal wegen Greg belogen. Alles andere habe ich einfach nur nicht erzählt«, verteidigte Nick sich, doch er merkte selbst, wie ausweichend seine Worte klangen.

»Sie wollte doch sicher mehr über dich erfahren. Wenn du deine Kindheit und deine Familie zum Geheimnis machst, ist es schnell vorbei mit einem echten Kennenlernen. Was hast du gemacht, als Fragen in diese Richtung kamen?«

»Ich bin ihr ausgewichen oder habe ihr gesagt, dass ich darüber nicht reden will.«

»Das klingt ziemlich geheimnisvoll. Geheimnisse sind Gift für eine Beziehung, Nick.« Steve sah ihn eindringlich an. »Aus Geheimnissen können sich in Jennas Kopf ziemlich fiese Geschichten über dich entwickeln.«

»Besser fiese Geschichten als die Wahrheit.« Nicks Herz begann zu rasen.

»So geht das nicht, verdammt noch mal.« Steve packte ihn an den Schultern. »Wenn du das wirklich versuchen willst, musst du ihr alles erzählen. Jenna ist verliebt. Dass sie sich zurückzieht, liegt bestimmt nicht an ihren Gefühlen für dich. Vielleicht misstraut sie dir. Vielleicht wegen Daniel, oder wegen diesem Benjamin. Keine Ahnung. Wenn du sie nicht verlieren willst, rede mit ihr! Aber Klartext!« Er sah Nick eindringlich an. »Alles klar?«

»Okay«, presste Nick heraus. »Ich hab nur keine Lust darauf, dass sie mich wegen dem, was mir passiert ist, für ein Opfer hält. Für beschädigte Ware.« Er merkte, wie sein Herz hart gegen seinen Brustkorb hämmerte und ihm der Schweiß ausbrach.

»Das wird sie schon nicht. Keiner würde das. Du warst ein Kind. Und deine Mutter war total durchgeknallt.«

Nick wurde übel. Er bekam nicht mehr genug Luft in seine Lunge und atmete jetzt schnell und flach. »Ich muss sofort raus«, presste er hervor, während er aufsprang.

Steve lief ihm hinterher, nachdem er einen Geldschein für ihre Getränke auf den Tresen gelegt hatte.

»Hey.« An die Wand gelehnt, tief atmend und mit geschlossenen Augen, entdeckte Steve seinen Freund vor dem Lokal. »Geht's wieder?«

»Ja, ist wieder okay«, flüsterte Nick angestrengt. »Sie sind wieder da.« Wochenlang hatte er keine Attacke mehr gehabt und jetzt überfiel sie ihn gleich in der Öffentlichkeit. In wachem Zustand.

»Scheiße, Nick. Rede mit ihr«, sagte Steve betroffen.

»Okay. Ich mach's ja«, presste Nick gequält hervor.

Kapitel 39

Nick lag auf seinem Bett und starrte an die Decke. Er hatte Jenna noch einmal geschrieben, nachdem sie ihn darum gebeten hatte, sie in Ruhe zu lassen. »Warum? Was ist los? Erklär es mir bitte. Wenigstens in einem kurzen Satz.« Doch sie hatte die Nachricht ignoriert.

Nach seinem Gespräch mit Steve wurde ihm klar, dass sein Freund recht hatte. Er hätte Jenna viel früher mehr über sich erzählen sollen. Dann hätten keine Freunde oder irgendwelche Missverständnisse so leicht einen Keil zwischen sie treiben können.

Davon erzählen … nur, wie fing man an, von etwas zu erzählen, das einem sofort die Luft zum Atmen abdrückte, wenn man nur daran dachte, geschweige denn davon sprach.

Er stand auf und holte den verdammten Brief, den ihm seine Mutter kurz vor ihrem Krebstod geschickt hatte. Vorsichtig, so als könnte plötzlich eine Giftschlange aus ihm herauszischen, faltete er ihn auseinander.

»Lieber Nick,

ich weiß, dass du es nicht leicht bei mir hattest, als dein Vater uns verließ. Du warst ein anstrengender Junge, sehr lebhaft und neugierig. Wild und unvorsichtig. Sensibel zwar, aber wild. Und ich war plötzlich eine alleinerziehende Mutter mit einem Kind, das den ganzen Tag etwas erleben wollte. Es war hart für mich.

Was ich dir angetan habe, ist eine Krankheit. Erst Jahre später habe ich in einer Fernsehdokumentation gesehen, dass es mehr Mütter mit diesem Krankheitsbild gibt. Man nennt es Münchhausen-Stellvertreter-Syndrom. Dieses Syndrom brach bei mir aus, als dein Vater uns verließ. Ich denke, ihm ist damals alles zu anstrengend geworden. Wie gesagt, du warst ein sehr lebhafter, kleiner Junge.

Ich hatte niemanden mehr, der mich jetzt noch unterstützte. Und so war es für mich wohl ein Rettungsanker, wenn wir im Krankenhaus untergebracht waren. Von der Fürsorge der Ärzte und Krankenschwestern umgeben. Es war ein Auftanken für mich, ein kleiner Urlaub und ich habe dort die Aufmerksamkeit und das Mitgefühl bekommen, das mir plötzlich von deinem Vater entzogen wurde.

Ich war einfach überfordert mit meinem Leben.

Jetzt, wo du weißt, dass eine Krankheit mich dazu getrieben hat, dir diese Dinge anzutun, wirst du mir vielleicht verzeihen können. Vielleicht können wir uns noch einmal sehen, bevor ich sterbe. Das würde mich sehr freuen.

Ich liebe dich. Deine Mom.«

Nick schüttelte fassungslos den Kopf. Wie konnte sie es damals nur wagen, ihn um ein Wiedersehen zu bitten? Natürlich war er nicht zu ihr gefahren. Wie harmlos ihre Worte klangen. Als wäre sie ihm nur versehentlich auf den Fuß gestiegen. Ups! Entschuldigung, Nick!

Er faltete den Brief zusammen. Er hatte ihn so lange nicht mehr in der Hand gehabt. Als er ihn vor acht Jahren bekommen hatte, widerte ihn der Inhalt an. Jetzt hatte er ihn zum zweiten Mal gelesen, aber das Gefühl war noch immer dasselbe. In diesem Brief ging es wieder fast ausschließlich um seine Mutter. Um ihre Gefühle, ihre Überforderung, ihre Belastung. Und seine Schuld. Wieder versuchte sie ihm, die Schuld für die Trennung zu geben. *»Ich denke, ihm ist alles zu anstrengend geworden. Du warst sehr lebhaft ...«* Doch was sie eigentlich damit sagen wollte, war:

» … und weil du so anstrengend warst, verließ uns dein Dad. Das führte zu meiner Überforderung, von der ich dringend Urlaub im Krankenhaus brauchte. Ist doch nur fair, dass ich dir dafür ein paar Knochen brechen musste, schließlich warst du schuld an unserem Unglück …«

Er spürte, dass Tränen der Wut in ihm aufstiegen. Aber er hatte sich das Weinen abgewöhnt. Mit acht Jahren war er endlich darauf gekommen: Wenn er schnell atmete, nach innen hyperventilierte, konnte er die Tränen nach innen leiten. Damals war das Gefühl, seine Tränen zu kontrollieren, ein unglaublicher Sieg gewesen. Er schwor sich von da ab, dass ihn niemals wieder jemand weinen sehen würde. Schon gar nicht seine Mutter.

Und so war er auf den Geschmack gekommen. Erst hatte er sich das Weinen abgewöhnt. Dann das Erzählen. Er hatte damit aufgehört, als ihm niemand glauben wollte, dass seine Mutter ihm wehtat. Es hatte ihn all seinen Mut gekostet, seinem Dad davon zu berichten, weil seine Mutter ihm gedroht hatte, dass dieser ihn dann nicht mehr zu sich holen würde. Sein Vater holte ihn trotzdem noch, aber er war von da ab gleichgültig und kalt zu ihm.

Dann gewöhnte er sich endlich diese lästige Angst ab. Er und Steve hatten lange überlegt, wie sie das schaffen könnten, bis es ihnen klar wurde. Sie mussten cleverer und stärker als die anderen sein. So begannen sie zu lernen und zu trainieren. Für Steve war es nur ein Spiel, aber Nick fühlte sich immer besser dadurch. Immer weniger ausgeliefert. Mit der Zeit wusste er mehr als alle anderen und war stärker als die meisten. Aber er war auch wütend. Damals begriff er nicht, woher diese alles verzehrende Wut kam. Heute war ihm natürlich bewusst, dass misshandelte Kinder wütend wurden und zu zornigen Erwachsenen heranwuchsen. In dieser Zeit durfte ihm niemand dumm kommen, sonst fackelte er nicht lange und schlug zu.

Irgendwann zwischen Trainieren und Lernen kam der Tag, an dem er sich auch die Angst vor seiner Mutter abgewöhnt hatte und sie die Treppe hinunterstieß. Als er sah, wie sie mit einer Spritze auf ihn zukam, die angeblich irgendwelche Vitamine enthielt, die er brauchte, weil er so oft krank war, sprang er auf und riss sie ihr aus der Hand. Dann zerrte er sie mit all seiner Kraft, multipliziert mit seinem Hass, zur Treppe und gab ihr einen kräftigen Stoß. So einfach war das.

Danach hatte sie begriffen, dass sie ihm nichts mehr würde antun können. Die Urlaube im Krankenhaus waren vorbei. Keine Ärzte mehr, die Nadeln in ihn stachen oder Schläuche in ihn schoben, weil er nicht mehr aufhören konnte, sich zu übergeben, keine Luft mehr bekam oder ein Schnitt genäht werden musste. Er durfte von da ab bei seinem Vater, Elaine und Daniel leben.

Über die Gründe des Unfalls verlor er kein Wort. Seine Mutter erklärte allen, sie sei gestolpert. Wahrscheinlich war ihr das Risiko zu groß, dass man durch Fragen herausfinden würde, warum er sie gestoßen hatte. Lediglich Daniel erfuhr davon, als er Steve und ihn einmal darüber sprechen hörte. Ein paar Tage später fragte sein Bruder ihn danach, doch Nick ließ ihn ein weiteres Mal einfach stehen, ohne seine Fragen zu beantworten. Erstaunlicherweise hatte Daniel ihrem Vater offensichtlich nichts davon erzählt. Jedenfalls fragte dieser nie danach. Sein Dad war nur verwundert darüber, dass seine Mutter nicht versuchte, Nick zurückzuholen, nachdem sie sich von dem zweifachen Oberschenkelhalsbruch erholt hatte. Dass sie im Gegenteil sogar keinerlei Interesse mehr an ihrem Sohn zeigte. Und so wurde endlich alles ruhig. Nick konnte bei seinem Dad und Elaine bleiben und war in Sicherheit.

Doch bis dahin war es ein weiter Weg gewesen, der ihn Jahre seiner Kindheit gekostet hatte.

Seine Mutter war äußerst kreativ gewesen, was ihre Foltermethoden anging. Er erinnerte sich zurück an den nagenden Hunger, weil er es nicht wagte, die von ihr zubereiteten Mahlzeiten zu essen. Nie konnte er sicher sein, dass sie ihnen nicht etwas beigefügt hatte, das Bauchkrämpfe oder Übelkeit in ihm auslösen würde.

Aber diese Schmerzen waren harmlos, im Vergleich zu den Behandlungen der Ärzte. Die bohrenden Blicke dieser Idioten waren das Schlimmste. Nein … eigentlich waren die besorgten Blicke seiner Mutter noch schlimmer, die falschen Tränen, als sie mit den Weißkitteln sprach und dabei so betrübt aussah, als wäre sie das Opfer.

Er bemühte sich, tief durchzuatmen. Versuchte, die aufkommende Attacke abzuwenden.

Seltsamerweise war es Elaine gewesen, die die erste seiner Panikattacken ausgelöst hatte. Es war an einem Sonntag, lange vor dem Treppensturz passiert, als er einen Streit zwischen ihr und seinem Vater mitbekam. Sie wollte, dass Nick bei ihnen lebte, weil sie das Gefühl hatte, mit seiner Mutter wäre etwas nicht in Ordnung. Sie sagte zwar nicht, dass sie Nick glauben würde, spürte aber, dass es ihm bei Meredith nicht gut ging. Warum, so erklärte sie seinem Dad, war letztlich doch ganz egal. Als sein Vater ihre Worte mit einer unwirschen Handbewegung abzutun versuchte, wurde seine Stiefmutter zornig. Dieses Mal, das spürte Nick, würde sie nicht lockerlassen. Sie würde sich für ihn einsetzen. Sein Herz machte einen Luftsprung. Die Hoffnung, bald hier in Sicherheit leben zu können, ließ ihn in dieser Nacht so glücklich einschlafen wie schon lange nicht mehr.

Doch mitten in der Nacht schreckte er durch einen unheilvollen Gedanken auf: Wenn er Elaine bedrängen würde, ihm zu glauben, würde sie sich womöglich auch bald von ihm abwenden, so wie Dad und Daniel. Dann hätte er keinen Erwachsenen mehr auf der Welt, der für ihn da wäre.

Je mehr er darüber nachdachte, desto wahrscheinlicher kam ihm diese Entwicklung vor. Er hatte schließlich zuerst auch bei Daniel und Dad geglaubt, sie würden ihm helfen. Doch sie waren nur böse auf ihn geworden und liebten ihn jetzt nicht mehr. Nein! Auf keinen Fall wollte er Elaines Liebe auch verlieren. Mit diesem Gedanken spürte er, wie sich sein Hals zusammenzog und er kaum noch Luft bekam. Dann begann sein Herz wild zu schlagen. Im nächsten Moment übermannte ihn eine furchtbare Übelkeit und er übergab sich direkt auf die Bettdecke.

Nach diesem Erlebnis verlor er kein schlechtes Wort mehr über seine Mutter. Die kürzeren Krankenhausbesuche verschwieg er Elaine, Dad und Daniel von da an. Wenn seine Mutter ihm Dinge antat, die länger brauchten, um zu heilen, schob er es auf einen Fahrradunfall oder eine Ungeschicklichkeit.

Dad und Daniel waren von da ab wieder zufrieden mit seinem Benehmen und kamen ihm freundlicher entgegen. Heuchelten sogar Besorgnis, wenn sie eine seiner Attacken mitbekamen. Aber er zuckte dann nur mit den Schultern und ließ sie fragend zurück. Er hatte ihnen bereits alles erzählt, doch sie wollten es nicht wissen.

Und jetzt wollte er nichts mehr von diesen Verrätern wissen.

Er hielt sich daran fest, dass er in einigen Jahren erwachsen wäre. Dann könnte er diesen Menschen, die ihn in der schwersten

Zeit seines Lebens allein gelassen hatten, endlich den Rücken kehren. Bis dahin würde er weiter trainieren und lernen.

Vielleicht war das der Grund, warum er keine Beziehung mit einer Frau eingehen konnte. Offensichtlich hatte er sich die Angst doch nicht ganz abgewöhnen können. Die Angst, sich zu verlieben, jemandem seine Gefühle anzuvertrauen und sich dadurch verletzlich zu machen.

Genau diese Angst, die jetzt Realität in seinem Leben wurde.

Die Angst, Jenna zu verlieren.

Kapitel 40

Amado Santos sah nur noch rot. Gerade hatte ihm seine Frau zum wiederholten Male ins Telefon gebrüllt, dass er sich bei ihr nicht mehr blicken lassen solle. Dieser ganze Hype um die Misshandlungen an seiner Tochter hatten sein Leben zerstört. Immer noch konnte er nicht verstehen, warum die Sache so riesig geworden war. Was war denn schon dabei, ein Kind in seine Schranken zu weisen? Er ärgerte sich über sich selbst. Dass er nicht cleverer gewesen war und Penelope nicht genug instruiert hatte. Dieses dumme Mädchen musste natürlich ausgerechnet im Beisein ihrer Klassenlehrerin, die auch noch eine Kollegin von ihm war, herausposaunen, dass er sie schlug. Das Kind hatte seine Ungeduld wirklich verdient. Es war dumm, langsam, verträumt und tat nie das, was man ihm sagte. Wenn Penelope nun ausschließlich der Erziehung ihrer Mutter ausgesetzt war, wusste er jetzt schon, wo sie landen würde. In der Frittenbude um die Ecke. Genau wie er.

Einen Job als Sportlehrer hatte er nirgends mehr bekommen. Er war von einem ziemlich bequemen Leben in einen Albtraum abgerutscht. Keine Familie, kein Job, keine Wohnung. Denn dieses Loch, in dem er jetzt hauste, hatte den Titel *»Wohnung«* bei Gott nicht verdient.

Er sah in den Spiegel. Der Zorn der letzten Wochen hatte sein Gesicht verändert. Es sah starr aus. Die Augen blickten rastlos umher. Alles wäre gut gegangen. So wie immer. Wenn diese verdammte Ärztin ihn nicht noch einmal provoziert hätte, gerade als sie Penelope nach Hause holen wollten. Die Tür des Krankenzimmers hatte sie dabei absichtlich offen gelassen, damit die Lehrerin alles mitbekam. Es war jedem klar gewesen, dass es so war. Aber niemand konnte es beweisen. Das Krankenhaus und Dr. Norton hatten kaum eine Strafe erhalten. Die paar Dollar, die sein Anwalt für ihn herausholen konnte, steckte er sich selbst gleich wieder in die Tasche.

Der Anwalt der Gegenseite war ein Arschloch gewesen. Von Anfang an überheblich und völlig überzeugt von seinem Sieg. Santos vermutete, dass der Typ ein Auge auf die Ärztin geworfen hatte. So ritterlich, wie er sie vor seinen verbalen Attacken verteidigt hatte.

Keine Ahnung, wen von beiden er mehr hasste. Aber die Ärztin hatte alles angezettelt. Er fand, sie hatte es eher verdient, eine Kugel durch den Leib gejagt zu bekommen.

Die Waffe lag tröstlich in seiner Hand. Er hatte nichts zu verlieren.

Dann machte er sich auf den Weg zu seinem Wagen und fuhr zum Holy Station Krankenhaus.

Kapitel 41

Jenna ging weder ans Telefon, noch traf Nick sie in ihrer Wohnung an. Er wusste, dass sie gestern eigentlich die Nachtschicht gehabt hätte, und hatte sich deshalb in der Nähe des Personaleingangs platziert, um sie abzufangen. Doch sie war nicht erschienen. Besorgt schossen seine Gedanken in alle Richtungen. Ihm war klar, dass er so schnell wie möglich mit ihr sprechen musste. Ihr von der Sache mit Nancy und von dem Kampf mit Greg erzählen musste. Er würde ihr auch erklären, was zwischen Daniel, seinem Dad und ihm vorgefallen war, was unweigerlich zu der Geschichte mit seiner Mutter führen würde.

Alles in ihm verkrampfte sich bei diesem Gedanken. Er war einmal ein Opfer gewesen. Nicht stark genug, sich zu wehren. Das war lange vorbei. Aber wenn er heute Mitleid in Jennas Gesicht sehen würde, würde er sich vielleicht wieder so fühlen wie damals, als Kind. Davor fürchtete er sich am meisten. Er wollte, dass sie ihn für stark hielt, nicht für ein schwaches Opfer.

Durch einen Anruf im Krankenhaus hatte er herausgefunden, dass Jenna heute für die Nachmittagsschicht ab 15:00 Uhr eingeteilt war. Seit 14:30 Uhr wartete er deshalb in der Nähe des Personaleingangs und beobachtete die Straße, die vom Ärzteparkplatz hierherführte. Vor ein paar Minuten hatte er geglaubt, die Tür ins Schloss fallen zu hören, aber niemanden gesehen. Es hatte ihn irritiert, doch er schrieb es seiner Angespanntheit zu.

Als er Jenna endlich kommen sah, setzte sein Atem für einen Moment aus. Er musste sich zwingen, ruhig zu bleiben, um überhaupt ein Gespräch mit ihr führen zu können. Am liebsten wäre er auf sie zugelaufen und hätte sie umarmt. Doch der

Ausdruck auf ihrem Gesicht ließ erkennen, dass sie ganz anders empfand. Sie atmete scharf ein, als sie ihn bemerkte, und sah ihn ungeduldig an.

»Nick.« Ihr Ton war kalt. »Was willst du? Ich habe dich doch gebeten, mich in Ruhe zu lassen.« In ihrer Handtasche suchte sie ihre Personalkarte, mit der sie die Tür öffnen konnte.

»Hörst du mir bitte kurz zu?«, fragte er leise.

»Eigentlich will ich das nicht.«

»Warum nicht? Was ist plötzlich passiert?«

Sie schüttelte den Kopf und hielt die Karte vor den Scanner. Die Tür gab ein leises Zischen von sich und Jenna zog sie auf.

»Ist es wegen der Sache mit Benjamin und Rose? Jenna, rede mit mir!«, flehte Nick.

Sie sah ihn wütend an. »Weißt du was, Nick? Ich habe ständig mit dir geredet. Über alles. Über Afghanistan. Über mein Trauma, sogar über die Geschichte mit Greg. Du weißt alles. Aber du, Nick, du machst aus dir ein riesiges Geheimnis. Und ich habe genug von Geheimnissen.«

Sie wandte sich um und wollte hineingehen.

»Warte. Warte bitte.« Er berührte sie sanft am Arm

»Ich erzähle dir alles, was du willst. Das mit meiner Kindheit …«

Jenna unterbrach ihn, indem sie hart auflachte. »Deine Kindheit, Nick! Davon hätte ich auch gerne etwas erfahren, ja. Aber die Geheimnisse, die ich gerade angesprochen habe, liegen nicht so lange zurück.«

Irritiert sah er sie an. »Vor zwei Tagen war Nancy bei mir. Geht es darum?«

»Ja, Nick. Darum auch. Und jetzt lass mich in Ruhe.«

»Es ist absolut nichts passiert. Sie hat mir erzählt, sie hätte ihren Schlüssel verloren und wüsste nicht, wo sie hinsoll. Sie hat auf meiner Couch übernachtet. Das war alles. Ich schwöre es dir.«

»Habt ihr euch geküsst?«

Nick dachte daran, dass Nancy sich zu ihm ins Bett legen wollte. Noch während er schlief, begann sie ihn zu küssen. Deshalb zögerte er einen Moment mit der Antwort.

Jenna lachte ein weiteres Mal hart auf, als sie das bemerkte. Gregs Worte kamen ihr in den Sinn: *»Sie haben sich geküsst ... Es war kein freundschaftlicher Kuss, das kannst du mir glauben …«*

»Sie hat mich geküsst. Ich habe geschlafen und …«

»Oh Nick, bitte.« Ihm Einhalt gebietend, hob sie die Hand. »Und hast du Greg so zugerichtet?« Sie deutete auf ihr Gesicht.

Nick starrte sie verblüfft an. Greg also. Aber wie konnte er von Nancy wissen?

»Ja, aber er hat mich angegriffen. Ich habe mich nur verteidigt. Dann habe ich mich irgendwie so hineingesteigert und zu oft zugeschlagen. Er ist bei mir aufgetaucht und …«

»Nick!« Zornig sah sie ihn an. Dachte an Gregs Worte: *»... Nick wird natürlich sagen, dass ich bei ihm war und angefangen habe...«* Sie erinnerte sich, dass er und auch Benjamin ihn als *»Pit Bull«* bezeichnet hatten, und jetzt bestätigte Nick auch das. *»…ich habe mich irgendwie so hineingesteigert und zu oft zugeschlagen.«*

»Nick!«, sagte sie noch einmal scharf. »Hörst du dir eigentlich selber zu? Nancy hat angefangen, Greg hat angefangen. Wahrscheinlich erzählst du mir jetzt auch gleich noch, wie ungerecht Daniel und dein Dad dich behandelt haben. Alle anderen sind schuld! Nur du nicht. DU. ARMES. OPFER.«

Nick erstarrte. Er sah sie an und merkte, dass alles zerbrach, was in den letzten Wochen in ihm gewachsen war. Er wusste nicht, ob es die Liebe war, die er für Jenna empfand, oder die Hoffnung auf ein Leben mit ihr, die gerade brutal in ihm zerschlagen wurde. Aber es tat so weh, dass er nichts mehr sagen konnte. »*Du armes Opfer.*« Es waren genau die Worte, vor denen er sich gefürchtet hatte. Aber Jenna meinte sie nicht ernst. Und es schmerzte beinahe noch mehr, dass sie ihn damit verhöhnte.

»Mach´s gut, Nick«, flüsterte sie enttäuscht und ging hinein.

Er merkte nicht, dass er die Tür des Personaleingangs aufgehalten hatte, als Jenna sie losließ. Verletzt sah er ihr noch einige Sekunden nach, wie sie im Krankenhaus verschwand und den langen Flur entlangging. Es fühlte sich so unecht an, als wäre es ein böser Traum. Er wusste nicht, wie viel Zeit vergangen war, als er sich endlich zum Gehen umwandte. Doch ganz plötzlich war er wieder in der Gegenwart, hellwach und blickte in den Lauf einer Waffe. Der Mann, der sie auf ihn richtete, war Amado Santos.

»Lass mich rein. Du kannst abhauen. Ich will nur die Ärztin. Dr. Norton«, sagte er und deutete mit der Pistole in Richtung Straße. »Hau ab.«

Santos ging auf Nick zu, um ihm die Tür aus der Hand zu nehmen. Doch Nick begriff, dass er sofort eine Entscheidung treffen musste. Wenn er die Tür ins Schloss fallen ließ, wäre Jenna gerettet. Santos würde sie ohne Personalkarte nicht aufbekommen. Nick erkannte die Wut in Santos Augen. Er wirkte fast schon irrsinnig und schien der Realität entrückt. In diesem Moment wurde ihm noch eine Sache klar: Wenn er Santos nicht hereinließ, würde dieser seine Wut auf ihn richten. Er würde die Pistole auf ihn abfeuern. Jenna oder er. Das war die

Entscheidung, die er treffen musste. Er sah noch einmal in den Gang, erkannte Jenna noch, ganz klein und schon weit entfernt.

Nein, in Wahrheit hatte er nicht die Freiheit, sich zu entscheiden. Er liebte Jenna. Deshalb konnte er sie diesem Kerl nicht ausliefern. Er trat einen Schritt auf Santos zu und ließ die Tür ins Schloss fallen.

Santos hechtete nach vorne und schob Nick grob zur Seite, nicht ohne ihn aus den Augen zu lassen. Dann rüttelte er an der Tür. »Mach sie auf!«, zischte er bedrohlich.

»Das kann ich nicht. Dafür braucht man eine Personalkarte«, erklärte Nick. Er merkte, dass sein Herz zu rasen begann.

Santos ging einen Schritt zurück. Sah Nick ungläubig an. Dieser Typ hatte ihn reingelegt. Schon wieder. Vielleicht hasste er ihn doch mehr als die Ärztin.

Nick senkte den Blick zu Boden. Ihm war bewusst, was jetzt passieren würde. Die Entschlossenheit in Santos' Gesicht machte ihm klar, dass es nichts mehr zu kämpfen gab. Der erste Schuss schleuderte ihn gegen die harte Stahltür. Der zweite Schuss löschte alle Lichter und Töne in ihm.

Kapitel 42

»Dr. Norton! Dr. Norton!« Lina rannte schreiend auf Jenna zu.

»Schnell, wir haben einen Verwundeten. Es ist der Mann, mit dem sie gerade draußen gesprochen haben. Schussverletzung.«

»Was?«, rief Jenna fassungslos und rannte sofort los, während Lina auf dem Weg nach draußen weitere Kollegen alarmierte.

Jenna konnte nicht glauben, was sie sah, als sie die Tür öffnete.

Nick lag in einer Lache aus Blut und hatte die Augen geschlossen. Sie stürzte auf ihn zu, versuchte, ihn anzusprechen, berührte sein Gesicht. Aber er war schon bewusstlos. Keine Chance mehr, ihn wach zu bekommen. Sein Körper zuckte. Alarmiert sah sie nach seiner Atmung, die flach und ruckartig war.

Im nächsten Moment griffen mehrere Arme gleichzeitig nach Nick und hoben ihn auf eine Trage.

»In Trauma 2«, rief Jenna. »Seine Atmung ist flach und ruckartig. Wir müssen intubieren.«

»Eins, zwei, drei. Los!« Sie hoben ihn von der Trage auf die Untersuchungsliege und schnitten sein Shirt auf.

»Spülen und Mullbinden«, wies Jenna Edda und einen Pfleger an. »Wischt das Blut weg, damit wir uns ein Bild von der Verletzung machen können. Liegt der Tubus schon bereit?«

»Alles da«, erklärte Lina.

»Hey.« Daniel kam in den Raum gestürzt. »Was soll ich tun?«

»Es ist Nick«, rief Jenna.

Daniel sah sie ungläubig an. Blickte dann bestürzt auf seinen Bruder.

»Leg ihm den Tubus. Ich muss mir die Verletzung genauer ansehen«, verlangte Jenna. Sie wirkte ruhig, doch in ihrem

Inneren wütete ein Orkan. In ihrem Kopf wiederholte sie, wie ein Mantra, immer wieder dieselben drei Worte: »*Halte durch, Nick.*« Sie hatte jetzt einen sauberen Blick auf seinen Oberkörper.

»Zwei Schusswunden. Wir müssen ihn ein wenig anheben.« Jenna machte sich ein Bild von seinem Rücken. »Eintrittswunde in der oberen rechten Schulter. Und auch eine Austrittswunde. Die Kugel ist durch. Aber die zweite, im Brustkorb, steckt noch. Wir brauchen jemanden aus der Kardio und der Neuro. Dann die Anästhesie. Frank, du kündigst uns im Notfalllabor an und sieh nach, ob wir eine Krankenakte von ihm haben. Wir brauchen am besten sofort seine Blutgruppe und eventuelle Allergien. Nicolas Pole. P, O, L, E«, buchstabierte Jenna.

»Daniel, bist du so weit?«

»Gleich«, schüttelte er den Kopf.

»Jetzt mach endlich!«, fuhr Jenna ihn an.

Nick lag mit überstrecktem Kopf auf der Liege. Daniel hatte einen Metallspatel in seinen Rachen eingeführt. Vorsichtig schob er den Schlauch einige Zentimeter in die Luftröhre seines Bruders.

»Okay. Ist drin«, bestätigte er und beobachtete einen Moment lang angespannt Nicks Atmung. »Seitengleich und unauffällig«, gab er dann erleichtert von sich.

»Machen wir ein CT?«, fragte Edda.

Jenna und Daniel schüttelten den Kopf. »Nein, er braucht sofort eine Thorax-Operation. Wir müssen die Kugel rausholen und uns die inneren Verletzungen ansehen«, antwortete Jenna. »Welcher OP ist frei?«

»Die Zwei«, sagte Edda.

»Er braucht eine Transfusion. Zwei Einheiten«, rief Daniel ins Team.

»Okay, ich kümmere mich darum.« Lina machte sich sofort auf den Weg.

»Los jetzt. Wascht euch schnell und dann machen wir ihn auf«, wies Daniel das Team an.

»Jenna, ich operiere«, flüsterte er ihr auf dem Weg in den OP zu.

»Vergiss es. Ich kenne mich mit Schusswunden hier am besten aus.«

»Du bist zu befangen!«

»Du etwa nicht? Lass mich das machen, Daniel!«, beschwor sie ihn.

Er nickte besorgt, sah aber ein, dass sie recht hatte. Wenn jemand Nick durchbringen könnte, wäre es Jenna. Durch ihren Einsatz in Afghanistan hatte sie solche Verletzungen öfter operieren müssen als jeder andere Arzt in diesem Krankenhaus.

Sie machte Nicks Haut steril, während der Anästhesist Nick in die Narkose versetzte. Dann nahm sie das Skalpell. Ihre Hand war ruhig. Sie wusste, dass sie ihre Arbeit gut machen würde. Aber irgendetwas in ihr schien in diesem Moment vor Traurigkeit fast zu zerbrechen. Sie wollte nicht in seine Haut schneiden und ihm eine weitere Wunde zufügen. Doch schon sah sie, wie ihre Hand das Unvermeidliche tat und ein langer, tiefer Schnitt Nicks Haut rot färbte. Sie machte ihn auf, starrte konzentriert in seinen Brustkorb und suchte nach der Kugel.

»Hier ist zu viel Blut. Saugt schneller ab«, wies sie die OP-Schwestern an.

»Siehst du, woher das Blut kommt?«, fragte Daniel.

»Nein. Saugen. Schneller.« Einen Moment später entdeckte sie die Patrone endlich. »Hier. Sie steckt nah an der Hauptschlagader. Wir müssen sehr vorsichtig sein.«

Daniel merkte, dass ihre Stimme zitterte, und sah sie alarmiert an. »Das schaffen wir schon«, flüsterte sie, doch sie wagte kaum, zu atmen. »Klemmt den Hilus ab. Ich muss mehr sehen. Das wird Millimeterarbeit.« Sie nahm die Klemme zur Hand. »Ja, sehr gut. Ich sehe sie direkt neben der Aorta. Ich bekomme sie gut zu fassen.« Erleichtert seufzte sie auf, als sie die Klemme mit der Patrone darin in die Höhe hob. »Da ist sie. Spülen und Antibiotikum«.

»Der Puls ist bei 128 und der Blutdruck sackt ab«, erklärte eine der Schwestern.

Daniel und Jenna sahen sich besorgt an. »Komm schon Nick, du hast es fast geschafft«, beschwor ihn Daniel, während Jenna die Blutung durch eine Naht stoppte und seinen Brustkorb verschloss.

»Okay, er kann raus. Schnell auf die Intensiv. Wärmt ihn auf und legt ihm die Transfusion. Ich komme gleich nach.«

Als Nick aus dem OP gefahren wurde, wuschen Jenna und Daniel sich hektisch und folgten ihm auf die Intensivstation. Nicks Vitalfunktionen lagen immer noch im Keller, aber die Transfusion und die Infusion, die er bekam, würden ihm dabei helfen, wieder stabil zu werden. Jedenfalls hofften sie das. Etwas anderes konnten sie im Moment nicht tun. Ob Nick sich erholen würde, lag jetzt nicht mehr in ihren Händen. Sie konnten ihm nur die nötigen Medikamente verabreichen, doch kämpfen musste er jetzt allein.

»Jenna.« Rose trat an Nicks Bett und umarmte ihre Freundin. Sie sah in ihr blasses Gesicht.

»Der Kreislauf stabilisiert sich.« Jenna sah erleichtert zu Daniel.

Dieser nickte bekümmert. »Wir müssen die nächsten Stunden abwarten.«

»Ich weiß. Aber er schafft das«, gab Jenna überzeugt von sich. Doch gleich darauf kam die Angst hoch und sie sah ihre Freundin fragend an. Das Flehen in ihrem Blick ließ Rose ein zaghaftes Nicken von sich geben. »Der Kreislauf sackt leider immer wieder ab. Aber Nick ist stark. Er wird es schon schaffen«, versuchte sie Jenna zu beruhigen.

Doch jeder hier wusste, dass keiner prophezeien konnte, wie diese Sache ausgehen würde.

»Was ist passiert? Weiß man schon etwas?«, fragte Jenna Rose.

»Lina hat alles mitbekommen. Sie hat gesagt, es war Santos. Der Mann, der dich verklagt hat. Die Polizei konnte ihn schon festnehmen. Er hat alles gestanden.«

Jenna starrte Rose entgeistert an. »Aber … ich habe gerade noch mit Nick geredet. Ein paar Sekunden später lag er schwer verletzt auf dem Boden. Ich verstehe das nicht. War Santos hier?«

Rose nickte und sah Jenna mitfühlend an.

»Oh Gott!« Jenna schnappte nach Luft und hielt sich eine Hand vor den Mund. »Santos wollte zu mir. Er hat gesagt, dass er sich an mir rächen würde. Oh nein, nein ...« Sie sah bestürzt zu Nick. »Hat er uns aufgelauert?«

»Frag Lina, da kommt sie.« Rose deutete mit dem Kopf auf die Schwesternschülerin.

»Lina. Was hast du mitbekommen?« Jenna stürzte auf sie zu.

»Ich habe alles gesehen, weil ich gerade eine Zigarette geraucht habe. Hinter dem großen Busch am Eingang. Ich war gerade fertig und da kamen Sie und Mr. Pole. Es tut mir leid, ich hätte mich zu erkennen geben sollen. Aber es ging alles so schnell.«

»Du hast alles mitbekommen?«

»Ja.«

»Geht es dir denn gut?«, fragte Jenna besorgt.

Lina nickte. »Sie haben Mr. Pole ja ziemlich fies in die Schranken gewiesen.« Beschämt sah die Schwesternschülerin kurz zu Boden und sprach dann weiter. »Als Sie reingegangen sind, hatte er noch die Tür in der Hand. Ich glaube, er hat Ihnen noch nachgesehen, wie Sie ins Gebäude verschwunden sind. Dann habe ich plötzlich gehört, wie ein anderer Typ gesprochen hat, und hab durch die kleinen Löcher im Busch durchgeguckt und Santos erkannt. Mit einer Pistole in der Hand.« Lina atmete tief durch und sah Jenna an. »Er hat ihm gesagt, er kann abhauen. Santos wollte zu Ihnen, Dr. Norton. Aber Mr. Pole hat die Tür einfach ins Schloss fallen lassen. Danach hat er still auf den Boden geschaut. Ich habe mich noch gefragt, warum er nicht redet oder verhandelt. Irgendetwas tut … Aber er hat wohl gedacht, dass es nichts bringen würde. Santos war rasend vor Wut. Dann hat er geschossen. Zwei Mal. Gleich darauf rannte er weg und ich konnte Hilfe holen.« Lina schluchzte laut auf. Der Schock stand ihr ins Gesicht geschrieben.

Fassungslos starrte Jenna sie an. Der Schwesternschülerin liefen Tränen übers Gesicht. Jenna ging auf sie zu und nahm sie in den Arm. »Geh zu Edda und lass dir etwas zur Beruhigung geben. Wenn ich gewusst hätte, dass du in dieser Form involviert warst, hätte ich dich sofort freigestellt. Tut mir leid.« Jenna drückte sie noch einmal an sich. Als sie Lina losließ, fühlte sie sich auf einmal völlig verloren. Sie sah Daniel und Rose an. Dann ging sie zu Nick und strich ihm übers Haar. »Das kannst du doch nicht machen«, flüsterte sie.

Wie aus weiter Ferne drang Daniels Stimme in ihr Ohr. »Rose, du sagst uns Bescheid, wenn sich hier etwas verändert. Wir gehen uns jetzt erst einmal beruhigen.« Dann spürte Jenna, wie Daniel ihren Oberarm umfasste und sie sanft aus dem Zimmer zu ziehen versuchte. »Komm.«

Sie schüttelte den Kopf. »Ich bleibe hier.«

»Du kommst mit. Rose bleibt hier. Und wir kommen auch gleich wieder. Aber jetzt trinkst du erst einen Kaffee.«

Widerwillig erhob sie sich. Dann kam ihr ein wichtiger Gedanke: »Was ist mit Nicks Notfallkontakt? Ich muss Steve anrufen. Und du deine Eltern.«

»Das machen wir noch vor dem Kaffee. Komm jetzt.«

Steve und Stella waren zwanzig Minuten nach Jennas Anruf im Krankenhaus. Nicks und Daniels Eltern kamen zehn Minuten nach ihnen an.

Daniel führte alle in sein Büro. Auf der Intensivstation waren zu viele Gäste unerwünscht. Außerdem brauchte Nick jetzt Ruhe. Elaine würde nachher noch kurz zu ihm dürfen.

Daniel erzählte ihnen, was passiert war.

Jenna sah Elaine und Nicks Vater heute zum ersten Mal. Nicks Stiefmutter weinte still vor sich hin. Sein Dad hatte Schweißperlen auf der Stirn und konnte vor Aufregung keinen Moment ruhig sitzen. Steve und Stella liefen in Daniels Büro umher wie zwei Tiger im Käfig. Sie alle wollten jetzt nicht hier sein, sondern bei Nick.

»Verdammt!« Steve fuhr sich verzweifelt durchs Haar. »Aber er schafft es? Die Kugel ist draußen und jetzt braucht er einfach noch ein bisschen Zeit, ja?« Hoffnungsvoll starrte er Jenna an.

Sie nickte zögerlich. Aber Daniel packte die Fakten auf den Tisch: »Das kann man wirklich nicht vorhersagen. Er hat viel Blut verloren. Sein Kreislauf sackt immer wieder nach unten. Wir müssen abwarten, ob er infektionsfrei bleibt. Er wird lückenlos überwacht und wir steuern seine Atmung noch eine Zeit lang über den Beatmungsschlauch. Wir müssen beobachten, ob sich Atmung und Kreislauf stabilisieren und er danach alles wieder ohne Hilfsmittel schaffen wird.«

Stella schluchzte auf. Elaine vergrub ihr Gesicht in den Händen und Jenna wandte den Blick zum Fenster. Wieder schossen ihr Tränen in die Augen.

»Das hört sich nach einem harten Kampf an«, flüsterte Steve erschüttert.

Daniel nickte. »Mehr können wir euch zum jetzigen Zeitpunkt auch nicht sagen.«

»Kann ich Nick jetzt sehen?«, fragte Elaine mit zittriger Stimme.

»Ja, komm, Mom, ich bring dich zu ihm. Dad, wartest du hier auf Mom? Es darf nur eine Person zu ihm.« Daniel zuckte bedauernd mit den Schultern. Doch es war jedem hier im Raum klar, dass Nick Elaine seinem Dad vorziehen würde.

»Sicher«, antwortete sein Vater und erhob sich wie alle anderen im Raum, nur um sich gleich wieder verwirrt hinzusetzen.

»Jenna?« Steve und Stella sahen sie an. »Begleitest du uns noch ein Stück?«

»Ja. Okay.«

Sie gingen schweigend den langen Krankenhausgang entlang.

»Ich kann euch gar nicht in die Augen sehen, so sehr schäme ich mich«, begann Jenna plötzlich zu sprechen.

Erstaunt sahen die beiden sie an.

»Bevor Nick angeschossen wurde, habe ich die Sache mit uns beendet. Ich war ziemlich hart zu ihm. Und er rettet mir eine Minute darauf das Leben.«

»Du hast es beendet?«, fragte Stella traurig. »Er wollte mit dir sprechen. Dir einiges erklären …«

Jenna nickte. »Er hat mich hintergangen, Stella. Mit Nancy. Wegen Greg hat er mich angelogen. Das ist kein guter Start, denkst du nicht? Aber im Moment ist das nicht wichtig.«

»Doch, doch. Das ist sogar sehr wichtig. Für Nick ist es wichtig. Jenna! Er hat dich doch nicht mit Nancy betrogen. Sie hat mitten in der Nacht bei ihm geklingelt. Hat gesagt, sie hätte ihren Schlüssel verloren und könne nirgends anders hin. Natürlich hat er sie nicht auf die Straße zurückgeschickt!«, verteidigte Steve seinen Freund.

»… was total dumm von ihm war«, fügte Stella unter den anklagenden Blicken von Steve hinzu. »Jenna, Nancy hat es von Anfang an darauf angelegt, Nick zu erobern. Sie hat sich ihm immer wieder aufgedrängt und nicht lockergelassen. Nick hat anfangs mitgespielt, er hatte schließlich nichts zu verlieren. Aber noch bevor du auf der Bühne erschienen bist, hat er das mit Nancy fair beendet. Er hat keine Zweifel daran gelassen, dass er weiß, wo er hingehören möchte. Auch Nancy hat davon gewusst, dass er sich verliebt hat. Er hätte niemals riskiert, dich zu verlieren.

Am nächsten Morgen war er gleich bei uns und hat uns von Nancy erzählt. Er war alarmiert, als ich ihm erklärt habe, dass du das womöglich als Betrug empfinden könntest. Deswegen wollte er dich sobald wie möglich aufklären. Gleich, nachdem du nach deiner Nachtschicht ausgeschlafen haben würdest. Aber da hast du ihn schon nicht mehr an dich herangelassen. Was ist passiert?«

Verstört schüttelte Jenna den Kopf. »Greg war vorher bei mir.«

Steve und Stella sahen sich wütend an, während Jenna ihnen Gregs Version erzählte und wie er allem vorgebaut hatte, mit dem Nick versuchen würde, sich zu verteidigen.

»Aber das mit dem Kampf war genauso, wie Nick es dir erklärt hat. Natürlich war es dumm von ihm, dich anzulügen. Das habe ich ihm auch gesagt, aber er hat sich geschämt, dir erklären zu müssen, dass er sich um dich geschlagen hat«, erzählte Steve aufgebracht. »Obwohl er sich doch nur verteidigt hat.« Mit einem wütenden Schnauben schlug er eine Faust in seine Hand. »Ich breche dem Kerl noch mal die Nase, wenn ich ihn in die Finger bekomme.«

Jenna starrte die beiden fassungslos an. Entsetzt erkannte sie, wie perfide Gregs Plan gewesen war und wie sich die Schlinge immer enger um Nick zusammengezogen hatte. Es fiel ihr schwer, durchzuatmen, so sehr brannten die Tränen in ihrer Brust. Wie ungerecht sie gewesen war, wie dumm, Nick nicht einmal die Chance zu geben, alles zu erklären. So viele Ungereimtheiten, die sie in ihrem Kopf falsch zusammengesetzt hatte. Sie schlug die Hände vors Gesicht und begann haltlos zu schluchzen.

Stella nahm sie in den Arm. »Schon gut …« Sanft wiegte sie Jenna. »Wenn Nick das hier schafft, und das wird er, startet ihr noch mal von vorne.«

»Wenn er mir das verzeihen kann«, flüsterte Jenna weinend.

»Das wird er. Auf jeden Fall wird er das. Er hatte keine Panikattacke mehr, seit du aufgetaucht bist. Das war noch nie so. Du bist seine Frau, Jenna.«

Steve sah Stella missbilligend an. Aber sie nickte überzeugt. »Doch, Steve. Jenna darf das wissen. Er hatte viele Jahre jede Nacht eine Panikattacke. Sein Wecker, sozusagen.« Sie lächelte traurig. »Aber als du aufgetaucht bist, waren sie einfach weg. Von heute auf morgen verschwunden. Da ist etwas zwischen euch, das gelebt und geliebt werden muss. Es wird schon alles gut. Jetzt müssen wir nur noch Nick wieder auf die Beine stellen.«

»Danke, Stella.« Jenna sah sie ernst an. »Aber warum hatte er denn diese Attacken?«

»Nach der Scheidung von ...«, begann Stella, doch Steve fiel ihr aufgebracht ins Wort. »Nein. Jetzt hör auf. Das ist Nicks Angelegenheit und nicht unsere. Es reicht.« Nachdenklich unterbrach Stella sich und nickte Steve zu. Jenna blickte verstört zwischen den beiden hin und her. Hoffte auf eine weitere Erklärung.

»Steve hat recht. Das wird Nick dir selbst erzählen, wenn er soweit ist«, lenkte Stella ein. »Kümmere dich um ihn und ruf bitte später noch mal an, okay?«

»Ist gut«, versprach Jenna und verabschiedete sich, um zurück zu Nick auf die Intensivstation zu gehen.

Zum ersten Mal konnte sie nachempfinden, wie dieses Gefühl für Angehörige sein musste, wenn sie kurz das Zimmer verließen, um nach ein paar Minuten mit der Ungewissheit wiederzukommen, ob der Mensch, den sie liebten, noch atmete.

»Rose.« Sie sah ihre Freundin ängstlich an. »Noch alles okay?«

»Ja, er macht das gut. Die Vitalfunktionen sind zwar noch instabil, aber die Schwankungen haben etwas nachgelassen. Der Blutdruck ist ein wenig nach oben gegangen. Er schlägt die richtige Richtung ein.«

Rose legte den Arm um Jenna und drückte ihre Freundin kurz an sich. »Edda hat dir Nicks Akte gebracht. Hier.« Rose überreichte ihr die Mappe.

»Danke. Ich gehe zu ihm.«

»Jenna, ich möchte dir noch sagen, dass du recht hattest. Das mit Benjamin und Nick ist nicht unser Problem. Du sollst wissen, dass ich nach dem, was Nick hier getan hat, nicht mehr an seiner Liebe zu dir zweifle. Ich hoffe so, dass er wieder ganz gesund wird.«

»Danke, Rose«, lächelte Jenna traurig.

Kapitel 43

Nick lag völlig ruhig auf dem Bett. Die Narkose zeigte noch Wirkung. Außerdem bekam er starke Medikamente, die ihn in einen tiefen Schlaf versetzten. Das Geräusch des Beatmungsgerätes ging Jenna durch Mark und Bein. Früher hatte sie es kaum bemerkt, wenn sie auf dieser Station war, doch jetzt schmerzte der Ton in ihren Ohren.

Sie zog sich einen Stuhl an Nicks Bett und setzte sich. Sanft strich sie über seine Stirn. Dann flüsterte sie ihm leise zu: »Nick, vergiss alles, was ich dir vorhin gesagt habe. Ich war so dumm. Bitte verzeih mir. Du musst nur gesund werden. Wir können wieder zusammen sein, wenn du das willst. Ich will es jedenfalls und zweifle nicht mehr an deiner Liebe. Ab jetzt wird alles viel leichter für uns werden. Ich passe auf dich auf. Damit fange ich sofort an. Und du passt auf mich auf. Wir können mit Steve und Stella schöne Dinge unternehmen. Du kannst mir das Surfen beibringen und ich schaue mir sogar Science-Fiction-Filme mit dir an. Aber bitte, bitte zieh das hier durch, ja?« Sie küsste seine heiße Stirn, die salzig von seinem Schweiß schmeckte.

Als sie ihn betrachtete, machte sich eine kindische Hoffnung in ihr breit. In diesem Moment war sie überzeugt davon, ihn allein mit ihrer Liebe ins Leben zurückholen zu können. Sah in ihren Gedanken, wie er langsam die Augen öffnete. Seine schönen, strahlend blauen Augen. Nur geschah nichts davon wirklich. Seine Augen bewegten sich stattdessen unter seinen Augenlidern rastlos hin und her. Jenna fragte sich, was gerade in ihm vorgehen mochte. War es wirklich ruhig in ihm? So, wie es die Medikamente versprachen? Nie hatte sie sich bisher über so etwas Gedanken gemacht. Aber jetzt war es plötzlich wichtig. Hatte er bedrohliche Gedanken, böse Träume?

Sie streichelte ihn weiter. Redete beruhigend auf ihn ein.

»Er versteht dich doch nicht, Jenna. Er ist noch zu tief in der Narkose.«

Daniel stand in der Tür. »Wie macht er sich? Rose hat gesagt, der Blutdruck stabilisiert sich etwas?«

Jenna nickte. Erleichtert seufzte Daniel auf und ging zu Nick. Er überprüfte die Werte auf dem Monitor und nickte zufrieden. »Soweit in Ordnung«, murmelte er in sich hinein und sah dann besorgt zu Jenna. »Und wie geht es dir?«

»Frag nicht«, seufzte sie schwer. »Ich kann es dir wirklich nicht sagen. Es sind viele Gefühle, die da gerade in mir wüten. Aber das Überragende ist wahrscheinlich Scham.«

»Scham?«

»Weil ich ihm nicht vertraut habe.«

»Er hat es dir auch nicht leicht gemacht. Aber lassen wir das. Du kennst meine Meinung über Nick.«

»Und du änderst sie nicht? Obwohl er mir heute das Leben gerettet hat?« Erstaunt sah Jenna ihn an.

»Das war sehr heldenhaft von ihm und ich wünsche mir von ganzem Herzen, dass Nick das hier überlebt. Er ist trotz allem mein Bruder. Aber nein, meine Meinung über ihn hat sich nicht geändert.« Daniel zögerte. »Na ja, in Bezug auf dich schon. Er liebt dich.«

»Ja, ich weiß«, erklärte Jenna traurig.

Daniel ging zu Nick und strich ihm über den Handrücken. »Streng dich an, Kleiner«, flüsterte er ihm zu. »Ich komme später wieder. Du sagst Bescheid, wenn sich etwas verändert?«

»Sicher«, nickte Jenna. Als er an ihr vorbei zur Tür ging, drückte er tröstend ihre Schulter.

Sie nahm Nicks Krankenakte zur Hand. Erstaunt stellte sie fest, dass sie eine große Anzahl von Krankenblättern enthielt.

Sie begann zu lesen:

Nicolas Pole, 4 Jahre altes Kind ... eingeliefert von seiner Mutter ... starkes Erbrechen und Durchfall ...

Sie blätterte weiter. Der nächste Bericht wurde zwei Wochen später verfasst: ... V*on seiner Mutter hergebracht. Mit gebrochenem Handgelenk, das sich der Patient in der Autotür eingeklemmt hat.* Im Anhang fand Jenna die OP-Unterlagen.

Der dritte Bericht folgte vier Wochen darauf. Wieder wurde Nick mit starkem Erbrechen und Durchfall eingeliefert. Seine Mutter und er blieben zwei Tage in der Obhut der Schwestern und Ärzte.

Der vierte Bericht erzählte von weiterem Erbrechen und Durchfall. Nick wurde jetzt nicht mehr nur mit Infusionen behandelt. Die Mutter bestand, laut den Ärzten, auf einer gründlichen Untersuchung des Kindes. *»Endoskopie von Magen und Darm«,* las Jenna und schüttelte verwundert den Kopf. Eine Magen -und Darmspiegelung bei einem 4-jährigen Kind machte man nicht auf Wunsch einer Mutter. Jenna hätte aufgrund solcher Symptome bei einem sonst gesunden Kind noch mit derart unangenehmen Untersuchungen abgewartet. Die Ergebnisse zeigten keine Auffälligkeiten.

Bericht Nummer fünf wurde weitere acht Wochen später verfasst. Eine Schnittwunde, die sich entzündet hatte. *»Schmutz und Bakterien in der Wunde ... hohes Fieber ... stationär aufgenommen ...«*, überflog Jenna die Zeilen.

Besorgt schüttelte sie den Kopf, als sie die Krankenblätter durch ihre Finger laufen ließ. Dann zählte sie sie ab. Es waren insgesamt 23 Berichte. Nick war zwischen seinem vierten und zwölften Lebensjahr immer wieder Patient im Holy Station gewesen. Immer wieder mussten er und seine Mutter stationär aufgenommen werden, weil Nick sich verletzt hatte oder erkrankt war.

Sie las den nächsten Bericht:

… Kind wurde, nach einem abgesetzten Notruf der Mutter, ins Krankenhaus gebracht. Er erbrach zu Hause Blut ... stationäre Behandlung. Operation wegen Verdachts auf Blinddarmdurchbruch, nach weiterer Schilderung der Symptomatik seitens der Mutter. Erstaunt verzog Jenna das Gesicht. Der Verdacht hatte sich nachträglich nicht bestätigt. Nick war völlig umsonst operiert worden.

Sie blätterte weiter: *Die Mutter brachte das Kind mit einem Krampfanfall, der sich auf dem Weg ins Krankenhaus wieder aufgelöst hatte ... 39,8 Grad Fieber ... stationäre Aufnahme ...*

Der nächste Bericht handelte wieder von einem Krampfanfall und hohem Fieber. Und einer weiteren stationären Aufnahme. Medikamente, die Nick erhalten hatte, wurden vermerkt.

Jennas Atem wurde schnell. Irgendetwas stimmte hier nicht. Das Bild einer Mutter, die vor zwei Jahren mit ihrem 6-jährigen Sohn hier Dauergast war, tauchte in ihren Gedanken auf. Die Berichte über Nick, die Jenna gerade gelesen hatte, ähnelten den Symptomen dieses Kindes. Die Pädiatrie wurde irgendwann misstrauisch und quartierte die beiden in ein Zimmer mit Videoüberwachung ein. Dort lieferte die Mutter dann den Beweis für ihre grauenhaften Taten. Sie spritzte eine verschmutzte Flüssigkeit, die sie von zu Hause mitgebracht hatte, in den

Venenzugang des Kindes. Die Frau wurde angeklagt und es wurde eine psychische Störung mit dem Namen Münchhausen-Stellvertreter-Syndrom festgestellt.

Jenna hatte sich nach diesem Vorfall ein wenig über das Syndrom informiert:

Diese Mütter lechzten nach Aufmerksamkeit und Anerkennung. Oft arbeiteten sie selbst im medizinischen Bereich. Und sie waren Menschen, die sehr sozial und fürsorglich auftraten. Die hervorragende Schauspielerinnen waren und eine Begabung dafür hatten, andere hinters Licht zu führen.

Zuerst hatte Jenna die mit diesen Fällen betrauten Mediziner für dumm und ignorant gehalten. Wie konnte man immer wieder wegsehen? Nicht begreifen? Doch dann hatte sie verstanden, dass es chronisch kranke Kinder gab, die oft hier waren, weil es wirklich nötig war. Und die Ärzte glaubten den Informationen der Mütter. Natürlich. Irgendwo mussten sie mit den Untersuchungen ansetzen.

Diese Mütter wollten allen, vor allem aber den Ärzten und dem Krankenhauspersonal, beweisen, welch aufopfernde Mutterqualitäten sie besaßen. Und dazu benötigten sie ein krankes Kind. Es folgten oft jahrelange Qualen, in denen diese Kinder völlig sinnlose Behandlungen und Operationen über sich ergehen lassen mussten. Natürlich litt deren Psyche stark unter diesem Trauma. Häufig ein Leben lang. Jenna fragte sich damals, wie diese Kinder jemals wieder vertrauen konnten, wenn die Person, die sie eigentlich lieben und beschützen sollte, sie in Gefahr brachte und terrorisierte.

Manche Kinder starben sogar an den Folgen dieses Martyriums oder trugen eine lebenslange Behinderung davon. Meistens waren es Unfälle, wie die Mütter danach berichteten. Sie hatten ihnen versehentlich ein Medikament zu hoch dosiert, versehentlich das kleine Näschen ein paar Sekunden zu lange zugedrückt.

Jennas Puls begann zu rasen. Sie überflog die Berichte ein weiteres Mal. Suchte fieberhaft nach einer Krankheit, die sich nicht provozieren ließ. Einem entzündeten Blinddarm, vielleicht einer Mandelentzündung. Etwas »Echtem«. Aber sie wurde nicht fündig.

Entzündete Wunden konnten zugefügt und mit Dreck verschmutzt werden. Knochen konnte man brechen. Erbrechen und Durchfall konnte man mit Abführmittel provozieren. Krampfanfälle und Fieber konnten ebenfalls durch Medikamente und Überdosierungen ausgelöst werden.

Übelkeit stieg in ihr hoch. Jenna atmete tief durch, um sie zu unterdrücken. Sie sah Nick an. Dachte an die vielen Narben an seinem Körper. Dann erinnerte sie sich daran, was Daniel ihr erzählt hatte. Sie stand auf und ging ein paar Schritte durchs Zimmer, um sich zu beruhigen.

Was hatte Daniel gesagt? Nick hatte sich selbst Verletzungen zugefügt, um bei ihnen sein zu können. Wer hatte das behauptet? Natürlich Nicks Mutter. Und die angebliche Empfehlung der Ärzte, Nick wegen seiner Anschuldigungen ihr gegenüber mit Härte und Ignoranz entgegenzukommen? Sie kam von seiner Mutter. Wer war mit Nick im Krankenhaus? Wer war dabei, wenn er krank wurde oder sich verletzte? Seine Mutter. Warum hatte er keinen Kontakt mehr zu ihr gehabt? Hatte sie ihm all diese Dinge angetan? Hatte ihm niemand geglaubt, weil es so unfassbar war, dass man es nicht glauben konnte? Hatte er sich deshalb von Daniel und seinem Vater abgewandt? Weil sie ihn nicht beschützt hatten? Jenna zog ihre Weste eng um sich. Ihr war plötzlich eiskalt. Dann setzte sie sich wieder auf den Stuhl und ging die Berichte noch einmal gründlich durch. In der Hoffnung, einen Gegenbeweis für ihren grauenvollen Verdacht zu finden.

In den frühen Morgenstunden gab sie auf. Immer wieder kamen ihr die Tränen, die sich mit dem Gefühl der Hoffnung vermischten, dass sie sich hier in etwas hineinsteigerte, das nie passiert war. Sie würde mit Daniel reden müssen. Und mit Steve. Wenn Nick wirklich auf derart bizarre Weise von seiner Mutter misshandelt wurde, würde sein Aufenthalt hier ein Alptraum für ihn werden.

Jenna saß ganz nah bei ihm. Während sie immer wieder entsetzt in seiner Akte blätterte, streichelte sie seine Hand.

Irgendwann schlief sie auf zwei zusammengeschobenen Stühlen neben seinem Bett ein und wurde durch ein Flüstern wieder wach. Der Blick auf die Uhr zeigte, dass es fast 9.00 Uhr morgens war. Sie bemerkte Daniel im Zimmer und sah gleich darauf zu Nick, der immer noch schlief.

Die Werte auf dem Monitor waren unverändert. Jenna seufzte erleichtert auf.

»Guten Morgen«, sagte Daniel. »Keine clevere Entscheidung, hier zu übernachten. Nick wird dich noch länger brauchen. Wenn du deine ganze Energie schon in den ersten zwei Tagen verpulverst, wirst du nicht lange hier sein, um Händchen zu halten.«

»Guten Morgen«, gähnte sie verschlafen »Es ist die erste Nacht…«

Er nickte. »Steve ist hier. Er wartet in meinem Büro. Hat wohl auch nicht viel Schlaf abbekommen heute.«

»Du wohl auch nicht, Daniel? Siehst ganz schön angeschlagen aus.«

Er zuckte mit den Schultern. »Auch wenn du mich für ein Monster hältst, was meine Bruderqualitäten betrifft, das hier lässt mich auch nicht kalt.« Daniel drückte ihre Schulter und ging dann auf die Tür zu. »Jetzt komm. Trinken wir einen Kaffee mit Steve. Er will wissen, wie Nicks Nacht war.«

Seufzend erhob sie sich. Mit der Akte in der Hand folgte sie Daniel in sein Büro.

»Hey Jenna.« Steve kam auf sie zu und umarmte sie kurz. »Wie geht es ihm?«

»Okay. Er ist weiterhin stabil, war aber noch nicht wach.«

»Warst du die ganze Nacht bei ihm?«

»Ja.« Sie nahm die Kaffeetasse entgegen, die Daniel ihr hinhielt. »Danke.« Nachdenklich sah sie die beiden Männer an.

»Ich muss mit euch reden.« Ihr Blick wurde ernst, während ihr Herz wild in ihrer Brust zu hämmern begann. »Das hier ist Nicks Krankenakte.«

Verwundert sah Daniel sie an. »War er Patient bei uns? Das habe ich gar nicht mitbekommen.«

Kopfschüttelnd schlug sie den Deckel auf. »Nein, der letzte Eintrag fand vor über zwanzig Jahren statt. Deshalb sind die Berichte auch nicht digitalisiert. Die Akte lag bei den alten Dokumenten im Archiv. Sie beinhaltet sehr viele Krankenblätter. Zwischen seinem vierten und zwölften Lebensjahr musste er oft hier behandelt werden. Daniel?« Sie sah ihn eindringlich an. »Was war da los?«

Irritiert starrte er sie an. Nahm ihr die Akte aus der Hand und blätterte darin herum. Jenna bemerkte, dass Steve ihn beunruhigt beobachtete.

»Das sind eine Menge Einträge. Aber das ist eigentlich nicht möglich. Er hatte diese Phase, du weißt schon … aber nicht so lange. Niemals so lange. Das muss ein Irrtum sein«, gab er verwundert von sich.

»Das ist kein Irrtum, Daniel«, schaltete Steve sich ein.

»Was wollt ihr damit andeuten? Das seine Mutter ihm was angetan hat?« Daniel lachte hart auf. »Immer noch diese alte Geschichte? Jenna, ich habe dir doch erklärt, wie Nick vorgegangen ist.«

»23 Berichte. Nur in diesem Krankenhaus. Und wir wissen nicht, was zu Hause noch so abgegangen ist.« Ihre Stimme zitterte bei diesen Worten.

Daniels Gesicht wurde rot. Er schlug die Akte ein weiteres Mal auf. Blätterte aufgeregt darin herum.

»Das hat er selbst mit sich angestellt. Er wollte durchsetzen, bei uns zu leben. Deshalb hat er sich selbst verletzt. Oder irgendwelche Medikamente genommen.«

»Und warum habt ihr nichts mehr davon mitbekommen, wenn es doch darum ging, euch zu manipulieren? Das ergibt doch überhaupt keinen Sinn.«

Daniel zuckte mit den Schultern. »Nick war auch wie von Sinnen. Er hat sich ziemlich verrückt benommen damals. Diese Berichte bestätigen nichts anderes.«

»Er hat selbst Krampfanfälle und Fieber bei sich ausgelöst? Seine Wunden verschmutzt? Sich zum Erbrechen gebracht? Und das immer und immer wieder? Mit vier oder fünf Jahren?« Jenna sah Daniel fassungslos an. »Kannst du dich noch erinnern? Die Mutter damals, mit diesem Syndrom. Münchhausen-Stellvertreter-Syndrom.« Sie hob die Akte vor Daniels Gesicht und nickte.

»Niemals. Nein.« Er schüttelte einige Male überzeugt den Kopf.

»Was war Nicks Mutter eigentlich von Beruf?«

»Krankenschwester.« Steve sah Jenna ernst an.

»Steve, was ist passiert? Sag es, auch wenn Nick dir nicht die Erlaubnis dazu gegeben hat. Wir können es ihm hier leichter machen, wenn wir alles wissen.«

Steve schloss für einen Moment die Augen und fuhr sich langsam mit der Hand über die Stirn. Jenna bemerkte, dass er mit sich rang. Nick wollte nicht über seine Mutter sprechen, sonst hätte er ihr längst von ihr erzählt. Er wollte Daniel und seinem Vater nichts mehr beweisen, sonst hätte er sich nicht schon vor langer Zeit aus deren Leben verabschiedet. Es musste sich für Steve gerade so anfühlen, als würde er seinen Freund verraten, wenn er redete.

»Steve.« Jenna ging nahe an ihn heran. »Wir wissen nicht, ob er das hier überlebt.« Ein Messer schien ihr bei diesen Worten ins Herz zu fahren, doch sie zwang sich, weiterzusprechen. »Soll seine Familie Nick weiterhin für diesen Jungen halten, diesen Zerstörer? Der sich von ihnen abgewendet hat, nur weil er seinen Willen nicht durchsetzen konnte? « Eindringlich sah sie ihn an und berührte dabei sanft seine Schulter.

Im Zimmer herrschte absolute Stille. Gebannt starrte Steve aus dem Fenster. Als er sich wieder zu ihnen umdrehte, hatte er eine Entscheidung getroffen.

»Er wollte es dir sowieso erzählen. Okay ... Ich hoffe, ich tue das Richtige.« Einige Sekunden vergingen, ehe Steve weitersprach.

»Seine Mutter war total durchgeknallt. Sie hat ihm diese Dinge angetan. Dieses Syndrom, von dem du gerade gesprochen hast … Nicks Mom hat zugegeben, daran zu leiden.«

Daniel schnaubte ungläubig auf. »Das gibts doch nicht. Natürlich erzählst du denselben Mist wie er.«

»Er hat einen Brief von ihr bekommen, Daniel!«, donnerte Steve ihm entgegen. »Sie hat alles zugegeben. Musst du ihn sehen, damit du es endlich glauben kannst? Dein Dad wird ihre Handschrift sicher erkennen!«

Jenna verschlug es bei diesen Worten den Atem. Sie starrte Steve an. Tränen schossen ihr in die Augen. Ihr Blick wanderte zu Daniel, der von einer Sekunde auf die andere aschfahl im Gesicht wurde.

»Das kannst nicht mal du dir mehr schönreden«, flüsterte Steve.

»Aber warum hat er uns nichts davon erzählt?«, stammelte Daniel ungläubig.

»Das hat er doch.« Steve sah Daniel traurig an.

»Er hätte uns den Brief zeigen können. Warum …? Ich verstehe nicht …«

»Es war ihm einfach nicht mehr wichtig, ob ihr ihm glaubt oder nicht. Er war zu der Zeit, als er den Brief erhalten hatte, schon lange über euch hinausgewachsen.«

»Oh Gott, das wird meine Mom und meinen Dad umbringen.« Daniel legte sein Gesicht in die Hände und atmete ein paarmal tief durch. Lange war es totenstill im Zimmer. Dann sah er Jenna und Steve erschüttert an. »Das wird jetzt schlimm für Nick werden. Hier, in diesem Krankenhaus.«

Jenna wischte sich die Tränen aus dem Gesicht. Es würde die Hölle für ihn werden. Als sie ein »Ich kann es kaum glauben« aus Daniels Mund hörte, stieg plötzlich eine grenzenlose Wut in ihr hoch. Alles, was Nick durchmachen musste, hätte nicht passieren müssen. Er hatte um Hilfe gebeten. Daniel hätte ihn retten können. Jenna erhob sich und ging auf ihn zu. Als sie die Akte hart gegen seine Brust schlug, starrte er sie erschrocken an.

»Hier«, sagte sie zornig.

Er begriff nicht sofort. Dann verstand er, was sie meinte, und schüttelte gequält den Kopf.

»Das war kein Angebot, Daniel. Lies die verdammte Akte. Und dann überlege dir, was du und dein Dad in der Zwischenzeit gemacht habt, während Nick hier war. Vielleicht wart ihr gerade bei einem eurer Angelausflüge«, zischte sie.

Daniel sog scharf die Luft ein und sie bemerkte, wie sich ein schmerzhafter Ausdruck auf seinem Gesicht breitmachte.

»Jenna, hör auf.« Steve griff sanft nach ihrem Oberarm. »Daniel war selbst noch ein Kind und Nicks Mutter hat alles so perfide und geschickt angestellt. Komm.« Er wollte sie von Daniel wegziehen. Doch sie ignorierte ihn, nahm die Akte weg und schlug sie ein weiteres Mal gegen Daniels Brust.

»Lies sie!« verlangte sie mit vor Wut zitternder Stimme.

Dann drehte sie sich um und machte sich zurück auf den Weg zu Nick.

»Jenna.« Steve kam zur Tür herein. »Daniel hat gesagt, ich dürfte ihn kurz sehen.«

»Sicher.«

Er ging auf Nick zu. Sah besorgt auf all die Maschinen und drückte als Geste der Ermutigung sanft den Knöchel seines Freundes.

»Er wollte zuerst nicht, dass du es erfährst, weil er sich geschämt hat«, flüsterte er.

»Geschämt?« Verwundert sah Jenna ihn an.

»Von der Opferrolle hat er sich schon lange befreit. Er wollte einfach nie wieder so empfinden wie damals. Nie wieder so gesehen werden. Nicht mal für einen Moment. Schon gar nicht von dir.«

Jenna nickte. Sie wusste, dass Menschen, die als Kinder misshandelt wurden, immer auch mit Gefühlen von Scham und Schuld konfrontiert waren.

»Du solltest nicht so hart mit Daniel sein. Was seine Mutter Nick angetan hat, ist unfassbar. Man kann es tatsächlich kaum glauben. Selbst ich habe eine Zeit lang gedacht, er erzählt nur Geschichten.«

Bekümmert sah sie ihn an. »Wahrscheinlich hast du recht. Das Syndrom wurde gerade erst entdeckt, als Nick ein Kind war. Keiner hatte damals eine Ahnung davon.«

Steve nickte traurig.

»Hast du nie versucht, ihm zu helfen? Es muss dir doch schwergefallen sein, seine Narben und Verletzungen zu sehen, wissend, was wirklich dahintersteckt.«

Steve seufzte schwer auf. »Nick hat mir das Versprechen abgenommen, kein Wort über diese Angelegenheit zu verlieren. Ich habe lange nicht verstanden, warum. Bis zu dem Tag, als ich es nicht mehr ausgehalten habe und meiner Mom alles erzählen wollte. Es war an einem Freitag. Nick sollte das Wochenende bei seinem Dad verbringen, aber Meredith rief an und cancelte den Besuch mit der Begründung, dass Nick krank sei. Ich war besorgt und dachte ständig darüber nach, was seine Mom wohl dieses Mal mit ihm angestellt hatte. Dann fasste ich den Entschluss, mich meiner Mutter anzuvertrauen.« Ein resigniertes Lächeln erschien auf Steves Gesicht. »Was soll ich sagen. Ich liebe meine

Mom, aber an diesem Tag habe ich gelernt, dass auch Mütter Fehler machen. Sie ist total wütend geworden, wollte mir den Umgang mit Nick verbieten. Hielt ihn für einen Lügner und hatte Angst, er würde einen schlechten Einfluss auf mich ausüben.

Meine Mom kannte Nicks Mutter natürlich. Wir waren schließlich beste Freunde. Und sie hielt viel von ihr. Eine Krankenschwester. Alleinerziehend mit Job, die es schon schwer genug getroffen hatte wegen der Scheidung. Dass Nick und ich uns danach weiterhin sehen durften, verdankten wir meinem Dad. Er ist kein dramatischer Mensch. Sieht alles mit einer gewissen Leichtigkeit und hat Nicks Geschichte als einen Streich abgetan. Jungs dachten sich manchmal eben Geschichten aus.« Steve zuckte mit den Schultern und sah Jenna traurig an. »Geglaubt hat auch mir niemand. Aber ich habe nie wieder jemandem von Nicks Problem erzählt.«

Sie saßen eine Weile still da, erschüttert darüber, dass alle weggesehen hatten. Nick allein gelassen wurde, in dieser Hölle.

Irgendwann streckte Daniel den Kopf zur Tür herein.

»Steve, es wird Zeit.« Er nickte ihm zu.

»Ruf mich am Nachmittag an, ja?«, bat er Jenna, als er sich zum Gehen erhob. Sie nickte.

Während Daniel neben sie trat, war ihr Blick stur auf Nick gerichtet.

»Wir müssen uns die Wunden ansehen.«

»Ja, ich wasche mich schnell«, sagte sie und machte sich auf den Weg zum Waschbecken.

Als Daniel zu sprechen begann, blieb sie stehen. Er sah aus dem Fenster, während er sprach. Jenna starrte die Tür an.

»Wir wussten es nicht. Auch wenn du es nicht glaubst. Wenn wir es gewusst hätten, glaubst du nicht … Ich meine, er ist mein Bruder. Natürlich hätten wir alles getan, um ihn zu beschützen.«

Das Schluchzen aus seinem Inneren klang so schmerzhaft, dass Jenna sich umdrehte und auf ihn zuging.

»Es ist schrecklich, was ich in seiner Akte gelesen habe. Und ich verstehe einfach nicht, warum dieses Krankenhaus nicht misstrauisch geworden ist. Ich bin so wütend. Jemand hätte es bemerken müssen. Aber gerade ist mir klar geworden, dass das unser Job gewesen wäre. Wir sind seine Familie. Wir hätten es bemerken müssen.« Daniel legte die Hände vor sein Gesicht und schüttelte ungläubig den Kopf. Ein weiteres Schluchzen drang aus seinem Brustkorb. Jenna stand jetzt neben ihm. Sie legte tröstend ihre Hand auf seinen Rücken. »Vielleicht ist noch nicht alles zu spät. Vielleicht gibt es zwischen euch noch etwas zu retten.«

Kapitel 44

Draußen begann es zu dämmern, als Jenna bemerkte, dass Nick versuchte, die Augen zu öffnen. Gleichzeitig kam ein gequältes Röcheln aus seiner Brust.

»Nick«, flüsterte sie ihm beruhigend zu. »Alles ist gut. Es wird alles gut.« Sie strich ihm sanft über die Stirn. Immer wieder flatterten seine Augenlider wie kleine Schmetterlingsflügel auf, um sich kurz darauf wieder erschöpft der Anstrengung zu ergeben.

Hoffnungsvoll beobachtete Jenna seinen Kampf. Flüsterte ihm weiterhin beruhigende Worte zu, die sich jedoch in ihren Ohren anhörten, als würde sie ihn verhöhnen. »Alles ist gut … alles ist gut …«

Aber zwei Stunden später schaffte er es endlich. Seine Augen öffneten sich. Jenna hatte diesem Moment entgegengefiebert, doch jetzt, als sie sah, was sein Erwachen in ihm auslöste, konnte sie ihren Wunsch nicht mehr begreifen. Panisch blickte er umher. Es war nicht dieser Blick, den sie von den meisten Patienten nach ihrem Erwachen aus der Narkose kannte. Nicht Benommenheit und Müdigkeit. Es war Panik. Er begriff, wo er war. Und er wollte raus. Sein Puls stieg an.

»Nick, hey. Alles ist gut. Du bist auf dem Weg der Besserung. Bald kannst du wieder nach Hause. Wir kümmern uns um dich. Es ist bald vorbei.« Ihre Hand streichelte ihn, während sie sprach. Sie fuhr über sein Haar. Seine Hände.

Er starrte sie an. Dann begannen seine Augenlider erneut zu zittern und er kippte wieder in die Dunkelheit.

Was für eine Erlösung, dachte Jenna. Die Panik in seinem Blick hatte sie erschauern lassen.

Wo bin ich? Dieser stechende Geruch, ich kann ihm nicht entfliehen. Verloren irre ich durch dunkle Gänge. Das Labyrinth in meinem Innern, das mich verschlingt. In dem ich mich immer wieder verlaufe, obwohl ich schon so oft hier war.

Wieso schaffe ich es nicht, aufzuwachen? Ich muss mich anstrengen. Der Geruch von Desinfektionsmittel dringt wieder in meine Nase. Bin ich im Krankenhaus? Aber das kann nicht sein. Ich habe mir geschworen, nie wieder hierherzukommen.

Eine Hand streichelt mich. Mom? Ich höre verzerrte Stimmen. Sprechen sie über mich? Überlegen sie, was sie mir als Nächstes antun werden?

Mom wird dafür sorgen, dass es schlimme Dinge sind. Sie mag es, wenn ich weine, aber ich verstehe nicht warum.

Die Hand streichelt mich sanft. Immer weiter. Ich würde gerne glauben, dass sie damit fortfährt, zärtlich bleibt. Aber gleich wird sie aufhören und mir wehtun. Gleich, wenn die anderen Stimmen weg sind.

Vielleicht wird sie mich am Atmen hindern. Oder etwas in mich hineinspritzen, damit schnell ein Meer von Ärzten kommt, um sich panisch um mich zu scharren. Noch berührt sie mich liebevoll, die Hand meiner Mutter. Ich will den Atem anhalten, bin auf der Lauer. Aber es gelingt mir nicht. Unerbittlich schießt Luft in meine Lungen. Leise weine ich in mich hinein. Niemand bemerkt es.

Wenn ich doch aufwachen und diesen grauenhaften Geruch vertreiben könnte.

Aber plötzlich rieche ich etwas anderes. Eine Welle von glücklichen Erinnerungen durchflutet mich. Jasmin? Bist du hier, Jenna?

Weck mich. Schnell! Sprich mit mir, bis ich die Augen aufschlagen und ihr entfliehen kann. Dieser Hölle.

Jenna? Ist es deine Hand, die mich so sanft berührt?

Das Streicheln hört auf. Ich höre Geräusche, ein Rascheln. Ich will weg. Der Jasmin-Duft wird schwächer. Ich spüre, wie mein Herz zu rasen beginnt. Jemand hält meine Hand fest. Etwas Hartes steckt in ihr. Jetzt spüre ich ein schmerzhaftes Brennen. Mom? Jenna?

Kapitel 45

Jenna war jetzt immer bei Nick. Sie ließ sich mit Daniels Erlaubnis ein zweites Krankenbett ins Zimmer stellen und verbrachte die Nächte an Nicks Seite. Undenkbar war für sie das Szenario seines Aufwachens, während er alleine war.

Er wurde jetzt immer öfter wach und immer sah sie die Panik in seinem Blick. Die Wunden verheilten gut und sie hatten ihm den Beatmungsschlauch entfernt. Glücklicherweise schaffte er es sofort, wieder selbstständig zu atmen, doch er war noch nicht fähig zu sprechen. Die schläfrig machenden Medikamente und sein hoher Blutverlust hielten ihn die meiste Zeit in einer ungleichen Mischung aus Schlaf- und Wachintervallen gefangen. Doch er kämpfte sich immer mehr ins Leben zurück und konnte die Intensivstation hinter sich lassen.

Als er einige Tage später eine seiner Wachphasen hatte, begann Jenna darüber zu reden, was ihr auf der Seele lag. »Ich war ziemlich gemein zu dir. Stella und Steve haben mir erzählt, was Greg getan hat. Auch die Geschichte mit Nancy haben sie mir erklärt.« Beschämt sah sie auf ihre Hände. »Ich weiß nicht, wie ich mich dafür entschuldigen soll, dass ich dir nicht vertraut habe. Ich war so dumm.« Ihre Stimme zitterte und sie spürte Tränen in ihrer Brust aufsteigen. »Und dann rettest du mir einen Moment, nachdem ich so grausam zu dir war, das Leben.« Sie begann zu weinen. »Ich liebe dich, Nick. Darf ich denn überhaupt noch hier bei dir sein? Ich würde verstehen, wenn du mich nicht mehr in deinem Leben haben möchtest.«

Sie wandte ihr Gesicht dem Fenster zu, dann blickte sie wieder zu ihm. Wagte kaum zu atmen, während sie ihn ängstlich ansah.

Und da war es endlich. Ungeduldig von ihr herbeigesehnt: Nicks erstes Lächeln nach seiner Verwundung. Jennas Herzschlag wurde ruhig.

Das Sprechen verursachte ihm noch starke Schmerzen. In seinem Hals schienen sich Rasierklingen zu befinden, die sich bei jedem Versuch zu schlucken oder zu sprechen in Bewegung setzten, seit sie den Beatmungsschlauch aus seiner Luftröhre entfernt hatten. Mühsam versuchte er, etwas auf Jennas Worte zu erwidern. Aber der Schmerz drückte ihm sofort die Luft ab und ein Zittern ging durch seinen Körper, das endlos anzuhalten schien.

Wortlos machte sich seine Hand deshalb auf den Weg, um ihr sanft die Tränen aus dem Gesicht zu streichen. Er nickte, während er ihre Hand zu seinem Mund führte und sie zärtlich küsste.

Jennas Gedanken ließen in diesem Moment Bilder in ihr aufsteigen, die von einer gemeinsamen Zukunft erzählten. Alles würde sich zum Guten wenden. Sie lächelte. Endlich würde alles gut werden.

Sie hatten sich darauf geeinigt, es Jenna zu überlassen, Nick darüber aufzuklären, dass sie über die Misshandlungen seiner Kindheit Bescheid wussten. Sie war nicht sicher, ob es richtig war, ihn so kurz nach der Operation damit zu konfrontieren. Doch alles andere hätte bedeutet, ihn zu belügen. Und Lügen hatten ihn beinahe das Leben gekostet. Sie hatten beinahe ihre Liebe zerstört.

Einige Tage nachdem sie Nick um Vergebung gebeten hatte, ging es ihm besser und sie suchte noch einmal das Gespräch mit ihm. Dieses Mal würde es um die schrecklichen Ereignisse seiner Kindheit gehen. Jenna hatte damit warten wollen, bis die

Schmerzen in Nicks Hals nachließen, damit er darüber sprechen konnte. Erzählen konnte von der Hölle, in der er einst gefangen war.

Jetzt saß sie hier bei ihm und streichelte über seinen Handrücken.

»Wann darf ich denn endlich wieder nach Hause?«, fragte er ungeduldig.

Jenna lächelte. »Daran ist überhaupt noch nicht zu denken. Du hast eine Menge Blut verloren. Die Wunden sind noch ganz frisch. Ein wenig Geduld wirst du schon noch haben müssen.«

Er seufzte tief.

»Nick …«, begann sie zaghaft.

»Schon gut«, lenkte er ein. »Aber in ein paar Tagen bin ich hier weg«.

Ernst sah sie ihn an. Sie wollte das Gespräch nicht mehr aufschieben. Es fühlte sich an wie ein Verrat an Nick. Jeder, der ihm nahe stand, wusste Bescheid über seine Vergangenheit, doch er selbst ahnte nichts davon.

»Ich muss mit dir sprechen. Es ist kein angenehmes Thema.« Besorgt sah er sie an. »Okay. Was ist los?«

»Ich habe nach deiner Operation deine Krankenakte vorgelegt bekommen.«

»Ich habe eine Krankenakte?«, fragte er irritiert.

Sie nickte. »Die Einträge aus deiner Kindheit.«

Er sog scharf die Luft ein und merkte, wie sein Herzschlag sich beschleunigte. »Die gibt es noch?«, presste er heraus.

Jenna sah ihn besorgt an. »Krankenhäuser haben lange Aufbewahrungsfristen. Die Einträge aus deiner Kindheit … Es sind ziemlich viele. Ich war alarmiert und auf mein Drängen hin hat Steve erzählt …« Sie stockte, sah ihn gequält an.»… was dir passiert ist. Er wollte es nicht, aber ich war so besorgt und … Nick…« Sie strich immer noch über seine Hand, als er diese langsam wegzog und seine Arme ineinander verschränkte.

»Wer weiß davon?«, fragte er leise.

»Steve und Stella wussten es ja schon. Jetzt wissen es auch ich, Elaine, dein Dad und …«

»... Daniel, der Idiot«, beendete er ihren Satz mit einem verächtlichen Schnauben.

»Ja«, bestätigte sie leise.

»Und glaubt er es? Glaubst du es?«

»Natürlich, Nick. Es gibt doch keinen Zweifel daran. Steve hat auch den Brief erwähnt, indem deine Mutter die Misshandlungen zugibt. Alle sind erschüttert.«

Sie sah ihn beunruhigt an. »Steve sagt, du wolltest es mir erzählen?«

»Ja. Nur nicht so.«

»Ich weiß, aber es kann eine Chance sein. Für uns, aber auch für dich und deine Familie.«

»Meine Familie habe ich längst hinter mir gelassen«, erklärte er bitter.

»Sie lieben dich. Ich weiß, das glaubst du nicht, aber sie standen wirklich unter Schock, nachdem Steve meine Vermutung bestätigt hatte. Sie waren fassungslos. Auch Daniel. Er war am Boden zerstört. Ich habe ihn noch nie weinen sehen, Nick ...«

Nick schloss die Augen und schüttelte den Kopf. Er wollte nichts mehr hören. Doch Jenna sprach weiter.

»Es gibt keine Entschuldigung dafür, dass sie dich nicht beschützt haben. Ich möchte dein Leid mit meinen Worten nicht abmildern. Nur … wir hatten selbst schon einen Fall mit Münchhausen-Stellvertreter-Syndrom hier. Diese Mütter sind so geschickt und perfide, so raffiniert. Wir hätten beinahe nicht erkannt, was mit dem Kind los war. Was mit der Mutter los war.«

»Aber ihr habt es erkannt.«

»Ja, weil dieses Syndrom mittlerweile bekannt ist. Als du ein Kind warst, war es das noch nicht. Leider.«

»Und jetzt soll ich zurück in die Arme meines Vaters und Daniels? So, als ob nichts passiert wäre? Erwartest du das von mir?«

»Gott nein, Nick. Ich erwarte gar nichts. Ich erzähle dir nur, was mit uns allen passiert ist. Welche Erschütterung dein Leid in uns ausgelöst hat.«

Er sah sie mit einem Ausdruck an, der ihr klarmachte, dass sie gar nichts wusste. Dann schüttelte er langsam den Kopf und wandte den Blick von ihr ab.

»Nick. Willst du nicht darüber reden? Über deine Mutter? Was sie getan hat?« Besorgt sah sie ihn an.

»Weil Opfer immer eine Therapie brauchen, nicht wahr?«, erwiderte er in einem Ton, der so kalt war, dass Jenna Tränen in die Augen schossen. Er war nicht bereit, sie näher kommen zu lassen als bis hierher.

»Ich bin da, Nick. Und ich gehe auch nicht mehr weg. Ganz egal, was du mir jemals darüber erzählen wirst.«

Er nickte. »Ich bin müde, Jenna. Ich würde mich gerne ein bisschen ausruhen.«

»Okay«, sagte sie und gab ihm einen Kuss auf die Stirn. »Ich komme später wieder.«

Traurig verließ sie das Zimmer. Es war wie immer gewesen. Sie hatte geredet und Nick war ausgewichen.

Ein paar Stunden später wurde sie von Edda darüber informiert, dass Nick im Laufe der letzten Stunde begonnen hatte, hoch zu fiebern.

Jenna war alarmiert. Es war, als hätte er durch das Fieber einen Weg gefunden, dem Gespräch über seine Misshandlungen ein weiteres Mal zu entfliehen.

Nick driftete zeitweise wieder in eine Art Bewusstlosigkeit ab und hinterließ eine ratlose Ärzteschaft. Außer sich vor Sorge konnte Jenna nur mühsam von Daniel beruhigt werden. Doch sie fanden keinen Grund für die hohe Temperatur. Keine Entzündung war feststellbar. Fiebersenkende Medikamente schlugen nicht an.

»Wahrscheinlich ist es psychosomatisch«, vermutete Daniel, nachdem alle Behandlungen, das Fieber herunterzudrücken, erfolglos geblieben waren. Verzweiflung machte sich in Jenna breit. »Also Beruhigungsmittel und wieder zurück in die Isolation und die bösen Träume?«

»Er wird keine bösen Träume haben. Das weißt du doch. Deshalb heißen diese Dinger doch Beruhigungsmittel«, redete er auf sie ein. »Aber wenn das Fieber psychisch bedingt ist, werden die Tranquilizer es senken.«

Sie nickte, war aber besorgt, weil sie von Steve und Stella wusste, dass Nicks Attacken ihn besonders hartnäckig im Schlaf überfielen. Es fühlte sich an, als würden sie ihn vollkommen allein einer bösartigen Gefahr aussetzen.

»Wir müssen es versuchen, Jenna«, beschwor Daniel sie. »Du siehst doch, wie schlecht es ihm geht.«

»Ich weiß. Heute Nacht, ja?«

»Okay.«

»Und du, willst du nicht auch mal wieder nach ihm sehen?« Sie lächelte ihn traurig an. »Ich habe ein wenig Vorarbeit geleistet. Ein gutes Wort für dich eingelegt.«

»Denkst du denn, er will mich sehen?«

Sie zuckte mit den Schultern. »Nein. Aber er hat dich beim letzten Gespräch immerhin nicht mehr als Arschloch betitelt, sondern nur noch als Idioten.«

»Danke, Jenna, das lässt mich wirklich hoffen.«

Sie drückte grinsend seine Schulter. »Ich habe dich noch gar nicht gefragt, wie eure Eltern es aufgenommen haben. Die Sache mit Nicks Mutter und den Misshandlungen.«

»Mein Dad ist total zusammengebrochen. Er hat natürlich Schuldgefühle. Mom weint eigentlich den ganzen Tag vor sich hin. Das siehst du ja, wenn sie hier ist. Es wird Zeit brauchen. Aber wir sind uns in einer Sache einig.«

Jenna sah ihn fragend an.

»Wir werden um Nick kämpfen. Er soll endlich wieder bei seiner Familie sein. Da, wo er hingehört.«

Sie nickte lächelnd. »Das ist gut, Daniel.«

Kapitel 46

Als sie in Nicks Zimmer kam, streifte ihn ihr besorgter Blick. Er war gerade wach und lächelte sie an.

»Wir werden dir heute Abend ein Beruhigungsmittel geben. Vermutlich wird das helfen, das Fieber zu senken. Du wirst dann wieder mehr schlafen«, erklärte sie.

»Okay.« Er klang gleichgültig, doch Jenna hatte die Angst gesehen, die kurz in seinem Gesicht aufgeflackert war.

Er schloss die Augen und atmete flach. Sie sah am Monitor, dass sein Puls hochfuhr. Er wollte nicht schlafen.

Das Fieber stieg im Laufe des Nachmittags weiter an. Hoffnungslosigkeit machte sich in Jenna breit. Was sollte sie tun? War es nicht nur ein chemisches Überdecken der Symptome, wenn sie ihn jetzt wieder mit Beruhigungsmitteln vollpumpen würden? Es schien ihr wie ein Teufelskreis. Wie ein unsinniges Verschütten seiner Gefühle, nur um auf den nächsten Schrecken zu warten, der garantiert kommen würde. Weil er in ihm war. Weil Nick ihn nicht herauskommen ließ.

Unruhig wälzte er sich herum. Noch war er wach und bekam alles mit. Und da fasste Jenna den Entschluss, mit ihm in den Ring zu steigen. Es reichte. Er hatte genug für sich allein gekämpft.

Sie drehte ihn ein wenig zur Seite und legte sich zu ihm.

Überrascht sah er sie an, während Jenna sich an ihn schmiegte. Sein Rücken berührte ihre Brust. Sein Po lag in ihrem Schoß.

Jenna umarmte von hinten seinen Oberkörper. Legte ihren Mund in seinen Nacken.

»Nick, jetzt atmest du einfach ganz ruhig mit mir, ja?«

Er tat es. Einige Minuten lagen sie so da. »Nick, ich weiß, dass du Angst davor hast, schlafen zu müssen. So lange und so tief. Ohne Kontrolle.«

Sie merkte, wie seine Atmung flacher wurde. Spürte sein Herz unter ihrer Hand schneller schlagen. Er wollte von ihr abrutschen, doch sie ließ es nicht zu. Hielt ihn weiterhin zärtlich, aber fest, in ihren Armen. »Nick«, flüsterte sie beschwörend, »wenn dir danach ist, kannst du ruhig weinen. Das erschreckt mich nicht.«

Dann wurde es still. Sie merkte, wie Nick versuchte, sich aus ihren Armen zu winden, doch sie hielt ihn fest, ließ ihn nicht entkommen. Er versteifte sich. Sein Körper fühlte sich jetzt hart und unbeugsam an. Doch Jenna hielt ihn weiter sanft in ihren Armen und atmete beruhigend in seinen Nacken.

Ein gequältes Stöhnen begleitete seine Resignation. Dann spürte sie die Erschütterungen, die seinen Brustkorb zum Beben brachten. Sein Körper wurde langsam weich in ihrer Umarmung.

Es dauerte lange, bis er wieder ruhig wurde. Jenna wusste um die Kraft der Tränen nach einem Trauma. Sie hatte leise mit ihm geweint, doch ihre Tränen waren voller Hoffnung. Der Hoffnung, dass es Nick gelingen würde, seine Isolation endlich zu durchbrechen. Die Menschen, die ihn liebten, an seinem Schmerz teilhaben zu lassen. Einen Schritt in Richtung Heilung zu machen.

Jenna setzte durch, dass Nick in dieser Nacht noch keine Tranquilizer bekam. Er verbrachte den Rest der Nacht in ihren Armen, während sein Fieber zu sinken begann.

Kapitel 47

»Nein! Sie können nicht einfach aufstehen und das Krankenhaus verlassen.«

»Ich gehe eben auf eigene Verantwortung«, stritt sich Nick mit Edda herum. Doch er merkte, dass es schwierig werden würde. Er wusste weder, wo er Kleidung für die Heimfahrt herbekommen sollte, noch hatte er die Kraft, sich allein anzuziehen. Womöglich hatte Jenna doch recht damit, dass er noch nicht so weit war, entlassen zu werden. *»Ein paar Tage noch«,* hatte sie gesagt. Aber er fühlte sich eigentlich ganz gut. Gut genug jedenfalls, um zu Hause herumzuliegen statt hier im Krankenhaus.

»Edda, sind Sie fertig?« Daniel stand in der Tür.

Als Nick ihn sah, sog er erschrocken die Luft ein. Daniel war in der ganzen Zeit, die Nick hier war, einige Male aufgetaucht, um sich nach ihm zu erkundigen. Jedes Mal hatte sein Erscheinen ein beklemmendes Gefühl in Nick ausgelöst. Genauso, wie es auch bei seinem Dad gewesen war. Andererseits hatte er auch erstaunt bemerkt, dass die Fürsorge seiner Familie ein verschüttetes Gefühl von Geborgenheit in ihm auslöste.

Edda nickte. »Dann mache ich hier weiter«, wies Daniel sie an.

Misstrauisch betrachtete Edda ihn und den Wäschestapel in seiner Hand. »Ich werde lieber Dr. Norton rufen.«

»Das werden Sie nicht tun, Edda.« Daniel blickte sie streng an. »Entgegen dem allgemeinen Glauben hier im Holy Station bin nämlich ich der Leiter dieses Hauses und nicht Dr. Norton.«

Edda erwiderte Daniels Blick mit derselben Strenge. Dann nickte sie und marschierte mit hoch erhobenem Kopf zur Tür hinaus.

»Das wird Ärger geben«, gab sie laut von sich, ehe sie die Tür hinter sich schloss.

Langsam ging Daniel auf Nick zu. Er zog sich wortlos einen Stuhl an das Bett heran und setzte sich nahe zu ihm.

Schweigend sahen sich die Brüder an, bevor Daniel sagte:

»Komm, ich lass dich raus.« So wie damals, als Nick Hausarrest hatte und Daniel ihm trotzdem half, nach draußen zu kommen. *Komm, ich lass dich raus.*

»Komm.« Daniel berührte Nick an der Schulter und half ihm, sich aufzusetzen. Er band die Schnüre des Krankenhaushemdes auf und befreite Nick davon. Dann half er ihm in sein Shirt und die Hose.

Staunend ließ Nick alles mit sich geschehen. Sah den fürsorglichen Bewegungen seines Bruders zu. Er war fast wie erstarrt. Nur auf eine schöne Art und Weise.

»Wir werden Ärger mit Jenna bekommen«, brachte Nick schließlich heraus.

Daniel lächelte. »Hast du auch noch nicht mitbekommen, dass ich Jennas Vorgesetzter bin?« Sie grinsten sich an.

»Ich werde Jenna freistellen. Sie kann sich zu Hause um dich kümmern. Aber du arbeitest noch nicht, okay?«

»Ja, gut«, sagte Nick. Und dann sagte er noch: »Danke, Daniel.«

Kapitel 48

»Bist du aufgeregt?«, fragte Jenna ihn nervös.

»Brutal aufgeregt.« Nick seufzte tief auf.

»Los jetzt. Durch die Tür und lächeln.« Aufmunternd drückte sie seine Hand.

Das Fest anlässlich des 70. Geburtstages seines Vaters war schon in vollem Gange. Elaine hatte Nick vor einer Woche noch einmal angerufen und zaghaft gefragt, ob er nicht doch kommen wolle. Aber Nick schlug die Einladung ein weiteres Mal aus. Er war noch nicht so weit, den nächsten Schritt auf seine Familie zuzugehen.

Heute Morgen jedoch kam eine Sehnsucht in ihm auf. Jenna stellte seine Gefühle auf den Kopf, brachte diverse Steine in ihm ins Rollen. Unter anderem die Sehnsucht nach seiner Familie.

Überstürzt hatten sie sich zurechtgemacht und noch ein Geschenk besorgt. Jetzt drückte Nick nervös die Tür auf.

Aber es war nicht so, wie er befürchtet hatte. Nicht alle Augen lagen plötzlich auf ihm. Im Gegenteil. Ein Onkel klopfte ihm mit einem »Hey, Nick, alles klar?« wie selbstverständlich auf die Schulter, während ihm zwei Cousinen kichernd zuwinkten.

Da entdeckte er Elaine, die ihn im selben Moment bemerkte. Er sah, wie sich ihre Augen mit Tränen füllten und sie vor freudigem Erstaunen eine Hand über ihren Mund schlug.

Daniel saß mit seiner Frau und ihrem gemeinsamen Sohn neben seinen Eltern. Lächelnd nickten sich die Brüder zu. »Ich kenne Daniels Familie gar nicht«, flüsterte Nick.

»Das holst du heute nach«, erwiderte Jenna lächelnd.

Seinen Dad bemerkte Nick zwischen Elaine und Daniel. Als dieser Nick sah, glaubte er, seinen Augen nicht zu trauen.

Überrascht blickte er zu Elaine, die ihm aufmunternd zulächelte. Dann stützte er sich mit seinen Händen auf den Tisch, um sich zu erheben.

»Alles Gute zum Geburtstag, Dad«, sagte Nick, als er vor ihm stand. Ausgestreckt hielt er ihm seine Hand hin.

Immer noch starrte ihn sein Vater an, als hätte er gerade einen Geist entdeckt. Nicks ausgestreckte Hand ignorierend, schob er den Stuhl beiseite und ging um den Tisch herum auf ihn zu. Dann schloss er ihn mit den Worten »Danke, mein Sohn« in seine Arme.

ENDE

Liebe Leserinnen und Leser,

ich freue mich, dass Sie bei dem riesigen Angebot an wunderschönen Geschichten meine ausgewählt haben. Ich hoffe von ganzem Herzen, Ihnen während des Lesens ein paar schöne, gefühlvolle und spannende Stunden geschenkt zu haben. Denn genau so ist diese Geschichte auch entstanden: mit meinem ganzen Herzen.

Natürlich steckt viel Arbeit in so einem Buch. Ein Buch zu schreiben ist jedoch für mich nichts anderes als das, was auch Sie, liebe Leserinnen und Leser, täglich tun: Ihr Tagwerk. Jeden Tag ein bisschen Einsatz, etwas Fleiß und Disziplin. Ob am Schreibtisch, zu Hause, im Büro, im Klassenzimmer, auf der Baustelle, im Krankenhaus oder auch anderswo.

Und nach getaner Arbeit freut man sich natürlich über die Gehaltsabrechnung am Anfang des Monats. Doch das Salz in der Suppe, vielleicht sind Sie hier meiner Meinung, ist ein Zeichen der Anerkennung. Ein lobendes Wort vom Chef, das wohlmeinende Schulterklopfen eines Kollegen, kann den Tag ungemein erhellen, wahnsinnig zum Weitermachen motivieren.

Wenn Ihnen, liebe Leserinnen und Leser, meine Geschichte gefallen hat, würde ich mich über eine Rezension von Ihnen sehr freuen.

Gerne können Sie mir auch über Instagram folgen, um zum Beispiel die Erscheinung meines zweiten Romanes »Mord und Lavendelduft«, geplant für Ende 2021, nicht zu verpassen. Im Anschluss finden Sie hierzu eine Leseprobe.

Bleiben Sie gesund.
Alles Liebe, Ihre Klara Thoma
https://www.instagram.com/klaraanna99/

Leseprobe

Mord und Lavendelduft

Ein geheimnisvoller Fund in der Seniorenresidenz »Lavendelgarten« weckt die Neugierde zweier alter Damen. Sie wittern ein Verbrechen. Doch niemand glaubt ihnen. Unzufrieden mit der Arbeit der Polizei, machen sich die beiden Landfrauen Veronika Zart und Eli Niklas gemeinsam mit ihrem Nachbarn Emil Kluge, einem pensionierten Richter, deshalb selbst auf die Suche nach einer verschwundenen Mitbewohnerin und stechen dabei in ein Nest aus Mord und Wahnsinn.

***

Kapitel 1

Überall auf den Straßen glitzerte der Schnee, der von den Laternen am Straßenrand beleuchtet wurde.

Veronika balancierte, voll bepackt mit zwei schweren Einkaufstüten, den glatten Gehweg entlang, um zu ihrem Appartement im Lavendelgarten zu gelangen. Seit fünf Jahren lebte sie nun in der Seniorenresidenz und hatte sich ihre Räume behaglich eingerichtet. Alte Möbel aus ihrem Leben mit ihrem verstorbenen Ehemann Alfons schmückten das Zimmer. Heutzutage würde man sie wohl als Antiquitäten bezeichnen. Für sie waren es die Möbel, die sie ein Leben lang begleitet hatten. Wenn etwas kaputtging, wurde es früher nicht einfach durch Neues ersetzt, sondern repariert. Und wenn man vier Kinder großgezogen hatte, grenzte es schon an ein Wunder, dass die

Möbel, Deckchen, Porzellanfiguren und was sich sonst noch im Laufe der Jahre angesammelt hatte, immer noch vorzeigbar waren.

Als sie den Lavendelgarten fast erreicht hatte, schmerzten ihre Hände von den schweren Taschen und sie war froh, endlich die Lichter des Wohnhauses zu entdecken. Durch das vorsichtige Vorankommen auf den gefrorenen Straßen hatte Veronika sehr viel länger für die Einkäufe benötigt als gedacht.

Noch bevor sie ihre eigene Wohnungstür aufschloss, klopfte sie an die Tür ihrer Nachbarin.

Ihre Freundin Eli bewohnte das sich ihrem anschließende Appartement in dem Heim für betreutes Wohnen.

Mit den Worten »Na endlich!«, riss Eli die Tür auf und ließ ein ungeduldiges »Wo bleibst du denn nur?« hinterher folgen. Die »Landfrauenküche« wurde bald ausgestrahlt und Glühwein musste noch warm gemacht, Heizdecken bereitgelegt und Plätzchen kunstvoll auf Tellern drapiert werden, um den Tag angenehm ausklingen zu lassen.

»Komm, mach es dir schon mal bequem. Ich stelle den Glühwein auf den Herd und räume noch rasch die Einkaufstüten aus.«

»Ich helfe dir. Du musst doch mit dem Knöchel nicht so viel herumgehen«, wollte Veronika ihrer Freundin zur Hand gehen. Doch diese winkte ab. »Dr. Folger sagt, man soll sich auch bei einem rheumatischen Anfall nicht nur schonen. Ein bisschen Bewegung soll die Schmerzen sogar lindern.«

Eli drückte ihre Freundin sanft in den Sessel aus braunem Leder. »Außerdem hast du bei diesem grausigen Wetter schon die Einkäufe erledigt. Du hast dir jetzt wirklich eine Pause verdient.«

Eine heiße Wärmflasche wanderte in Veronikas Schoß, der gleich darauf eine volle Tasse duftenden Glühweins und warme Kuschelsocken folgten. Veronika entfuhr ein wohliges Seufzen. Sie schloss die Augen und spürte, wie die Wärme ihren ausgekühlten Körper zurückeroberte.

»Der Neue ist vorhin angekommen. Ein gewisser Herr Kluge. Ich habe ihn zufällig gesehen, als ich versucht habe, ein wenig im Flur auf und ab zu gehen«, berichtete Eli.

»Und? Was hattest du für einen Eindruck?« Veronika setzte sich im Sessel auf. Ihr grauweißes, gelocktes Haar, das normalerweise ordentlich auf den Schultern auflag, stand jetzt in alle Richtungen ab, nachdem sie die Wintermütze achtlos von ihrem Kopf gezogen hatte. Trotz der Wärmflasche und der Decke zitterte sie immer noch. Sie hatte einen schlanken, fast drahtigen Körper, der zwar kräftig war, aber nicht dafür gemacht, Wärme in sich zu speichern. Mit ihren blaugrauen Augen, die stets ein gütiges Lächeln zu umgeben schien, sah sie Eli neugierig an.

»Ein alter Griesgram. Sehr wichtig. Soll Richter gewesen sein. An seinem Klingelschild steht Herr Richter Kluge. Hat er scheinbar gleich als Erstes drangemacht. Vielleicht sollten wir unsere Schilder auch neu beschriften. Frau Bäuerin Zart und Frau Bäuerin Niklas.« Eli schnalzte kopfschüttelnd mit der Zunge. »Gegrüßt hat er übrigens auch nicht. War wohl zu beschäftigt mit der Beschriftung seines Türschildes. Ein würdiger Nachfolger für Natalia. Schließt sich ihr offensichtlich nahtlos an.«

Veronika musste grinsen, obwohl sie etwas enttäuscht war.

Der Neue bezog das Appartement der früheren Bewohnerin Natalia Grossmann. Diese war vor ein paar Tagen zu ihrem Sohn und dessen Frau gezogen. Veronika und Eli hatten kaum Kontakt zu ihr gehabt, weil sich Frau Grossmann ihnen gegenüber immer sehr reserviert und kühl gegeben hatte. Eigentlich grenzte ihr Verhalten schon an Arroganz. Sie konnten froh sein, wenn sie einen Gruß erwidert hatte, ganz zu schweigen von einem Lächeln oder sonstigen Freundlichkeiten. Sicher, sie kam aus der Familie der gigantischen Möbelkette Grossmann. Vermutlich bewegte sie sich Zeit ihres Lebens in gehobeneren Kreisen. Aber so ein Benehmen war in Elis und Veronikas Augen unakzeptabel. Anstand brachte man schließlich schon kleinen Kindern bei. Und jetzt hatten sie also das hier: einen Richter.

Die beiden Frauen sahen sich enttäuscht an und stießen ihre Glühweintassen aneinander.

»Auf gute Nachbarschaft«, sagte Veronika, woraufhin beide zu kichern begannen.

Eli schaltete den Fernseher an. »Heute kochen die Landfrauen Brezenknödel mit Sauerbraten.«

Veronika zog die Augenbrauen hoch und verkniff sich ein Lächeln. Sie wusste schließlich, was gleich nach der Sendung passieren würde:

Eli würde spätestens bei der Ausstrahlung des Abspanns vor Wut kochen. Sie würde sich ein großes Blatt Papier und einen Stift holen und den Landfrauen einen Brief schreiben, der sich gewaschen hatte. Dann würde sie das Rezept beilegen, wie Brezenknödel mit Sauerbraten *wirklich* zubereitet werden sollten. Nein. Zubereitet werden *mussten*! Zum Schluss würde sie noch ihre Telefonnummer und Adresse hineinschreiben, um dem Sender und den Köchinnen die Gelegenheit zu geben, sich bei ihr zu melden. Um zu lernen.

Unverständlicherweise war diese Gelegenheit noch nie von den Empfängern dieser wertvollen Zeilen genutzt worden. Eli war sich sicher: Der Grund hierfür war nichts anderes als purer Neid.

Zwei Tassen voller Glühwein später und fast am Ende der Sendung angekommen, klopfte es kräftig an der Tür.

Den Gepflogenheiten des Lavendelgartens entsprechend, war zu dieser Uhrzeit eine solche Störung einem Notfall gleichzusetzen, sodass beide Frauen erschrocken aus ihren Sesseln aufsprangen und Eli so rasch sie konnte zur Tür humpelte.

Durch den Spion erkannte sie verwundert Herrn Kluge. Voller Neugier öffnete sie die Tür. »Ja bitte?«, fragte sie. »Ist etwas geschehen? Brauchen Sie Hilfe?«

»Nein, was soll denn geschehen sein? Wir sind hier in einer Altersresidenz. Ich gehe davon aus, dass hier eher weniger geschieht«, antwortete Herr Kluge brüsk.

Ein erschrockenes »Oh!«, entfuhr Veronika ob Herrn Kluges unhöflichen Tons.

»Ich war gerade dabei, meine Räume zu beziehen, und da fiel mir dieser Umschlag in die Hände. Muss wohl von der Bewohnerin vor mir hier vergessen worden sein. Seltsamerweise klebte der Umschlag mit Klebestreifen hinter der Schrankwand. War gerade dabei, alles mit Desinfektionsmittel zu reinigen. Man weiß ja nie, wer da vor einem alles angefasst hat. Darf man gar nicht drüber nachdenken. Nun ja, haben Sie eine Adresse, an die ich das Fundstück der rechtmäßigen Besitzerin zukommen lassen kann? Die Verwaltung hat ja bereits geschlossen und ich wollte nicht bis morgen mit den Vorbereitungen des Sendevorgangs warten. Was erledigt werden kann, wird sofort erledigt«, verlautete Herr Kluge laut und zackig.

»Das wird nicht nötig sein«, bemerkte Eli kühl. »Wir sind zufällig sehr gut mit Natalia Grossmann befreundet und wollten sie morgen besuchen. Wir werden ihr den Umschlag bei dieser Gelegenheit übergeben.«

»Bin in 30 Minuten wieder bei Ihnen«, schmetterte Herr Kluge Eli entgegen, während er schon auf halbem Weg zurück in sein Zimmer war. Den Umschlag weiterhin sicher in seiner Hand.

»Na was war das denn?«, wunderte sich Veronika.

»Ein komischer Kauz ist das«, stimmte Eli mit ein. Doch Veronika schüttelte den Kopf und deutete mit dem Zeigefinger auf sie. »Warum um Himmels willen hast du den Mann denn nur so belogen? Wir sind gut mit ihr befreundet? Wir wissen doch noch nicht einmal, wo genau Frau Grossmann jetzt wohnt. Was wolltest du damit bezwecken?«

»Ach, Vroni, der Kluge hat doch erklärt, dass das Kuvert hinter der Schrankwand versteckt war. Warum sollte Natalia das denn dort angebracht haben? Da steckt doch was dahinter. Und außerdem sind wir sehr wohl um ein Vielfaches mehr mit Natalia befreundet als dieser Kluge!«

Veronika verdrehte die Augen so, wie Eli das gerade mit den Tatsachen tat.

»Tu, was du nicht lassen kannst, ich werde jedenfalls nicht in dieses Kuvert schauen. Wir sollten es morgen verschlossen in der Verwaltung abgeben.«

30 Minuten später saßen beide mit der dritten Tasse Glühwein, roten Bäckchen und schon ein wenig glasigen Augen an Elis Tisch und schütteten den Inhalt des aufgerissenen Umschlages darauf aus.

»Na ja, ich bin jedenfalls aus dem Schneider«, witzelte Veronika. »Du hast ja die Übernahmebescheinigung des Kuverts von Herrn Kluge unterschrieben«, kicherte sie und Eli stimmte mit ein. »So ein verschrobener alter Kerl. Wo hat er denn nur solche Ideen her? ... *Hiermit bestätige ich, ein verschlossenes Kuvert, DIN A 2 mit einem 800 Gramm schweren Inhalt von Natalia Grossmanns Besitztümern übernommen zu haben ... bla, bla, bla ...*« Nun lachten beide schallend. »Und wer desinfiziert bitteschön die Rückseite seiner Schrankwände?«, bemerkte Veronika prustend, während sie sich eine Lachträne aus dem Gesicht strich.

Und während sie noch herumalberten, verstummte Elis Lachen plötzlich, denn auf dem Stapel entdeckte sie einen Zettel mit den Worten ‚*Erst verschwindet mein Kind, jetzt verschwinde ich*'.

»Schau doch!«, machte sie Veronika darauf aufmerksam und deutete auf den Text.

Veronikas Gesichtsausdruck verfinsterte sich. Sie sah ihre Freundin erstaunt an. Als sie den Zettel umdrehten, entdeckten sie, dass sie es mit einer Fotografie zu tun hatten. Sie zeigte eine Frau mit einem Baby auf dem Arm. Die Aufnahme war schwarzweiß und die Frau strahlte schüchtern in die Kamera. Es war Natalia Grossmann in jungen Jahren. Sie hielt das Baby zärtlich an sich gedrückt.

Als Nächstes entdeckten sie einige Zeitungsauschnitte. »*Baby der Industriellenfamilie Grossmann entführt*«, hieß es und »*Tochter verschwindet über Nacht aus dem Hause der Familie Grossmann*«.

Eli und Veronika lasen neugierig die Überschriften der Artikel. Ihre Finger flogen über acht bis zehn Exemplare verschiedenster Ausgaben.

Danksagung

Ich bedanke mich bei meinen Testleserinnen, meinen lieben Freundinnen Sabine, Gesa, Evi und Christine. Ihr habt mir wichtige Anregungen gegeben und mich ermutigt, den Schritt in die Veröffentlichung zu wagen.

Vielen Dank an meine Autorenkollegin Vanessa Sommer, die wundervolle Romane schreibt und mir mit ihrem Wissen und ihrer Hilfsbereitschaft eine große Unterstützung war und ist.

Ein großes Danke an meine Schwester Eri, die, obwohl sie wenig liest, sich Zeit für meine Geschichte genommen hat und meine Protagonisten ihr sogar ein paar Stunden ihres wertvollen Nachtschlafes rauben durften, weil sie unbedingt wissen musste, wie der Roman zu Ende geht. Du hast mich sehr ermutigt. Danke für Dein stets offenes Ohr. Du bist die beste große Schwester, die man sich wünschen kann.

Danke meinen lieben Eltern Magdalena und Leo, sowie meiner lieben Oma Elisabeth und auch euch nochmals Eri und Chris, für´s Hüten unserer Kinder, wenn wir ein paar extra Stunden für die Arbeit an unserem Self Publishing benötigt haben.

Mein besonderer Dank gilt meinem Mann Role. Er hat meinen Traum vom eigenen Buch niemals belächelt und mich mit Zeit, Verständnis und Geduld unterstützt. Außerdem hat er alle technischen Arbeiten, die bei der Veröffentlichung angefallen sind, schnell, sauber, clever und geduldig gemanagt. Du bist mein Held. Love You.

Printed in Poland
by Amazon Fulfillment
Poland Sp. z o.o., Wrocław

72989303R00200